Holly Martin
Winterliebe in Sandcastle Bay

AF177883

Montlake

Das Buch

Seit einem Jahr kümmert sich Isla Rosewood hingebungsvoll um Elliot, den Sohn ihres verstorbenen Bruders. Auch sein Patenonkel Leo Jackson ist jeden Tag für den Jungen da. Warum Leo und Isla nicht einfach heiraten, kann Elliot überhaupt nicht verstehen. Auch wenn sie es nicht zugeben wollen, die beiden lieben sich doch! Aber so einfach ist das nicht: Isla und Leo leiden noch unter Verletzungen aus der Vergangenheit und haben Angst, sich auf eine neue Beziehung einzulassen.

Als Elliots Mutter Sadie plötzlich vor der Tür steht, müssen sie jedoch die Karten auf den Tisch legen, wenn sie das beschützen wollen, was ihnen wichtig ist. Wird es für die kleine Familie an Weihnachten ein Happy End geben?

Die Autorin

Holly Martin hat Medienwissenschaften studiert, in einer Bank, im Hotelwesen und im pädagogischen Bereich gearbeitet. Aber damit war Schluss, als sie vor einigen Jahren ihren größten Traum zum Beruf machte: das Schreiben. Ihre gefühlvollen, amüsanten Romane und Kurzgeschichten begeistern Leser und Kritiker gleichermaßen. In deutscher Sprache sind bisher die Titel »Weihnachtsküsse in White Cliff Bay« und »Winterträume in White Cliff Bay« erschienen.

Die Autorin lebt in der englischen Grafschaft Bedfordshire.

Holly Martin

Winterliebe ❦ in ❦ Sandcastle Bay

Roman

Aus dem Englischen von
Jeannette Bauroth

 Montlake

Die englische Ausgabe erschien 2018 unter dem Titel »Coming Home to
Maple Cottage« bei Bookouture, London.

Deutsche Erstveröffentlichung bei
Montlake, Amazon Media EU S.à r.l.
38, avenue John F. Kennedy, L-1855 Luxembourg
Oktober 2020
Copyright © der Originalausgabe 2018
By Holly Martin
All rights reserved.
Copyright © der deutschsprachigen Ausgabe 2020
By Jeannette Bauroth

Die Übersetzung dieses Buches wurde durch Amazon Crossing ermöglicht.

Umschlaggestaltung: bürosüd⁰ München, www.buerosued.de
Umschlagmotiv: © Andrew Roland / Shutterstock; © Nata-Art /
Shutterstock; © Monkey Business Images / Shutterstock; © Bas Meelker /
Shutterstock; © LedyX / Shutterstock
Lektorat und Korrektorat: VLG Verlag & Agentur, Haar bei München,
www.vlg.de
Gedruckt durch:
Amazon Distribution GmbH, Amazonstraße 1, 04347 Leipzig /
Canon Deutschland Business Services GmbH, Ferdinand-Jühlke-Straße 7,
99095 Erfurt /
CPI books GmbH, Birkstraße 10, 25917 Leck

ISBN 978-2-49670-092-3

www.montlake.de

Für die fabelhaften Paw & Order – ihr seid toll.

PROLOG

Mit einem breiten Lächeln im Gesicht betrachtete Isla die Zimmerdecke und dachte an den Moment zurück, der sie hierhergeführt hatte.

Der Abend zuvor hatte eigentlich unschuldig begonnen. Nachdem sie sofort nach ihrer Ankunft in Sandcastle Bay für die Taufe ihres Neffen bei ihrem Bruder Matthew und seinem Sohn Elliot vorbeigeschaut hatte, war sie zum Pub gegangen, um sich dort mit Leo zu treffen. Eigentlich waren ein paar Drinks mit einem guten Freund geplant gewesen, nach denen sie allein in ihr Hotelzimmer zurückkehren wollte, doch das wurde in dem Moment unmöglich, als er sie auf die Wange küsste und flüsterte: »Gott, wie sehr habe ich dich vermisst.« In diesem Moment war sie verloren. Sie hatten die ganze Nacht miteinander verbracht – der Sex war noch unglaublicher gewesen, als sie es sich vorgestellt hatte. Ab und zu waren sie eingedöst, bevor der eine vom anderen durch streichelnde Hände geweckt wurde und sie die nächste Runde einläuteten.

Und jetzt lag sie hier im Maple Cottage in seinem Bett. Die morgendliche Herbstsonne tauchte sein Schlafzimmer in Gold und beleuchtete auf wunderbare Weise die Konturen seines nackten, muskulösen Rückens. Isla fuhr ihm mit der Hand die Wirbelsäule hinauf, streichelte seine warme, weiche Haut und griff ihm dann am Hinterkopf ins Haar.

Es war wunderbar, durch Leo Jacksons Gewicht in die Matratze gedrückt zu werden, sein Herz wild klopfend an ihrem, während er versuchte, nach ihrem leidenschaftlichen Liebesspiel kurz zuvor wieder zu Atem zu kommen. Sein Gesicht war an ihrem Hals vergraben und sie spürte seinen warmen Atem auf ihrer Haut.

Obwohl sie das nicht erwartet hatte, als sie in Sandcastle Bay ankam, war es doch keine vollkommene Überraschung gewesen. Diese Sache zwischen ihr und Leo schwelte schon eine ganze Weile vor sich hin. Jedes Mal, wenn sie ihren Bruder besuchte, hatte es zwischen ihr und Leo geknistert. Matthew hatte sie oft aufgezogen, dass sie sich ein Hotelzimmer nehmen sollten, und jetzt war es endlich soweit.

Leo hob den Kopf und sah grinsend auf sie herab. Er wirkte sorglos und glücklich. Sie streichelte sein Gesicht und er küsste sie rasch auf die Lippen.

»Das war ohne Zweifel die beste Nacht meines Lebens«, sagte er und betrachtete sie warm und voller Zuneigung. Sie erwiderte sein Lächeln, obwohl es sich dabei ganz offensichtlich nur um eine Phrase handelte. Leo Jackson war ein Charmeur und sein Ruf bei den Frauen eilte ihm voraus.

»Du redest einen ganz schönen Blödsinn«, erwiderte Isla lachend.

Seine karamellbraunen Augen funkelten. »Was?«

»Ich wette, das sagst du zu allen Frauen.«

»Nein, natürlich nicht!« Leo tat verletzt, und sie zog eine Braue hoch. »Nicht zu allen.«

Lachend versuchte sie, ihn von sich herunterzuschieben, doch er hielt sie fest. Die Belustigung verschwand aus seinem Blick. »Aber es war ziemlich toll, oder?«, fragte er leise.

Sie schluckte die Emotion hinunter, die in ihr aufstieg. Denn die war eine echte Überraschung. Die Tatsache, dass sie gemeinsam im Bett landen würden, war es nicht, denn sie hatte immer gewusst, dass irgendwann etwas zwischen ihnen passieren würde, aber es hatte sich nach überraschend mehr angefühlt als nur nach zwei Freunden, die großartigen Sex miteinander hatten. Das zwischen ihnen war so intim, so herzzerreißend real. Beim ersten Mal mit ihm hatten sie sich in die Augen gesehen, und es war, als nähme sie Verbindung zu einem Teil von ihr auf, der bisher immer gefehlt hatte. Es hatte sich angefühlt ... als käme sie nach Hause.

In den frühen Morgenstunden, als er dicht an sie geschmiegt döste, hatte sie sich sogar den Gedanken an eine rosarote, wundervolle Zukunft mit ihm gestattet. Sie konnten hier in Sandcastle Bay wohnen und ihre Kinder großziehen. Doch das war lächerlich. Sie wusste, dass Leo Jackson nichts von Heirat und Glück für alle Ewigkeit hielt, das hatte er ihr selbst gesagt, aber es konnte ja nicht schaden, es sich trotzdem vorzustellen. Jetzt, im kalten Tageslicht, musste sie sich vor einem Traum schützen, der allzu schnell zu verblassen schien.

»Es war ...« Sie suchte nach den richtigen Worten, um das herunterzuspielen, was sie mit ihm erlebt hatte. Nett. Schön. Das waren keine Adjektive, mit denen sich die vergangene Nacht beschreiben ließ. Sie wollte ehrlich zu ihm sein, ihn wissen lassen, dass es etwas ganz Besonderes mit ihm gewesen war, und das Wort entschlüpfte ihren Lippen, noch ehe sie lange darüber nachdenken konnte: »Überwältigend.«

Überraschung sprach aus seiner Miene. »Überwältigend?«

Isla fluchte innerlich. So viel dazu, die Sache herunterzuspielen und sich absolut cool zu verhalten.

»Der Sex«, ergänzte sie. »Du warst ziemlich gut.«

»Wow. Ziemlich gut ist aber ein ganz schöner Absturz von ›überwältigend‹«, zog Leo sie auf. »Deine erste Antwort gefiel mir besser. Du warst selbst ziemlich spektakulär. Aber ich habe eigentlich etwas anderes gemeint …« Er verstummte.

»Ja?«, soufflierte sie, als er nicht weitersprach.

Er runzelte die Stirn. »Da war … noch etwas.«

Isla unterdrückte ein Lächeln. Leo Jackson war kein Mann, dem es leichtfiel, über seine Gefühle zu sprechen. Geduldig wartete sie, ob er das weiter ausführen würde. Ganz offensichtlich hoffte er darauf, dass sie seine Aussage bestätigen würde, doch das konnte sie nicht. Sie hatte ihm gerade erklärt, dass ihre gemeinsame Nacht überwältigend gewesen war, und das war peinlich genug.

Sie strich ihm mit dem Daumen über die Lippen und er küsste ihn. Sanft blickte er auf sie herab. War es verrückt, dass sie sich ein bisschen in ihn verliebt hatte?

Lange blieben sie so liegen und betrachteten einander. Sie wusste, dass diese Nacht mehr als nur Sex gewesen war, und seinem Blick nach zu urteilen wusste er es auch.

Ein lautes Klopfen am Fenster brach den Zauber zwischen ihnen. Eine große Möwe saß auf dem Fensterbrett davor und spähte zu ihnen herein.

Isla lachte. »Man muss das Leben am Meer einfach lieben.«

»Nach einer Weile verliert es seinen Reiz«, grummelte Leo.

Sie schob ihn sanft von sich und diesmal ließ er es zu. Dann setzte sie sich auf. »Wir müssen aufstehen. In einigen Stunden beginnt die Taufe und ich muss vorher ins Hotel und mich umziehen.«

Leo stöhnte. »Lass uns einfach hierbleiben und den Tag im Bett verbringen.«

Verwirrt drehte sie sich zu ihm um. »Ich nehme an, das sagst du, weil du so gern mit mir zusammen bist, und nicht etwa, weil du nicht zur Taufe gehen willst.«

Er seufzte. »Sagen wir, ein bisschen von beidem.«

»Leo! Du bist Matthews bester Freund!«

»Ich weiß.«

»Und du wirst der Patenonkel seines Sohnes!«

»Ich weiß, und genau das macht mir Sorgen. Warum um alles in der Welt sucht er mich als Elliots Patenonkel aus?«

Plötzlich ergaben seine Bemerkungen vom Vorabend, wie nervös er wegen des heutigen Tages sei, Sinn. Er hatte keine Angst davor, vor einer Menge Leute zu stehen und die richtigen Worte zu finden, aber er war nervös wegen der Verantwortung, die seine neue Rolle mit sich brachte.

Ihre Zuneigung zu ihm wuchs nur noch weiter – zu diesem großen, breitschultrigen, selbstbewussten Mann mit dem weichen Herzen.

»Für Matthew ist das sehr wichtig. Hier geht es nicht nur um einen bedeutungslosen Tag voller Geschenke und einen Grund zum gemeinsamen Feiern und Trinken. Nachdem Sadie ihn verlassen hat und er Elliot allein aufziehen muss, will er sichergehen, dass sich jemand um seinen Sohn kümmert, sollte ihm selbst etwas zustoßen. Und es muss jemand sein, dem er vertraut. Er hat dich aus sehr gutem Grund als Patenonkel ausgewählt.«

»Aus welchem Grund? Nachdem in meiner Kindheit mein Dad gestorben war, hab ich im Unterricht die Lehrer provoziert und wurde öfter suspendiert, als ich zählen konnte – ich war also in der Schule ein Totalausfall. Und als ich die Schule verließ, besaß ich praktisch keinerlei Qualifikationen. Damals habe ich geraucht und mich geprügelt. Ich wurde beim Besprühen der Bushaltestelle und beim Klauen von Bier aus dem Supermarkt im Ort erwischt, und das alles noch vor meinem achtzehnten Geburtstag. Und ja, seither lasse ich es deutlich ruhiger angehen, aber vermutlich trinke ich immer noch ein wenig zu viel und ich, äh … genieße die Gesellschaft zu vieler Frauen. Welche Art Vorbild könnte ich da schon für Elliot sein?«

Lächelnd rollte sie sich zu ihm herum und küsste ihn. Er strich ihr durchs Haar und seufzte an ihren Lippen.

»Du bist ein wunderbarer Mann. Freundlich, unglaublich loyal, großzügig. Ich habe beobachtet, wie du mit Marigold umgehst, und das war bezaubernd«, erklärte Isla und meinte damit seine Nichte. »Du bist geduldig, lustig und besitzt einen ausgeprägten Beschützerinstinkt. Auch wenn sie erst ein Jahr alt ist, ihre Bewunderung für dich ist offensichtlich. Matthew sieht all das in dir. Ich bin sicher, er beurteilt den Mann, der du heute bist, nicht den Jungen von früher.«

»Ich glaube, du siehst mehr in mir als ich selbst«, erwiderte er schmunzelnd.

»Genau wie Matthew, sonst hätte er dich nicht gefragt.«

Leo seufzte. »Ich kann keine Vaterfigur für ihn sein. Wenn ich sehe, wie Matthew für ihn sorgt, das könnte ich niemals so gut.«

»Du musst doch auch keine Vaterfigur für ihn sein. Falls Matthew irgendetwas zustoßen sollte, worüber ich aber nicht mal nachdenken will, würde ich zu Elliots Vormund. Ich würde seine Mum, sein Dad, seine Tante und Freundin sein. Dir bliebe die Rolle als lustiger Onkel, der mit ihm spielt, ab und zu etwas mit ihm unternimmt, ihm zeigt, wie man Fußball spielt und später wie man sich rasiert und anderen Jungenkram. Du musst einfach nur für ihn da sein, wie du es für Marigold bist. Das schaffst du doch, oder?«

Leo dachte darüber nach und nickte dann.

Schwungvoll rollte er sich dann auf sie. »Isla Rosewood, ich glaube, ich habe mich ein kleines bisschen in dich verliebt.«

Ihr albernes Herz machte einen hoffnungsvollen kleinen Sprung, doch Isla unterdrückte dieses Gefühl schnell. »Ich wette, das sagst du zu allen Frauen.«

Er küsste sie und antwortete lächelnd: »Nicht zu allen.« Sein Blick war sanft. »Schlaf heute Nacht hier.«

»Wie bitte? Leo Jackson möchte zwei Nächte mit derselben Frau verbringen?«

»Na ja, schließlich war es … Welches Wort hast du gleich noch mal benutzt? Überwältigend. Das gebe ich nicht so schnell auf.«

Sie nickte. »Okay.«

Als er sie wieder küsste, vergaß sie für einige Momente die Außenwelt. Wie es nach diesem Wochenende mit ihnen weitergehen würde, wusste sie nicht. Am nächsten Tag würde sie nach London zurückkehren, das waren sechs Stunden Zugfahrt oder noch länger mit dem Auto. Dort hatte sie ihre Arbeit und ihr Leben. Immerhin hatte ihr Leo nichts weiter versprochen als ein warmes Bett für die Nacht. Doch in diesem Moment, eng umschlungen in seinen Armen und während er sie küsste, als hinge sein Leben davon ab, war sie damit zufrieden.

KAPITEL 1

Heute

»Heirate mich«, sagte Leo und nahm einen Schluck von seinem Tee.

Islas Herz machte einen Satz, wie immer, wenn er diese Worte sagte, doch dann wischte sie ihre alberne Hoffnung beiseite.

»Das ist ja schnell eskaliert. Ich mache dir ein Schinkensandwich und eine Tasse Tee und du mir einen Heiratsantrag«, stellte sie fest und trug ihren leeren Teller hinüber zur Geschirrspülmaschine, um ihm nicht in die Augen sehen zu müssen, diesem wunderbaren, attraktiven, frustrierenden Mann.

Als ihr Bruder Matthew vor einigen Jahren seinen Freund Leo als Patenonkel für Elliot ausgesucht hatte, hatte er ihn auch gebeten, sich um Isla zu kümmern, sollte ihm etwas zustoßen. Hatte Matthew geahnt, dass Leo seine Bitte so ernst nehmen würde? Hatte er gewusst, dass Leo ihr nur wenige Monate nach dem tragischen Tod seines Freundes einen Heiratsantrag machen und ihn anschließend jede Woche wiederholen würde, obwohl sie ihn immer ablehnte? Seit dem ersten Antrag war ein

Jahr vergangen, und egal wie oft sie ihn abschmetterte, es schien Leo nicht zu beirren.

»Du machst einfach tolle Schinkensandwichs«, antwortete Leo. Er nahm die Sache nicht mal ein bisschen ernst.

»Ich heirate dich nicht.«

»Warum nicht? Wir wären ein tolles Paar.«

Und das stimmte. Seit ihrem Umzug nach Sandcastle Bay vor einem Jahr war Leo ihr bester Freund geworden. Praktisch jeden Tag besuchte er sie und sie verbrachten gern Zeit zusammen. Elliot liebte ihn abgöttisch und das Gefühl beruhte eindeutig auf Gegenseitigkeit. Isla konnte sich niemand Besseren vorstellen, um Elliot gemeinsam aufzuziehen.

Seufzend drehte sie sich zu ihm um. »Weil wir nicht wirklich zusammen sind. Normalerweise sind zwei Menschen erst mal eine Weile zusammen, bevor sie den Gang vor den Altar wagen.«

Er winkte ab, als handele es sich dabei um ein unbedeutendes Detail, aber ihr war das wichtig. Sie würde nicht nur heiraten, damit sie finanziell abgesichert war, was ihr Leo bei seinem ersten Antrag als Grund präsentiert hatte. Sie würde nicht heiraten, um Elliot eine Vaterfigur zu bieten oder weil sie und Leo gute Freunde waren. Vielleicht war das sentimental und übertrieben romantisch von ihr, aber sie wollte eine Ehe aus Liebe, nicht nur aus Kameradschaft.

»Okay, was würde passieren, wenn ich Ja sage?«, wollte Isla wissen.

»Dann würde ich sofort mit dir aufs Standesamt fahren und innerhalb eines Monats könnten wir verheiratet sein.«

Also keine große Hochzeit in Weiß für sie. War es falsch, dass sie sich so etwas wünschte? Sie setzte sich ihm gegenüber. »Und was dann?«

Hatte er überhaupt richtig darüber nachgedacht? Wo würden sie wohnen? Würden sie und Elliot bei ihm leben? Und falls er das vorhatte, wusste er überhaupt, was es bedeutete, plötzlich vierundzwanzig Stunden am Tag ein Kind um sich zu haben?

Matthews schrecklicher Tod durch einen Autounfall hatte ihr ein Loch ins Herz gerissen, aber auch Freude in ihr Leben gebracht. Elliot machte sie so glücklich, und das würde sie nie bedauern. Doch seit sie vor mehr als einem Jahr das Sorgerecht für den Sohn ihres Bruders übernommen hatte, hatte sich ihr Leben auch drastisch verändert.

Ihre Welt bestand jetzt aus einer gefühlten Million Spielzeuge und Fernsehsendungen über Dinosaurier. Morgens stand sie auf und packte Elliot sein Frühstück in eine Brotdose mit Tyrannosaurus-Rex-Motiv. Sie fuhr ihn zur Schule, wo sie manchmal mit hineinging und den Kindern beim Lesen zuhörte, oder sie fuhr zurück in ihr kleines Cottage mit Meerblick und versuchte, ein wenig Ordnung in das Chaos aus Spielzeugen und Büchern zu bringen.

Durchs Fenster warf sie einen Blick auf das Dörfchen Sandcastle Bay, das sich vor ihr erstreckte, die gelben Häuser, die sich über den Hügel hinab bis zum weiten Meer erstreckten, das wiederum bis zum Horizont reichte. Die Sonne war heute herausgekommen, oder zumindest versuchte sie es, und brachte die Wellen zum Glitzern. Der Herbst hatte Einzug gehalten, jeder Baum war in einen Mantel aus Scharlachrot, Bronze, Terrakotta und Gold gehüllt. Im Garten hüpften Eichhörnchen umher und sammelten Nüsse und Samen für ihren Wintervorrat.

Dieses Leben war so ganz anders als ihr früheres in London, wo sie als Schaufensterdekorateurin für Quentin's gearbeitet hatte, eines der größten Kaufhäuser weltweit. Statt mit Lehrern oder Sozialarbeitern über Elliots Fortschritte zu sprechen, hatte sie Besprechungen mit verschiedenen Abteilungen oder in der Vorstandsetage mit Geschäftsführern besucht. Sie hatte Kostüme statt Leggings und Tuniken getragen. Sie hatte zu unterschiedlichen Kulturen, Traditionen und Trends recherchiert, statt das

Internet nach Herbstbasteleien für einen quirligen Fünfjährigen zu durchsuchen. In ihrem alten Leben hatte sie ihre Tage meistens damit verbracht, wunderschöne bunte Schaufenster zu kreieren, in denen sich Dinge bewegten oder tanzten, und viele Passanten waren extra stehen geblieben, um sich das anzuschauen. Darauf war sie stolz gewesen, und sie hatte sich jeden Tag auf die Arbeit gefreut. Das fehlte ihr. An manchen Abenden war sie mit Kunden oder Sponsoren in die exklusivsten Restaurants und Bars von London gegangen. Mehrmals im Jahr war sie um die Welt geflogen und hatte in Kaufhäusern in Amerika, Japan oder Dubai gearbeitet. In London hatte sie mit ihrem Ex-Freund Daniel Theatervorstellungen und Shows besucht oder den Abend in ihrem geräumigen Apartment mit Blick auf die Themse verbracht. Doch innerhalb eines Augenblicks hatte sich all das geändert. Sie war von einer sehr erfolgreichen Karrierefrau in einer der größten und lebendigsten Städte der Welt zu einer alleinerziehenden Mutter geworden, die arbeitslos war und in einem Küstenstädtchen im entferntesten Winkel von England wohnte.

Obwohl sie mit ihrem neuen Leben in Sandcastle Bay sehr zufrieden war, bedeutete es doch eine drastische Veränderung. Manchmal vermisste sie ihr früheres Leben als Karrierefrau. Elliots Mum zu sein gehörte zu den wunderbarsten und bereicherndsten Erfahrungen ihres Lebens, aber gleichzeitig war es auch die Furcht einflößendste und anstrengendste. Es gab keinen Feierabend um siebzehn Uhr, und obwohl es auch bei ihrer Stelle in London keinen geregelten Achtstundentag gegeben hatte, war ihre neue Aufgabe ein Vierundzwanzigstundenjob. Was war die richtige Ernährung für Elliot? Wann war die beste Bettgehzeit für ihn? Was konnte sie gegen seine Albträume tun? Wie sollte sie seine Fragen auf altersgerechte Art beantworten? Wie lange durfte sie ihn fernsehen lassen? Was sollte sie ihm zu Weihnachten kaufen? Und, die wichtigste Frage von allen, wie sollte sie ohne Einkommen auch weiterhin dafür sorgen, dass sie ein Dach über dem Kopf und Essen auf dem Tisch hatten?

Ihrer Meinung nach hatte Leo nicht bedacht, wie sehr sich auch sein Leben ändern würde. Er ging wunderbar mit Elliot um, machte Ausflüge und spielte mit ihm, und erklärte ihm Dinge, wie Isla es niemals gekonnt hätte. Seine Geduld schien grenzenlos, aber es gab einen großen Unterschied zwischen dem lustigen Onkel und dem Leben als richtiger Vater.

Und was sollte aus ihrer Freundschaft mit Leo werden? Würden sie die einfach so weiterführen wie bisher? Würden sie Freunde mit getrennten Schlafzimmern sein? Bis auf die eine wunderbare Nacht vor Elliots Taufe war nie etwas zwischen ihnen passiert. Während der Feier hatte sie mit angehört, wie er mit einer Frau sprach, mit der er offensichtlich am Abend vor Isla geschlafen hatte, und ihr war klar geworden, dass sie für ihn nur eine von vielen war. Sie war zu ihrem Leben in London zurückgekehrt und hatte sich bemüht, die spektakuläre Nacht zu vergessen. Dann hatte sie Daniel kennengelernt und war zweieinhalb Jahre mit ihm zusammen gewesen. Leo hatte vermutlich weiterhin mit allem geschlafen, was bei drei nicht auf den Bäumen war. Wenn sie Matthew besuchte, war sie natürlich auch Leo über den Weg gelaufen, und sie hatten sich freundlich unterhalten, aber es war nie über Freundschaft hinausgegangen. Sogar jetzt, nach einem Jahr in Sandcastle Bay, blieb ihre Beziehung streng platonisch. Manchmal umarmten sie sich oder gaben sich einen Kuss auf die Wange. Sie hatte den Eindruck, dass er nichts gegen eine Wiederholung der Nacht von damals hätte, aber sie sprachen nie darüber. Würden sie von platonischer Freundschaft zu Sex an jedem Abend übergehen, nur weil sie verheiratet wären?

»Du würdest dieses Haus verkaufen und bei mir wohnen«, erklärte Leo einfach. Er betrachtete das alles von einem praktischen Standpunkt aus, und nichts an seinem Antrag wirkte auch nur annähernd romantisch. Genau wie bei all seinen anderen Anträgen bisher auch.

»Flitterwochen?«, frotzelte Isla, war aber gleichzeitig gespannt auf seine Antwort.

Einen Moment lang blitzten Lust und Verlangen in seinem Blick auf. Er wollte sie doch.

Dann räusperte er sich. »Wenn du das möchtest.«

Am liebsten hätte sie ihn gefragt, wie sie sich diese Flitterwochen vorzustellen hatte, ob sie die gesamte Zeit mit verrücktem, wunderbarem Sex im Bett verbringen würden.

Doch bevor sie sich diesen fantastischen Urlaub noch länger ausmalen konnte, schob sie den Gedanken daran beiseite. Elliot hätte sie vermutlich begleitet, und damit wäre der zweiwöchige Sexmarathon sowieso vom Tisch gewesen.

Sie blickte hinüber zum Wintergarten, wo Elliot ein Schloss aus Legosteinen baute, das beinahe so groß war wie das Zimmer. Auch das war etwas, was Leo mit ihm begonnen hatte. Es würde so groß werden, dass Elliot darin schlafen wollte, zusammen mit ihrem Welpen Luke, der momentan zusammengerollt in einer Zimmerecke lag wie ein schwarzer Felldrache. Mit dem einen geöffneten goldfarbenen Auge behielt er im Blick, was vor sich ging. Isla freute sich über Elliot, der sich so glücklich allein beschäftigen konnte. Sie konnte sich überhaupt nicht vorstellen, ihn für zwei Wochen allein zu lassen, nur um heißen, leidenschaftlichen Sex mit Leo Jackson haben zu können. Beim Gedanken daran, Elliott nicht jeden Tag zu sehen, zog sich ihr das Herz zusammen. Falls sie überhaupt in Flitterwochen fuhren, dann vermutlich an einen Ort wie Disneyland.

Sie wandte sich wieder zu Leo um, der sie immer noch aufmerksam musterte.

»Warum willst du mich heiraten?«, fragte Isla. Diese Frage hatte sie ihm schon früher gestellt, immer halb in der Hoffnung, dass nach ihrer monatelangen engen Freundschaft, bei der sie den Großteil des Tages miteinander verbrachten, seine Antwort einmal anders lauten würde.

»Du kennst den Grund.«

»Frisch mein Gedächtnis auf.«

Leo zögerte. »Weil …«

Einen Moment lang fragte sie sich, ob er sich wohl innerlich darauf vorbereitete, die drei kleinen, wichtigen Worte zu sagen.

»Weil mir die Situation mit Sadie und dem Haus Sorgen macht. Dass sie immer noch Anspruch auf das Sorgerecht hätte, obwohl sie Elliot verlassen hat, als er erst ein Jahr alt war, das jagt mir schreckliche Angst ein. Falls sie eines Tages zurückkommt, kann ich nichts anderes tun, als euch beide in mein Auto zu packen und für den Rest meines Lebens auf der Flucht zu sein. Aber in Bezug auf das Haus kann ich etwas unternehmen.«

Das war eine andere Antwort als die, die er ihr zuvor gegeben hatte. Normalerweise lief es auf »Ich will mich um dich und Elliot kümmern« hinaus. Sie hatte keine Ahnung gehabt, dass er solche Ängste hegte.

»Warum machst du dir Sorgen um das Haus?«

Ungläubig starrte er sie an. »Weil es immer noch zur Hälfte Sadie gehört. Obwohl sie Matthew und Elliot nur wenige Monate nach dem Kauf verlassen hat, und obwohl er drei Jahre lang allein darin gewohnt und ihr gemeinsames Kind allein aufgezogen hat, und *seine* Lebensversicherung nach seinem Tod die Hypothek abbezahlt hat, hat sie immer noch einen Anspruch darauf. Gott sei Dank waren sie beim Kauf nicht beide Eigentümer, sonst hätte es nach seinem Tod sogar komplett ihr gehört. Matthew war glücklicherweise so klug, sie als gemeinsame Käufer eintragen zu lassen, dadurch hat sie nur auf die Hälfte Anspruch. Aber das ist immer noch die Hälfte deines Zuhauses, wieso macht dir das keine Sorgen?«

Sie zuckte mit den Schultern. »Ich glaube einfach nicht, dass Sadie jemals zurückkommt. Sie steckt irgendwo im tiefsten Australien oder in Thailand und lebt vermutlich aus dem Vollem. Niemand weiß, wo sie ist, niemand kann Kontakt zu ihr aufnehmen. Das Gericht hat alles versucht, um sie aufzuspüren, damit sie mir ihr Sorgerecht für Elliot überträgt, und keine Spur von ihr gefunden. Vermutlich will sie gar nicht gefunden werden. Obwohl ich nicht begreifen kann, wie ein Mensch einfach so verschwindet – sie muss doch Freunde oder Familienmitglieder haben, die wissen, wo sie sich aufhält.«

Leo schüttelte den Kopf. »Sie stammt nicht aus der Gegend. Eines Sommers kam sie für einen Aushilfsjob hierher und hat Matthew kennengelernt. Ich glaube nicht, dass sie je vorhatte, zu bleiben. Allerdings weiß ich, dass sie ihre Kindheit in verschiedenen Pflegefamilien verbracht hat. Vermutlich kennt sie ihre richtigen Eltern gar nicht.«

»Das wusste ich nicht.«

Sie sprachen nicht häufig über Sadie; Isla wollte nicht allzu oft über sie nachdenken. Die beiden Frauen waren sich nur einige wenige Male begegnet, bevor Sadie verschwunden war. Isla hatte keine besonders hohe Meinung von ihr gehabt, nachdem sie ihren eigenen Sohn und Matthew sitzengelassen hatte, doch diese Neuigkeit erweckte beinahe Mitgefühl in ihr.

»Warum sollte sie zurückkehren?«, fragte Isla. »Sie hat kein Interesse an Elliot, das hat sie bewiesen, als sie ihn verlassen hat. Und wenn sie auch nur das geringste Interesse an Sandcastle Bay gehabt hätte, wäre sie nie fortgegangen.«

»Aber was, falls sie doch zurückkommt?«, wollte Leo wissen.

»Dann würde ich vermutlich das Haus verkaufen müssen. Ein Richter würde darüber entscheiden, wie viel ihr von dem Erlös zusteht. Die Anwälte, die ich dazu befragt habe, waren der Meinung, die Hälfte wäre es wohl nicht, weil Matthew über die Jahre Geld in das Haus investiert hat. Sie bekäme vielleicht zwanzig oder fünfundzwanzig Prozent. Doch selbst, falls ich ihr die Hälfte ausbezahlen müsste, bliebe mir immer noch genügend Geld für eine kleine Einraumwohnung am Rand des Dorfes. Was auch immer passiert, wir werden es also überstehen«, erklärte Isla nonchalant. »Ich mache mir keine Sorgen über diese potenzielle Gefahr, und ich werde nicht meinen besten Freund heiraten, nur um finanziellen Problemen zu entgehen. Es kommt, wie es kommt.«

Auf seinem Gesicht machte sich ein Lächeln breit. »Ich bin dein bester Freund?«

»Das weißt du doch. Du bist jeden Tag hier, spielst mit Elliot, isst mit uns, bist mit uns unterwegs. Ich habe dich sehr gern.«

»Wo liegt dann das Problem?«

»Weil ich aus Liebe heiraten will, falls ich eines Tages heiraten sollte, Leo Jackson. Dann werde ich bis über beide Ohren in meinen Ehemann verliebt sein und er in mich.«

»Und auf mich trifft das nicht zu?« Sein Lächeln verblasste.

Sie neigte den Kopf. »Das kommt darauf an. Liebst du mich?«

Er senkte den Blick. Das wertete sie als ein Nein.

»Ich verdiene dich nicht«, antwortete er leise.

Schockiert starrte sie ihn an.

Elliot kam aus dem Wintergarten herbeigelaufen. »Leo, ich brauche deine Hilfe bei der oberen Fensterleiste. Ich kann die Steine nicht einfach auf eine leere Fläche setzen.«

»Nein, erst müssen wir eine Art Träger obendrüber legen, um das Gewicht des restlichen Hauses abzustützen«, erklärte Leo, ohne zu zögern. Er trank seinen Tee aus und stand auf. »Na los, Kumpel, dann wollen wir uns das mal anschauen.« Lächelnd wandte er sich an Isla. »Danke fürs Mittagessen.«

Und dann ging er hinaus und überlegte dabei laut mit Elliot, was sie in Bezug auf das Legofenster tun konnten.

Ich verdiene dich nicht.

Sie hatte nicht die geringste Ahnung, was er damit meinte oder was sie darauf antworten sollte. Er war der wunderbarste, großzügigste Mann, den sie kannte, wie konnte er nur etwas anderes denken?

Nach ihrer wunderbaren gemeinsamen Nacht hatte sie sich ein wenig in ihn verliebt, und wenn sie ehrlich war, war dieses Gefühl nie ganz verschwunden. Seit ihrem Umzug hierher letztes Jahr war es sogar noch stärker geworden. Obwohl sie oft darüber nachgedacht hatte, ihm ihre Gefühle zu gestehen, hatte sie letztendlich doch immer gezögert. Trotz ihrer Proteste fiel es ihr inzwischen immer schwerer, seine verrückten Anträge abzulehnen.

Sie hielt sich ihre Tasse an die Brust und sah ihren beiden Lieblingsmännern beim Spielen zu.

So kompliziert sollte Liebe gewiss nicht sein.

Kapitel 2

Isla schob die Tür zum Cherry on Top auf, ihrem Lieblingscafé in Sandcastle Bay. Ihre Freundin Tori und ihre Schwester Melody warteten bereits auf sie. Obwohl es bereits Ende Oktober war, war das Café immer noch gut besucht. Es schien hier das ganze Jahr über nicht an Gästen zu mangeln.

Isla blickte durchs Fenster hinaus auf den wunderschönen Sunshine Beach; das Wasser glänzte tintenblau unter einem aufregend bewölkten Himmel. Die Sonnenschirme flatterten in der sanften Brise. Von hier aus konnte sie die Cottages entlang des Strandes sehen; die meisten von ihnen hatten bunt gestrichene Haustüren, und Blumen und Bäume säumten die Ufermauer. Weiter unten am Strand stand Melodys Zuhause, das Apple Tree Cottage mit seiner gelben Tür. Ein Stückchen weiter oben befand sich Sprinkles, der Eisladen des Dorfes, in dem man unglaublich tolles Eis in den ungewöhnlichsten Geschmacksrichtungen bekam. Die Aussicht aus dem Café trug vermutlich kräftig zu seiner Beliebtheit bei – neben den fantastischen Kaffeesorten und Drinks.

Sie suchte an den Tischen nach Agatha, Leos verrückter Tante, die sich nur allzu gern in alles einmischte. Doch heute schien sie ausnahmsweise einmal nicht hier zu sein. Womöglich konnte Isla dann tatsächlich ohne Unterbrechung und in Ruhe mit Melody und Tori sprechen! Obwohl Elsie West aus der Apotheke, eine von Agathas engsten Freundinnen, an einem Tisch in der Ecke saß. Ganz frei würden sie sich dann wohl doch nicht unterhalten können.

Isla ging hinüber zu den beiden Frauen und begrüßte sie mit einer Umarmung und einem Kuss. Bei Tori, die im fünften Monat schwanger war, zeichnete sich unter dem Sweatkleid allmählich ein winziges Bäuchlein ab.

»Wie geht es euch?«, fragte Isla und setzte sich, obwohl die Frage ein wenig überflüssig schien – beide schienen vor Glück geradezu zu strahlen. Melody war bis über beide Ohren in Jamie, Leos jüngeren Bruder, verliebt, und Tori war sehr glücklich mit ihrem Verlobten Aidan, Leos älterem Bruder. Laut Agatha fehlte jetzt nur noch, dass Isla endlich einen von Leos verrückten Anträgen annahm, dann wäre das Set vollständig.

»Gut, ich habe heute Nachmittag meinen ersten Ultraschall. Während der letzten Wochen ist immer etwas dazwischengekommen, aber heute ist es endlich soweit. Ihr könnt euch gar nicht vorstellen, wie aufgeregt ich bin!«, verkündete Tori.

»Erfährst du schon das Geschlecht des Babys?«, wollte Isla wissen.

Tori schüttelte den Kopf. »Vermutlich nicht. In den Büchern und Onlineartikeln, die ich gelesen habe, steht, man kann es ungefähr ab der zwölften Woche sehen, und darüber bin ich schon hinaus. Normalerweise legen sich die Ärzte jedoch erst beim Ultraschall in der zwanzigsten Woche fest. Mir macht das nichts aus, aber Aidan würde es wirklich gern schon wissen.«

»Ich freu mich so über deine Schwangerschaft«, erklärte Melody. »Jamie und ich sprechen in letzter Zeit auch häufig über Kinder. Ich glaube, am liebsten hätte er eine ganze Fußballmannschaft. Dass er nur danebensteht, während Aidan sich so auf euer Baby freut und Leo viel Zeit mit Elliot verbringt, macht ihn ganz brummig. Natürlich sind Kinder für uns erst mal nicht geplant, aber ich finde es schön, dass er sich Gedanken über unsere Zukunft macht.«

Isla sah zu, wie Melody den blauen Mondsteinring berührte, den Jamie ihrer Schwester geschenkt hatte, um ihr zu zeigen, dass er ihre Beziehung genauso ernst nahm wie sie. Isla war sich ziemlich sicher, dass sich die beiden bald verloben würden.

»Oh, ich habe übrigens eine Stellenanzeige in Meadow Bay gesehen, als ich heute Morgen dort war.« Tori wühlte in ihrer Tasche nach dem Zettel herum. »Sie suchen jemanden, der dort Führungen durch die Höhlen übernimmt. Ihr wisst schon, Clark's Cavern, diese große Touristenattraktion.«

Isla war schon mit Elliot dort gewesen, und ihm hatte es sehr gefallen, jeden Winkel zu erforschen und alles über die Bären und andere Tiere zu erfahren, die dort vor Tausenden Jahren gelebt hatten.

»Braucht man dafür nicht eine Ausbildung in Geschichte oder Geologie oder etwas in der Art?«, erkundigte sie sich zweifelnd.

Sie hasste ihre eigene Unsicherheit, aber während der vergangenen zwölf Monate hatte sie erfolglos versucht, Arbeit zu finden, und daher zweifelte sie allmählich an ihren Fähigkeiten. Anfangs, nach ihrem Umzug nach Sandcastle Bay, hatte sie hauptsächlich für Elliot da sein wollen. Beide hatten mit ihrer Trauer zu kämpfen und sie hatte so viel Zeit mit ihm verbringen wollen wie möglich. Dass sie da war, wenn er aus der Schule kam, und dass sie ihn jeden Abend ins Bett bringen konnte, war sehr wichtig für ihn, das wusste sie.

Von ihrem Gehalt in London hatte sie etwas gespart gehabt, und auch der Verkauf der gemeinsamen Wohnung mit ihrem Ex hatte ein wenig Geld eingebracht. Auch Matthews Lebensversicherung war eine große Hilfe gewesen, daher hatte sie sich anfangs keine großen Sorgen gemacht. Doch nach ein paar Monaten hatte sie begonnen, sich nach Arbeit umzusehen.

Ihr ganzes Leben lang hatte sie darauf hingearbeitet, die bestmögliche Schaufensterdekorateurin zu werden. Sie hatte jeden Kurs belegt, den sie finden konnte, und sogar einige Jahre zuvor ihren Masterabschluss gemacht. Auf ihrem Gebiet war sie eine Expertin, aber in einem kleinen Küstenort mit nur einer Handvoll Läden und Cafés war das nicht viel wert. Genau genommen war es für sie sogar deprimierend und mehr als nur ein bisschen besorgniserregend.

Sofern sie nicht gerade als Maurerin oder Baggerfahrerin arbeiten wollte, gab es hier keine Arbeit, und inzwischen dachte sie sogar ernsthaft über solche Tätigkeiten nach. Dörfer wie Sandcastle Bay lebten von Touristen, und wenn die Saison zu Ende ging, wurde auch das Geldverdienen schwierig. Doch selbst Saisonjobs wurden nur wenige angeboten. Natürlich gab es in einigen der größeren Städte im Umland Arbeit, aber das hätte jeden Tag eine lange Fahrzeit bedeutet, und sie wollte trotz allem Elliot immer noch jeden Morgen zur Schule bringen und ihn nachmittags wieder abholen können. Melody, Tori, Leo oder ihre Mum hätten sie sicher ab und zu vertreten, aber dass sie dauerhaft für sie einsprangen, wollte Isla ihnen nicht zumuten. Es wäre nicht fair gewesen, denn schließlich trug sie die Verantwortung für Elliot. Doch Stellen, deren Arbeitszeiten sich innerhalb der Schulstunden bewegten, waren schwer zu finden, auch wenn sich Isla während der vergangenen Monate auf alles, worauf das zutraf, beworben hatte. Jedes Mal war sie jedoch abgelehnt worden – entweder war sie überqualifiziert oder sie hatte nicht genügend Erfahrung. Bei diesem Stellengesuch wäre es vermutlich auch nicht anders. Inzwischen wurde das Geld sehr knapp, und bis zum Ende des Jahres würde es komplett aufgebraucht sein. Ihre Freunde und Familienmitglieder wussten das und berichteten ihr daher von allen Angeboten, die sie gesehen oder von denen sie gehört hatten. Ihre Nachbarin Annie kam beinahe täglich mit Stellenanzeigen vorbei, von denen die meisten jedoch absolut ungeeignet waren.

Tori hatte inzwischen ihr Handy gefunden. »Hier, ich habe ein Foto von der Anzeige gemacht. Über Geschichtswissen steht hier nichts. Die Bewerberin soll über gute Sozialkompetenz verfügen, selbstbewusst sein und den Besuchern die Fakten spannend präsentieren können.«

Das klang machbar.

»Ich schicke dir die Anzeige«, versprach Tori.

»Danke, ich schaue sie mir mal an«, erwiderte Isla.

Emily, die Besitzerin des Cafés und Leos Schwester, kam herüber, um ihre Bestellungen aufzunehmen. Sie war im achten Monat schwanger mit ihrem zweiten Kind und sah aus, als könnte es jeden Moment soweit sein. Müde wirkte sie jedoch nicht, im Gegenteil, sie strahlte geradezu. Isla ging davon aus, dass sie arbeiten würde, bis ihre Fruchtblase platzte – so war Emily nun einmal.

Schnell warf Isla einen Blick in die Speisekarte, während Tori und Melody ihre Essenswünsche herunterratterten. Dann war sie dran. »Ich nehme die Pancakes mit Bacon und Würstchen, bitte.«

Emily notierte sich das. »Und, freut ihr euch schon auf die Halloweenparade?«

Isla lächelte. Das Café war bereits mit kleinen Fledermäusen, Totenschädeln und Spinnen dekoriert und sie erkannte unzählige Cupcakes mit kleinen Kürbissen darauf in der Kuchenvitrine. Da die Kinder Ferien hatten, konnten sie sich mit vielen Aktivitäten rund um Halloween und mit herbstlichen Spiel- und Bastelaktionen beschäftigen. Der Höhepunkt würde jedoch die große Kostümparade durchs Dorf am Wochenende sein, die mit einem Lagerfeuer und Feuerwerk endete. Da Leo selbst eine Firma für Pyrotechnik betrieb, war diese Jahreszeit mit vielen Feuerwerken immer eine der hektischsten für ihn, doch er sorgte dafür, dass ihm immer genügend Zeit für das Lichtspektakel am Strand von Sandcastle Bay blieb.

»Elliot spricht seit Wochen von nichts anderem«, antwortete Isla.

»Genau wie Marigold. Sie kann sich nicht entscheiden, als was sie sich verkleiden will. Allmählich wird es ganz schön knapp für mich, wenn ich ihr noch etwas besorgen will«, entgegnete Emily.

»Das Motto lautet Helden und Bösewichte, richtig?«, fragte Melody.

»Ja. Ich glaube, sie möchte als Spiderwoman gehen, in einem pinkfarbenen und blauen Kostüm statt des rot-blauen.«

»Es gibt eine Spiderwoman?«, wunderte sich Tori.

»Marigold findet, es sollte eine geben.«

Das brachte sie alle zum Schmunzeln. Marigold war Elliots beste Freundin und hatte ihren eigenen Kopf.

»Als was verkleidet ihr euch?«, erkundigte sich Isla schnell, bevor noch jemand sie fragen konnte, als was Elliot gehen werde. Sie hätten aus seinem Kostümwunsch eine große Sache gemacht, das wusste sie.

»Als Hermine Granger«, antwortete Emily.

»Prinzessin Merida«, verkündete Tori. »Bei den rothaarigen Heldinnen ist die Auswahl etwas dünn.«

»Keine Ahnung«, gab Melody zu. »Jamie und ich werden vermutlich etwas Zusammenpassendes tragen und als eine Art Duo gehen.«

»Und was ist mit Elliot?«, wollte Emily wissen.

»Nun«, antwortete Isla zögerlich und bereitete sich innerlich auf die unausweichliche Überreaktion vor. »Er hat zwei Ideen. Entweder möchte er als Batman gehen, mit Leo als Robin.«

»Oh, das ist so süß, würde Leo das mitmachen?«, fragte Melody.

Isla nickte. »Ihr wisst doch, dass er alles für Elliot tun würde, auch den Robin für seinen Batman spielen.«

»Und was ist die zweite Idee?«, wollte Tori wissen.

»Das dürft ihr Leo auf keinen Fall verraten, Elliot möchte es geheim halten.«

Alle nickten.

Isla vergewisserte sich, dass Elsie West sie nicht belauschte, doch die war ganz offensichtlich von Seth McCluskey, dem Surflehrer abgelenkt, der mit nacktem Oberkörper am Fenster vorbeijoggte. Isla holte tief Luft. Bei ihrer Antwort würden ihre Tischgenossinnen ausflippen.

»Ich habe Elliot erklärt, was ein Held ist, und er will sich als Leo verkleiden.«

»Oh mein Gott«, sagte Emily und fasste sich an die Brust.

»Das ist so süß!«, rief Tori und Isla konnte sehen, dass sie Tränen in den Augen hatte. Die Schwangerschaftshormone machten sie sehr emotional.

»Ach du liebe Zeit, liebenswerter geht es ja wohl kaum«, warf Melody ein.

»Was ist hier los?«, fragte plötzlich jemand hinter ihnen, und sie wirbelten herum. Leos Tante Agatha hatte das Café betreten und stand jetzt hinter ihnen. Ihre frisch gefärbten Haare waren heute grün, zweifellos war sie in Halloweenstimmung. Sie trug ein grelllila Kleid mit großen orangefarbenen Kürbissen darauf. Das ganze Farbensemble biss sich fürchterlich, aber das war ihr egal. Isla mochte Agatha, doch jetzt, wo Leos Brüder, Aidan und Jamie, in festen Händen waren, hatte sich Agathas Druck auf Leo und Isla enorm verstärkt.

»Nichts«, behauptete Isla schnell. Falls Agatha auch nur den geringsten Anlass zum Tratsch witterte, wüsste noch vor Tagesende das ganze Dorf Bescheid, ob es nun stimmte oder nicht. Und Agatha brauchte ganz bestimmt keine Ermutigung, um über die Beziehung von Leo und Isla, beziehungsweise deren fehlende Beziehung, zu tratschen.

»Offensichtlich doch, oder warum steht Tori kurz vor einem Tränenausbruch?«, protestierte Agatha.

»Ich hab was im Auge«, log Tori und tupfte mit einem Taschentuch daran herum.

»In beiden Augen?« Agatha setzte sich zu ihnen. Dann drehte sie sich um und rief quer durch den Raum: »Elsie, was habe ich verpasst?«

Elsie wandte sich ihnen zu.

»Tori hat heute Nachmittag ihren ersten Ultraschall, Melody und Jamie haben über gemeinsame Kinder gesprochen, und Isla bewirbt sich vielleicht für einen Job bei Clark's Cavern«, begann Elsie. Schockiert starrte Isla sie an. Sie hatte tatsächlich alle Gespräche belauscht. »Und dann haben sie sich über die Halloweenkostüme für die Parade unterhalten, aber leider wurde ich dann abgelenkt. Seth McCluskey lief mit nacktem Oberkörper vorbei.«

Agatha machte ein finsteres Gesicht.

Elsie zuckte ungerührt mit den Schultern. »Der Junge sieht gut aus. Wenn ich zwanzig Jahre jünger wäre …«

»Dann wärst du immer noch viel zu alt für ihn«, schimpfte Agatha. Dann wandte sie sich wieder den Frauen an ihrem Tisch zu. »Also?«

»Es geht nur um Elliots Kostüm für die Parade«, erklärte Isla schnell und suchte in Gedanken hektisch nach etwas, was nichts mit Leo zu tun hatte. Agatha wollte sie unbedingt verheiratet sehen und Isla wollte keineswegs noch Öl in dieses Feuer gießen. »Er überlegt, ob er als Luke Skywalker geht, weil das Matthews Lieblingsfigur war.«

Sofort fühlte sich Isla wegen dieser Lüge schuldig, erst recht, weil Elliot als seinen Helden Leo auserkoren hatte und nicht seinen Dad. Doch schließlich verbrachte er auch jeden

Tag mit Leo, während er seinen Vater seit knapp achtzehn Monaten nicht mehr gesehen hatte. Obwohl sie wusste, dass Elliot seinen Vater immer noch schrecklich vermisste, waren Kinder wohl aus härterem Holz geschnitzt als Erwachsene, wenn es um Trauer ging.

»Oh. Das ist sehr schön«, erwiderte Agatha und wandte sich dann an Emily. »Ich nehme die Pilzsuppe, bitte.«

»Wir haben auch Kürbissuppe«, bot Emily an.

»Oh, das klingt gut, dann nehme ich die«, antwortete Agatha.

Emily ging zur Theke zurück und Agatha schenkte wieder Isla ihre Aufmerksamkeit. »Wo ist denn dein junger Mann heute Nachmittag?«

Einen Moment lang fragte sich Isla, ob Agatha damit Leo meinte, doch dann merkte sie, dass sie über Elliot sprach.

»Leo passt auf ihn auf«, erklärte sie. »Sie bauen das ›weltgrößte spektakulärste Legohaus‹. Elliot will Eintrittskarten verkaufen, damit die Leute kommen und es sich ansehen.«

»Ich würde ein Ticket kaufen«, erklärte Melody sich bereit. »Wenn Leo hilft, wird es garantiert umwerfend.«

»Oh, auf jeden Fall«, stimmte Isla ihr zu.

»Leo verbringt neuerdings viel Zeit bei dir im Haus«, stellte Agatha fest, als wäre es nur eine Beobachtung und nicht der Auftakt zu einer ihrer typischen Einmischungen.

Isla seufzte. »Er möchte für Elliot da sein.«

»Du meinst, er will dir an die Wäsche«, kam Agatha direkt auf den Punkt.

»Er will sie heiraten«, warf Melody verträumt ein, klappte aber auf einen bösen Blick von Isla hin sofort den Mund wieder zu.

Agatha zuckte mit den Schultern. »Das kommt aufs Gleiche raus.«

»Er will mich nicht nur heiraten, damit er mir an die Wäsche kann«, protestierte Isla.

»Warum fragt er dann immer wieder?«, hielt Agatha dagegen.

»Weil er sie liebt«, behauptete Melody, die offensichtlich ihre rosarote Brille aufhatte und sich nicht zurückhalten konnte.

»Er will sich einfach um mich und Elliot kümmern. Er macht sich Sorgen, weil Sadie immer noch die Hälfte des Hauses gehört und was aus mir wird, wenn das Geld alle ist. Nichts weiter. Er ist nur ein wunderbarer Freund, der sich um mich kümmert, das ist alles.«

»Ich finde, du solltest mit ihm schlafen, um zu sehen, ob da überhaupt ein Funke zwischen euch ist«, kommentierte Agatha.

Isla zweifelte nicht einen Augenblick daran, dass die Funken nur so fliegen würden. Die Erinnerung an ihre wunderbare gemeinsame Nacht war für immer in ihr Gedächtnis eingebrannt. Der Sex war unglaublich gewesen.

»Schließlich willst du ihn nicht heiraten und erst dann herausfinden, dass zwischen euch die Chemie nicht stimmt«, fuhr Agatha fort.

Melody versteckte ihr Lächeln hinter ihrem Drink. Nur sie wusste, dass Isla vier Jahre zuvor mit Leo geschlafen hatte. Sonst hatte Isla niemandem davon erzählt.

»Ich glaube nicht, dass sie dieses Problem hätten. Wenn die beiden zusammen sind, knistert förmlich die Luft zwischen ihnen«, mischte sich Tori ein, und Isla warf ihr einen ungläubigen Blick zu. Warum fiel sie ihr jetzt auch noch in den Rücken? Tori grinste und zuckte mit den Achseln. Steckten die Frauen hier alle unter einer Decke?

»Reizt es dich denn gar nicht, sein ... Würstchen in deinem Schlafrock zu verstecken?«, fragte Agatha, formte einen Kreis mit der einen Hand und steckte einen Finger hindurch.

»Kein bisschen«, erwiderte Isla.

Drei ungläubige Augenpaare blickten sie an.

»Okay, natürlich habe ich mal darüber nachgedacht ...«

»Ich wusste es!«, rief Agatha. »Denk nicht nur darüber nach, tu es! Wenn er das nächste Mal vorbeikommt, schubs ihn aufs Sofa, setz dich rittlings auf ihn und tanze den Tanz ohne Hose mit ihm!«

Isla schnaubte. »Und das mache ich, während Elliot im Zimmer nebenan ist?«

»Für einen solchen guten Zweck biete ich mich gern als Babysitterin an«, erwiderte Agatha.

»Ich mich auch«, warf Melody kichernd ein.

Lachend streckte Tori den Daumen hoch. »Wir passen gern auf ihn auf.«

In diesem Moment kam Emily mit ihrer Bestellung herüber und stellte die Teller vorsichtig auf dem Tisch ab. »Worüber lacht ihr denn?«

»Darüber, dass Leo und Isla miteinander schlafen«, brachte Tori zwischen ihren Kicheranfällen heraus.

»Wirklich?« Emily schien gleichzeitig schockiert und erfreut über diese wunderbaren Neuigkeiten.

»Nein, natürlich nicht«, wehrte Isla ab.

»Habt ihr es vor?«, fragte Emily weiter.

»Nein«, sagte Isla, doch zur selben Zeit behaupteten Agatha, Tori und Melody im Chor: »Ja.«

Isla seufzte. »Ignorier sie. Ich habe nicht vor, mit deinem Bruder zu schlafen.«

Sie nahm ihr Besteck in die Hand und begann zu essen. Vielleicht würde das Gespräch dann ja verstummen.

»Warum zum Teufel denn nicht?«, verlangte Agatha zu wissen, tauchte den Löffel in ihre Kürbissuppe und schwenkte ihn dann umher, um ihre Frage zu unterstreichen. »Jeder Außenstehende sieht doch, dass du bis über beide Ohren in ihn verliebt bist.«

»Weil er mich nicht liebt«, erwiderte Isla entnervt.

»Ach, Blödsinn. Natürlich liebt er dich. Kein Mann würde alle anderen Frauen aufgeben, damit er als Vorbild für ein Kind fungieren kann, das nicht mal sein eigenes ist. Er ist jeden Tag bei dir und auch an den meisten Abenden. Du willst mir doch nicht erzählen, dass er das alles aus Loyalität zu Matthew macht.«

»Doch«, beharrte Isla.

»Lasst sie in Ruhe«, verlangte Emily. »Wenn sie zusammenkommen sollen, dann müsst ihr sie das auch so machen lassen, wie sie es für richtig halten.«

Agatha wollte protestieren, doch Emily kam ihr zuvor.

»Wenn ich wieder herkomme und du immer noch mit Isla darüber sprichst, bekommst du keinen Cupcake von mir. Die sind mit Karamell und Apfel gemacht, deine Lieblingssorte, und ich habe sie mit einem niedlichen kleinen Kürbis dekoriert.«

Agatha klappte hörbar den Mund zu. Einen Moment später öffnete sie ihn jedoch schon wieder – Schweigen gehörte ganz offensichtlich nicht zu ihren Stärken. »Du würdest wirklich deiner armen alten Tante ihren Lieblingskuchen vorenthalten, die einzige Freude, die ich noch im Leben habe?«

»Du brauchst mir gar nicht mit dieser Arme-alte-Frau-Nummer zu kommen. Themenwechsel, oder es gibt keinen Kuchen für dich«, sagte Emily resolut und ging zurück hinter die Theke.

Agatha wartete, bis Emily mit einem anderen Gast beschäftigt war, und beugte sich dann vor.

»Meine Spione haben mir berichtet, dass er dir einen Ring gekauft hat«, flüsterte sie. Die Androhung eines kuchenleeren Lebens hatte offensichtlich nicht ausgereicht, um ihre Einmischung zu unterbinden.

Isla legte sofort ihr Besteck beiseite und blickte hinüber zu Melody, der Besitzerin des einzigen Schmuckladens in Sandcastle Bay.

Melody zuckte mit den Schultern. Sie hatte gerade von ihrem Sandwich abgebissen und schluckte rasch. »Mich brauchst du nicht anzuschauen, bei mir hat er den ganz sicher nicht gekauft.«

»Aber woher hat er ihn dann?«, wollte Isla wissen.

»Aus dem Schmuckladen in Meadow Bay«, verriet Agatha.

Tori schüttelte ungläubig den Kopf. »Du hast deine Spione wirklich überall.«

»Der Ring könnte für irgendwen bestimmt gewesen sein«, wehrte Isla ab.

»Es ist ein Verlobungsring.«

Schockiert starrte Isla sie an – das Essen war vergessen. Leo hatte ihr einen Ring gekauft. Bisher hatte sie seine Anträge nur für Alberei gehalten, aber ein Ring war eine ernste Ansage.

»Falls er dir mit diesem Ring einen Antrag macht, würdest du dann Ja sagen?«, hakte Agatha nach.

Isla zögerte lange genug, dass Agatha ein triumphierendes Lächeln aufsetzte, als hätte sie gewonnen.

»Nein«, erklärte Isla entschieden und nahm Messer und Gabel wieder in die Hand.

»Du hast gezögert«, erinnerte Agatha sie.

»Nicht, solange der Antrag nicht von einer Liebeserklärung begleitet wird. Ansonsten schreite ich mit niemandem zum Altar. Und wenn du nicht willst, dass ich Emily verrate, dass du mich immer noch deswegen drangsalierst, dann wechselst du jetzt lieber das Thema«, empfahl ihr Isla. So viel zum Thema friedliches Mittagessen.

»Jamie und ich haben uns gemeinsam Ringe angesehen«, platzte Melody heraus, im verzweifelten Versuch, Isla weitere Qualen zu ersparen.

Es funktionierte. Agatha fixierte sich sofort auf Melody. »Er will dir einen Antrag machen?«

Isla seufzte erleichtert auf, dass sie vom Haken war. Zumindest für den Moment.

»Es läuft so gut zwischen uns«, sagte Melody, biss von ihrem Sandwich ab und kaute langsam. Ganz offensichtlich spielte sie auf Zeit. Isla nutzte die Pause, um weiterzuessen. »Wir verbringen jeden Abend zusammen, entweder bei ihm oder bei mir. Sogar seine Tiere haben mich vollkommen akzeptiert. Letzte Woche habe ich sogar von Dobby, dem Truthahn, eine Umarmung bekommen! Hat dich schon mal ein Truthahn umarmt? Das ist ganz reizend.«

»Der Antrag«, bohrte Agatha nach, die den versuchten Themenwechsel durchschaut hatte.

»Na ja, ich glaube, er will den genauen Moment noch geheim halten, aber wir haben neulich über Verlobungsringe gesprochen. Da ich einen eigenen Schmuckladen habe, spürt er natürlich einen gewissen Druck, den richtigen Ring auszusuchen, und wenn es eine Überraschung sein soll, kann er ihn auch nicht bei mir kaufen. Aber er war neulich im Laden, als ein Mann gerade einen Verlobungsring für seine Freundin kaufte. Er hat ewig gebraucht, bis er einen gefunden hat, der ihm gefiel. Nachdem er fort war, hat Jamie angemerkt, dass es ziemlich knifflig ist, einen Verlobungsring auszusuchen, und wir haben uns dann darüber unterhalten, mit welchem Ring aus dem Laden ich gern einen Antrag bekommen würde.«

»Hast du es ihm verraten?«, fragte Agatha eifrig.

»Nun ja, ich habe keine Ahnung, wie mein idealer Ring aussehen würde. Im Lauf der Jahre habe ich Hunderten oder gar Tausenden Paaren dabei geholfen, den perfekten Ring zu finden, aber ich weiß nicht, was ich mir aussuchen würde. Ehrlich gesagt, selbst wenn Jamie mir mit einem Plastikring aus dem

Kaugummiautomaten einen Antrag machen würde, würde ich Ja sagen.«

Tori nickte und berührte den blauen Mondsteinring an ihrer linken Hand. »Ich hatte kaum einen Blick auf den Ring geworfen, mit dem Aidan mir einen Antrag gemacht hat, da bin ich schon in Tränen ausgebrochen. Ich liebe diesen Ring, er ist so hübsch und einzigartig, aber ich hätte zu jedem Ring Ja gesagt.«

»Ich finde, wenn sich ein Mann schon die Mühe macht, einer Frau einen Ring zu kaufen, dann sollte sie auch Ja sagen«, meinte Agatha und warf Isla einen vielsagenden Blick zu.

»Emily!«, rief Isla und winkte, um Emilys Aufmerksamkeit zu erregen.

»Okay, okay, ich bin ja schon still«, murmelte Agatha. Offensichtlich war der Kuchen doch ein großer Anreiz.

Emily kam herüber und funkelte Agatha böse an. »Macht sie dir immer noch das Leben schwer?«, fragte sie Isla.

Agatha tat so, als schlösse sie einen Reißverschluss über ihrem Mund. Entweder wollte sie damit andeuten, dass sie nichts mehr sagen werde, oder sie wollte Isla auffordern, nichts zu verraten.

»Könnte ich bitte ein Glas Wasser bekommen?«, fragte Isla und lächelte treuherzig. Emily schien jedoch nicht überzeugt, dass Isla sie aus diesem Grund herübergerufen hatte. Sie warf Agatha einen mahnenden Blick zu und verschwand.

Agatha murmelte etwas in der Art vor sich hin, dass sie schließlich nur helfen wolle, doch Isla ignorierte das und wandte sich wieder ihrem Essen zu.

»Du könntest auch Jamie einen Antrag machen«, schlug Agatha vor, die sich jetzt wieder auf Melody konzentrierte.

Melody lachte. »Ja, das könnte ich.«

»Manchmal glaube ich, dass Frauen Männern ihre Gefühle nicht gestehen, weil sie Angst vor Zurückweisung haben. Dabei ist es manchmal das Risiko wert. Manchmal muss man einfach wissen, woran man ist, und sein Leben in die eigene Hand nehmen«, fuhr Agatha fort und schenkte Isla einen vielsagenden Blick. Offensichtlich war das an sie gerichtet, nicht an Melody, die vermutlich sehr genau wusste, was Jamie für sie empfand.

»Ich habe kein Problem damit, diesmal Jamie die Frage zu überlassen. Schließlich war ich diejenige, die zuvor den ersten Schritt gemacht hat, und wir sind erst seit drei Monaten zusammen«, erklärte Melody. »Ich habe es nicht eilig.«

Agatha sah aus, als wollte sie da noch nachhaken, also mischte sich Isla ein.

»Wie läuft denn eigentlich deine Romanze mit Stefano?«, fragte sie nachdrücklich. Der arme Besitzer des italienischen Restaurants im Ort war seit Langem das Ziel von Agathas Zuneigung, und sie versuchte nicht sehr subtil, ihn davon zu überzeugen, was für ein tolles Paar sie abgeben würden. Soweit Isla wusste, wehrte er sich immer noch erfolgreich gegen ihre Avancen.

»Ach, der Mann ist einfach viel zu schüchtern. Manchmal brauchen die Männer ein bisschen Überzeugung, einen kleinen Schubs in die richtige Richtung«, erwiderte Agatha, die damit das Gespräch ganz offensichtlich wieder auf Isla brachte.

»Und was machen deine Hochzeitsvorbereitungen?«, fragte Isla Tori, bevor das Thema wieder auf Leo kam.

»Die laufen sehr gut. Ich denke ständig, dass ich deutlich gestresster sein müsste, so knapp einen Monat vor der Hochzeit. Ich frage mich, ob ich irgendetwas Großes vergessen habe, aber bisher läuft alles glatt. Es wird sowieso nur eine kleine Trauung. Wir haben ein großes Büfett bestellt, kein mehrgängiges Menü, und es sind nur Familienmitglieder und enge Freunde eingeladen. Falls etwas schiefläuft, werden wir es also irgendwie überstehen. Solange Aidan da ist, bin ich glücklich. Der Rest findet sich schon irgendwie«, sagte Tori gelassen.

Isla lächelte. Wie schön es war, dass sich Tori in ihrer Beziehung so sicher fühlte. Offenbar war es ihr im Prinzip egal, ob die Feier ein Erfolg wurde oder nicht. An diesem Tag ging es nur darum, dass Tori Aidan heiratete, und das war das Einzige, was für sie zählte. Andere Bräute drehten völlig durch, aber Tori wirkte absolut ruhig.

Eifersucht durchzuckte Isla. Würde sie jemals auch in dieser Position sein? Mit einem Mann, der sie aus ganzem Herzen liebte, in guten wie in schlechten Zeiten? Jemand, der Elliot liebte, als wäre er sein eigenes Kind? Ihre Gedanken wanderten zu Leo. Wie sehr wünschte sie sich, er wäre dieser Mann. Doch ihr leidgeprüftes Herz hatte große Angst davor, noch einmal gebrochen zu werden. Zweieinhalb Jahre lang war sie mit Daniel zusammen gewesen, sie hatten oft über ihre gemeinsame Zukunft gesprochen, aber nur wenige Tage nach Matthews Tod, als sie ihm verkündet hatte, sie werde die Vormundschaft für Elliot übernehmen, hatte er sie sitzenlassen. Ganz sicher hatte er da keine Zukunft in guten wie in schlechten Zeiten gesehen. Isla wusste, mit wem auch immer sie zusammenkommen würde, er musste sie und Elliot bedingungslos lieben. Soweit sie wusste, hatte Leo noch nie eine ernsthafte Beziehung gehabt, und sie war sich nicht sicher, ob er trotz seiner Anträge wirklich eine wollte.

Plötzlich wurde die Tür zum Café aufgestoßen und das hereinfallende Licht wurde von Aidan Jackson blockiert, dem ältesten der drei Brüder. Er sah genauso gut aus wie Leo, doch Aidan wirkte auch glücklich und sorglos, etwas, was sie bei Leo schon sehr lange nicht mehr gesehen hatte.

Sie beobachtete, wie ein Strahlen über Toris Gesicht lief beim Anblick ihres Verlobten, und Tori stand auf, um ihn mit einem schnellen Kuss zu begrüßen. Ihr war es egal, wer dabei zusah.

»Hallo, meine Schöne«, sagte Aidan und lächelte an ihren Lippen. Dann legte er ihr die Hand auf den Bauch. »Bist du bereit, dir unser kleines Pip anzusehen?«

»Ich kann es kaum erwarten.« Sie wickelte die Reste ihres Sandwichs in eine Serviette, verabschiedete sich rasch von allen am Tisch mit einem Kuss, und nachdem Aidan allen zugewinkt hatte, verließen sie Hand in Hand das Café.

Isla blickte ihnen sehnsüchtig hinterher. Dann sah sie hinüber zu Agatha, die ihren Blick bedeutungsvoll erwiderte.

Möglicherweise hatte Agatha recht. Vielleicht sollte sie endlich ihr Leben in die Hand nehmen. Wenn sie etwas unbedingt wollte, dann sollte sie es sich vielleicht einfach holen.

Allerdings hatte sie nicht die geringste Ahnung, wie sie das anstellen sollte.

Kapitel 3

Isla wischte Reif und Schmutz von Matthews Grabstein, legte ein Handtuch auf den Boden und setzte sich darauf, wobei sie die Knie bis an die Brust zog. In dieser Ecke des Friedhofs hatten die Bäume ihre Blätter abgeworfen und auf dem Boden einen juwelengleich leuchtenden Teppich in Cranberryrot, Pflaumenviolett, Mandarinenorange und Zitronengelb zurückgelassen. Die winzigen Eiskristalle darauf glitzerten, und der Tag schien dadurch wie in einen Zauber versetzt.

Seufzend betrachtete sie den Namen in Goldbuchstaben. Es fühlte sich nicht richtig an, mit dem Stein zu sprechen, als wäre er Matthew. Dieser leblose schwarze Stein war kein Abbild des Mannes, dessen Leben voller Lachen und Abenteuer gewesen war. Doch sie hatte keinen anderen Ort, an den sie gehen konnte.

Zu Matthews Lebzeiten hatten sie jeden Samstag um vierzehn Uhr miteinander telefoniert. Manchmal sprach sie bei dieser Gelegenheit auch mit Elliot, doch überwiegend redete sie mit Matthew. Ab und zu telefonierten sie auch zu anderen Zeiten unter der Woche miteinander, doch die Samstagsgespräche waren eine Art ungeschriebenes Gesetz gewesen. Aus irgendeinem Grund setzte sie diese Konversation immer noch fort, auch wenn sie inzwischen einseitig war.

»Wie geht es dir?«, erkundigte sich Isla. »Wie ich sehe, bist du immer noch tot. Ich persönlich glaube ja, du machst das nur wegen der Aufmerksamkeit.«

Ihre Beziehung war immer von Geplänkel und Sarkasmus geprägt gewesen, und sie hatten sich auf die liebevolle Art aufgezogen, wie Geschwister das nun mal taten. Auch wenn es ihr nicht ganz fair schien, da er ihre Frotzeleien nicht mehr erwidern konnte, begrüßte sie ihn immer noch mit einer sarkastischen Bemerkung und wollte auch nichts daran ändern.

»Ich soll dich von Elliot grüßen«, fuhr Isla fort.

Nach Matthews Tod hatte sie Elliot einige Male mit zu Matthews Grab genommen, aber er hatte einfach nicht begreifen können, dass dieser Stein der Ort war, an dem er seinen Dad besuchen und mit ihm sprechen sollte. Außerdem wollte sie nicht, dass Elliot sich auf diese Weise an seinen Dad erinnerte. Lieber sprach sie mit ihm über die schönen Zeiten und zeigte ihm gemeinsame Fotos und Videos. Elliot wusste, dass sie ans Grab ging, um mit Matthew zu sprechen, und an den meisten Samstagen gab er ihr ein selbst gezeichnetes Bild für seinen Dad mit.

»Das hier hat er für dich gezeichnet.« Sie holte das Bild des Tages aus ihrer Tasche und glättete es, bevor sie es umdrehte, um es Matthew zu zeigen. »Das ist ein Bild von mir, Elliot und Leo, und natürlich mit Luke.«

Sie wartete, bis Matthew genügend Zeit gehabt hatte, die Zeichnung zu betrachten. Schon lange waren ihr diese Gespräche nicht mehr peinlich, auch nicht, dass sie dem Grabstein mit ihrem Handy Fotos oder Videos von Elliot zeigte. Sie hatte keine Ahnung, ob Matthew da war oder nicht, was mit dem Geist und der Seele von Menschen passierte, wenn sie starben, ob sie bei ihren geliebten Nächsten auf der Erde blieben oder weiterzogen, aber diese Gespräche halfen ihr, sich ihm verbunden zu fühlen, und sie war noch nicht bereit, sich von ihm zu verabschieden. Und gemessen an den frischen Blumen auf dem Grab ging es Melody und ihrer Mum vermutlich genauso.

Sie drehte das Blatt, um sich selbst die Zeichnung anzuschauen, und fragte sich, was Matthew wohl davon hielt. Kurz nach seinem Tod hatten Elliots Bilder immer ihn und seinen Dad gezeigt. Später waren daraus Isla, Elliot und Matthew geworden, bis Matthew irgendwann durch Leo ersetzt worden war.

»Elliot liebt Leo, und ich bin fest davon überzeugt, dass dieses Gefühl auf Gegenseitigkeit beruht. Leo geht ganz wunderbar mit ihm um. Du hast auf jeden Fall den richtigen Menschen als Patenonkel ausgewählt. Natürlich vermisst Elliot dich. Wir alle.« Isla wollte Matthew unbedingt versichern, dass er nicht vergessen wurde, egal, was das Bild aussagte. Sie schloss einen Moment lang die Augen und erinnerte sich an sein Gesicht, sein fröhliches Lachen. »Du fehlst mir so sehr.«

Sie schlug die Augen wieder auf. An manchen Tagen kam sie her und konnte endlos erzählen. An anderen tat es ihr zu sehr weh, höfliche Konversation mit einem schwarzen Stein zu betreiben.

»Elliot hat Luke einen neuen Trick beigebracht. Luke kann jetzt im Austausch gegen ein Leckerli die Pfote geben. Er folgt Elliot überallhin und ist eine echte Marke. Ich glaube, du würdest ihn mögen. Zwischen Mum und Trevor scheint es ernst zu werden. Ganz offensichtlich ist er völlig hingerissen von ihr, und ich nehme an, dass er ihr bald einen Antrag machen wird. Kannst du dir vorstellen, dass Mum noch mal heiratet? Aber er macht sie glücklich, und mehr können wir nicht verlangen, richtig? Dad hat ihr damals das Herz gebrochen, als er sie verlassen hat, und ich hätte nie vermutet, dass sie jemals wieder glücklich wird, so wütend, wie sie auf die ganze Welt war. Aber das weißt du ja, du warst dabei und musstest es genauso ertragen wie wir übrigen.«

Isla blickte zum pfirsich- und türkisfarbenen Himmel hinauf. Das Zusammenleben mit ihrer Mum Carolyn war viele Jahre lang sehr schwierig gewesen. Nachdem ihr Mann sie und die Kinder verlassen hatte, zog sie sich von allen zurück, sogar von ihren Freunden und ihrer Familie – so wütend war sie auf alle gewesen, aber hauptsächlich natürlich auf ihren Mann. Auch Isla war viele Jahre lang zornig auf ihren Vater gewesen, und obwohl sie inzwischen ab und zu telefonierten, waren sie sich nie wieder so nah gekommen wie früher. An dem Tag, als er sie alle für die Frau, mit der er eine Affäre hatte, sitzenließ, hatte er sich von ihnen allen abgewendet. Offensichtlich unterschied sich seine Auffassung von Familie von ihrer eigenen. Für sie bedeuteten Ehe und Kinder lebenslange Bindungen.

Isla blickte wieder auf den Grabstein und vermutete, dass Matthew, falls er wirklich hier war, darauf wartete, dass sie weitersprach. Beim Gedanken an den sarkastischen Kommentar, den er ihr vermutlich an den Kopf geworfen hätte, musste sie lächeln.

»Aber sie ist inzwischen sanfter geworden. Das Zusammensein mit Elliot macht sie glücklich und Trevor ist nett. Manchmal ein bisschen ernst, aber sie … ist irgendwie lockerer geworden. Er bringt sie zum Lachen. Vermutlich werden wir uns nie so nahe stehen wie andere Töchter und ihre Mütter, aber sie gibt sich wirklich Mühe, das merke ich. Und, wo wir gerade von Anträgen sprechen, ich glaube, Jamie wird Melody auch bald einen machen. Du solltest die beiden mal zusammen sehen, die sind so sehr ineinander verliebt, das ist geradezu lächerlich.«

Sie unterbrach ihren Monolog und schloss wieder die Augen, erinnerte sich an die guten Zeiten, an all die Streiche, die sie und Matthew einander gespielt hatten. Das verstärkte zwar den Schmerz in ihrer Brust, aber sie mochte diese Erinnerungen viel zu sehr, als dass sie sich davon hätte abhalten lassen, sie ab und zu hervorzuholen.

Sie hörte ein Geräusch neben sich und erkannte, dass Leo über ihr aufragte. Rasch wischte sie sich über die Augen, damit Elliot sie nicht weinen sah, bevor sie sich nach ihm umblickte.

»Deine Mum hat ihn«, erklärte Leo. »Sie kam vorbei und die beiden sind gemeinsam zum Golden Bridge gegangen.«

Isla lächelte. Elliot liebte dieses noble Restaurant auf den Klippen, und sie behandelten ihn dort jedes Mal wie einen König, wenn er mit seiner Großmutter zu Gast war. Er bestellte immer heiße Schokolade mit Schlagsahne und Ahornsirup darauf, und das Personal schmuggelte ihm jedes Mal einen kleinen Kuchen mit auf den Teller.

»Woher wusstest du, dass ich hier bin?«

»Ich bin vorbeigefahren und habe dich hier sitzen sehen. Da dachte ich, vielleicht möchtest du ja ein wenig Gesellschaft.«

Isla zögerte einen Moment mit ihrer Antwort, da sie erst ihre Erinnerungen wieder verstauen musste.

»Oder ich kann dich allein lassen, wenn dir das lieber ist.«

Isla rutschte auf dem Handtuch zur Seite und klopfte auf den freien Platz neben sich. Lächelnd setzte sich Leo, legte ihr einen Arm um die Schultern und küsste ihre Stirn. Sie lehnte den Kopf an seine Schulter.

Lange saßen sie schweigend so da und lauschten dem Vogelgesang im herbstlichen Sonnenschein und dem entfernten Meeresrauschen. Sie war dankbar, dass Leo sie nicht drängte oder ein Gespräch begann. Einfach hier zu sein war genug.

Nach einer Weile sah sie zu ihm auf. »Kommst du auch manchmal her?«

Er seufzte. »Früher ja. Aber man kann sich nur eine begrenzte Anzahl Male entschuldigen.«

Verwirrt runzelte sie die Stirn. »Wofür entschuldigst du dich denn?«

Er antwortete nicht, sondern blickte hinaus aufs Meer. Schließlich sagte er: »Er fehlt mir einfach auch.«

Sie verstand nicht wirklich, was er damit meinte, aber sie beschloss, es auf sich beruhen zu lassen. Jeder Mensch verarbeitete Trauer anders.

Sie stand auf und streckte ihm eine Hand entgegen. »Na komm, gehen wir nach Hause.«

Er erhob sich und betrachtete das Grab. »Gib mir bitte noch einen Moment.«

Sie nickte und ging einige Meter weiter. Von dort aus sah sie zu, wie er eine Hand auf den Grabstein legte. Er flüsterte etwas, was sie nicht hören konnte, aber da sein Blick ihren festhielt, nahm sie an, dass es um sie ging. Vermutlich versprach er Matthew erneut, sich um sie zu kümmern.

Dann kam Leo zu ihr herüber und legte ihr wieder den Arm um die Schultern. »Na komm, ich glaube, du brauchst auch eine heiße Schokolade.«

»Mit Schlagsahne?«, frotzelte sie.

»Natürlich, und ich tröpfele sogar noch Ahornsirup darüber.«

Grinsend lehnte sie sich auf dem Rückweg zu seinem Auto an ihn.

Leo kümmerte sich wirklich jeden Tag um sie. Wichtig waren dabei nicht seine bedeutungslosen Anträge und sein Versprechen, ihnen ein Zuhause zu bieten, sondern seine Freundschaft. Matthew hatte ihr mit Leo ein wunderbares Geschenk gemacht, und sie wusste, dass ihr Bruder das auch so geplant hatte.

* * *

Leo betrachtete die Bläschen, die in seinem Pint aufstiegen. In Gedanken war er meilenweit entfernt. Oder genauer gesagt, eine halbe Meile die Straße hinauf im Hot Chocolate Cottage. Als Matthew und Sadie das Haus kauften, hatte Sadie darauf bestanden, es Champagne Cottage zu nennen, und der Name war auch nach ihrem Weggang geblieben. Matthew hatte viel zu viel damit zu tun gehabt, ein Baby allein aufzuziehen, als sich über den Namen eines Hauses Gedanken zu machen. Als nach seinem Tod seine Schwester Isla dort einzog, um sich um Elliot zu kümmern, fand sie den Namen protzig. Daher hatte sie Elliot gefragt, was er am liebsten trank, und so hatte sich der Name Hot Chocolate Cottage eingebürgert. Leo glaubte, dass es in ganz Großbritannien vermutlich kein anderes Haus mit einem solch einzigartigen und interessanten Namen gab. Aber das war Isla – sie war einzigartig, interessant, etwas Besonderes. Ihm gefiel es, dass sie ihn als ihren besten Freund ansah.

Seine Gedanken wanderten zum Nachmittag auf dem Friedhof zurück. Es war schon lange her, seit er zum letzten Mal bei Matthews Grab gewesen war. Seine Schuldgefühle waren zu groß. Falls es einen Gott oder eine höhere Macht gab, der darüber entschied, wer lebte und wer starb, warum hatte er einen guten, anständigen und freundlichen Menschen wie Matthew zu sich genommen statt eines ichbezogenen Mistkerls wie ihn, Leo? Und durch sein selbstsüchtiges Handeln war Matthew nun tot und Leo durfte Isla wieder in seinem Leben haben. Es fühlte sich komplett falsch an. Als er am Friedhof vorbeigefahren war, hatte er sie dort sitzen sehen und lange überlegt, ob er zu ihr hingehen sollte. Doch es gab etwas, worin er überraschend gut war: ein Freund sein, für sie da zu sein, wenn sie eine Schulter zum Ausweinen brauchte. Obwohl seine Gründe alles andere als uneigennützig gewesen waren, hatte ihre Anwesenheit doch seine Schuldgefühle ein wenig gelindert.

Leos jüngerer Bruder Jamie setzte sich ihm gegenüber.

»Warum ziehst du denn so ein Gesicht?«, wollte Jamie wissen. Er schlüpfte aus seiner Jacke und warf sie über die Stuhllehne.

»Keine Ahnung, wovon du sprichst«, murmelte Leo und trank sein Pint aus. Normalerweise trank er nicht allein, doch Jamie kam zu spät. Genau genommen kam er immer zu spät, weil er ständig mit irgendeiner Skulptur oder einem Kunstwerk beschäftigt war. Und in letzter Zeit verbrachte er auch viel Zeit mit seiner neuen Freundin Melody.

»Oh doch. Du siehst aus, als hätte dir jemand dein Lieblingsspielzeug weggenommen.«

Leo warf Jamie einen bösen Blick zu, in der Hoffnung, dass dieser dann das Thema fallenlassen werde. Doch ganz offensichtlich beeindruckte das Jamie kein bisschen und er setzte sogar noch einen drauf.

»Lass mich raten, du hast dich mit Isla gestritten?«

»Nein, bei uns gibt es nie Streit.«

»Aber es hat mit ihr zu tun.«

Leo seufzte.

»Wie wär's, wenn ich unsere Getränke bestelle und dann kannst du mir alles darüber erzählen?« Jamie stand auf. »Noch ein Pint?«

Leo schüttelte den Kopf. »Nur einen Orangensaft für mich.«

Jamie lächelte liebevoll und ging zur Bar. Leo trank im Pub inzwischen nie mehr als ein oder zwei Bier. Auch die Häufigkeit seiner Pubbesuche hatte sich geändert. Ein- bis zweimal pro Woche traf er sich hier mit seinen Brüdern, statt jeden Abend herzukommen. Seit dem Tod seines besten Freundes Matthew hatte sich eine Menge geändert.

Jamie kam gerade mit den Getränken zurück, als es in Leos Tasche klingelte. Leo fischte das Walkie-Talkie heraus und lächelte breit.

Elliots Kinderstimme drang aus dem Lautsprecher. »Hier ist Batman für Robin, Robin, bitte kommen!«

»Hier spricht Robin, was ist los, Batman?«, antwortete Leo.

Schnaubend setzte sich Jamie und reichte seinem Bruder den Saft. Leo war es völlig egal, dass sein Image des coolen Typen schneller dahinschmolz als eine neue Eiscremesorte bei Sprinkles. Er blickte sich im Pub um – einige Männer grinsten ihn an.

»Ich wollte dir nur gute Nacht sagen«, erklärte Elliot.

»Gute Nacht, Kumpel, ich hab dich lieb.«

»Ich habe dich auch lieb«, erwiderte Elliot. »Sehen wir uns morgen?«

»Darauf kannst du dich verlassen.«

»Gute Nacht, Leo. Ende von Batmans Durchsage.«

Leo wartete, ob noch mehr kam – »Ende der Durchsage« bedeutete nicht immer, dass das Gespräch beendet war –, aber diesmal blieb das Funkgerät still. Er steckte das Walkie-Talkie wieder ein, trank einen Schluck von seinem Orangensaft und ignorierte hartnäckig Jamies Blick.

»Leo Jackson«, kommentierte Jamie kopfschüttelnd. »In meinen wildesten Träumen hätte ich mir nicht vorgestellt, dass ich dich eines Tages zu jemandem sagen höre, dass du ihn liebst.«

»Halt die Klappe.«

Jamie ließ sich jedoch nicht beirren. Das war gleichzeitig gut und schlecht an Brüdern – sie waren nicht gleich beleidigt, was wiederum aber auch hieß, dass Jamie das Thema nicht so schnell auf sich beruhen lassen würde.

»Obwohl ich glaube, dass eine bestimmte Person das sogar noch lieber aus deinem Mund hören würde«, fuhr Jamie fort und wackelte bedeutungsvoll mit den Augenbrauen.

Jamie hielt sich normalerweise aus Leos Angelegenheiten raus, aber seit er mit Melody Rosewood, Islas Schwester, zusammen war, schienen es sich die beiden zur Aufgabe gemacht zu haben, sich so viel wie möglich einzumischen. Insbesondere Melody schien wild entschlossen, Isla ein Happy End mit Leo zu verschaffen, und wie es aussah, hatte sie nun auch Jamie zu dieser aussichtslosen Mission verpflichtet.

»Isla hat meine Heiratsanträge ungefähr einhundert Mal abgelehnt, ich glaube nicht, dass sie darauf hofft, dass ich ihr meine Liebe gestehe.«

»Und warum ist das deiner Meinung nach so?«, fragte Jamie jetzt ernst. Leo entdeckte Sorge in seinen Augen. Wollten sie jetzt wirklich ein ernsthaftes Gespräch dazu führen? Normalerweise hielten sie sich an entspanntere Themen.

»Weil sie findet, ich bin nicht gut genug«, entgegnete Leo.

»Nein, du hältst dich für nicht gut genug. Versuch nicht, ihr das anzulasten.«

Manchmal war sein Bruder einfach zu einfühlsam.

»Ich bitte dich, denk mal an all die Frauen, mit denen ich geschlafen habe. So einen Mann will sie nicht.«

»Anfangs, nach ihrem Umzug nach Sandcastle Bay, hat das sicherlich eine Rolle gespielt«, antwortete Jamie ernsthaft. »Nachdem Daniel sie verlassen hat, weil sie Elliots Vormundschaft übernehmen wollte, musste sie sich ja sehr verletzt fühlen. Sie waren schließlich … wie lange zusammen, zwei, drei Jahre? Ich glaube, sie hatte sich eine gemeinsame Zukunft ausgemalt. Seither hatte sie keinen Freund mehr und ich nehme an, dem nächsten muss sie erst vollständig vertrauen, nicht nur um ihretwillen, sondern auch wegen Elliot. Ich weiß, dass sie dich wegen deines Rufs als Frauenheld anfangs vielleicht nicht als ernsthaften Kandidaten betrachtet hat, oder sich nicht vorstellen konnte, dass du etwas Langfristiges willst, aber sie hat gesehen, wie du dich während des vergangenen Jahres verändert hast. Das haben wir alle gesehen.«

»Ich habe ihr erst heute Morgen einen Antrag gemacht. Sie hat ihn abgelehnt.«

»Was genau hast du ihr denn angeboten?«, wollte Jamie wissen.

»Dass ich mich um sie und Elliot kümmere. Sie müsste sich nie wieder Gedanken um Geld machen, oder dass man ihnen ihr Zuhause wegnimmt.«

»Sie will mehr als das.«

»Was kann ich ihr denn sonst noch geben?«

»Dein Herz?«, schlug Jamie entnervt vor.

Leo schnaubte. »So was in der Art hat sie heute Morgen auch gesagt, dass sie nur aus Liebe heiraten würde, aber das kann ich ihr nicht geben.«

»Warum zum Teufel denn nicht? Jeder im Dorf kann sehen, dass ihr beiden wahnsinnig ineinander verliebt seid.«

»Sie liebt mich nicht. Das kann gar nicht sein. Außerdem wäre das schnell vorbei, sobald sie die Wahrheit über Matthews Tod erfährt.« Er schloss einen Moment die Augen. Sie würde ihn hassen, und zwar zu Recht.

Jamie verzog das Gesicht. »Hast du deswegen immer noch Schuldgefühle? So war es schon nach Dads Tod. Jahrelang hast du dich damit belastet, und auch das war gar nicht deine Schuld.«

Leo seufzte. Er war noch ein Kind gewesen, als sein Vater nach einem Tag, an dem er viel mit ihm Radfahren gewesen war, an einem Herzinfarkt starb. In diesem Alter hatte er natürlich die Schuld dafür sich zugeschrieben. Seiner Kinderlogik nach hätte sein Dad noch gelebt, hätte Leo ihn nicht zum Radfahren überredet. Erst viele Jahre später, nachdem er ein wenig zu der Krankheit seines Vaters recherchiert hatte, erkannte er, dass die Ärzte ihm damals die Wahrheit gesagt hatten: Es hätte seinen Vater jederzeit erwischen können, sogar beim Fernsehen. Erst dann ließen seine Schuldgefühle nach, die er all die Jahre mit sich herumgeschleppt hatte, obwohl er immer noch sein Verhalten in den Jahren nach dem Tod seines Vaters bedauerte. Seine Mum, seine Brüder und seine Schwester hatten auch getrauert, aber zusätzlich hatten sie sich einige Jahre lang noch mit seinem schlechten Benehmen und seiner miesen Laune herumschlagen müssen. Das hatten sie nicht verdient, und er war sehr überrascht, dass sie trotz allem zu ihm gehalten hatten. Aber hier lag die Sache anders.

»Für Dads Tod war ich vielleicht nicht verantwortlich, aber an Matthews Tod trage ich die Schuld«, erklärte Leo leise.

»Matthews Tod war nicht deine Schuld.«

»Du weißt genauso gut wie ich, hätte ich etwas gesagt oder etwas getan, würde Matthew heute noch leben. Elliot hätte immer noch einen Vater, Isla würde noch in London leben und vermutlich diesen Idioten Daniel heiraten. Sie ist nur hier in Sandcastle Bay, weil ich an dem Abend, an dem Matthew starb, nichts unternommen habe, um es zu verhindern. Meinetwegen hat sie ihren Job verloren, ihren Freund und ihren Bruder. Da sollte ich nicht auch noch von Matthews Tod profitieren. Mit Isla zusammen zu sein wäre gleichbedeutend mit einem Lotteriegewinn, und das habe ich nicht verdient.«

»Es war nicht deine Schuld. Wir können uns alle verrückt machen, wenn wir immer nur denken, was wäre wenn und hätten wir nur. Was, wenn Alan nicht seinen Job verloren hätte, wenn er nicht nach Hause gegangen und sich dort mit seiner Frau gestritten hätte, was, wenn der alte Wirt hier sich mehr Gedanken darüber gemacht hätte, warum Alan so viel trank, und ihm nach ein paar Drinks nichts mehr ausgeschenkt hätte. Was, wenn jemand der ungefähr dreißig anderen Leute, die an jenem Abend außer dir dort waren, darunter Trevor Harris, der Dorfpolizist und Alans Bruder, eine Sekunde darauf verschwendet hätten, wie Alan nach Hause käme. Was, wenn Matthew nicht spät dran gewesen wäre, wenn Elliots Babysitterin rechtzeitig gekommen wäre. Unfälle passieren nun einmal, und auch wenn dieser tragisch und herzzerreißend war, deine Schuld war er ganz sicher nicht.«

Leo schüttelte den Kopf. Seit mehr als einem Jahr quälte er sich nun damit. Er hatte gesehen, wie betrunken Alan gewesen war, sehr ungewöhnlich für ihn. Er hatte ihn aus dem Pub stolpern sehen und lediglich gedacht, was er am nächsten Morgen für einen Mordskater haben würde. Er hatte nicht geahnt, dass Alan in sein Auto steigen und versuchen würde, nach Hause zu fahren. Dann war er eine Minute später so in Matthews Auto gekracht, dass Matthew auf der Stelle tot war. Jeden Tag fragte sich Leo seither, wie anders das Leben verlaufen wäre, hätte er Alan aus dem Pub geholfen und dafür gesorgt, dass er sicher mit einem Taxi nach Hause kam. Dann würde sein bester Freund noch leben. Mit dieser Schuld lebte er Tag für Tag. Nichts daran war fair. Während Elliot zu einem wunderbaren Jungen heranwuchs, quälte es ihn, dass Matthew nicht da war, um das mitzuerleben, und er stattdessen davon profitierte.

»Hast du mit Isla darüber gesprochen?«, wollte Jamie wissen.

»Nein. Ich hatte es vor. Nach Matthews Tod wollte ich ihr beichten, dass es meine Schuld war, aber ...«

»Es war nicht deine Schuld.«

»Aber irgendwie war nie der richtige Zeitpunkt. Als sie herkam, um sich um Elliot zu kümmern, hat sie mich gebraucht – eine Schulter zum Ausweinen, jemand, der sie unterstützte, während sie mit ihrer frischgebackenen Elternschaft zurechtkam. Hätte ich es ihr damals erzählt, hätte sie mich nicht in ihrer Nähe haben wollen. Das wollte ich ihr nicht auch noch nehmen.«

»Du liebe Zeit, du bist eine gequälte Seele«, kommentierte Jamie frustriert. »Wie kannst du dir davon das Leben ruinieren lassen? So viele Leben wurden dadurch beeinflusst, lass dir deins nicht zerstören. Matthews Tod hat ein Loch in die Herzen von Isla und Melody gerissen, aber inzwischen sind sie hier glücklich. Die ganze Situation hatte auch etwas Gutes. Isla ist eine tolle Mutter für Elliot. Matthew wäre begeistert, wenn ihr beide zusammenkämt, das weißt du, und ganz sicher wäre er glücklich darüber, wie du Elliot erziehst. Du gehst toll mit ihm um. Glaubst du nicht, dass du allmählich auch ein wenig Glück verdient hast?«

Leo dachte über die Worte seines Bruders nach. Konnte er wirklich seine Schuldgefühle ablegen und mit seinem Leben weitermachen? Wenn er Isla wirklich heiraten wollte, gab es keinen anderen Weg.

Kapitel 4

»Okay, jetzt müssen wir nur noch den Faden durch die Löcher in den Eicheln ziehen«, erklärte Isla. Lächelnd betrachtete sie Elliot, der vor lauter Konzentration die Zunge herausgestreckt hatte und sorgfältig den roten Faden durch die winzigen Löcher schob, die sie in die Eicheln gebohrt hatte.

Am Tag zuvor hatten sie einen schönen Nachmittag mit Leo und ihrer Mum verbracht, bei dem sie im Wald so viele Eicheln gesammelt hatten, wie ihre Taschen und Beutel fassen konnten. Nachdem sich Leo verabschiedet hatte, um sich im Pub mit Jamie zu treffen, hatten Isla und Elliot sie alle in verschiedenen Farben angemalt, damit sie wie bunte Perlen unterschiedlicher Größen wirkten. Auch die Eichelbecher hatten sie bemalt, denn die wollten sie ebenfalls für ihre Ketten verwenden.

»Hallo!«, rief Leo, als er sich selbst ins Haus ließ, wie er es immer tat. Beinahe täglich kam er bei Isla vorbei, manchmal tagsüber, manchmal zum Abendessen, an manchen Tagen sogar beides. Sie fragte sich, wie er ein erfolgreiches Feuerwerksunternehmen leiten konnte, wenn er so viel Zeit mit ihr und Elliot verbrachte. Nicht, dass sie sich beschweren wollte, sie liebte die gemeinsam verbrachte Zeit. Es war beinahe, als wären sie eine richtige Familie.

»Wir sind im Esszimmer!«, antwortete Isla und einige Momente später stand Leo in der Tür. Luke, ihr Welpe, flitzte aufgeregt um ihn herum, als wäre es nicht erst einen Tag her, seit er Leo zuletzt gesehen hatte. Leo warf seine Jacke über einen der Stühle, gab ihr einen Kuss auf die Wange, zog Elliot fest in die Arme und drückte ihm einen Kuss auf den Kopf. Isla beobachtete, wie Elliot sich über die Zuwendung freute, die Leo ihm entgegenbrachte. Wie sie diesen Mann liebte! Wäre es wirklich das Ende der Welt, wenn sie ihn heiratete? Wenn sie den Rest ihres Lebens so verbringen würde? Mit ihrem besten Freund verheiratet zu sein klang eigentlich ziemlich gut.

»Was machen wir denn hier?«, fragte Leo, nahm eine der Eicheln, betrachtete sie und setzte sich dann auf Elliots freie Seite.

»Wir machen Eichelketten«, antwortete Elliot.

»Oh, cool.« Leo folgte Elliots Beispiel, nahm einen blauen Faden und fädelte ihn durch eine Eichel, als wäre es das Normalste der Welt. Vielleicht war es das sogar, denn sowohl für sie wie für Leo drehte sich das gesamte Leben um Elliot. »Und wie geht's jetzt weiter?«

Elliot lachte. »Du brauchst mehr als nur eine Eichel an deiner Kette. Wir machen eine Perlenkette.«

»Oh, natürlich.« Grinsend nahm Leo eine weitere Eichel in die Hand.

»Nein, als Nächstes brauchst du einen Eichelbecher, damit sich die beiden ab-ge-wechseln«, sagte er langsam, um das richtige Wort bemüht.

»Abwechseln«, korrigierte Isla. »Eine Eichel, einen Eichelbecher.«

»Verstanden«, antwortete Leo mit einem breiten Lächeln im Gesicht. Ganz offensichtlich hatte er genauso viel Spaß an der Sache wie Elliot.

Elliot wartete ab, in welcher Farbe Leo seinen Eichelbecher wählte und nahm dann dieselbe Farbe für seine eigene Kette. Isla unterdrückte ein Lächeln. Der Junge bewunderte Leo einfach.

In freundschaftlichem Schweigen arbeiteten sie eine Weile und konzentrierten sich auf ihre Aufgabe, bis jeder von ihnen eine Kette aus bunten Eicheln und Eichelbechern in der Hand hatte.

»Das ist wirklich eine tolle Idee«, sagte Leo, hielt seine einen Moment lang in die Höhe und streifte sie sich dann über den Kopf.

Sofort legte sich Elliot auch seine Kette um.

»Es war Elliots Idee«, verriet Isla.

»Ah, gut gemacht, Kumpel«, lobte Leo.

Isla lächelte. Er ging wirklich toll mit Elliot um.

»Ich werde Melody fragen, ob sie die in ihrem Schmuckladen verkaufen will«, verkündete Elliot und half Isla dabei, ihre Kette überzustreifen.

»Ich wette, die werden ihr gefallen«, meinte Isla.

»Ich würde definitiv eine kaufen«, antwortete Leo.

»Wirklich?« Elliot strahlte übers ganze Gesicht.

»Natürlich.«

»Und wie viel würdest du dafür bezahlen?«

»Eine Million Pfund«, behauptete Leo, was Elliot zum Kichern brachte.

»Als Nächstes wollen wir malen«, verriet Elliot. »Malst du mit uns?«

»Ich liebe Malen«, behauptete Leo und rollte sich die Ärmel hoch.

Isla kicherte. »Diese Art von Malen vielleicht nicht.«

Leo hielt mitten in der Bewegung inne, die seine starken Unterarme enthüllt hatte. Plötzlich erinnerte sich Isla daran, wie diese Arme sie gehalten hatten, während sein nackter Körper auf ihrem lag. Du lieber Himmel! Sie schüttelte leicht den Kopf, um die wunderbaren Bilder darin loszuwerden. Solche Gedanken fühlten sich irgendwie falsch an, wenn Elliot neben ihr saß.

»Was für eine Art Bild malen wir denn?«, wollte Leo wissen.

»Lass uns rausgehen in den Garten, dann siehst du es selbst«, erwiderte Isla.

Elliot hüpfte von seinem Stuhl herunter und rannte durch die Hintertür hinaus.

Leo lächelte sie an. »Was hast du jetzt für mich geplant?«

»Keine Sorge, du kannst einfach zuschauen«, versicherte ihm Isla. Leo tat ihr ein wenig leid. Seit Matthews Tod hatte sich auch sein Leben drastisch verändert, und manchmal hatte sie ein schlechtes Gewissen, weil Leo sich eigentlich nichts hiervon wirklich ausgesucht hatte. Sie war nie davon ausgegangen, dass Leo sich an ihren Aktivitäten mit Elliot beteiligen würde, weil sie ihm nicht so viel Verantwortung aufbürden wollte, aber er war nahtlos in die Rolle des ehrenamtlichen Dads geschlüpft.

Sie ging nach draußen. Leo folgte ihr, und Luke tappte dicht hinter ihm her. Die Sonne glitzerte über dem Meer, sodass sie einen Moment lang stehen blieb und sich die Augen abschirmte. Die Aussicht vom Hot Chocolate Cottage war wunderbar. Die goldgelben, in den Hügel eingebetteten Häuser, das Meer, das sich kilometerweit vor ihnen erstreckte, und die kleinen Boote, die auf dem Wasser schaukelten. Matthew hatte mit dem Kauf des Hauses wirklich eine gute Wahl getroffen. Der Garten war groß genug, dass Elliot und Luke darin spielen konnten, und mit dem Marshmallow Cottage, Elliots Baumhaus, hatte Matthew eine weitere tolle Ergänzung hinzugefügt.

Die Tage wurden inzwischen merklich kühler. Islas Autoscheiben waren an diesem Morgen gefroren gewesen, obwohl der Himmel momentan noch in einem wunderschönen Lavendelblau erstrahlte, als ob er versuchte, sich an den letzten Augenblicken des Sommers festzuklammern. Die Bäume hatten sich jedoch bereits in den Herbst verabschiedet: Die meisten von ihnen waren bereits halb nackt, und nur wenige Blätter in Goldfarben, Kupfer und Scharlachrot hingen noch an den brüchigen Zweigen. Das meiste Laub lag wie ein juwelenbesetzter Patchworkteppich bereits auf dem Boden.

Isla wandte ihre Aufmerksamkeit Elliot zu, der bereits über die großen Papierbögen tanzte, die sie mit Klebstreifen auf der Veranda befestigt hatten. Das gab ihnen ungefähr fünf Quadratmeter Arbeitsfläche, und sie hatte bereits Schalen mit brauner, roter, goldener und oranger Farbe bereitgestellt.

»Wir wollen einen Herbstbaum malen ... mit den Füßen«, erklärte Isla.

Elliot kicherte. »Aber dabei machen wir unsere Füße schmutzig.«

»Darum geht es ja, Kumpel«, erwiderte Leo. Zu Islas Überraschung schnürte er bereits seine Stiefel auf und schlüpfte heraus. Elliot tat es ihm nach.

»Zuerst malen wir den Stamm und die Äste, also treten wir jetzt in die braune Farbe«, leitete Isla sie an. In Wahrheit wusste sie, dass das fertige Gemälde vermutlich keinerlei Ähnlichkeit mit einem Baum haben würde, aber zumindest hätten sie Spaß bei dem Versuch.

Sie beobachtete, wie Leo vorsichtig in die Schale trat. Zwischen seinen Zehen quoll Farbe hervor. »Das ist ein echt merkwürdiges Gefühl«, kommentierte er.

Dann trat er am unteren Rand in der Mitte auf das Papier und ging dann mit großen Schritten das Blatt weiter hinauf, um zwei parallele Linien für die Kontur des Baumes zu ziehen. Elliot trat als Nächster in die Schale und lachte hell auf, als die kalte Farbe über seinen kleinen Füßen zusammenfloss.

»Geh zwischen meinen Spuren entlang, Kumpel, dann kannst du das Rindenmuster machen«, schlug Leo vor.

Elliot befolgte das aufs Wort, anfangs langsam und dann immer schneller. Leo schnappte ihn an der Taille, als er das Papier halb überquert hatte.

»Bei den Ästen müssen wir sorgfältig sein«, erklärte er. »Mach einen Strich von hier nach hier.« Elliot befolgte seine Anweisung und setzte einen Fuß vor den anderen, während Isla nun ebenfalls in die braune Farbe trat, um ihnen auf dem Papier Gesellschaft zu leisten. Sie marschierte einige Male den Stamm auf und ab und füllte die Lücken aus, die Elliot gelassen hatte. Die Kontur des Baumes sah gar nicht so schlecht aus. Leo half Elliot, indem er ihm die passenden Richtungen für die Äste zeigte.

Isla trat auf ein nasses Handtuch außerhalb des Papiers, an dem sie sich die Füße sauber wischte, und Leo und Elliot taten es ihr nach.

»Bei den Blättern haben wir ein wenig mehr … Freiheit«, erklärte sie und deutete auf die bunten Schalen mit Farbe, die neben dem oberen Teil des Papiers standen. Elliot lief dorthin und hüpfte in die rote Farbe. »Da könnt ihr hingehen, wohin ihr gerade wollt.«

Elliot sprang aufs Blatt und rannte herum, wobei er überall kleine rote Fußabdrücke hinterließ. Leo wählte Orange und Isla trat in die Schale mit Goldfarbe, dann gingen sie auf dem Papier umeinander herum. Gelegentlich kehrten sie zu den Schalen zurück, um neue Farbe mit ihren Füßen aufzunehmen. Elliot lachte die ganze Zeit über aus vollem Halse und amüsierte sich prächtig.

Isla wirbelte herum, die Hände in der Luft, und stieß geradewegs mit Leo zusammen. Der legte seine Hände instinktiv um ihre Taille, um sie aufzufangen.

Sie blickte auf in seine karamellbraunen Augen, die vor Vergnügen funkelten, und sie spürte das übermäßige Verlangen, ihn zu küssen. Eine Sekunde lang fiel sein Blick auf ihre Lippen. Dachte er womöglich auch gerade über einen Kuss nach?

Sie merkte, dass Elliot sie beobachtete, schlüpfte aus Leos Armen und nahm die Hände des kleinen Jungen. Dann tanzte sie mit ihm herum, bis die obere Hälfte des Papiers vollständig mit bunten Fußabdrücken ausgefüllt war.

Isla wischte sich die Füße am Handtuch ab und Leo und Elliot taten es ihr nach. Leo bückte sich, um nachzusehen, ob Elliots Füße auch wirklich richtig sauber waren.

Elliot drehte sich um und bewunderte ihre Arbeit. »Schaut nur, was für ein toller Familienbaum!«

Isla lächelte. In letzter Zeit hatte sich Elliot in den Kopf gesetzt, dass sie eine Familie waren, erst recht, seitdem er in der Schule etwas über Familien und Stammbäume gelernt hatte. Seither hatte er viele Bilder von ihnen dreien gemalt. Kürzlich hatte er ein Bild nach Hause gebracht, das mit »Meine Familie« überschrieben gewesen war. Darauf hatte er Leo, Isla, sich selbst und Luke, den Welpen, gezeichnet, aber sie hatte es Leo nicht gezeigt. Isla wusste nicht, wie sie mit Elliots Vorstellungen umgehen sollte. Sie wollte ihm nicht sagen, dass Leo nicht zu ihrer Familie gehörte, denn auf eine bestimmte Art tat er das doch, wenn auch nicht gesetzlich oder biologisch, aber in allen anderen wichtigen Aspekten. Aber sie wollte Elliot in seiner Vorstellung nicht auch noch unterstützen und Leo damit eine Verantwortung aufhalsen, die er womöglich gar nicht übernehmen wollte.

Leo hob Elliot hoch und setzte ihn sich auf die Hüfte. »Das stimmt, Kumpel, das ist unser Familienbaum.« Er küsste Elliot auf den Kopf und der kleine Junge umarmte ihn fest.

Isla betrachtete die beiden, und ihr Herz war erfüllt von Liebe für Leo. Als er ihr einen Arm um die Schultern legte und sie zu sich heranzog, befürchtete sie, gleich werde ihr das Herz in der Brust zerspringen.

Hätte er in diesem Moment um ihre Hand angehalten, sie hätte Ja gesagt.

Aus dem Augenwinkel bemerkte sie eine Bewegung am hinteren Gartentor. Isla blickte hinüber und sah Karie Matthews, ihre Sozialarbeiterin, dort stehen und lächelnd zu ihnen herübersehen.

Rasch machte sie sich aus Leos Armen los und ging hinüber, um sie mit einer Umarmung zu begrüßen.

Seit Matthews Tod wurde sie von Karie betreut. Anfangs war Karie beinahe täglich vorbeigekommen, um Isla bei der plötzlichen Veränderung in ihrem Leben zum Mutterersatz zu helfen. Isla hatte große Angst gehabt, dass Karie ihre Bemühungen unzureichend finden und ihr Elliot wegnehmen werde. Doch Karie hatte lediglich sichergehen wollen, dass Elliot bei Isla gesund und glücklich war, und sobald sie sich davon überzeugt hatte, waren ihre Besuche immer seltener geworden.

»Hey, das sieht nach einer Menge Spaß aus«, kommentierte Karie.

»Wie lange stehst du schon da?«, wollte Isla wissen.

»Lange genug«, erwiderte Karie grinsend.

Isla wurde rot und fragte sich, ob Karie gesehen hatte, wie Leo und sie praktisch kurz vor einem Kuss gestanden hatten.

»Hi, Karie!«, rief Elliot. »Gefällt dir unser Familienbaum?«

»Ja, sehr«, antwortete Karie. »Er ist wunderschön.«

Isla bemerkte, dass alle Fröhlichkeit aus Leos Miene verschwunden war. Er machte sich immer Sorgen, wenn Karie bei ihnen auftauchte.

»Hast du Zeit für eine Tasse Tee?«, erkundigte sich Karie und Isla nickte.

Sie blickte hinüber zu Leo, doch der versicherte ihr: »Wir kommen zurecht.«

Isla wusste, dass es stimmte, und so folgte sie Karie ins Haus. Karie setzte sich an den Küchentisch und hängte ihre Jacke über die Stuhllehne.

Isla kochte zwei Tassen Tee und fragte sich, was wohl der Grund für Karies Besuch an einem Sonntag war. Seit ihrem letzten Treffen waren beinahe zwei Monate vergangen, aber der Papierkram, durch den Isla als gesetzlicher Vormund für Elliot bestimmt werden sollte, war noch immer nicht abgeschlossen.

Einer leiblichen Mutter ihre Rechte wegzunehmen war beinahe unmöglich. Obwohl Sadie ihren einjährigen Sohn verlassen und sich seither nicht um Kontakt zu ihm bemüht hatte, besaß sie offensichtlich immer noch Rechte. Hierbei handelte es sich um ein regelrechtes juristisches Minenfeld mit jeder Menge unerwarteter Schwierigkeiten. Isla und Karie hatten darauf hingearbeitet, aus Islas Vormundschaft eine legale Adoption zu machen, aber die Gerichte wollten den Status quo beibehalten, was im Prinzip bedeutete, dass Sadie jederzeit zurückkommen und das Sorgerecht für Elliot übernehmen konnte. Karie hatte ihr versichert, dass sie in diesem Fall gute Argumente besäßen, um eine solche Entscheidung anzufechten, da sie nicht im besten Interesse des Kindes wäre. Isla musste einfach hoffen, dass Sadie nicht wiederkam. Obwohl sie es für unwahrscheinlich hielt, hing diese Möglichkeit dennoch ständig drohend über ihren Köpfen.

Isla brachte die beiden Tassen zum Tisch und setzte sich Karie gegenüber.

Karie trank einen Schluck.

»Ich habe nicht viel Zeit, in einer halben Stunde muss ich drüben in Meadow Bay sein. Eine E-Mail wäre schneller gewesen, aber ich wollte es dir gern persönlich sagen. Es gibt Neuigkeiten.«

»Gute?«, fragte Isla und bemerkte, dass sie den Griff ihrer Tasse ein kleines bisschen zu fest umklammerte.

»Ich denke schon. Es wurde ein Termin für die Adoptionsanhörung festgelegt.«

Islas Herz machte einen Satz. »Was bedeutet das?«

»Es bedeutet, nachdem wir mehr als ein Jahr lang alles in unserer Macht Stehende versucht haben, Sadie zu finden, hat das Gericht zugestimmt, das Adoptionsverfahren einzuleiten, durch das sie alle elterlichen Rechte verlieren kann. Die Anhörung ist für den fünfzehnten November angesetzt, aber ich halte das in dieser Phase für eine reine Formalität. Wir gehen hin, der Richter hört sich alle Beweise an, wir erledigen sämtlichen Papierkram und dann gehört Elliot ganz offiziell zu dir.«

»Oh mein Gott, wirklich? Dann ist die Sache geregelt?«, hakte Isla mit wild pochendem Herzen nach.

»Ja. Sobald alles erledigt ist, wird es keinen Papierkram und keine gerichtlich angeordneten Besuche mehr geben. Ihr seid dann eine Familie.«

Isla stieß den Atem aus, den sie unbewusst angehalten hatte.

»Gott sei Dank. Ich habe noch nie im Leben etwas so sehr gewollt, und hätte es schon gar nicht mehr für möglich gehalten. Du hast keine Ahnung, wie erleichtert ich bin.«

»Herzlichen Glückwunsch, ich freue mich sehr für dich. Elliot könnte nicht in besseren Händen sein.« Karie trank einen weiteren Schluck Tee. »Ich komme einige Tage vor der Anhörung her, um alles mit dir durchzugehen. Du musst noch einige Dokumente unterzeichnen, aber darüber brauchst du dir momentan keine Sorgen zu machen. Ich schicke dir dann eine E-Mail, in der ich alles erläutere.«

Isla nickte wie betäubt. Sie konnte kaum glauben, dass es endlich so weit war.

Karie trank ihren Tee aus und blickte zum Fenster hinaus, wo Leo und Elliot im Garten miteinander spielten.

»Er kann sehr gut mit ihm umgehen«, stellte sie fest.

»Ich weiß, ohne ihn würde ich es nicht schaffen«, erwiderte Isla. Sie sah zu, wie Leo für Elliot einen Handstand demonstrierte. Dabei fiel ihm sein T-Shirt hinab auf die Brust und enthüllte einen muskulösen Bauch und eine dünne Haarlinie, die von seinem Bauch bis unter seine Jeans führte. Isla hatte einmal vor vielen Jahren darüber gestreichelt.

Sie merkte, dass Karie sie beobachtete, und lenkte ihre Aufmerksamkeit schnell auf ein paar Krümel auf dem Tisch.

»Hast du schon einen seiner Anträge angenommen?«, wollte Karie wissen.

Im Laufe des vergangenen Jahres war Karie Matthews für Isla zu einer guten Freundin geworden. Sie hatten häufig bei einer Tasse Tee über Elliot geplaudert, über seine gelegentlichen Albträume, seine Trauer um Matthew und darüber, wie er in der Schule zurechtkam. Da Leo ständig präsent war, war es nur natürlich gewesen, dass auch er zum Thema ihrer Gespräche wurde.

»Nein, und du weißt, warum.«

Karie grinste. »Ich weiß, warum du glaubst, dass du nicht heiraten solltest, aber ich habe euch beide da draußen beobachtet, und ich sage dir eins: In all den Jahren, die ich schon mit Familien arbeite, habe ich noch nie ein Paar gesehen, das so ineinander verliebt war wie ihr beide.«

Isla lächelte. »Wir sind Freunde und er kümmert sich um mich. Das ist alles.«

Karie nahm ihre Tasche und zog sich die Jacke über. »Warum fragst du ihn nicht einfach?«

Isla lachte. »Weil mein zerbrechliches Herz es nicht ertragen könnte, falls er Nein sagt.«

»Dann sag ihm, was du fühlst, und sieh, ob er deine Gefühle erwidert«, schlug Karie vor, als wäre das so einfach. »Endlich laufen die Dinge für euch beide zusammen. Ich fände es toll, wenn ihr eine richtige Familie werden könntet. Elliot würde das sicher auch gefallen.«

»Oh, jetzt versuchst du es mit Schuldgefühlen, ja?«, frotzelte Isla.

Karie lachte. »Denk einfach mal darüber nach. Wir hören voneinander.«

Isla stand auf, um sie zu umarmen, und Karie ging durch die Hintertür hinaus und winkte Elliot und Leo zum Abschied zu.

Vor Erleichterung zitternd sank Isla auf ihren Stuhl zurück. Unvermittelt traten ihr Tränen in die Augen. Obwohl sie davon überzeugt war, dass Sadie niemals zurückkehren werde, hatte diese dunkle Bedrohung, egal, wie klein, ständig über ihnen gegangen – dass sie Elliot eines Tages an eine Frau verlieren könnte, die sich nichts aus ihm machte. Und jetzt würde Elliot in wenigen Wochen ganz offiziell zu ihr gehören.

Sie sah auf, als Leo die Küche betrat. Elliot spielte immer noch mit Luke im Garten.

»Was ist passiert, was hat sie gesagt?« Leo klang panisch. Ganz offensichtlich deutete er ihre Tränen als Ausdruck von Trauer statt glücklicher Erleichterung. Schnell wischte sich Isla übers Gesicht. Er nahm ihre Hände und zog sie auf die Füße. Dann warf er einen Blick hinaus auf Elliot. »Ich werde nicht zulassen, dass ihn dir jemand wegnimmt. Meinem Cousin gehört eine kleine Hütte in Kanada, mitten im Wald. Wir könnten noch heute Abend mit Elliot dorthin, sie würden uns niemals finden.«

Du lieber Himmel, er meinte das mit der gemeinsamen Flucht wirklich ernst.

Sie streichelte sein Gesicht und legte ihm die Finger auf die Lippen, bevor ihm noch weitere verrückte Pläne einfielen, wie man das Gesetz umgehen konnte.

»Du bist ein wunderbarer Mann und ich weiß gar nicht, womit ich es verdient habe, dass du in meinem Leben bist. Aber heute Abend müssen wir uns nicht vor den Behörden verstecken. Karie kam vorbei, weil wir endlich ein Datum für die Adoptionsanhörung haben. Sie hält es nur noch für eine Formalität und glaubt, dass der Richter mir das volle Sorgerecht übertragen wird. Damit wäre die Adoption endgültig.«

Er strahlte übers ganze Gesicht, hob sie hoch und schwang sie herum.

»Oh Gott, ich bin so erleichtert. Gehört er dann wirklich uns?«

Uns.

Bei diesem Wort machte ihr Herz einen Satz.

Er musste ihre Miene gelesen haben, denn er ruderte schnell zurück. »Dir, meine ich natürlich.«

Sie legte ihm eine Hand übers Herz. »Er wird uns gehören. Ich brauche keinen Ring am Finger oder eine große Liebeserklärung, um zu erkennen, was sich direkt vor meiner Nase abspielt. Du liebst den Jungen und er liebt dich. Du bist inzwischen genauso Teil seiner Familie wie ich.«

Lächelnd küsste er sie auf den Kopf. »Und ich werde mich wirklich gut um ihn kümmern, um euch beide.«

»Das tust du schon.«

Sie blickte zu ihm auf.

Wie sehr ich dich liebe.

Vielleicht hatte Karie recht. Vielleicht war es Zeit, ihm zu sagen, was sie für ihn empfand.

Elliot platzte in die Küche. »Luke hat überall Farbe an den Pfoten.«

Lachend ließ Leo Isla los. »Weil er auch ein Teil von unserem Familienbaum sein möchte.«

Er folgte Elliot hinaus. Offensichtlich würde ihre Liebeserklärung warten müssen.

Kapitel 5

»Hey, Annie«, begrüßte Leo seine Assistentin, als er am nächsten Tag seinen Schlüsselbund auf den Schreibtisch warf, in Gedanken immer noch bei Isla.

»Guten Morgen, Leo, mein Lieber. Ich habe Neuigkeiten«, antwortete Annie.

Leo ließ sich auf seinen Stuhl fallen und starrte einen Moment lang auf seinen leeren Computerbildschirm. Es dauerte einige Sekunden, bis er begriff, dass Annie Sachen von ihrem Schreibtisch in einen Karton packte: ihre Fotos, ihre Pflanzen, sogar ihren geliebten George-Clooney-Kalender, den er ihr letztes Jahr zu Weihnachten geschenkt hatte.

Verwirrt sah er sie an. Annie arbeitete schon so lange er denken konnte für ihn bei The Big Bang. Damals waren es nur sie beide gewesen, die Feuerwerke in der Region organisiert hatten, nicht das große Team aus Pyrotechnikexperten, die große professionelle Feuerwerke für Unternehmen anboten wie heute. Sie war effizient, freundlich, die Kunden liebten sie und im Prinzip führte sie die Firma im Alleingang. Sie war vermutlich Mitte fünfzig und glamourös auf diese unangestrengte Art, wie sie einigen Menschen eigen war, und sie versuchte ihn mehr zu bemuttern, als ihm lieb war.

»Bitte sag nicht, dass deine Neuigkeiten sind, dass du mit mir Schluss machst«, bat Leo. »Ich glaube nicht, dass mein empfindsames Herz das aushalten könnte.«

Er sah zu, wie sie einen Tacker in den Karton packte. Das sah ernst aus. Vor einigen Wochen hatten sie darüber gesprochen, das Büro zu renovieren. Hatte Annie das vielleicht organisiert, ohne es ihm zu erzählen, und packte sie deshalb jetzt alles weg, damit es nicht beschädigt wurde?

»Ich mache Schluss mit dir«, erwiderte sie schlicht.

Ihm wurde das Herz schwer. Ganz offensichtlich war das ihr Ernst.

»Moment, du verlässt mich?«

»Ja«, bestätigte Annie und lächelte gelassen. »Wir haben im Lotto gewonnen.«

»Ist das jetzt so ein Moment, wo ich mich ganz begeistert freue und du mir dann erzählst, dass es sich um zehn Pfund handelt?«

»Alle fünf Zahlen plus Superzahl. Einhunderteinundvierzigtausend, zweihundertsechsundfünfzig Pfund und dreiunddreißig Pennys.«

Leo pfiff anerkennend. »Wow, wirklich?«

Annie strahlte und nickte.

»Herzlichen Glückwunsch, das ist toll. Wann denn?« Annie wohnte neben Isla und er war überrascht, dass er aus ihrem Haus keine Jubelschreie gehört hatte.

»Letzte Woche, aber wir wollten es niemandem erzählen, bevor das Geld nicht tatsächlich auf unserem Konto ist. Heute Morgen war es dann endlich soweit.« Annie legte einen kleinen pinkfarbenen Teddybären mit dem Wort »Grandma« über dem Bauch in ihren Karton. »Bill und ich machen eine Weltreise. Am Freitag geht's los. Erst mal ein halbes Jahr lang, aber eventuell verlängern wir auch. Und nach meiner Rückkehr ist es höchste Zeit, in Rente zu gehen.«

»In Rente? Aber du bist doch erst … Wie alt? Einundfünfzig, zweiundfünfzig?«

»Ich bin achtundsechzig, mein Lieber. Ich hätte schon vor Jahren in Rente gehen sollen, aber mir hat die Arbeit hier bei The Big Bang Spaß gemacht, das Planen der perfekten Show für unsere Kunden. Außerdem fand ich es unterhaltsam, die Anrufe der vielen Frauen abzuwimmeln, die sich täglich hier gemeldet haben, um dich einzuladen oder dir für die wunderbare Zeit zu danken, die sie am Vorabend mit dir verbracht haben. Aber am meisten hat mir die Zusammenarbeit mit dir gefallen. Doch jetzt ist es an der Zeit, meinen Lebensabend mit meinem Mann zu verbringen. Die Hypothek ist abbezahlt, die Kinder sind erwachsen und auf der ganzen Welt verstreut und jetzt tun wir einmal etwas für uns.«

Leo lächelte, obwohl ihm gar nicht danach zumute war, und stand auf, um sie zu umarmen. »Oh, Annie, ich freue mich so für dich. Ich werde dich wie verrückt vermissen, aber ich kann mir keine bessere Verwendung für das Geld vorstellen. Amüsiert euch.«

»Das haben wir vor.«

Er drückte sie fest. Sie wussten beide, dass sie ihm früher hätte Bescheid geben müssen, und dass es ihm mächtige Probleme bereiten würde, dass sie ihn ausgerechnet während der Hauptsaison verließ, aber das war ihm momentan egal. Sie verdiente diese Reise.

»Nun, meine Kündigung gilt ab sofort. Ich muss mich um tausend Dinge kümmern, bevor wir am Freitag losfliegen, aber ich lass dich nicht vollkommen auf dem Trocknen zurück. Ich habe dir eine Aushilfe organisiert.«

»Ach ja?« Leo blickte auf seine Uhr. Es war zehn Minuten nach neun. Wie hatte sie das so schnell geschafft?

Annie nickte und machte sich wieder ans Packen. »Sie kann während der kommenden Wochen für dich arbeiten, während du dich nach jemand anderem umsiehst. Oder bleiben, falls sie das ist, was du brauchst. Deine Entscheidung.«

Wen hatte Annie denn in letzter Minute gefunden? Leo machte sich keine Illusionen, dass es eine gute Mitarbeiterin war.

»Hat sie Erfahrung mit Shows?«, wollte er wissen.

Annie hielt inne. »Mit dem Präsentieren kennt sie sich bestens aus.«

Die Art, wie Annie das sagte, deutete darauf hin, dass es nicht ganz stimmte. Vermutlich las sie das in seiner Miene, denn sie lächelte ihn an. »Sie wird in zehn Minuten hier sein, dann kannst du sie selbst fragen. Falls sie nicht hierher passt, schick sie einfach wieder fort.«

Annie drückte den Karton zu und gab ihm einen Kuss auf die Wange.

»Danke, dass du so ein toller Chef warst.«

»Danke, dass du eine so phänomenale Assistentin warst«, gab Leo zurück und nahm ihr den Karton ab. Er wog nicht viel, aber innerhalb weniger Minuten war durch das Einpacken Annies Existenz im Büro ausgelöscht. »Ich helfe dir zum Auto.«

»Du bist ein guter Kerl, Leo Jackson. Ich hoffe nur, deine neue Assistentin kann sich auf eine Weise um dich kümmern, wie ich es niemals konnte.«

»Niemand kann dich ersetzen, Annie Brooke«, behauptete Leo und folgte ihr hinaus auf den Parkplatz. Dann wurde ihm bewusst, was sie gesagt hatte, und er zuckte zusammen. Was hatte sie damit gemeint? »Wie alt ist meine neue Assistentin?«

Annie zuckte mit den Schultern. »Ungefähr in deinem Alter.«

Leo hoffte nur, dass es sich nicht um eine Frau handelte, mit der er vor langer Zeit einmal geschlafen hatte. Es wäre mehr als unangenehm, einer Ex gegenübertreten zu müssen, die womöglich immer noch Gefühle für ihn hegte. Wenn sie wirklich so kurzfristig bereit gewesen war, für ihn zu arbeiten, war diese Möglichkeit nicht von der Hand zu weisen.

»Das ist sie vermutlich.« Annie deutete auf ein rotes Auto, das auf dem Schotterweg in einer Staubwolke näher kam. »Sei nett zu ihr.«

»Ich bin immer nett«, behauptete Leo.

Annie verdrehte die Augen und stieg ein. »Ich schicke dir eine Postkarte.«

Mit diesen Worten fuhr sie davon, und Leo blieb allein zurück und wartete auf die Ankunft des Autos, das ihm seine neue Assistentin bringen würde.

Als es verlangsamte und der Staub darum sich legte, beschlich ihn ein ungutes Gefühl. Er kannte dieses Fahrzeug.

Das Auto blieb stehen und die schönste Frau der Welt stieg aus. Ihre blonden Haare umwehten sie wie ein Banner.

Bei seinem Anblick lächelte sie, und obwohl sein Kopf ihm laut versicherte, dass es eine schreckliche Idee war und dass man niemals Privates und Geschäftliches vermischen sollte, wusste er ganz genau, er würde sie auf der Stelle anheuern.

KAPITEL 6

»Hey«, sagte Isla, schloss die Autotür und ging zu Leo hinüber. »Ist Annie hier?«

»Du hast sie gerade verpasst.«

Verwirrt runzelte Isla die Stirn. »Sie hat mich vor ein paar Minuten angerufen und mich gebeten, ihr für einige Stunden zu helfen.«

Leo musste lächeln. Isla hatte nicht die geringste Ahnung, warum sie hier war. Natürlich war sie Annies erste Wahl gewesen – als Nachbarin wusste sie, dass Isla Mühe hatte, Arbeit zu finden. Obwohl die Tatsache, dass sie ihm nicht gesagt hatte, wer gleich käme, und dass sie nicht mal Isla informiert hatte, worum es hier ging, eher dafür sprach, dass Annie dabei auch Hintergedanken hatte.

»Komm doch einen Moment mit hinein«, schlug Leo vor und begrüßte sie mit einem Kuss auf die Wange. Wann war das zur Gewohnheit geworden? Außerhalb seiner Familie begrüßte er keine andere Frau so, und für Isla hegte er alles andere als schwesterliche Gefühle.

»Okay«, antwortete Isla verunsichert und folgte ihm ins Haus.

Er bedeutete ihr, Platz zu nehmen, und machte zwei Tassen Tee. Wie sollte er die Sache angehen? Sie hatte nicht die geringste

Ahnung, dass sie für ein Vorstellungsgespräch hier war. Er konnte ihr einen Tee anbieten, dann einige Entschuldigungen anbringen und sie gehen lassen. Wenn sie hier arbeitete, würde es ziemlich unangenehm werden. Er konnte schon kaum seine Gefühle für sie im Zaum halten, wenn er bei ihr zu Hause war, und das konnte nur noch schwieriger werden, wenn sie auch noch tagsüber die gesamte Zeit miteinander verbrachten.

Er setzte sich mit den beiden Tassen wieder an den Schreibtisch.

»Ich war bisher noch nie hier, es ist ziemlich hübsch«, stellte Isla fest und blickte sich um. »Wo bewahrt ihr denn die Feuerwerkskörper auf?«

»Wir haben eine Lagerhalle hinterm Haus.«

»Bereitest du dich auf das große Feuerwerk am Wochenende vor?«

»Das ist alles geregelt. Wir bauen es vermutlich am Samstagvormittag auf.«

»Elliot findet, du hast den coolsten Job der Welt«, erzählte Isla und trank von ihrem Tee. »Da muss ich ihm recht geben.«

»Wirklich?«

»Ja, du erschaffst ... Magie. Um ehrlich zu sein, habe ich allerdings nicht die geringste Ahnung, wie es funktioniert. Wie verknüpfst du das Feuerwerk mit Musik?«

»Oh, wird inzwischen alles vom Computer programmiert. Ich kann es dir zeigen, wenn es dich interessiert.«

»Es interessiert mich sehr«, erwiderte sie eifrig. »Ich finde das alles ganz faszinierend.«

Er lächelte. Jemand, der Begeisterung mitbrachte, war genau richtig für die Stelle.

»Elliot möchte mehr oder weniger seine eigene Feuerwerksfirma haben, wenn er älter ist.«

»Für ihn wird es hier immer eine Stelle geben«, antwortete Leo und räusperte sich. »Und für dich auch, wenn du willst.«

Verwirrt sah sie ihn an. »Du bietest mir Arbeit an?«

»Annie hat gekündigt. Sie hat im Lotto gewonnen und begibt sich jetzt mit Bill auf Weltreise.«

»Oh mein Gott, wirklich?«

Er nickte.

»Das ist toll! Ich freue mich so für sie«, erklärte Isla.

»Ich weiß, es ist wunderbar.«

»Aber sie hat einfach so gekündigt?«

»Ja, vor ungefähr einer Viertelstunde. Sie fliegen am Freitag los. Aber sie hat mir erklärt, dass sie eine Vertretung organisiert hat, und dann bist du hier aufgetaucht.«

»Was? Moment! Das entspricht nicht dem, was sie mir erzählt hat. Sie hat gefragt, ob ich herkommen und sie unterstützen kann.«

»Ja, als meine Assistentin.«

Einige Momente blickte sie ihn an, ein Stirnrunzeln im wunderschönen Gesicht. »Hast du das eingefädelt?«

»Dass Annie im Lotto gewinnt? Ich bin gut, aber nicht so gut.«

»Nein, dass ich diese Stelle bekomme, weil du weißt, dass ich Arbeit brauche. Du musst nicht meinen Retter spielen, Leo Jackson.«

»Ich weiß. Tue ich nicht. Ehrlich gesagt hatte ich keine Ahnung, dass sie dich gefragt hat, bis du aus dem Auto gestiegen bist. Das hier war nicht ich, das war alles Annie. Aber ich brauche wirklich eine Assistentin. Mir bleibt keine Zeit für Stellenanzeigen und Vorstellungsgespräche, zumindest nicht bis nach Weihnachten und Silvester. Wenn du mir so lange aushelfen könntest, wäre das toll. Wenn du das lieber nicht möchtest, weil du glaubst, es wäre komisch, für deinen besten Freund zu arbeiten, dann ist das auch in Ordnung. Ich verstehe das.«

Das Stirnrunzeln war immer noch da und sie hatte die Arme vor der Brust verschränkt, als ob sie ihm nicht traute.

»Ich weiß überhaupt nichts über Feuerwerk.«

»Annie hat mir versichert, dass du eine Menge Erfahrung im Präsentieren mitbringst«, erwiderte Leo grinsend, der jetzt verstand, was Annie gemeint hatte.

»Im Präsentieren von Schaufenstern, ja.«

»Ach, das ist im Prinzip dasselbe«, log Leo. »Es geht darum, die Wünsche des Kunden zu interpretieren und dann für ihn eine Show zusammenzustellen.«

Das entlockte Isla ein kleines Lächeln. »Damit kenne ich mich aus.«

»Na siehst du.«

»Aber ich muss auch an Elliot denken«, nahm sie ihre Abwehr wieder auf.

»Ich bin sicher, wir können dir flexible Arbeitszeiten ermöglichen, die sich nach seinem Schultag richten. Außerdem kann ich ihn auch von der Schule abholen. Das Aufbauen von Feuerwerken findet sowieso meistens am Vormittag statt, daher habe ich Zeit, auf ihn aufzupassen, bis du mit deiner Arbeit fertig bist.«

»Er hat diese Woche Ferien. Ich habe ihm versprochen, dass wir ganz viel gemeinsam unternehmen. Da ist die große Eicheljagd und ein Kürbisschnitzwettbewerb und wir wollten am Strand Marshmallows rösten, und ...«

»Das kannst du alles immer noch. Mein Arbeitstag ist wirklich sehr flexibel und ich beschäftige mehrere Pyroteams, die das Aufbauen für mich übernehmen«, erklärte Leo. Tatsächlich hatte er seine Arbeitstage während des vergangenen Jahres deutlich flexibler gestaltet, um für Isla und Elliot da sein zu können. Dafür hatte er sich stark vom Aufbau und dem Showteil der Feuerwerke zurückgezogen. »Ich kann einiges davon mit Elliot machen, während du hier bist, und vielleicht können auch deine Mum und Melody ab und zu ein paar Stunden auf ihn aufpassen. Ich brauche hauptsächlich jemanden, der Anrufe entgegennimmt und Anfragen per E-Mail beantwortet. Den Großteil der E-Mails kannst du von zu Hause aus erledigen.«

»Okay«, sagte Isla vorsichtig.

»Okay, du willst die Stelle?«

»Ich denke darüber nach.«

Leo verstand das als ein Ja. Er konnte sehen, dass sie ernsthaft versucht war.

»Ich zeige dir erst mal Annies System.« Er hielt einen Moment inne. Tatsächlich hatte er nicht die geringste Ahnung, wie Annie The Big Bang geführt hatte. Termine erschienen einfach wie durch Zauberhand in seinem Kalender, und er war sich nicht mal sicher, ob sie gedruckte Unterlagen zu den Kunden hatte oder sich alles im Computer befand. Isla musste die richtigen Fragen kennen, die sie einem potenziellen Kunden stellen sollte, und die Preise für die verschiedenen Optionen, aber er wusste nicht genau, wo Annie das gespeichert hatte. Wenn seine Assistentin Urlaub gemacht hatte, war immer ihre Tochter Ruby als Aushilfe hergekommen, und Annie hatte Rubys Einweisung übernommen. Doch Ruby war einige Monate zuvor aus Sandcastle Bay weggezogen, daher konnte er sie nicht mal anrufen und sie bitten, Isla einzuarbeiten. Vielleicht würde Annie für eine kurze Übergabe noch mal herkommen.

Sein Blick fiel auf einen knallroten Ringordner, auf dem vorne Islas Name stand. Verwirrt runzelte er die Stirn. Er hatte Annie während der vergangenen Woche eine Menge Dokumente darin abheften sehen, allerdings hatte er sich nichts dabei gedacht und es hatte auch nicht Islas Name darauf gestanden. Er nahm ihn in die Hand und blätterte durch die klar markierten Abschnitte. Annie war wirklich effizient. Darin befand sich alles, was Isla wissen musste, um ihre Stelle anzutreten, angefangen von einem prinzipiellen Anfrageformular, das sie bei jedem Anruf ausfüllen konnte, über die Fragen, die sie stellen musste, bis hin zu einer Liste verschiedener Feuerwerke und ihrer Effekte. Es gab auch eine Anleitung, wie man diese Einzelheiten in den elektronischen Kalender eingab. Der Inhalt des Ordners war so detailliert, dass sogar Elliot nach dieser Anleitung die Büroorganisation hätte übernehmen können.

»Das hier sieht nach einem guten Anfang aus.« Leo reichte Isla den Ordner. »Schau ihn durch, ob du noch Fragen hast.«

Isla blätterte rasch hindurch. »Annie hat das gut geplant, oder?«

»Sieht so aus.«

»Versucht sie, uns zu verkuppeln?«, wollte Isla wissen.

»Ich glaube, das ganze Dorf sähe uns gern zusammen«, gab Leo zu. »Schade, dass wir sie enttäuschen müssen.«

»Nicht unbedingt«, erwiderte Isla und stand auf. Sein Herz klopfte wild mit einem Anflug von Hoffnung. »Eines Tages verliebst du dich vielleicht in mich.«

Er sah zu, wie sie die Schuhe auszog und sich mit dem Ordner auf dem Sofa zusammenrollte. Am liebsten hätte er ihr gebeichtet, dass dieser Tag schon vor langer Zeit gewesen war.

»Wenn ich dir sage, dass ich dich liebe, nimmst du also meinen Antrag an?«

»Wenn du es wirklich ehrlich meinst«, erwiderte Isla, ohne vom Ordner aufzusehen.

»Ich würde niemals so etwas sagen, wenn ich es nicht genauso meine.«

»Dann ja, in diesem Fall würde ich dich heiraten.«

»Aber du hast gesagt, du würdest niemals heiraten, wenn du nicht wahnsinnig in den Mann verliebt bist«, erinnerte sie Leo.

Isla schwieg einen Moment, doch dann sah sie ihm mit festem Blick in die Augen. »Ja, das stimmt. Ich würde mich niemals zum Altar führen lassen, wenn ich nicht bis über beide Ohren in den Mann verliebt wäre.«

Mit wild pochendem Herzen starrte er sie an.

Liebte sie ihn? War es das, was sie ihm zu sagen versuchte?

Ja.

Du liebe Zeit, sie war in ihn verliebt.

Er hatte keine Ahnung, wie er darauf reagieren sollte. Am liebsten hätte er sie in seine Arme gezogen und geküsst. Er wollte ihr gestehen, dass er sie ebenfalls liebte, und zwar schon sehr lange. Aber das konnte er nicht.

Verlegen räusperte er sich. »Ich muss noch ein paar Feuerwerkskörper für eine Show morgen sortieren. Falls du mich brauchst, ich bin im Lager.«

Er ging zur Tür, und als er sie hinter sich schloss, hörte er Isla leise seufzen. »Das lief ja super«, hörte er sie sagen.

Kapitel 7

Leo nahm die Feuerwerkskörper aus den Regalen und verlud sie in Kisten, damit sein Pyroteam sie am folgenden Vormittag aufbauen konnte.

Sein Herz schlug immer noch wie verrückt, und im Magen hatte er ein flaues Gefühl.

Isla war in ihn verliebt.

Wie war das passiert? Oder wichtiger noch, wann?

Obwohl er annahm, dass das Wie und Wann keine Rolle spielte, sondern nur, was er jetzt mit dieser Information anfangen würde.

Sie konnten nicht zusammen sein, das verdiente er nicht. Und sie hatte jemand viel Besseren als ihn verdient.

Allerdings hatte er ihr während des vergangenen Jahres eine Menge Anträge gemacht. Was hatte er sich denn ausgemalt, sollte sie tatsächlich Ja sagen? Wäre es wirklich eine Ehe aus Bequemlichkeit, zwei Freunde, die zusammen im selben Haus lebten? Würde das bedeuten, dass sie beide bis zum Ende ihres Lebens keine romantische Beziehung mit jemand anderem mehr eingehen konnten, oder würden sie sich auch weiterhin mit anderen Partnern treffen?

Oder ... wären sie Ehemann und Ehefrau in jeder Bedeutung des Wortes?

Verlangen durchzuckte seinen Körper, gefolgt von wunderbaren Erinnerungen an die aufregende Nacht, die sie vier Jahre zuvor miteinander verbracht hatten. Würde ihre Ehe so werden? Tagsüber beste Freunde, und nachts Liebhaber? Das hatte er definitiv nicht verdient.

Mit Isla zusammen zu sein fühlte sich auf jeden Fall so an, als profitiere er auf gewisse Art und Weise von Matthews Tod. Wäre Matthew nicht gestorben, wäre Isla nicht hier, und er war für Matthews Tod verantwortlich, zumindest teilweise. Es kam ihm einfach alles nicht richtig vor. Außerdem, wie würde sie darüber denken, wenn sie es herausfand? Auch wenn Jamie der Meinung war, es sei nicht Leos Schuld gewesen, wusste er doch, dass Isla ihn dafür hassen würde. Aber selbst wenn nicht und falls er irgendwie seine Schuldgefühle überwinden könnte, dass der Unfall sie in sein Leben gebracht hatte – sie verdiente immer noch einen besseren Mann als ihn.

Seufzend nahm er eine Schachtel Silberdrachen in die Hand.

Beinahe sein ganzes bisheriges Leben lang hatte man ihn als nutzlos angesehen und ihm erklärt, es könne niemals etwas aus ihm werden. Nach dem Tod seines Vaters war ihm die Schule völlig egal gewesen; häufig hatte er in Unterrichtsstunden unentschuldigt gefehlt oder die Schule ganz und gar geschwänzt. Sein Vater hätte sich für Leos Verhalten geschämt. Seine Lehrer und Schulleiter waren alles andere als begeistert von seinen Fähigkeiten, seiner Einstellung und seiner Hoffnung auf eine anständige Zukunft gewesen.

Obwohl er seit damals eindeutig erwachsen geworden war und jetzt sein eigenes erfolgreiches Unternehmen leitete, hielten ihn manche der Dorfbewohner immer noch für einen Tunichtgut. Sein Ruf als Frauenheld spielte ihnen da vermutlich in die Karten.

Leo legte eine Packung Feuerwerk mit Fallende-Blätter-Effekt in die Kiste.

Er hatte nie wirklich ernsthafte Beziehungen gehabt. Die längste Beziehung hatte fünf Wochen gehalten. Doch die Frauen, mit denen er zusammen gewesen war, hatten stets gewusst, dass es ihm nicht um etwas Langfristiges ging. Eine von ihnen, Emma, hatte ihm gesagt, dass ihn sowieso keine Frau würde heiraten wollen. Er gehöre zu den Männern, mit denen man sich amüsiere, aber nicht auf ewig zusammenblieb. Eine andere seiner Freundinnen, Rachel, hatte ihm das zwar nicht offen ins Gesicht gesagt, aber er hatte sie im Pub über ihn lachen hören, als eine ihrer Freundinnen sie fragte, ob sie Leo liebe.

»Ach du liebe Zeit, nein, das ist nichts Ernstes. Ich finde auf jeden Fall noch was Besseres. Er hat ja kaum genügend Qualifikationen, um zurechtzukommen«, hatte sie gesagt.

»Kannst du dir vorstellen, ihn deinen Eltern als den Mann zu präsentieren, den du heiraten willst? Die würde der Schlag treffen«, hatte eine ihrer Freundinnen kommentiert.

Daraufhin hatten alle gelacht.

»Mein Dad glaubt, dass er im Gefängnis landet, noch bevor er fünfundzwanzig ist«, meldete sich eine andere zu Wort.

»Das würde mich nicht überraschen.«

»Aber er ist gut im Bett«, verriet Rachel lachend.

»Dann ist er zumindest in irgendwas gut«, erwiderte ihre Freundin.

Und obwohl ihm an Rachel nicht besonders viel lag, hatte ihn sein schlechter Ruf im Ort doch verletzt. Niemand erwartete, dass etwas aus ihm wurde. Was die Leute und seine Lehrer über ihn sagten, war bei und an ihm hängen geblieben. Er taugte für nichts.

Mit jeder Frau war er seither nur für zwei oder drei Verabredungen zusammen gewesen. Es lohnte sich nicht, die

Beziehung zu einer von ihnen ernster werden zu lassen, wenn er ganz offensichtlich nicht der Typ für langfristige Beziehungen war. Es war ihm egal gewesen, was die Leute von ihm dachten, dass die Frauen nur Sex von ihm wollten. An keiner von ihnen hatte er wirklich gehangen.

Bis zu Isla.

Er wollte gerade nach einer Schachtel mit Kometen greifen und hielt kurz inne.

Ihre gemeinsame Nacht war etwas Besonderes gewesen. Als er sie damals geküsst und mit ihr geschlafen hatte, war das weit über bloßen Sex hinausgegangen. Vielleicht lag es daran, dass sie befreundet waren und Isla nicht nur jemand war, mit dem er Sex hatte. Es war das einzige Mal gewesen, dass er sich tatsächlich Gedanken über eine gemeinsame Zukunft mit jemandem gemacht hatte. Doch Isla hatte das offensichtlich nicht so gesehen. Trotz seiner Einladung an sie, noch eine zweite Nacht mit ihm zu verbringen, hatte sie ihm irgendeine Entschuldigung von wegen Müdigkeit präsentiert und war nach der Taufe allein in ihr Hotel zurückgegangen. Anschließend war sie nach London zurückgefahren, und obwohl er sie gelegentlich gesehen hatte, wenn sie Matthew besuchte, war die wunderbare gemeinsame Nacht nie wieder erwähnt worden. Sie hatte ihn genauso gesehen wie die anderen Frauen – als jemanden, mit dem man gut Spaß und Sex haben konnte.

Als sie nach Matthews Tod nach Sandcastle Bay gezogen war, waren all die alten Gefühle für sie wiedererwacht, obwohl er ihr nie gesagt hatte, was er für sie empfand. Dafür gab es eine Million Gründe. Während der ersten Monate war sie verzweifelt gewesen, also erschien ihm der Zeitpunkt nicht richtig. Und er hatte auch mit seinen Schuldgefühlen wegen Matthews Tod zu kämpfen gehabt. Sie hatte dringender einen Freund gebraucht als Sex. Aber letztendlich wollte er vermutlich einfach nicht von dem einen Menschen zurückgewiesen werden, an dem ihm etwas lag.

Und jetzt hatte sie sich in ihn verliebt.

Am liebsten wäre er zurück ins Büro marschiert, um ihr zu sagen, dass er sie ebenfalls liebte. Und dann hätte er gerne diese Liebe mit ihr auf dem Sofa zelebriert, auf dem sie momentan saß.

Wenn sie sich in ihn verlieben konnte, musste sie etwas Positives in ihm sehen. Sie schien zu glauben, er sei gut genug als Teil von Elliots Leben, und um ihn mit ihr gemeinsam großzuziehen.

Konnte er wirklich dieser Mann sein? Der Mann, den sie verdiente?

Er wollte nichts tun, was sie verletzte. Wenn er auf ihre Gefühle einginge, würde das zweifellos in einem Desaster enden, genau wie alles andere in seinem Leben.

Als Freund war er sicher gut geeignet, aber nicht als fester Freund oder als Ehemann. Vielleicht war es für sie beide am besten, wenn sie es dabei beließen.

* * *

Leo kehrte nicht zurück.

Isla verbrachte eine Stunde damit, alles in Annies knallrotem Ringordner durchzulesen, und beschloss dann, sich an einigen E-Mails zu versuchen. Im Posteingang befanden sich mehrere, die meisten davon Anfragen zu kleinen regionalen Feuerwerken über Weihnachten und Neujahr. Sie tat ihr Bestes, die Fragen zu beantworten und immer, wenn sie die Antwort nicht kannte, schlug sie in dem Ordner nach. Sie wusste nicht genau, ob sie das Richtige tat, aber nachdem Leo sie nach ihrem halbherzigen Versuch, ihm ihre Gefühle zu gestehen, komplett im Stich gelassen hatte, musste sie einfach ihr Bestes versuchen.

Es wurde zwölf und immer noch war von Leo nichts zu sehen. Da sie Melody gesagt hatte, sie sei nur ein paar Stunden fort, und Elliot versprochen hatte, am Nachmittag mit ihm in das Dinosauriermuseum in der Nachbarstadt zu gehen, musste sie allmählich gehen. Sie war sich nicht ganz sicher, was Leo mit den flexiblen Arbeitszeiten gemeint hatte, aber diese Woche war sicher eine Art Ausnahme. Er würde am Nachmittag einfach ohne sie zurechtkommen müssen.

Sie verließ das Büro und ging hinüber zu dem großen, scheunenartigen Gebäude, wo Leo vermutlich das Feuerwerk sortierte. Oder ihr gezielt aus dem Weg ging.

Isla schob die Tür auf und da war Leo. Er saß auf einem alten Sofa und warf einen Tennisball sehr präzise auf den Boden, von wo aus er an die Wand sprang und wieder zurück in seine Hand, und das alles mit minimaler Anstrengung.

»So verbringst du also deine Arbeitstage?«, fragte Isla, um einen lockeren und fröhlichen Ton bemüht, auch wenn ihr das Herz wehtat.

Leo ließ den Ball auf den Boden fallen.

Dann stand er auf und strich sich die schwarzen lockigen Haare aus dem Gesicht. Das war seine typische Geste, wenn ihm etwas unangenehm war. »Ich glaube nicht, dass es funktioniert, wenn du hier arbeitest.«

Islas Zuversicht sank. Als sie am Morgen aufgewacht war, hatte sie nicht mit einem Stellenangebot gerechnet, aber jetzt, wo sie einige Stunden hier verbracht hatte, gefiel ihr die Arbeit. Es war ein gutes Gefühl, wieder nützlich zu sein, sich gedanklich mit etwas anderem beschäftigen zu können als mit Kindergeschichten und dem Fernsehprogramm. Das Vormittagspensum war ihr leicht von der Hand gegangen, und obwohl sie wusste, dass Annies Aufgaben in der Firma noch viel weiter reichten, konnte sie sich gut vorstellen, dass ihr die

Arbeit hier gefallen würde. Und jetzt war es vorbei, bevor es überhaupt richtig angefangen hatte.

»Jedenfalls nicht, wenn du dich wie ein Idiot benimmst«, konterte sie.

Leo zog die Brauen hoch. »Ich benehme mich nicht wie ein Idiot. Ich will nur nicht, dass du … verletzt wirst.«

»Warum sollte ich denn verletzt werden?«, fragte Isla überrascht.

»Nun ja …« Leo suchte nach einer Erklärung und deutete schließlich mit dem Finger zwischen ihnen hin und her.

»Okay, ja, ich habe Gefühle für dich, die du nicht erwiderst. Das ist keine große Sache.« Isla zuckte mit den Schultern und versuchte, ihm die Lüge glaubhaft zu verkaufen. »Das ist jetzt keine große Überraschung. Leo Jackson jagt die Frau, hinter der er her ist, wie ein Löwe ein Reh. Wenn du etwas für mich empfinden würdest, hättest du schon vor langer Zeit dahingehend etwas unternommen.«

Er starrte sie an. »Das ist nicht … Ich habe nicht …«

»Und es ist eigentlich sogar am besten so, wenn wir nicht zusammenkommen. Denn was soll werden, wenn es vorbei ist, wenn du dich mit mir langweilst? Was würde das für Elliot bedeuten? Er braucht dich mehr als ich, daher sind wir als Freunde besser dran«, erklärte Isla.

»Ich würde niemals etwas tun, was Elliot verletzt«, fand Leo endlich seine Stimme wieder.

»Das weiß ich, zumindest würdest du so etwas nicht absichtlich tun. Aber wenn wir etwas miteinander anfangen und es dann irgendwann vorbei wäre, kämst du nicht mehr bei uns zu Hause vorbei, um Elliot zu besuchen, weil du mir nicht wehtun wolltest. Das würde ihn sehr treffen.«

»Das würde ich niemals tun.«

»Ach ja? Du bist mir den ganzen Vormittag aus dem Weg gegangen, weil ich dir meine Gefühle gestanden habe, und vor ein paar Minuten wolltest du mir auch deswegen die Stelle wieder wegnehmen, die du mir erst vor wenigen Stunden angeboten hast. Deine Reaktion auf mein Geständnis war Flucht, also mach mir nicht weis, du würdest nicht negativ reagieren, wenn es zwischen uns aus wäre.«

Darauf hatte Leo keine Erwiderung.

»Ich hole jetzt Elliot ab und verbringe den Nachmittag mit ihm. Du kommst heute zum Abendessen vorbei wie immer und ich komme morgen her zum Arbeiten und wir werden so tun, als wäre dieses Debakel niemals passiert. Ich werde doch wegen dieser Sache nicht meinen besten Freund verlieren, oder?«

Er schüttelte den Kopf. »Definitiv nicht.«

»Gut.«

Sie drehte sich um und ging, und er rief sie nicht zurück, worüber sie froh war. Ihre Brust schmerzte, ihre Kehle brannte, und sie hätte am liebsten erst mal ein wenig im Auto geweint, bevor sie Elliot abholte.

Er liebte sie nicht. Und obwohl sie sich das während des vergangenen Jahres schon gedacht hatte, hatte sie trotzdem immer ein wenig darauf gehofft, dass es anders sein könnte. Das war jetzt vorbei.

KAPITEL 8

Isla stieß die Tür zum Cherry on Top auf und erkannte Melody und Tori in Fensternähe im hinteren Bereich, von wo aus man auf den wunderschönen Sunshine Beach hinaussehen konnte. Luke und sein Bruder Rocky, Melodys Welpe, lagen schlafend unter dem Tisch. Sie sahen aus, als hätten sie den Vormittag spielend am Strand verbracht. Toris Welpe aus demselben Wurf, Spike, war nicht dabei, aber der blieb meistens bei Aidan auf der Farm. Auch Elliot schien nicht da zu sein, was Isla kurz in Alarmbereitschaft versetzte, bis sie sein unverwechselbares Kichern aus der Küche hörte. Zweifellos »halfen« er und Marigold Frankie, der vor Kurzem eingestellt worden war, um Emily beim Kochen zu unterstützen. Von Agatha war ebenfalls nichts zu sehen.

Isla begrüßte Melody und Tori mit einer Umarmung und einem Kuss und ließ sich dann auf einen Stuhl fallen.

»Ist alles in Ordnung?«, erkundigte sich Melody.

Isla seufzte laut. Auf dem Rückweg nach Sandcastle Bay hatte sie ein wenig geweint, aber sie wollte verdammt sein, wenn sie wegen Leo Jackson auch nur noch eine einzige Träne vergoss.

»Ich habe ein Datum für die Adoptionsanhörung für Elliot, danach bekomme ich ganz offiziell das Sorgerecht. Außerdem habe ich jetzt eine Arbeit, von der ich glaube, dass sie mir Spaß machen könnte, und ich habe mich heute Morgen vor Leo komplett zum Affen gemacht. Höhen und Tiefen also«, fasste Isla zusammen.

Sie nahm sich ein Stück von Toris Schokokuchen, um sich zu trösten. Zwei dieser Neuigkeiten waren großartig, warum war ihr dann bloß das Herz so schwer?

»Die Adoption wird endgültig rechtskräftig?«, fragte Melody und Isla nickte. »Das sind tolle Neuigkeiten!«

»Ich weiß. Es hat so lange gedauert, dass ich schon gar nicht mehr daran geglaubt habe.«

»Ich freue mich so für dich. Bedeutet das, er wird dein Sohn?«, wollte Tori wissen.

»Ja, im Prinzip schon, wobei ich mir nicht vorstellen kann, dass er anfängt, mich Mum zu nennen. Ich glaube, das wäre komisch. Immerhin bin ich trotz allem seine Tante. Wenn ich ihn bitten würde, mich Mum zu nennen, wäre das sicher verwirrend für ihn.«

»Ah, das ist toll. Dann seid ihr – du, Leo und Elliot – endlich eine richtige Familie«, kommentierte Melody, die in allem ein märchenhaftes Happy End sah.

»Nein, werden wir nicht«, widersprach Isla energisch. »Leo wird immer für Elliot da sein, und ich weiß das sehr zu schätzen, aber eine richtige Familie werden wir niemals werden.«

Tori und Melody starrten sie an, ein wenig erschrocken über ihren harschen Ton.

»Ich habe den Verdacht, das hat etwas damit zu tun, dass du dich heute Morgen vor Leo zum Affen gemacht hast«, vermutete Tori. »Was ist passiert?«

Isla seufzte. Sie erzählte ihnen alles über den wunderbaren Vortag, an dem sie den Familienbaum gemalt hatten, über den Moment zwischen ihr und Leo und dass er versehentlich gesagt hatte, nach der Adoption werde Elliot endlich ihnen gehören, als wären sie bereits eine richtige Familie. Sie beichtete ihnen, dass sie darüber nachgedacht hatte, ihm ihre Gefühle zu gestehen, um herauszufinden, ob er ebenso empfand. Sie erzählte ihnen von dem Job, der ihr in den Schoß gefallen war, und wie jetzt endlich alles in ihrem Leben seinen Platz zu finden schien.

»Heute Morgen habe ich es ihm also gestanden«, fuhr sie fort.

»Du hast ihm einfach so ins Gesicht gesagt, dass du ihn liebst?«, hakte Melody nach.

»Nun ja, nicht so direkt, aber ich habe es deutlich gemacht. Ich kann mir nicht vorstellen, dass er da etwas missverstanden haben könnte.«

»Und?«, fragte Tori und beugte sich neugierig vor.

»Er ist aufgestanden, hat das Büro verlassen und ich habe ihn fast drei Stunden lang nicht mehr gesehen.«

Alle machten lange Gesichter. Isla kannte dieses Gefühl.

»Du hast ihm gesagt, dass du ihn liebst, und er ist gegangen?«, wiederholte Melody ungläubig.

»Ja. Ich kam mir vor wie eine Idiotin. Keine Ahnung, was ich mir dabei gedacht habe.«

»Du hast gedacht, dass er ständig in deinem Haus ist, dass er dich bei jeder Begrüßung und jedem Abschied drückt und küsst, dass er dich ansieht, als wärst du eine Göttin, und dass jeder Mensch, der euch zusammen sieht, annimmt, dass ihr ein Paar seid, und nicht versteht, warum es nicht so ist. Nichts davon hast du dir eingebildet«, sagte Tori. »Sogar Aidan glaubt, dass Leo in dich verliebt ist, und er ist sein Bruder.«

»Jamie und ich haben neulich über euch beide gesprochen, und auch er ist davon überzeugt, dass Leo dich liebt«, pflichtete Melody ihr bei. »Und was ist mit der Statue, die er für das Sandskulpturen-Festival im Sommer gemacht hat?«

Daran erinnerte sich Isla nur zu gut. Jeder der Teilnehmer hatte die Aufgabe erhalten, eine Skulptur anzufertigen, die verkörperte, was er an Sandcastle Bay am meisten liebte. Leo hatte ein Pferd mit Sturm und Wellen geschaffen, um das Meer in seinem wildesten Zustand darzustellen, jedoch hatte er Teile davon verspiegelt. Als er die Statue vor Isla enthüllt hatte, hatte er dafür gesorgt, dass sie und Elliot genau so standen, dass sie ihre Spiegelbilder am Hals des Pferdes sehen konnten. Tori und Melody waren davon überzeugt, dass er ihr damit eine Botschaft hatte senden wollen, dass er sie wirklich ebenfalls liebte.

»Er hat ein Pferd gebaut«, widersprach Isla. »Vielleicht haben wir zu viel hineininterpretiert.«

»Beim Heartberry-Love-Festival im Frühling hat er dir ein Stück von dem berühmten Heartberrykuchen gegeben«, erinnerte Tori sie. »Die Männer reichen ihr Stück nur den Frauen, die sie lieben.«

»Er hat ihn mit Elliot geteilt und mir ein Stück angeboten. Ich glaube nicht, dass da irgendein Symbolismus dahintersteckte«, entgegnete Isla traurig.

»Du hast selbst gesagt, dass du die Worte heute Morgen nicht direkt ausgesprochen hast«, versuchte es Melody erneut. »Vielleicht hat er dich missverstanden und das Büro nur verlassen, weil er noch etwas zu tun hatte.«

»Ich habe ihn gesucht und er hat versucht, mir zu kündigen.«

Melody schlug sich die Hände an die Wangen und sah aus wie das Gemälde »Der Schrei« von Edvard Munch.

»Er sagt, er will nicht, dass ich verletzt werde«, berichtete Isla weiter und fühlte sich schuldig, weil sie Leo in so schlechtem Licht darstellte. Er war ihr bester Freund, und während des vergangenen Jahres war er immer für sie da gewesen. Mit Elliot ging er wunderbar um. Es war nicht seine Schuld, dass er ihre Gefühle nicht erwiderte. »Ich habe ihm gesagt, nur weil ich etwas für ihn empfinde und das von seiner Seite aus nicht so ist, muss es jetzt nicht komisch zwischen uns werden. Daher weiß ich, dass er mich nicht missverstanden hat.«

Melody wirkte plötzlich nachdenklich. »Da spielt irgendetwas anderes mit rein.«

Seufzend nahm Isla die Speisekarte in die Hand. »Das glaube ich nicht. Vermutlich haben wir alle einfach gehofft, dass er meine Gefühle teilt und das auf ihn projiziert. Wir haben Bedeutungen in Sätze und Gesten hineininterpretiert, die gar nicht darin enthalten waren.«

»Laut Jamie glaubt er, dass er dich nicht verdient«, bekannte Melody.

Isla schaute von der Speisekarte auf. »So etwas in der Art hat er neulich auch zu mir gesagt. Warum sollte er das denken?«

Melody und Tori zuckten mit den Schultern.

In diesem Moment erschien Emily an ihrem Tisch, um die Bestellungen aufzunehmen.

»Benimmt sich mein kleiner Mann dort hinten?«, erkundigte sich Isla.

»Er ist für die Verteilung der Streusel auf den Cupcakes verantwortlich, die Frankie gerade macht. Ich kann mit Sicherheit behaupten, dass die eine Menge Streusel haben werden«, antwortete Emily.

Isla lachte. »Falls er Ärger macht, schick ihn heraus zu mir.«

»Elliot macht niemals Ärger. Außerdem hält Marigold ihn in Schach und Frankie mag ihn sehr.«

Isla wandte ihre Aufmerksamkeit wieder einen Moment der Speisekarte zu.

»Emily, warum sollte Leo glauben, dass er Isla nicht verdient?«, fragte Tori.

Isla wurde rot. Sie hatte Emily sehr gern, aber sie war nicht sicher, ob sie ihre Quasi-Beziehung mit ihrem Bruder mit ihr diskutieren wollte.

»Oh Gott, er ist so ein Idiot«, erwiderte Emily, setzte sich zu ihnen und machte es sich bequem. Allerdings hatte Isla den

Verdacht, dass sie lediglich für einige Minuten das Gewicht von ihren Füßen nehmen wollte; ihr Babybauch wirkte noch größer als beim letzten Mal, obwohl das beinahe unmöglich schien.

»Als wir Kinder waren und unser Dad starb, hat das Leo schwer getroffen. Ich glaube, er hat sich die Schuld für Dads Tod gegeben. Leo hatte ihn an diesem Tag zu einem Fahrradausflug überredet, und als sie nach Hause kamen, bekam Dad einen Herzinfarkt. Die Ärzte haben gesagt, dass er schon lange Herzprobleme hatte und dass der Infarkt nur eine Frage der Zeit gewesen sei, aber natürlich war Leo davon überzeugt, es wäre seine Schuld.«

»Oh mein Gott, wie schrecklich für ihn. Mit dieser Schuld zu leben muss fürchterlich gewesen sein.« Isla brach es beinahe das Herz, als sie sich vorstellte, wie Leo als kleiner Junge diese Last auf seinen Schultern getragen hatte.

»Ich glaube, später hat er akzeptiert, dass er nichts dafürkonnte, aber viele Jahre lang nach Dads Tod hat sich dieses Schuldgefühl in Wut geäußert. In den Jahren danach hat er sich wild aufgeführt, hat in der Schule für Ärger gesorgt oder den Unterricht ganz und gar geschwänzt. Er bekam Ärger mit der Polizei, hat sich häufig betrunken … Er war ziemlich durch den Wind.«

»Das hat er mir alles selbst erzählt«, entgegnete Isla. »Das spielt für mich keine Rolle. Warum sollten Dinge, die er vor fünfzehn oder zwanzig Jahren getan hat, etwas daran ändern, was für ein Mann er heute ist?«

»Weil jeder geglaubt hat, dass er ein Tunichtgut ist und niemals etwas aus ihm wird. Viele seiner Lehrer haben das auch genau so zu ihm gesagt. Seine Freundinnen haben darüber gespottet, dass keine es jemals ernst mit ihm meinen würde. Es gab sogar Wetten, ob er im Gefängnis landen würde. Am Ende seiner Schulzeit hat seine Klasse eine dieser blöden Umfragen durchgeführt: Wer wird am ehesten berühmt werden, wer wird höchstwahrscheinlich zuerst heiraten, wer wird Millionär? Es gab auch die Kategorie: Wer wird höchstwahrscheinlich im Gefängnis landen, und alle seine Klassenkameraden haben dafür Leo nominiert. Er hat so getan, als ob ihm das nichts ausmache, einige Jahre hat er sogar entsprechend seinem Ruf gelebt, ist auf einem Dirtbike herumgefahren, hat eine Lederjacke getragen und sogar einige Jahre lang geraucht, um sein Bad-Boy-Image zu pflegen. Aber es hat ihm doch etwas ausgemacht. Dass jeder ihn für wertlos hielt, hat ihn beeinflusst, und ich glaube, das ist er seither nicht losgeworden. Er hat niemals eine ernsthafte Beziehung gehabt, weil er sich nicht vorstellen konnte, mit jemandem eine gemeinsame Zukunft aufzubauen. Du bist die längste Beziehung, die er je hatte.«

»Wir sind nicht …«, begann Isla.

»Oh doch. Ihr steht euch näher als die meisten Paare. Und das ist nicht nur Freundschaft, das sieht man. Ihr seid vielleicht nicht intim miteinander, aber ihr führt definitiv eine Beziehung. Er liebt dich.«

Isla schüttelte den Kopf. »Ich habe ihm gestanden, was ich für ihn fühle, und er ist praktisch zur Tür hinausgerannt.«

Emilys Blick wurde weich. »Manchmal möchte ich ihn umarmen und gleichzeitig schütteln. Ich garantiere dir, dass es ausschließlich damit zu tun hat, wie er selbst sich sieht, und nicht mit dir. Wenn du dich beinahe dein ganzes Leben lang für wertlos hältst, ist es schwer, aus dieser fixen Idee auszubrechen. Ich denke, du solltest mit ihm reden. Sag ihm, warum du dich in ihn verliebt hast, was du in ihm siehst. Vielleicht kann er dann anfangen, dasselbe in sich zu sehen.«

Isla starrte die Speisekarte an. Hatte Emily womöglich recht? Beim Gedanken an dieses Gespräch mit Leo zuckte sie innerlich zusammen. Sie hatte sich bereits vor ihm blamiert, als sie ihm ihre Gefühle gestanden hatte, und jetzt wollte seine

Schwester, dass sie ihn überzeugte, dass er sich irrte und sie beide eine Chance verdienten.

»Ich weiß, dass es nach viel Arbeit klingt, aber ich verspreche dir, er ist das Risiko wert.«

Isla lächelte, denn damit hatte Emily auf jeden Fall recht. Vielleicht war es einen weiteren Versuch wert.

KAPITEL 9

»Was essen wir zum Abendbrot?«, wollte Elliot wissen, der auf der Arbeitsplatte saß und die Füße baumeln ließ.

»Fleischklößchen in Tomatensoße«, erwiderte Isla und nahm das Gericht aus dem Ofen.

»Kommt Leo?«, fragte Elliot sofort. Er wusste, dass Islas Fleischbällchen Leos Lieblingsessen war.

»Ich glaube schon. Aber er hat viel zu tun, daher schafft er es vielleicht nicht«, antwortete Isla, die Elliot nicht verraten wollte, dass die Dinge zwischen ihr und Leo am Morgen nicht gerade optimal verlaufen waren und er daher womöglich eine Entschuldigung finden würde, um ihr nicht unter die Augen zu treten.

»Ich mag Fleischbällchen in Tomatensoße, das ist mein Lieblingsessen«, verkündete Elliot. Alles, was Leo mochte, war auch Elliots Favorit. »Wenn wir in Leos Haus ziehen, kochst du uns das dann dort auch noch?«

Isla goss gerade die Tomatensoße über die Fleischklößchen und hielt inne. »Wann ziehen wir denn in Leos Haus?«

»Wenn ihr heiratet.«

Du lieber Himmel, hatte es denn jeder darauf abgesehen, sie zusammenzubringen?

»Marigold hat behauptet, dass ihr bald heiratet«, sagte Elliot schlicht, als ginge es dabei nicht um die größte Entscheidung ihres Lebens.

»Ach ja?«

»Leo fragt dich doch dauernd, oder?«

Sie wandte ihre Aufmerksamkeit wieder den Fleischbällchen zu. Eigentlich hatte sie geglaubt, sie und Leo seien vorsichtig mit den Anträgen umgegangen, damit Elliot nichts mitbekam. Da hatten sie sich offensichtlich geirrt.

»Ich glaube«, begann Isla vorsichtig, »dass Leo nur einen Witz macht, wenn er mich bittet, ihn zu heiraten.«

»Aber Marigold sagt, dass ihr euch liebt, und wenn zwei Menschen sich lieben, dann heiraten sie.«

»Es gibt unterschiedliche Arten von Liebe«, erklärte Isla, legte den Deckel zurück auf den Topf und stellte diesen wieder in den Ofen. »Man kann seine Freunde lieben, so wie ich Tori liebe, oder es gibt die Liebe unter Geschwistern, so wie zwischen mir, Melody und deinem Dad, aber deswegen würde ich niemanden von ihnen heiraten.«

»Aber Tori und Melody sind Mädchen«, wandte Elliot ein.

»Frauen können auch Frauen heiraten und Männer auch Männer. Eva und Rosie sind auch miteinander verheiratet«, erklärte Isla und meinte damit die beiden Frauen, denen der Tattooladen im Ort gehörte.

»Das wusste ich gar nicht«, erwiderte Elliot.

»Ja, sie haben geheiratet, weil sie einander sehr lieben.«

»So wie du und Leo?«

Isla räusperte sich und maß die Nudeln ab.

»Du liebst doch Schokolade, richtig?«, fragte sie dann. »Das ist deine absolute Lieblingsspeise. Wenn ich dich ließe, würdest du die jeden Tag essen.«

»Ja! Schokolade schmeckt am besten.«

»Leo liebt mich so, wie du Schokolade liebst. Er verbringt gern jeden Tag Zeit mit mir und ich gehöre vermutlich zu seinen Lieblingsmenschen, aber er wird mich nicht heiraten, genauso wenig wie du deine Schokolade heiraten wirst«, erklärte Isla. Das Beispiel war ein wenig verwirrend geworden und sie wusste nicht, ob Elliot es verstand.

»Doch, das würde ich«, widersprach Elliot.

»Das verstehe ich, Kumpel, Schokolade ist das Beste auf der Welt«, meldete sich da Leo zu Wort.

Isla wirbelte herum und sah ihn im Türrahmen stehen.

Mist.

Wie lange stand er schon dort und lauschte ihren Erklärungsversuchen zum Thema Liebe?

»Leo!« Elliot strahlte übers ganze Gesicht, als er von der Arbeitsplatte sprang und sich Leo in die Arme warf. »Würdest du Schokolade heiraten?«

»Ja, das würde ich«, antwortete Leo und kippte Elliot kopfüber, bis er ihn nur noch an den Füßen festhielt.

Elliot quietschte vor Vergnügen.

»Und heiratest du Isla?«

Leo sah auf und bedachte Isla mit einem bedeutungsvollen Blick, den sie nicht interpretieren konnte.

»Eines Tages vielleicht.«

»Hurra!«, jubelte Elliot.

Isla funkelte Leo böse an. Sie hatte absichtlich sein Lieblingsessen gekocht und gehofft, dass sie über sich und seine wahren Gefühle für sie sprechen könnten, aber jetzt war sie wütend.

»Elliot, wäschst du dir bitte vor dem Essen die Hände?«, bat sie, und als sie sah, wie das Lächeln aus seinem Gesicht verschwand, erkannte sie, dass sie den Ärger nicht aus ihrer Stimme hatte heraushalten können.

»Die sind schon sauber«, behauptete Elliot.

»Sind sie nicht, du hast gerade eine Stunde lang mit Luke im Garten gespielt. Ich habe dich nach Würmern graben sehen«, hielt sie dagegen und zwang sich zu einem normaleren Ton.

Elliot kicherte. »Ich habe einen richtig großen gefunden.«

»Na los, Kumpel, wasch dir die Hände«, mischte sich Leo ein. »Wenn wir uns beeilen, können wir vor dem Essen im Garten noch rasch nachschauen, ob wir ihn noch mal sehen. Aber diesmal wird nicht gegraben, nur geschaut.«

Elliot rannte davon und einige Sekunden später hörte Isla seine polternden Schritte auf der Treppe.

Leo wollte ihr einen Kuss auf die Wange geben, doch sie wehrte ihn ab.

»Nicht.«

Er machte ein langes Gesicht. »Was nicht? Ich soll dich nicht küssen?«

»Mach Elliot keine leeren Versprechungen. Ich bin schon groß, ich komme mit Enttäuschungen zurecht, aber er ist fünf. Versprich ihm nicht, dass wir eines Tages heiraten werden, wenn es gar nicht stimmt.«

»Ich habe es ihm nicht versprochen, ich sagte ›vielleicht eines Tages‹.«

»Und alles, was er gehört hat, war ›eines Tages‹, und für ihn bedeutet das sehr bald. Er redet schon davon, dass wir bei dir wohnen werden, weil Marigold ihm erzählt hat, dass wir einander lieben und wir heiraten werden. Ich wollte ihm gerade erklären, dass das nicht passieren wird.«

»Vielleicht ja doch«, entgegnete Leo und kam näher.

Isla unterdrückte ein frustriertes Stöhnen.

»Ach, hatten wir einen kleinen Sinneswandel? Hast du plötzlich erkannt, dass ich die Liebe deines Lebens bin?«

Er kam sogar noch näher, und sie spürte, wie seine Wärme und sein würziger, sexy Duft sie umhüllten. Obwohl sie sauer auf ihn war, wünschte sie sich nun, dass er alle möglichen wunderbaren und schmutzigen Dinge mit ihr anstellen würde.

Sie sah zu ihm auf. Am liebsten hätte sie ihn gleichzeitig weggestoßen und an sich gezogen.

»Vielleicht«, bekannte Leo.

»Meine Hände sind sauber!«, verkündete Elliot, der zurück in die Küche gerannt kam. »Gehen wir und suchen wir den Wurm.«

Grinsend sah Leo zu, wie Elliot seine Schuhe anzog und Luke aufgeregt im Kreis um ihn herumtobte. Er küsste Isla auf die Wange, wie er es immer tat, aber irgendwie fühlte es sich diesmal anders an – als steckte eine Absicht dahinter.

»*Vielleicht* ... können wir später reden, wenn wir nicht von kleinen Ohren belauscht werden.«

Isla nickte wie betäubt und Leo folgte Elliot nach draußen.

»Fass mit deinen schön sauberen Händen nichts an«, hörte sie Leo sagen, bevor sich die Tür hinter ihnen schloss. »Wenn du den Wurm siehst, darfst du nur mit dem Ellbogen darauf zeigen.«

Elliot brach in Gelächter aus und nahm Leos Hand, dann rannte er gemeinsam mit ihm in den hinteren Teil des Gartens.

Und plötzlich freute sich Isla auf das kommende Gespräch.

* * *

Isla klappte das Buch zu. Elliot hatte sich »Rumble in the Jungle« als Gutenachtgeschichte ausgesucht, weil es angeblich sein absolutes Lieblingsbuch war. Isla vermutete, dass es eher damit zu tun hatte, dass Leo und sie das Buch immer gemeinsam lasen, und Elliot liebte alles, was sie als Familie taten. Leo übernahm die tiefen Stimmen der größeren Tiere und sie sprach die höheren Stimmen der kleineren. Leo flocht auch immer jede Menge Action ein, was Elliot liebte.

»Gute Nacht, kleiner Mann«, sagte Isla und küsste ihn auf die Wange.

»Gute Nacht, Kumpel«, sagte Leo und küsste ihn auf den Kopf.

»Ich hab euch lieb«, murmelte Elliot schläfrig und schloss mit einem breiten Lächeln im Gesicht die Augen.

»Wir dich auch«, versicherte ihm Isla.

Allein bei seinem Anblick zog sich ihr Herz bereits zusammen. Es war merkwürdig – sie hatte Elliot schon immer geliebt, er war ihr Neffe und sie hatte ihn von jeher sehr gern gehabt, doch während des vergangenen Jahres war diese Liebe noch viel intensiver geworden.

Sie tätschelte Luke, der am Ende des Bettes leise schnarchte, den Kopf und verließ das Zimmer.

Leo wartete an der Tür auf sie, bis sie das Nachtlicht eingeschaltet und die Tür angelehnt hatte.

Sie blickte zu ihm auf. »Er vergöttert dich.«

»Das beruht auf Gegenseitigkeit.«

Lächelnd streichelte sie ihm übers Gesicht. Er drehte den Kopf und küsste ihre Handfläche. Ihr Herz machte einen Satz, und seine Augen verdunkelten sich.

»Wollen wir nach unten gehen? Ich glaube, ich brauche ein Glas Wein«, sagte Isla mit zittrigem Atem.

Leo nickte.

Sie folgte ihm ins Erdgeschoss und bewunderte seine breiten Schultern, seine starken Arme. Nur zu gut erinnerte sie sich daran, wie es war, darin zu liegen.

In der Küche ging sie zum Kühlschrank, während Leo es sich am Tisch bequem machte.

»Möchtest du etwas trinken?«, fragte Isla und schenkte sich ein Glas Wein ein.

»Nein danke, ich möchte lieber einen klaren Kopf bewahren.«

Isla stieß den Atem aus. Wofür brauchte er einen klaren Kopf?

Sie setzte sich ihm gegenüber und er lächelte sie an.

Als er ihre Hand nahm, begann ihr Herz wie wild zu pochen. Vielleicht konnte dieses Gespräch warten. Möglicherweise mussten sie lediglich wieder eine Verbindung zueinander aufbauen, wie damals in jener wunderbaren Nacht vor vier Jahren.

Er streichelte ihr mit dem Daumen über den Handrücken.

»Ich habe dir heute wehgetan, und das will ich am allerwenigsten.«

»Ist schon gut ...«

»Nein, ist es nicht. Erst recht nicht, weil ich dich in dem Glauben gelassen habe, ich hätte keine Gefühle für dich, doch das stimmt nicht.«

Isla wurde der Mund trocken und eine Gänsehaut überzog ihren Körper.

»Gefühle, die weit über Freundschaft hinausgehen, und definitiv mehr sind, als ich für Schokolade empfinde«, fuhr Leo fort.

Sie lachte leise. Plötzlich war sie gleichzeitig ängstlich, nervös und aufgeregt.

»Ich bin in Panik verfallen, weil ich keine Ahnung habe, was ich dir bieten könnte ...«, begann Leo.

»Jemanden, der wunderbar, freundlich, großzügig und lustig ist. Ich wünschte, du könntest sehen, was für ein unglaublich toller Mann du bist.«

»Ich habe das Gefühl, dich nicht zu verdienen.«

»Stell mich nicht auf ein Podest. Ich bin keine Göttin.«

»Darum geht es nicht. Ich meine, offensichtlich bist du eine Göttin ...« Er grinste. »Es ist nur so ...« Ein dunkler Schatten fiel über seine Miene. »Wenn ich mit dir zusammen bin, fühlt es sich an, als würde ich von Matthews Tod profitieren. Wäre er nicht gestorben, wärst du nicht hier. Du wärst vermutlich immer noch mit Daniel zusammen.«

»Zum Glück habe ich noch rechtzeitig die Kurve gekriegt. Mit diesem Mann hätte es nie eine gemeinsame Zukunft gegeben. Das hätte ich viel früher merken sollen.«

»Denkst du jemals über so etwas nach?«, wollte Leo wissen. »Du hast jetzt Elliot und er ist die Liebe deines Lebens.«

»Ohne jetzt besonders tiefgründig klingen zu wollen, bin ich sicher, dass es ein berühmtes Zitat gibt im Sinne von ›Wo Dunkelheit ist, ist auch Licht‹. Matthews Tod war herzzerreißend, aber ich habe dadurch auch ein unglaublich großes Geschenk erhalten. Natürlich bin ich nicht froh, dass Matthew gestorben ist, aber ich werde mich nicht schuldig fühlen, dass ich durch seinen Tod auch Glück gefunden habe. Viele gute Dinge sind im vergangenen Jahr passiert. Ich wohne jetzt an einem der schönsten Orte der Welt und … Sein Tod hat mich zu dir gebracht.«

Er zuckte zusammen, und sie fragte sich, ob sie etwas Falsches gesagt hatte.

»Ganz egal, was zwischen uns passiert, ich werde immer dankbar dafür sein, dass es dich in meinem Leben gibt«, erklärte sie.

»Ich war schon lange vor Matthews Tod in deinem Leben. Ich bin nicht nur deshalb hier.«

Das stimmte, ihre Verbindung hatte auch schon viele Jahre vor seinem Tod bestanden.

»Ich denke oft an die Nacht, die wir miteinander verbracht haben«, fuhr Leo fort und Isla stockte der Atem. »Du auch?«

»Ständig«, antwortete sie, ohne nachzudenken. »Du hast es nie angesprochen, daher dachte ich, du hättest es vergessen.«

Er wirkte überrascht. »Ich erinnere mich an jedes wunderbare Detail. Warum glaubst du, ich könnte das so einfach vergessen?«

»Weil du mit Hunderten Frauen geschlafen hast.«

»Es waren nicht Hunderte«, widersprach Leo.

»Okay, Hunderte war vielleicht übertrieben, aber ich war nur eine von vielen.«

Er runzelte die Stirn. »Mit dir war es anders. Das wusstest du.«

Sie seufzte, denn als er sie im Bett mit bewunderndem Blick in den Armen gehalten und geküsst hatte, hatte sie wirklich geglaubt, dass da etwas zwischen ihnen war, und dann war dieser Hoffnungsschimmer nur wenige Stunden später an den Klippen zerschellt.

»Am Tag der Taufe habe ich dich mit einer Frau sprechen hören. Der Frau, mit der du am Abend vor meiner Ankunft hier geschlafen hattest. Nur vierundzwanzig Stunden, bevor du mir versichert hast, es sei die beste Nacht deines Lebens gewesen, hattest du eine andere im Bett. Wir waren nicht zusammen, du warst mir nichts schuldig, du warst frei, zu schlafen, mit wem auch immer du wolltest. Aber in diesem Augenblick ist mir klar geworden, dass ich nur ein Gesicht in der Menge war. Ich hatte nicht das Gefühl, mich von den anderen Frauen zu unterscheiden.«

Eine Weile lang sagte er nichts.

»Ich hatte sie nicht in meinem Bett.«

»Ich verstehe nicht, was das für einen Unterschied machen soll.«

»Der Unterschied ist, dass ich noch nie zuvor eine Frau mit zu mir nach Hause genommen habe. Du bist die einzige Frau, die ich je in meinem eigenen Bett geliebt habe.«

Sie biss sich auf die Lippe. Vermutlich war das ziemlich bedeutsam. »Willst du damit also sagen, dass du diese Nacht gern wiederholen würdest?«

»Oh ja, ganz sicher.«

Sie konnte nicht leugnen, dass sie sich das ebenfalls wünschte. Aber war das alles, was er ihr anbot?

»Aber ich will nicht nur …« Leo wurde von einem lauten Klopfen an der Tür unterbrochen.

Isla überlegte, ob sie es ignorieren sollte, aber wer auch immer da vor der Tür stand, vermutlich Melody oder Tori, würde wissen, dass sie zu Hause war.

»Vergiss nicht, was du sagen wolltest«, bat ihn Isla und ging zur Haustür.

Eine Frau stand auf der Schwelle. In der Dunkelheit konnte Isla sie nicht wirklich erkennen, doch dann trat sie ins Licht.

»Hallo, Isla.«

Isla spürte, wie sich ihr der Magen umdrehte und ihre Welt auf den Kopf gestellt wurde. Denn auf ihrer Türschwelle stand die eine Person, von der sie gehofft hatte, sie nie wieder sehen zu müssen: Sadie Norton, Elliots Mum.

KAPITEL 10

Isla war sprachlos. Was zum Teufel tat Sadie hier nach all dieser Zeit? Das Gericht hatte seit Matthews Tod vor beinahe anderthalb Jahren alle Möglichkeiten ausgeschöpft, nach ihr zu suchen. Sie hatten in jedem Land nach ihr gefahndet, in dem sie gewesen war oder zu dem sie eine Verbindung hatte, sie hatten jeden Stein umgedreht, aber sie konnte nirgendwo gefunden werden. Jetzt war die Schlange jedoch aus ihrem Versteck gekrochen, und ihrem Blick nach zu urteilen, war sie hungrig.

Luke knurrte neben ihr. Es war das erste Mal, dass Isla dieses Geräusch von dem Welpen hörte. Er war offensichtlich aus Elliots Zimmer nach unten gekommen, als er das Klopfen gehört hatte.

Oh Gott, Elliot. Panik stieg so schnell in ihr auf, dass Isla befürchtete, ihr könnte schlecht werden. Sie durfte ihn nicht verlieren. Auf keinen Fall würde sie ihn Sadie überlassen. Dass sie ihn geboren hatte, machte sie nicht zu seiner Mum. Sadie hatte ihn vor Jahren verlassen, allen Kontakt abgebrochen – sie machte sich nichts aus ihm und liebte ihn nicht. Aber was, wenn das Gericht es anders sah? Karie hatte ihr bereits erklärt, dass es viel schwieriger war, einer Mutter das Sorgerecht wegzunehmen als einem Vater, und deshalb hatte die Adoption auch so lange gedauert. Aber das Gericht würde doch sicher zugunsten von

Isla entscheiden, oder? Elliot war glücklich bei ihr, er wurde geliebt und sie und Leo kümmerten sich gut um ihn. Aber was, wenn man Sadie das Sorgerecht zusprach?

Sie hätte der Frau am liebsten die Tür vor der Nase zugeschlagen, Elliot geholt und wäre mit ihm geflohen. Was hatte Leo über die Hütte seines Cousins in Kanada gesagt? Plötzlich kam ihr diese Idee sehr verlockend vor.

»Oh ja, du hast jede Menge Gründe, schuldbewusst zu sein«, sagte Sadie.

»Was willst du?«, fragte Isla mit wild pochendem Herzen.

»Du wohnst in meinem Haus. Und ich will es zurück.«

Das Haus? Sadie war wegen des Hauses zurückgekommen? Isla sackte vor Erleichterung beinahe zusammen. Sie würde ihr liebend gern den Haustürschlüssel im Tausch gegen das Sorgerecht für Elliot überreichen. Vielleicht sollte sie das Sadie vorschlagen – das Haus im Tausch für ihren Sohn. Aber sie wollte Elliot am liebsten gar nicht erwähnen. Was, wenn Sadie ihn sehen wollte?

»Ist das alles, weshalb du hier bist?«, fragte Isla und fluchte dann innerlich. Sie wollte Sadie nicht daran erinnern, dass es möglicherweise noch einen anderen Grund gab.

Sadie blinzelte, als ob sie die Frage nicht verstünde. War ihr Elliot wirklich überhaupt nicht in den Sinn gekommen?

Isla hörte eine Bewegung hinter sich und dann Leos lautes Fluchen.

»Schön, dich wiederzusehen, Leo«, sagte Sadie. »Wohnst du auch hier? Wow, da findet in meinem Haus ja eine richtige Party statt.«

»Es ist nicht dein Haus«, blaffte Leo sie an.

»Du wirst feststellen, dass mein Name im Grundbuch eingetragen ist, was es zu meinem Haus macht.«

»Zur Hälfte deins«, korrigierte Leo. Isla war immer noch sprachlos und auf Flucht gepolt, daher war sie froh, Leo das Feld überlassen zu können.

»Was meinst du damit, zur Hälfte? Mein Name stand zusammen mit Matthews im Grundbuch. Jetzt, wo er tot ist, gehört es mir«, behauptete Sadie kalt.

Kein Mitgefühl, keine Einfühlsamkeit. Immerhin sprachen sie hier über Islas Bruder. Und schlimmer noch, Sadie hatte das Bett und ein Haus mit Matthew geteilt, sie hatten ein Kind zusammen. Wie konnte es da sein, dass sie überhaupt keine Trauer zu empfinden schien?

»Ihr wart nicht gemeinsam Gesamteigentümer, euch gehörte nur jeweils eine Hälfte«, erklärte Leo. »Glaub mir, ich habe das den besten Anwalt, den ich finden konnte, prüfen lassen, weil ich gehofft hatte, dass es möglich ist, deinen Namen aus dem Grundbuch streichen zu lassen. Das ging leider nicht, aber er hat mir versichert, dass dir in diesem speziellen Fall nur die Hälfte des Hauses gehört. Matthew hat seine Hälfte Isla hinterlassen. Sie hat genauso viel Recht, hier zu wohnen, wie du.«

Sadies überhebliches Lächeln verblasste. »Das verstehe ich nicht.«

»Nein, vermutlich nicht«, erwiderte Leo scharf. »Falls die Angelegenheit vor Gericht kommt, würde uns vermutlich deutlich mehr als nur die Hälfte zugesprochen werden, da Matthews Lebensversicherung die Hypothek abbezahlt hat. Der Richter würde das berücksichtigen und dann bewerten, wie viel du ursprünglich in das Haus gesteckt hast. Vielleicht erhältst du am Ende nur ein paar tausend Pfund, und die Anwaltskosten würden den Großteil davon vermutlich auffressen.«

»Aber …«

»Was hast du denn erwartet? Du kommst hierher, um ein Haus zu beanspruchen, in dem du seit vier Jahren nicht mehr wohnst, und glaubst, wir händigen dir einfach so den Schlüssel aus? Ich schlage vor, du suchst dir einen Anwalt, und zwar einen guten. Sobald du dich mit ihm beraten hast, können wir über die Bedingungen sprechen und wie es weitergehen soll, aber momentan betrittst du unbefugt Privatbesitz und wir möchten dich auffordern, zu gehen.«

Schockiert starrte Sadie Leo an. Er legte einen Arm um Isla und führte sie zur Seite, dann machte er Sadie die Tür vor der Nase zu.

Isla sah zu, wie Leo wütend im Flur hin und her lief, die Fäuste an den Seiten geballt. Dann ging er zurück zum Fenster neben der Tür und spähte hinaus.

»Sie ist weg«, stellte er fest. Er drehte sich zu Isla um. »Geht es dir gut?«

Sie zitterte am ganzen Körper, ihr Herz raste, und ihr war übel. Tränen stiegen ihr in die Augen. Es ging ihr definitiv nicht gut.

»Hey, nicht weinen«, bat Leo und legte ihr die Hände auf die Schultern. »Alles wird gut, wir finden eine Lösung.« Er zog sie in seine Arme, und sie legte das Gesicht an seine Brust. Beruhigend streichelte er ihr über den Rücken, während sie weinte.

»Sie wird dir Elliot nicht wegnehmen, das werde ich auf keinen Fall zulassen«, versprach er, denn er wusste instinktiv, was sie am meisten fürchtete.

»Warum muss sie gerade jetzt hier auftauchen?«, fragte Isla, die ihre Stimme wiedergefunden hatte. »Noch zwei Wochen, dann wäre die Adoption rechtskräftig gewesen.«

»Ich weiß, aber das Gericht wird ihn ihr nicht einfach so zusprechen. Es wird in Betracht ziehen, was für ihn am besten ist. Bei einer Frau zu leben, die ihn verlassen hat, um in Australien und Thailand herumzureisen, ist definitiv nicht das Beste für ihn. Wir werden mit allem dagegen ankämpfen, und sollten wir verlieren, ist es mir absolut ernst mit der Flucht nach

Kanada. Ich kenne jemanden, der Pässe fälscht, man würde uns niemals finden. Ich kümmere mich um euch.«

Isla presste sich fest an seinen warmen Körper und versuchte, den Schmerz in ihrem Herz zu unterdrücken.

»Ich will nicht, dass sie in seine Nähe kommt.«

»Dann lass uns heute Abend zu mir gehen. Pack ein paar Sachen ein, wir ziehen für einige Tage dorthin, oder bis die ganze Sache vorbei ist. Auf diese Weise wird sie ihn nicht sehen, selbst wenn sie zurückkommt. Sie ist wegen des Hauses hier, das ist alles, was sie will. Sie hat Elliot noch nicht mal erwähnt.«

Schniefend blickte Isla zu ihm auf. »Ja, nicht wahr? Das tut mir regelrecht weh. Wie kann er ihr einfach so egal sein?«

»Weil sie eine kaltherzige Kuh ist. Sie ist hier wegen des Geldes, das ist alles.«

»Geld habe ich auch nicht. Auf dem Konto befinden sich noch etwa dreitausend Pfund, und wenn ich es klug einteile, komme ich damit bis Neujahr. Ich habe nichts, was ich ihr geben könnte.«

»Ich weiß, aber wir kriegen das schon irgendwie hin. Ich spreche morgen mit einem Anwalt und lasse mich beraten. Mach dir keine Sorgen.«

Isla konnte nicht verhindern, dass ihr Tränen über die Wangen liefen. Was für ein Chaos. Doch Leo hatte recht, falls Sadie wegen Elliot hergekommen wäre, hätte sie ihn erwähnt, nach ihm gefragt, ihn sehen wollen. Sie interessierte sich ausschließlich für das Haus, und bei diesem Gedanken fühlte Isla sich ein winziges bisschen besser.

»Bitte weine nicht.« Leo legte ihr die Hände ums Gesicht und wischte ihr mit den Daumen die Tränen von den Wangen. »Ich kümmere mich darum.« Er drückte einen Kuss auf jedes ihrer Augenlider und sammelte ihre Tränen mit seinen Lippen auf. Dann küsste er ihre Wange, wo die Tränen entlanggelaufen waren, und gab er ihr einen kurzen Kuss auf den Mund. Bei der zärtlichen, intimen Geste stockte ihr der Atem, und sie sah ihm in die Augen. Er zog sich ein Stück zurück, blickte ihr forschend ins Gesicht, und dann küsste er sie erneut. Doch diesmal hörte er nicht so schnell wieder damit auf.

* * *

Oh Gott, ihr Geschmack war der reinste Himmel. Das hier war alles, was während der vergangenen vier Jahre in seinem Leben gefehlt hatte.

Er hatte nicht vorgehabt, es so weit kommen zu lassen. Eigentlich hatte er sie nur trösten wollen, mit einem kleinen freundschaftlichen Kuss, der ihr zeigen sollte, dass alles wieder in Ordnung käme. Doch jetzt, wo er sie küsste, konnte er einfach nicht aufhören. Der Zeitpunkt hätte schlechter nicht sein können – Isla war verstört, das entsprach überhaupt nicht seiner Vorstellung davon, wie sie nach all der Zeit wieder zueinanderfinden sollten. Doch Isla schien sich genauso in dem Kuss zu verlieren wie er, sie schlang ihm die Arme um den Nacken, schob ihre Zunge in seinen Mund und presste ihren warmen Körper an seinen.

Er drückte sie gegen die Wand, doch bei dieser Bewegung kam sie wieder zu Atem und stieß an seinen Lippen einen kleinen Laut aus.

»Leo«, flüsterte sie.

Ihr Name auf seinen Lippen war wie ein Lied, das ihn nach Hause rief. Er senkte den Kopf für einen weiteren Kuss, doch sie legte ihm die Hand auf die Brust, um ihn aufzuhalten.

Mist. Er hätte sich keinen unpassenderen Moment aussuchen können, um sie zu küssen. Alles daran war falsch.

»Es tut mir leid, ich hatte nicht vor ...«

Sie streichelte sein Gesicht. »Es muss dir nicht leidtun. Ich kann momentan einfach nicht entspannen, in meinem Kopf herrscht das totale Chaos, und ich weiß nicht, wie ich mit dieser Sadie-Situation umgehen soll. Aber ... frag mich in ein paar Tagen noch mal.«

»Das werde ich, versprochen. Komm und wohne einige Tage lang bei mir im Maple Cottage, dann brauchen wir uns keine Sorgen zu machen, ob Sadie auftaucht und Elliot sieht. Wenn sie Anspruch auf das Haus erhebt, muss sie vor Gericht ziehen, sich einen Anwalt nehmen und die üblichen Verfahrenswege einhalten, nicht einfach aggressiv auf deiner Schwelle auftauchen. Mit so einem Mist musst du dich nicht abgeben. Bleib bei mir, bis wir die Sache geregelt haben.«

Isla nickte. »Ich hole schnell unsere Sachen.«

Leo sah zu, wie sie nach oben ging. Dann räumte er die Küche auf und belud den Geschirrspüler. Er folgte Isla ins Obergeschoss, wo sie Kleidungsstücke in eine Tasche packte. Leise schlich er sich in Elliots Zimmer. Der Junge schlief tief und fest und lag quer im Bett. Sobald Elliot erst einmal schlief, konnte man mehr oder weniger tun und lassen, was man wollte, er wachte nicht mehr auf. Da es draußen kalt war, wickelte Leo den Jungen in seine Bettdecke, dann hob er ihn auf die Arme. Elliot rührte sich ein wenig, schlug eine Sekunde lang die Augen auf und schlief dann wieder ein. Leo sah sich um. Wie es aussah, war Isla bereits hier gewesen, um Kleidung zu holen, denn die Kommodenschubladen standen offen, doch er entdeckte Elliots Lieblingskuschelhasen. Er schnappte ihn sich und trug die beiden hinunter zum Auto. Dort setzte er Elliot in den Kindersitz und schaffte es sogar, ihn anzuschnallen, ohne ihn aus der warmen Deckenhülle schälen zu müssen.

Gerade als er fertig war, kam Isla aus dem Haus. Sie trug zwei Taschen und einen Rucksack mit Elliots Spielzeug; Luke folgte ihr. Leo nahm ihr die Sachen ab und sie schloss die Haustür zu. Er verstaute das Gepäck im Kofferraum und sie stiegen ins Auto. Luke legte sich auf den Rücksitz neben den schlafenden Elliot.

Bis zum Maple Cottage war es nicht weit, und kurz darauf durchliefen sie dort den gesamten Ablauf in umgekehrter Richtung. Leo trug Elliot in das Zimmer, wo er immer schlief, wenn er hier übernachtete. Leo hatte dort Raumschiffe und Planeten an die Wände gemalt. Er legte Elliot ins Bett und Luke rollte sich pflichtbewusst am Fußende zusammen.

Als Leo in den Flur hinausging, wartete Isla dort auf ihn. »Geht es ihm gut?«

»Er hat gar nichts mitbekommen und schläft tief und fest. Das wird eine ziemliche Überraschung für ihn werden, wenn er morgen früh aufwacht.«

Isla lächelte. »Danke für die Einladung.«

»Jederzeit.«

»Ich bin völlig erledigt, als wäre ich einen Marathon gelaufen. Ich glaube, ich lege mich hin. Morgen früh habe ich hoffentlich einen klareren Kopf, dann können wir besprechen, wie es weitergeht. Danke, dass du heute Abend da warst.«

»Ich bin immer für dich da«, erwiderte Leo.

Sie schlang ihm die Arme um die Taille und legte den Kopf an seine Brust. Er hielt sie eine ganze Weile so fest. Wenigstens weinte sie nicht mehr – dass sie jetzt in seinem Haus waren, hatte eine beruhigende Wirkung auf sie, doch er würde sie liebend gern so lange in den Armen halten, wie sie das wollte.

Nach einigen Minuten wurde deutlich, dass sie ihn nicht so bald wieder loslassen würde.

Er beschloss, alle Bedenken über Bord zu werfen. »Lass uns ins Bett gehen.«

Sie zögerte nicht einmal, sondern nickte nur.

Leo nahm sie bei der Hand und führte sie den Flur entlang in sein Schlafzimmer.

Du liebe Zeit! Beim Gedanken an das letzte Mal, als sie hier gewesen war, schlug ihm das Herz bis zum Halse. Er wusste, dass in dieser Nacht nichts zwischen ihnen passieren würde, dafür war sie viel zu aufgewühlt, aber er war sehr glücklich, sie einfach im Arm halten zu dürfen.

Einen Moment lang musterte Isla das Bett. Erinnerte sie sich genauso lebhaft an diese wundervolle Nacht wie er?

»Mein Schlafanzug ist unten in der Tasche«, sagte sie. »Ich hole ihn schnell.«

»Ich leihe dir eins meiner T-Shirts«, schlug Leo vor, der vermeiden wollte, dass sie das Zimmer verließ und womöglich ihre Meinung änderte.

»Okay.«

Er reichte ihr ein T-Shirt. Eigentlich hatte er angenommen, dass sie zum Umziehen in das angeschlossene Bad gehen werde, doch sie begann, sich direkt vor ihm auszuziehen.

Er bemühte sich, den Blick abzuwenden.

»Wieso ist dir das peinlich?«, fragte Isla lachend. »Du hast mich doch schon mal nackt gesehen.«

»Ja, das stimmt«, gab er zu und sein Blick wanderte beinahe wie von allein wieder zu ihr zurück. »Und ich hatte ganz vergessen, was für ein prachtvoller Anblick das ist.«

Lächelnd versteckte sie ihren wunderschönen Körper vor seinen Augen, indem sie das Shirt überstreifte, und kletterte dann ins Bett.

Rasch zog Leo sich ebenfalls aus.

»Soll ich mir auch die Augen zuhalten?«, wollte Isla wissen.

Er war froh, dass sie nach den Ereignissen des Abends ihren Humor nicht verloren hatte. »Nein, ergötze dich ruhig an mir«, antwortete er und warf sich in Pose.

Das brachte sie zum Lachen.

Er zog sich eine Schlafanzughose über, schaltete das Licht aus und legte sich zu ihr ins Bett, wo er sie sofort in die Arme zog. Sie kuschelte sich an ihn.

Es war merkwürdig, dass ihnen das so leichtfiel, wo sie es doch noch nie zuvor getan hatten. Eine unglaublich tolle Nacht, die keiner von ihnen anschließend noch einmal erwähnt hatte, dann drei Jahre, in denen sie sich gelegentlich gesehen hatten, doch sofort nach Islas Umzug nach Sandcastle Bay waren sie praktisch unzertrennlich geworden. Vielleicht hatten sie einander nach Matthews Tod gebraucht. Oder vielleicht wären sie sich immer so nah gewesen, hätten sie einander vor all diesen Jahren eine Chance gegeben. Leo wusste nicht genau, wie es jetzt mit ihnen weitergehen sollte. Er war sich ziemlich sicher, dass sie ihn liebte, und er liebte sie auf jeden Fall, auch wenn keiner von ihnen beiden diese Worte ausgesprochen hatte. Für ihn fühlte es sich immer noch irgendwie falsch an, dass er von Matthews Tod profitieren sollte, erst recht, da er zumindest eine Teilschuld daran trug. Aber vielleicht hatte er seine Schuld inzwischen abgetragen. Er hatte sich um Isla und Elliot gekümmert, als wären sie seine eigene Familie. Darüber hätte Matthew sich sicher gefreut. Vielleicht war es jetzt an der Zeit, wieder Glück zu finden, dem Licht aus der Dunkelheit zu folgen.

Isla seufzte in seinen Armen. »Morgen muss ich mit einem Anwalt und mit Karie über diese Sache sprechen, und zu behaupten, ich hätte keine Angst, wäre gelogen. Aber das hier ist genau das, was ich momentan brauche.«

Er strich ihr über die Haare und sie sah zu ihm auf. Der Mondschein fiel durchs Fenster und sie sah geradezu magisch aus. Er wollte sie jeden Abend in seinem Bett haben – hier gehörte sie hin.

Sie hob den Kopf und küsste ihn sanft auf die Lippen. »Und das hier, das brauche ich auch.« Mit diesen Worten küsste sie ihn erneut, und er erwiderte den Kuss. Er verstärkte seine

Umarmung, zog sie auf sich und spürte ihre Wärme bis in jede Faser seines Körpers, wo sie ihn mit so viel Glück erfüllte, wie er es lange nicht mehr erlebt hatte. Er strich ihr über den Rücken, weil er sie unbedingt berühren, aber auch die Dinge nicht zu weit gehen lassen wollte. Es fühlte sich himmlisch an – es war alles, was er je gebraucht hatte.

Sie küssten sich weiter, und diesmal schien Isla nicht aufhören zu wollen. Er rollte sich auf sie, presste sie auf die Matratze, während sie Arme und Beine fest um ihn schlang. In diesem Moment war ihm egal, ob dieser Kuss alles zerstören würde – er wollte sie, und ausnahmsweise würde er einmal seinem Herzen folgen.

KAPITEL 11

Isla wachte am nächsten Morgen in inniger Umarmung mit Leo auf. Sie hielt die Augen geschlossen und genoss einige Sekunden lang den seligen Moment, noch nicht bereit, der Welt gegenüberzutreten. Denn hier in Leos Armen konnte sie so tun, als wäre alles perfekt. Hier war ihr Platz. Wenn sie die Augen nicht öffnete, konnte sie für immer in diesem Himmel bleiben und musste sich nicht dem Stress stellen, mit einem Anwalt und dem Sozialdienst über Sadies Rückkehr zu reden.

In diesem Moment hörte sie ein Schlurfen neben sich und riss die Augen auf. Elliot stand neben dem Bett und nahm mit großen Augen die Szene vor sich auf. Panisch versuchte sie, sich in ihn hineinzuversetzen. Isla und Leo, die halb nackt zusammen im Bett lagen und einander umarmten, als hätten sie eine leidenschaftliche Nacht miteinander verbracht, obwohl außer einem Kuss, einem herrlichen Kuss, nichts geschehen war. Wie sollte sie ihm das erklären?

Sie musste sich einfach völlig normal benehmen.

»Guten Morgen, mein Schatz«, begrüßte sie ihn wie immer, obwohl ihre Stimme leicht panisch klang.

»Warum sind wir in Leos Haus?«, wollte Elliot wissen.

»Ich dachte, wir könnten eine Pyjamaparty veranstalten. Du übernachtest doch gern bei Leo«, versuchte sich Isla an einer

Erklärung. Sie war froh, dass das seine erste Frage gewesen war – es zeigte, dass es ihm nichts ausmachte, sie gemeinsam im Bett vorzufinden. Alles würde gut werden.

»Warum liegst du bei Leo im Bett?«

Mist.

Sie spürte, wie Leo sich unter ihr rekelte und dehnte und allmählich erwachte.

»Oh, hey, Kumpel, wie geht's?«, fragte Leo. Er klang deutlich ruhiger als sie.

»Elliot hat sich gerade gewundert, warum wir zusammen im Bett liegen«, erklärte Isla.

»Weil Isla gestern Abend ein wenig traurig war und kuscheln wollte«, erwiderte Leo, ohne zu zögern.

Sie lächelte. Es stimmte und war eigentlich ganz einfach.

Elliot nickte, doch dann runzelte er die Stirn. »Warum warst du traurig?«

»Ist schon gut, jetzt bin ich es nicht mehr«, log Isla. »Wie wär's, wenn du dir die Zähne putzt, dann können wir Pancakes zum Frühstück essen.«

»Ja! Ich liebe Pancakes!« Elliot rannte aus dem Zimmer.

Isla zuckte zusammen und blickte zu Leo auf. »Ich kann nicht fassen, dass er uns zusammen im Bett erwischt hat.«

Leo zuckte mit den Schultern. »Wir haben nichts gemacht, uns nur umarmt. Und das hat er schon oft von uns gesehen. Außerdem wird er sich vermutlich daran gewöhnen müssen, dass wir zusammen in einem Bett schlafen.«

Ihr Herz machte einen Satz. »Werden wir das wiederholen?«

Forschend blickte er ihr ins Gesicht und strich ihr über den Rücken. »Wenn wir heiraten, schon.«

Sie lachte. »Und dafür sollten wir vermutlich üben.«

»Das finde ich eine sehr gute Idee«, erwiderte er. »Wir müssen schließlich wissen, wer wo liegt und so weiter. Das sind eine Menge wichtige Details.«

»Ja, genau, das müssen wir klären, bevor wir den Gang zum Altar wagen.«

»Und da du während der nächsten Tage hier wohnst, ist es nur sinnvoll, dass wir heute Abend mit dem Üben weitermachen.«

»Da stimme ich dir zu.«

Er lächelte. »Nun, so gern ich auch den ganzen Tag im Bett verbringen würde, wir müssen Pancakes machen.«

»Können wir nicht einfach hierbleiben? Ich will mich nicht allem stellen, worum ich mich heute kümmern muss, um das Chaos zu bereinigen, das Sadie angerichtet hat.«

»Wir stehen das gemeinsam durch, du bist nicht allein«, versprach Leo.

»Du musst arbeiten.«

»Meine Mitarbeiter können sich darum kümmern. Du bist wichtiger.«

»Du hast nicht mal eine Assistentin. Vielleicht könnte ich heute Nachmittag für ein paar Stunden …«

»Das hier ist wichtiger, mach dir keine Sorgen. E-Mails können warten, Anrufe können auf den Anrufbeantworter gesprochen werden. Einige Tage machen in meiner Firma keinen Unterschied. Außerdem habe ich sowieso mehr Aufträge, als ich bewältigen kann, ich glaube nicht, dass ein paar verpasste Anrufe mir da schaden werden. Regle erst mal diese Angelegenheit und nimm dir alle Zeit, die du dafür brauchst.«

Seufzend nickte sie.

»Ich muss mit Karie sprechen. Ich nehme an, dass die Adoptionsanhörung jetzt verschoben wird.« Ihr stockte die Stimme. Das war so unglaublich unfair. Sie wollte nichts weiter, als ihrem liebenswerten Neffen ein Zuhause und Stabilität geben. Während des ganzen vergangenen Jahres hatte sie darum gekämpft, und jetzt, wo es endlich so aussah, als wäre es so weit, musste Sadie zurückkehren wie die Böse Hexe des Westens.

»Wir kriegen das hin, das verspreche ich dir. Sie hat kein Interesse an Elliot, und die Sache mit dem Haus ist ärgerlich, aber wir regeln das.«

»Ich weiß.«

»Findest du, wir sollten Elliot von Sadie erzählen?«, fragte Leo.

»Ich weiß es nicht. Einerseits glaube ich, wir sollten ihm nichts sagen. Ich möchte alles normal für ihn halten und ihn nicht verwirren oder ihm Sorgen bereiten. Er erinnert sich nicht an sie, er war erst ein Jahr alt, als sie fortging. Wenn das alles im Sande verläuft, dann braucht er sie nicht mal zu treffen, aber mein Bauchgefühl sagt mir, dass es nicht so glimpflich abgehen wird, wie wir hoffen. Vielleicht sollte ich ihn darauf vorbereiten, statt ihn dann damit zu überfallen.«

»Wie wäre es, wenn wir erst mal abwarten, was Karie dazu sagt? Ihr ist so etwas bestimmt schon einmal untergekommen«, schlug Leo vor.

»Meinst du wirklich? Unsere Situation ist ein bisschen komplexer als die der meisten anderen.«

»Ja, sie ist nicht unkompliziert, das stimmt, aber ich bin sicher, Karie wird wissen, was zu tun ist.«

»Das hoffe ich«, erwiderte Isla seufzend und küsste seine Brust. »Na los, wir müssen Pancakes machen.«

Sie stand auf und zog sich an. Duschen würde sie nach dem Frühstück.

Isla ging nach unten, gefolgt von Leo, und sie sah, dass Elliot am Küchentisch ein Bild zeichnete. Hektisch zog er seine Wachsmalstifte über das Papier.

Sie goss drei Gläser Saft ein und brachte eins hinüber zu Elliot.

»Was zeichnest du denn da, Schatz?«, fragte sie, beugte sich über ihn und küsste ihn auf die Stirn. Dann trank sie einen Schluck.

Elliot lehnte sich zurück, damit sie es sehen konnte, und sie verschluckte sich beinahe an ihrem Saft. Auf der Zeichnung sah man zwei Strichmännchen zusammen im Bett, wobei die blonde Frau auf dem Mann lag. Die pinke Farbe, die er für die Körper benutzt hatte, ließ es aussehen, als wären die beiden Figuren nackt.

»Das ist für Agatha«, erklärte Elliot.

»Das ist so ein schönes Bild, das hätte ich lieber an unserer Wand zu Hause«, versuchte es Isla.

Leo beugte sich ebenfalls vor, um das Bild zu betrachten. Er machte große Augen und ein breites Grinsen zog sich über sein Gesicht.

»Gut gemacht, Kumpel. Wir können es erst mal an meinen Kühlschrank hängen, dann kannst du es mitnehmen, wenn du nach Hause gehst.«

Elliot reichte das Bild Leo und sah zu, wie der es an den Kühlschrank hängte. »Gehen wir heute nach Hause?«

»Wir bleiben für ein paar Tage bei Leo«, erklärte Isla und hoffte, dass Elliot nicht nach dem Grund fragen würde.

Er strahlte. »Ziehen wir bei ihm ein? Marigold hat mir gesagt, wir würden das tun.«

»Äh, nein, wir wohnen nur eine Zeit lang hier«, entgegnete Isla, während Leo sich um die Pancakes kümmerte.

»Oh.« Sein Lächeln verblasste ein wenig. Und dann ganz und gar. »Werden wir über Halloween hier sein?«

»Vielleicht. Es gibt ein paar ... Probleme mit dem Haus. Daher werden wir wohl einige Tage hierbleiben.«

»Aber du hast mir versprochen, dass wir das Haus für Halloween dekorieren«, wandte Elliot ein.

»Das weiß ich, Schatz, aber vielleicht können wir stattdessen dein Zimmer hier schmücken. Wir können dem ganzen Raum ein Halloweenthema verpassen, mit Spinnen und Fledermäusen und Kürbissen und was du sonst noch möchtest. Wäre das in

Ordnung? Ich habe in der Stadt auch eine gruselig aussehende Decke gesehen, die könnten wir für dein Bett kaufen.«

»Die mit den Geistern, die im Dunkeln leuchten?«, fragte Elliot aufgeregt. Seine Laune war wieder umgeschlagen.

»Ja, genau.«

»Hurra! Die ist supercool.«

Krise abgewendet.

»Heute Vormittag ist die Jagd nach der goldenen Eichel. Ich freue mich so. Wenn wir alle Eicheln finden, gewinnen wir Schokolade«, plapperte Elliot.

Oh, Mist. Sie hatte ihm versprochen, dort mit ihm hinzugehen. Aber das war, bevor sie eine Stelle angetreten und bevor Sadie Chaos in ihr Leben gebracht hatte. Inzwischen hatte sie tausend andere Dinge, um die sie sich am Vormittag kümmern musste.

»Ich weiß nicht genau ...«, begann Isla.

»Ihr solltet hingehen«, fand Leo. »Du weißt doch, alles normal halten.«

»Aber ...«

»Ich kümmere mich um die Sache mit dem Haus«, versprach Leo und hoffte, dass seine Wortwahl vage genug war, damit Elliot nichts mitbekam. »Wie wär's, wenn du Karie anrufst und sie fragst, ob sie heute Nachmittag hier vorbeikommen kann?«

Leo reagierte bemerkenswert ruhig.

Isla sah hinüber zu Elliot, der sie hoffnungsvoll aus großen Augen anblickte. Sie wollte ihn nicht enttäuschen, aber ihre oberste Priorität war, diese Angelegenheit mit Karie zu besprechen.

»Elliot, ich muss mich heute wirklich unbedingt mit Karie treffen. Ich rufe sie an und frage, wann sie Zeit hat. Falls es bei ihr heute Nachmittag passt, dann gehe ich heute Morgen mit dir zur Eicheljagd, aber falls sie nur heute Vormittag Zeit hat, würde es dir dann etwas ausmachen, mit Melody oder Nanny hinzugehen?«

Er wirkte ein wenig enttäuscht, nickte aber.

In diesem Moment hasste Isla Sadie sogar noch ein kleines bisschen mehr.

Je früher sie die Angelegenheit klären und Sadie wieder aus ihrem Leben verschwinden konnte, desto besser.

* * *

Wie es der Zufall wollte, hatte Karie erst am Nachmittag für Isla Zeit. Leo hatte mit angehört, wie Isla ihr am Telefon kurz erklärt hatte, dass Sadie zurückgekommen war. Das Fluchen, das aus dem Hörer drang, war weder professionell noch damenhaft, aber es freute ihn, dass die Mitarbeiterin des Jugendamtes so viel Leidenschaft für ihren Fall mitbrachte. Karie wollte genauso sehr wie sie beide, dass Elliot bei Isla bleiben konnte. Und Karie war es auch gewesen, die den Richter in Richtung Adoption statt Vormundschaft gedrängt hatte, was Islas aktuellem Status entsprach. Sie würde sich für die beiden einsetzen, da war er sich sicher.

Leo hatte Isla und Elliot zur Jagd nach der goldenen Eichel geschickt und erledigte jetzt einige Anrufe.

Kim Nash gehörte zu den besten Anwälten der Gegend. Sie hatte nach Matthews Tod den Grundbuchauszug für Islas Haus geprüft, in der Hoffnung, dass Isla das Haus komplett erben konnte. Obwohl Kim nichts hatte tun können, um Sadies Namen aus dem Grundbuch zu entfernen, war sie zuversichtlich, dass der Richter ihr nicht die Hälfte des Hauses zusprechen würde, sollte Sadie vor Gericht ziehen. Leo wusste, dass er sie jetzt anrufen und sich beraten lassen musste, wie sie weiter vorgehen sollten. Außerdem wollte er ihr den Fall anbieten, sollte es soweit kommen.

Er nahm das Telefon in die Hand, doch bevor er noch wählen konnte, klingelte es. Es war Thomas, sein Patenonkel.

Das war merkwürdig. Thomas rief ihn nie an. Außerdem musste er in diesem Moment bei der Arbeit sein. Ihm gehörte seine eigene Anwaltskanzlei am anderen Ende des Dorfes, was deutlich beeindruckender klang, als es war, denn dort arbeiteten nur Thomas und seine Frau als Sekretärin. Doch soweit Leo wusste, hatte er immer viel zu tun. Rasch nahm er den Anruf an.

»Thomas, ist alles in Ordnung?«

»Mir geht's gut, Junge. Hör mal, hast du eine halbe Stunde Zeit, um zu mir zu kommen?«

»Ich, äh … Eigentlich nicht. Ich …«

»Du hast viel zu tun, ich weiß. Sadie Norton war gerade hier.«

Leos Herz setzte einen Schlag lang aus. »Ich bin schon unterwegs.«

* * *

Einige Minuten später marschierte Leo in die Kanzlei und wurde von Jeannie, seiner Patentante, mit einer Umarmung und einem Kuss auf die Wange begrüßt.

»Geh nur hinein, er wartet schon auf dich.«

Leo betrat das kleine Büro, in dem Thomas hinter seinem Schreibtisch saß. Sein Patenonkel bedeutete ihm, sich zu setzen. Leo musterte ihn genau. Er wirkte … erschöpft. Du liebe Zeit, hoffentlich war er nicht krank. Oder vielleicht hatten auch die vielen Arbeitsjahre an ihm gezehrt. Ständig betreute er Mandanten aus dem Dorf. Er hatte eine freundliche, großväterliche Art an sich, die viele Dorfbewohner mochten, obwohl ihm früher der Ruf vorausgeeilt war, ein richtiger Drachen zu sein. Das Alter hatte ihn eindeutig milder gemacht. Jetzt war von dem Drachen nichts mehr zu sehen, er ähnelte eher einem … Molch.

»Sadie Norton war vor ungefähr einer Stunde hier«, begann Thomas ohne jegliche Einleitung. »Sie hat mich gefragt, ob ich ihren Fall übernehmen würde, um ihr dabei zu helfen, ihr Haus zurückzubekommen.«

»Ich hoffe, du hast ihr gesagt, wohin sie gehen kann«, erwiderte Leo.

»Natürlich nicht.«

Schockiert starrte Leo ihn an. »Du hast ihren Fall übernommen?«

»Ja.«

»Aber warum?«

»Irgendjemand muss es tun.«

»Aber das musst doch nicht du sein«, protestierte Leo. Er konnte es nicht fassen. Thomas hatte viele gute Eigenschaften, und dazu gehörte auch Loyalität. Leo hatte Thomas immer gemocht.

»Hätte ich es nicht getan, wäre sie woanders hingegangen«, erklärte Thomas.

»Und?«

»Das könnte jemand weitaus klügerer und draufgängerischerer sein als ich.«

Leos Ärger schwand ein wenig.

»Ich bin vierundsechzig, Leo. Ich mache diesen Job schon, seit ich deutlich jünger war als du. In meiner Anfangszeit als Anwalt war ich leidenschaftlich, ich machte mir etwas aus den Mandanten, ich wollte für das Gute kämpfen. Ich habe jeden Artikel, jeden Aufsatz und jedes Buch gelesen, die ich in die Finger bekommen konnte.«

»Du hattest einen ausgezeichneten Ruf im Dorf und weit darüber hinaus«, warf Leo ein und zuckte dann innerlich zusammen, weil er »hattest« benutzt hatte.

»Ich nehme an, wenn man eine Arbeit lange genug macht, wird man in jedem Job müde und abgestumpft. Ich habe zu oft auf der falschen Seite gekämpft. Ich habe für Fälle gekämpft, bei denen ich nicht das Gefühl hatte, auf der richtigen Seite zu stehen. Ich habe Ehefrauen dabei geholfen, ihre Männer über den Tisch zu ziehen, und Männern dabei, ihre Frauen auszutricksen. Was soll ich sagen, ich bin nicht besonders stolz auf meine Anwaltslaufbahn. Vermutlich hätte ich sie schon vor langer Zeit aufgeben sollen.«

»Ich glaube, in diesem Fall hätten dich eine Menge Menschen im Dorf vermisst«, gab Leo zu bedenken.

»In letzter Zeit verbringe ich mehr Zeit im Schrebergarten als hier. Eigentlich wollte ich in einem halben Jahr in Rente gehen, aber Jeannie und ich haben uns am Wochenende darüber unterhalten. Du hast sicher schon gehört, dass Annie und Bill eine Weltreise machen. Wir haben beschlossen, die Kanzlei zu schließen und auch jetzt schon unseren Ruhestand zu genießen. Eventuell fliegen wir über Weihnachten sogar nach Florida. Jedenfalls werden wir während der nächsten paar Wochen noch hier sein, alle aktuellen Fälle beenden, unsere Mandanten informieren und den Papierkram regeln. Ich hatte nicht vor, neue Mandanten anzunehmen. Aber als Sadie heute Morgen durch die Tür kam, war ich mir sicher, dass es nur richtig wäre, ihren Fall zu übernehmen.«

Leo war sich immer noch nicht sicher, worauf er hinauswollte.

»Ich bin kein guter Anwalt, Leo. Früher war ich mal einer, aber heute bin ich es nicht mehr. Einfach, weil mich meine Fälle nicht mehr wirklich interessieren. Wenn ich ihren Fall übernehme, bedeutet das, ich werde lediglich das Nötigste tun, statt auf Sieg zu spielen, wie es ein anderer Anwalt vielleicht tun würde.« Thomas räusperte sich. »Es bedeutet auch, dass ich ihr

Ratschläge geben kann, die ein anderer Anwalt ihr möglicherweise nicht geben würde.«

Leo zog die Brauen in die Höhe. »Aber das ist …«

»Unethisch und völlig unprofessionell? Könnte ich meine Zulassung verlieren? Ja, das stimmt. Aber vielleicht kann ich damit zur Abwechslung mal für etwas Gutes und Richtiges kämpfen. Dass Isla das Haus behält, ist das Richtige. Hand aufs Herz, egal, mit welchem Anwalt Sadie vor Gericht zöge, kein halbwegs anständiger Richter würde ihr einfach die Hälfte des Hauses zusprechen, und das habe ich ihr auch gesagt. Sie hat damals eine Anzahlung in Höhe von zweitausend Pfund geleistet und Matthew dreitausend. Während der Monate nach dem Kauf hat sie nicht gearbeitet, weil sie sich um Elliot gekümmert hat, daher hat sie auch nichts zum Unterhalt beigetragen, und dann ist sie fortgegangen. Ich weiß auch, dass sie viertausend Pfund von ihrem gemeinsamen Konto mit Matthew gestohlen hat, um nach Australien gehen zu können. Sie ahnt nicht, dass ich das weiß, aber Matthew war nach ihrem Weggang hier bei mir und hat es mir erzählt. Er hat versucht, ihren Namen aus dem Grundbuch entfernen zu lassen. Aber das ist etwas, was du vielleicht deinem Anwalt erzählen solltest, damit der Richter es auf jeden Fall auch erfährt.«

Leo wusste nicht, ob er ein bisschen enttäuscht darüber sein sollte, dass Thomas kein guter Anwalt war, oder erleichtert und erfreut, dass er sich auf seine Seite schlug. Er hatte ihn immer als aufrechtes Mitglied der Gemeinschaft geachtet, aber vielleicht sollte man ihn eher für seine Loyalität respektieren.

»Ganz ehrlich, ich glaube nicht, dass sie auch nur die geringste Chance hat«, fuhr Thomas fort. »Erst recht, da es auch um ein Kind geht. Der Verkauf des Hauses würde Isla und Elliot praktisch obdachlos machen und das würde der Richter in Betracht ziehen. Und Elliot ist Sadies Sohn. Das macht es eigentlich nur noch schlimmer. Ich werde alles in meiner Macht

Stehende tun, um das beste Ergebnis für dich zu erzielen. Wenn ich ihren Fall übernehme, bedeutet das auch, dass ich dich auf dem Laufenden halten kann. Aber du darfst niemandem von unserem Gespräch erzählen. Mein Name wird im Dorf vermutlich sowieso durch den Schmutz gezogen werden, weil ich diesen Fall überhaupt angenommen habe, aber ich kann niemandem die Gründe dafür verraten. Ansonsten wäre mein Ruf dahin, und ich möchte lieber mit Würde in den Ruhestand gehen.«

»Darauf gebe ich dir mein Wort. Aber darf ich es Isla erzählen? Sie wird sicher erleichtert sein, dass du auf unserer Seite stehst«, bat Leo.

»Ja, aber sie darf es niemandem weitersagen.«

Leo nickte. »Wie geht es jetzt weiter?«

»Ich habe Sadie geraten, noch einmal darüber nachzudenken. Ich habe ihr mein Honorar genannt, und davon war sie nicht begeistert, aber ich weiß auch, dass ich der billigste Anwalt in dieser Gegend bin. Ich habe ihr erklärt, dass ein Gerichtsstreit eine lange und teure Angelegenheit ist, und ich glaube nicht, dass sie lange hierbleiben wollte. Ich habe ihr geraten, eine außergerichtliche Einigung in Erwägung zu ziehen, denn mein Honorar dafür wäre deutlich niedriger. Aber ich glaube, du müsstest ihr trotzdem eine recht große Summe anbieten, damit sie ihren Namen aus dem Grundbuch entfernen lässt. Ein Richter würde ihr wahrscheinlich zwischen zehn und fünfundzwanzig Prozent des Hauses zusprechen, und das habe ich ihr auch so gesagt. Na gut, ich habe ihr gesagt, mit viel Glück bekäme sie zehn Prozent.«

Leo grinste ein wenig über diese hinterlistige Taktik.

»Aber es gibt noch ein weiteres Problem«, erklärte Leo. Sein Lächeln war jetzt wie fortgewischt. »Wir machen uns Sorgen wegen Elliot. Wir haben eine offizielle Adoption beantragt, aber das hier könnte unsere Pläne durchkreuzen. Sie muss unbedingt ihr Sorgerecht an Isla abtreten.«

Thomas verzog das Gesicht. »Das könnte sie als Druckmittel einsetzen.«

»Hat sie ihn überhaupt erwähnt?«, wollte Leo wissen.

»Nein, daher kann ich mir nicht vorstellen, dass Elliot für sie Priorität hat. Aber sobald sie merkt, wie wichtig er euch ist, versucht sie vielleicht, darüber mehr Geld herauszuholen. Vielleicht erwähne ich mal, dass sie anfangen muss, Kindesunterhalt zu bezahlen, wenn sie nicht das Sorgerecht abgibt.«

»Isla wäre es lieber, wenn Elliot überhaupt nicht erst erwähnt würde. Sie will Sadie nicht in seiner Nähe haben.«

»Okay, dann erwähne ich das erst gegen Ende. Von wem lasst ihr euch vertreten?«

Leo fühlte sich mies, dass er gar nicht erst an Thomas gedacht hatte, aber er hatte ihn für zu weich und zu großherzig gehalten, wenn es um seine Fälle ging, wohingegen Kim eher knallhart war und keine Gefangenen machte. Genau das, was er brauchte, um es mit Sadie aufzunehmen.

»Kim Nash.«

»Ah, ich mag sie, sie erinnert mich daran, wie ich selbst in meinen Anfangsjahren als Anwalt war. Jeder zukünftige Kontakt findet dann am besten zwischen ihr und mir statt, daher wirst du nicht mehr von mir hören, aber vielleicht kontaktiere ich dich heimlich, sollte sich etwas Neues ergeben, wovon du erfahren solltest.« Er tippte sich an die Nase. »Behalt es für dich.«

»Das werde ich, danke, Thomas.«

Thomas nickte, Leo stand auf und schüttelte ihm die Hand. »Wir regeln die Angelegenheit, und dann wird Sadie hoffentlich wieder dorthin verschwinden, von wo sie gekommen ist.«

»Das wollen wir hoffen.«

Als Leo ging, hatte er schon ein etwas besseres Gefühl, was diesen Albtraum betraf.

KAPITEL 12

Isla eilte am Strand entlang, um sich mit Melody und Tori für die Jagd nach der goldenen Eichel zu treffen. Oder genauer gesagt, sie wurde von einem übereifrigen Elliot den Strand entlanggezerrt.

Sie wurde das Gefühl nicht los, dass sie etwas wegen der Situation mit Sadie unternehmen sollte, statt sich hier zu amüsieren. Leo hatte jedoch darauf bestanden, dass sie mit Elliot hierherging und sie praktisch aus dem Haus geschoben. Sie wusste, er wollte nicht, dass sie sich Sorgen machte. Er versuchte, ihr ein wenig von dem Stress zu nehmen, indem er selbst mit den Anwälten sprach. Obwohl sie durchaus in der Lage gewesen wäre, das zu übernehmen, war sie ziemlich froh, dass nicht alles auf ihr allein lastete, denn sie hatte momentan genug damit zu tun, sich zu überlegen, was sie hinsichtlich der Adoption unternehmen wollten.

Vor sich sah sie Melody und Jamie, Tori und Aidan, Emily und ihre Tochter Marigold sowie Agatha und Islas Mum Carolyn am Strand. Isla zwang sich zu einem Lächeln. Melody und Tori begrüßten sie mit einem Kuss und einer Umarmung, und auch Carolyn drückte sie.

Melody zog ihren Neffen in die Arme. »Bist du bereit für die Eicheljagd, kleiner Mann?«

»Habt ihr die Preise gesehen? Wenn wir alle Eicheln finden, gewinnen wir Schokolade! Leo sagt, ich soll die Augen offen halten«, verkündete Elliot und spreizte seine Augenlider mit den Fingern weit auf.

»Wir werden uns ganz besonders anstrengen, um alle Eicheln zu finden. Wir haben die Karte, wir haben unser fabelhaftes Team, bist du bereit?«, fragte Melody.

»Ja!«, jubelte Elliot.

»Dann begrüße rasch noch Marigold«, schlug Melody vor und deutete auf Elliots beste Freundin, die ein wenig abseits stand und bereits gemeinsam mit Emily eifrig die Karte studierte. Melody entließ ihn aus ihrer Umarmung und er rannte hinüber. Die Kinder zogen Emily an die Spitze der Gruppe, während sie nach den goldfarbenen Eichelkarten suchten, die zwischen den Bäumen versteckt waren.

»Geht es dir gut?«, fragte Melody Isla. »Du siehst aus, als hättest du nicht viel geschlafen.«

Isla wusste, dass sie in der letzten Nacht nur wenige Stunden geschlafen hatte – einerseits, weil sie sich so viele Sorgen gemacht hatte, und andererseits, weil sie viel Zeit damit verbracht hatte, Leo zu küssen, als hinge ihr Leben davon ab. Beim Gedanken an diese wunderbare Erinnerung lächelte sie.

»Sie hat nicht viel geschlafen, weil sie die Nacht bei Leo verbracht hat«, warf Agatha ein und wackelte schelmisch mit den Augenbrauen. »Und von meinen Spionen weiß ich, dass das Licht im Gästezimmer, wo Isla normalerweise schläft, die ganze Nacht über nicht eingeschaltet wurde.«

Schockiert starrte Isla sie an. Woher konnte sie das wissen? Doch dann fiel ihr wieder ein, dass Elsie West aus der Apotheke, eine von Agathas besten Freundinnen, gegenüber von Leos Haus wohnte. Aber die hatte doch sicher nicht während des vergangenen Jahres das Haus so genau beobachtet, dass sie wusste, in welchem Zimmer Isla bei ihren Besuchen normalerweise schlief?

Bei dieser aufregenden Neuigkeit begannen Melody und Tori zu strahlen. Sogar Carolyn schien erfreut.

Isla versuchte sich an einem Themenwechsel. »Und haben dir deine Spione auch berichtet, dass Sadie Norton wieder in der Stadt ist?«

Jetzt lächelte niemand mehr. Jeder wusste, was das bedeutete: Elliots Adoption, das Haus, das alles hing jetzt in der Schwebe.

»Normalerweise hält der Buschfunk in der Stadt uns besser auf dem Laufenden.« Melody warf Agatha einen vorwurfsvollen Blick zu. Doch Agatha zuckte nur mit den Schultern – das war auch für sie ganz offensichtlich neu.

»Wann ist sie denn angekommen?«, wollte Carolyn wissen.

»Gestern Abend. Sie war bei mir zu Hause«, erklärte Isla.

»Was will sie?«, erkundigte sich Tori, während sie zum Strand hinuntergingen. Die Kinder liefen ihnen voraus.

»Momentan will sie nur das Haus, aber ich habe Angst, dass sie irgendwann Elliot sehen will. Mein schlimmster Albtraum wäre, dass sie sich dann in ihn verliebt.«

»Sie ist fortgegangen, weil sie kein Interesse daran hatte, Mutter zu sein«, erinnerte Aidan sie.

»Und davor war sie eine ziemlich schlechte Mutter«, ergänzte Jamie.

»Aber was, wenn sie nur fortgegangen ist, weil sie mit den schlaflosen Nächten und dem endlosen Weinen nicht zurechtkam?«, fragte Isla. »Ich weiß, dass Matthew das erste Jahr sehr schwer fand, das geht allen Eltern so. Aber darüber ist Elliot jetzt hinaus und er ist niedlich und witzig und freundlich und wunderbar. Was passiert, wenn sie ihn kennenlernt und erkennt, wie toll er ist, und dann wieder ein Teil seines Lebens sein möchte?«

Du liebe Zeit, der Gedanke daran brachte sie beinahe wieder zum Weinen! Sie durfte ihn nicht verlieren und sie hatte keine Ahnung, was Karie am Nachmittag zu all dem sagen würde. Am Telefon hatte sie allerdings nicht besonders begeistert über die Neuigkeiten geklungen.

»Das wird nicht passieren, Liebes«, versprach Agatha. Aller Humor war jetzt aus ihrer Stimme verschwunden. »Kein Richter im ganzen Land würde einer Frau das alleinige Sorgerecht übertragen, die seit vier Jahren keine Rolle mehr in Elliots Leben spielt.«

Isla gefiel Agathas Optimismus, aber sie wusste auch, dass es nicht unbedingt so kommen musste. Die Adoption hatte sich nur deshalb so lange hingezogen, weil die zuständigen Behörden Sadie nicht das Sorgerecht hatten fortnehmen wollen. Dass sie Elliots Mutter war, wog in ihren Augen am schwersten, und es wäre für sie eine Verletzung der Menschenrechte gewesen, wenn sie Sadie ihre Rechte als Mutter aberkannt hätten, obwohl sie Elliot im Stich gelassen hatte.

»Du weißt, dass Leo vorhatte, mit dir nach Kanada zu gehen, sollte Sadie jemals zurückkehren?«, fragte Jamie.

»Ich weiß, und das ist sehr lieb von ihm. Tatsächlich hätte ich große Lust zu sagen, wirf unsere Sachen in einen Koffer und lass uns in die kanadische Wildnis ziehen, aber ich glaube nicht, dass Flucht die richtige Antwort auf diese Herausforderung ist.«

»Dann versteck Elliot«, meldete sich Carolyn mit leicht panisch klingender Stimme zu Wort. »Lass nicht zu, dass Sadie ihn sieht.«

»Das ist einer der Gründe, warum wir für ein paar Tage bei Leo wohnen. Aber ich werde ihn nicht einsperren. Falls die Sache mit dem Haus vor Gericht geht, wird Sadie wochen- oder sogar monatelang hier sein, und irgendwann wird sich Karie mit ihr treffen müssen, um die Übertragung des Sorgerechts auf mich zu besprechen. Jetzt, wo Sadie aus ihrem Loch gekrochen ist, muss sie ihre Zustimmung zu dem Adoptionsverfahren geben. Selbst wenn sie keinerlei Interesse an ihm hat, glaube ich nicht, dass sie ihn mir bereitwillig überlässt, zumindest nicht ohne finanzielle Gegenleistung.«

»Du lieber Himmel, was für ein Chaos«, stellte Tori fest.

»Ich weiß.«

Carolyn drückte ihren Arm. »Falls ich irgendwas für dich tun kann, sag Bescheid.«

»Danke, Mum.«

»Auch, wenn es nur Geld für die Flugtickets nach Kanada ist.«

Isla lächelte. »Ich werde das im Hinterkopf behalten.«

»Ich könnte Dobby auf sie ansetzen«, schlug Jamie vor und Isla grinste beim Gedanken daran, wie Jamies Haustruthahn Sadie die Straße hinunterjagte.

»Das klingt sehr verlockend«, gab sie zu. »Leo spricht heute Morgen mit einem Anwalt und ich rede heute Nachmittag mit Karie, meiner Sozialarbeiterin. Dann wissen wir genauer, wo wir stehen. Bis dahin jagen wir Eicheln.«

Melody sah aus, als hätte sie noch weitere Fragen, aber Isla legte ihr eine Hand auf den Arm. »Können wir das Thema wechseln? Wenn ich zu viel darüber nachdenke, breche ich wieder zusammen, und ich möchte wirklich nicht, dass Elliot mich weinen sieht.«

Melody drückte ihre Hand und nickte.

»Tori, ich wollte dich noch fragen, wie dein Ultraschall war«, sagte Isla und hoffte damit, das andere Thema endgültig beendet zu haben.

Tori strahlte vor Glück. »Es war toll, wir konnten seine Hände sehen und seinen Herzschlag hören. Ich bin schon ganz in ihn verliebt.«

»In ihn?«, fragte Isla.

»Die Hebamme wollte uns das Geschlecht nicht verraten, aber sie hatte eine Auszubildende dabei, der sie viele Fragen gestellt hat, und die hat mehrmals *er* und *ihm* gesagt, während wir alle auf den Monitor schauten, daher glauben wir, es wird ein Junge.« Tori blickte mit einem Ausdruck hingebungsvoller Liebe hinüber zu Aidan. »Kannst du dir einen kleinen Jungen vorstellen, der so aussieht wie er?«

Isla freute sich über das Glück ihrer Freundin.

Elliot kam mit Marigold zu ihnen zurückgerannt.

»Wir haben eine Eichel gefunden!«, verkündete er. »Sie hängt dort drüben am Baum.«

»Gut gemacht. Wir müssen ein Beweisfoto knipsen«, antwortete Isla.

»Mummy hat ihr Handy nicht dabei«, erklärte Marigold.

»Hier, ihr könnt meins nehmen«, bot Jamie an.

Marigold nahm ihn bei der Hand und rannte mit ihm hinüber zu den Bäumen.

»Ihr wohnt also gerade für ein paar Tage bei Leo?«, wandte sich Agatha an Elliot. Ganz offensichtlich war sie wieder auf der Suche nach Tratsch.

»Ja, weil es Probleme mit dem Haus gibt und weil Isla traurig ist. Gestern Abend war sie so traurig, dass sie mit Leo im Bett kuscheln musste«, verriet Elliot und Isla lachte laut auf, weil ihr Neffe sie einfach geoutet hatte. In diesem Dorf blieb nichts geheim.

»Ach ja?«, fragte Agatha und lächelte Isla wissend an. »Das ist aber interessant.«

»Heute Morgen lag sie auf seiner Brust, als wäre er ein weiches Kissen«, fuhr Elliot fort und freute sich, dass er solche aufregenden Neuigkeiten zu berichten hatte. Isla wusste, dass ihr Gesicht feuerrot war, doch sie musste über Elliots Aufregung lächeln.

»Das ist sehr interessant«, fand Agatha.

Melody kicherte.

»Und was ist dann passiert?«, forschte Agatha weiter.

»Dann haben wir Pancakes zum Frühstück gegessen.«

Isla grinste über seine Prioritäten.

»Was hast du denn zu deinen Pancakes gegessen?«, fragte Carolyn, die offensichtlich Isla aus der peinlichen Situation helfen wollte.

»Bananen, und über alles kommt dann Ahornsirup«, erwiderte Elliot. »Wir essen immer Ahornsirup, wenn wir bei Leo sind, weil er im Maple Cottage wohnt.«

Isla fand seine Logik lustig, allerdings tranken sie auch eine Menge heiße Schokolade im Hot Chocolate Cottage, insofern steckte vielleicht doch ein Körnchen Wahrheit in den Namen.

»Ist sonst noch was zwischen Isla und Leo passiert?«, fragte Agatha weiter. Offensichtlich wollte sie zu ihrem Thema zurückkehren, bevor sie noch weiter zu den Pancakes abschweiften.

Elliot dachte einen Moment lang darüber nach. »Nein. Er hat sie sehr lange umarmt, bevor wir für die Eicheljagd hergekommen sind, und sie dann auf die Wange und den Mund geküsst. Isla hat ihm die Wange gestreichelt und gesagt, dass sie sich sehr auf heute Abend freut.«

Oh Gott. Elliot verriet Agatha alle Einzelheiten.

Tori und Aidan lachten.

»Was passiert denn heute Abend?«, fragte Agatha weiter.

»Isla hat mir versprochen, dass wir mein Zimmer für Halloween dekorieren«, berichtete Elliot.

»Das stimmt, das machen wir«, bestätigte Isla. »Wie sieht's aus, wollen wir einen Blick auf die Karte werfen, um zu sehen, wo sich die nächste Eichel befindet?«

Sie hoffte auf einen Themenwechsel, dabei war die Katze längst aus dem Sack.

»Glaubst du, dass Isla heute Abend wieder mit Leo im Bett kuscheln wird?«, wollte Agatha von Elliot wissen und rieb sich sichtbar erfreut die Hände.

Elliot zuckte mit den Schultern. »Vermutlich. Sie umarmen sich viel. Und heute Morgen, als sie im Bett lagen und ich mir die Zähne geputzt habe, habe ich gehört, wie sie gesagt haben, sie müssten für die Zeit üben, wenn sie verheiratet sind.«

Oh mein Gott, das hatte er auch gehört? Am Vorabend hatte sie noch mit Leo geschimpft, er solle Elliot keine leeren Versprechungen machen, und dann hatte er sie selbst ebenfalls über Hochzeit und Ehe sprechen hören.

»Ach Schatz, sei nicht albern, das war doch nur Spaß«, behauptete Isla. Vielleicht sollten sie anfangen, sich in einer Fremdsprache zu unterhalten, wenn Elliot in der Nähe war. Ihr Französisch war ziemlich gut – ob Leo wohl Französisch sprach?

»Das wird ja immer besser«, fand Agatha.

»Marigold hat gesagt, ihr habt zusammen im Bett gekuschelt, weil ihr euch liebt, stimmt das?«, wollte Elliot wissen.

»Wir haben uns sehr gern«, erwiderte Isla vorsichtig. Sie wollte ihn nicht denken lassen, dass diese Sache unweigerlich zu Ehe und einem Happy End führen würde, und Agatha ermutigen wollte sie auch nicht.

»Liebt ihr euch so sehr wie ich Schokolade liebe?«

Isla lächelte. »Ja, so in der Art.«

»Marigold behauptet, dass Erwachsene, die sich lieben, viel zusammen im Bett kuscheln. Kuschelst du heute Abend wieder mit Leo im Bett?«

Wie es aussah, wartete die ganze Gruppe mit angehaltenem Atem auf ihre Antwort.

Isla räusperte sich. »Vielleicht.«

Carolyn unterdrückte ein Lachen. Melody quiekte leise. Agatha klatschte erfreut in die Hände.

»Oder vielleicht auch nicht«, fügte Isla hinzu. »Mal abwarten, wie es uns heute Abend geht.«

»Ob du wieder traurig bist?«, fragte Elliot und nahm ihre Hand.

»Oder glücklich. Manchmal ist Kuscheln auch schön, wenn man glücklich ist.«

»Kuscheln kann Männer und Frauen sehr glücklich machen«, warf Agatha kryptisch ein.

Jamie kam wieder zu ihnen, immer noch Marigold an der Hand. »Will ich wissen, worüber ihr hier redet?«

Melody schüttelte den Kopf.

»Wo ist die nächste Eichel?«, fragte Isla, die beschlossen hatte, dass Elliot für den Moment genug gehört hatte.

»Keine Ahnung, ich schau mal auf der Karte nach«, versprach Elliot.

»Nimm Agatha mit, die ist auch ganz wild darauf, die Eicheln zu finden«, schlug Isla vor.

»Oh nein …« Agatha versuchte, sich zu wehren, doch Elliot hatte bereits ihre Hand genommen und zog sie am Strand entlang bis zu Emily und Marigold.

»Machst du dir keine Sorgen, was Elliot ihr erzählen wird?«, wollte Tori wissen.

»Ich glaube, er hat ihr längst alles verraten.«

Carolyn hakte sich bei ihr unter. »So … Passiert da wirklich gerade etwas zwischen euch?«

Isla seufzte. »Ich kann es nicht genau sagen. Gestern dachte ich, es gäbe keine Hoffnung für uns, und dann kommt er gestern Abend vorbei und gesteht mir, dass er ebenfalls Gefühle für mich hat.«

»Er hat dir gesagt, dass er dich liebt?«, fragte Tori.

»Nein, das nicht.«

»Natürlich nicht«, kommentierte Aidan trocken. »Ich möchte mich für meinen Bruder entschuldigen, es fällt ihm schwer, seine Gefühle auszudrücken.«

»Ich weiß. Und momentan habe ich nicht die geringste Ahnung, ob es sich bei diesen Gefühlen nur um Lust handelt oder doch mehr.« Sie musste wirklich dringend mit Leo reden.

»Ihr habt also die Nacht miteinander verbracht?«, wollte Melody wissen.

»Nein, also doch, aber nicht so, wie du denkst. Ich war so verstört, nachdem Sadie fort war, und Leo hat versucht, mich zu trösten. Er hat mich in den Arm genommen und mir versichert, dass alles gut werden wird, und plötzlich haben wir uns geküsst.«

Tori schnappte nach Luft und Melody ließ ein kleines begeistertes Quieken hören.

»Wie war es?«, erkundigte sich Melody.

Isla seufzte glücklich. »Genauso magisch wie beim ersten Mal, eigentlich sogar noch besser.«

»Beim ersten Mal?«, wiederholte Tori ungläubig. »Wann war denn das erste Mal?«

Du lieber Himmel, heute kamen aber auch alle Geheimnisse ans Licht.

»Äh, da war diese Sache, einmal, vor vielen, vielen Jahren«, versuchte Isla, die Angelegenheit herunterzuspielen, aber alle betrachteten sie nun interessiert. »Es war nur eine Nacht.«

»Warum weiß ich nichts davon?«, wollte Tori wissen. Sie wandte sich an Aidan. »Wusstest du davon?«

Er schüttelte den Kopf. »Nein, aber …«

»Was aber?«, hakte Melody nach.

»Es gab eine Zeit, als Leo aufgehört hat, sich mit Frauen zu verabreden. Wenn ich mit ihm im Pub war und Frauen ihn ansprachen wie sonst auch, gab er jeder einen Korb. Er war nicht interessiert, was ungewöhnlich für ihn war. Als ich ihn nach ein paar Bier nach dem Grund gefragt habe, meinte er, er sei verliebt. Aber er wollte mir nicht verraten, in wen. Obwohl ich mir damals schon dachte, dass du es bist. Das war ungefähr zur selben Zeit wie Elliots Taufe, und ich hatte ihn noch nie so glücklich gesehen wie an diesem Tag mit dir. War es ungefähr zu dieser Zeit?«

Isla spürte ein Ziehen in ihrem Herzen und nickte. »Die Nacht vor der Taufe.«

»Und danach ist nichts weiter zwischen euch passiert?«, erkundigte sich Tori.

»Nein, ich dachte mir … dass ich eine von vielen für ihn bin.«

»Es war mehr als das«, erwiderte Aidan. »Mit dir war es anders.«

»Das hat Leo auch gesagt«, bekannte Isla leise. Hatte sie wirklich vor all den Jahren ihre Chance weggeworfen, mit diesem wunderbaren Mann zusammen zu sein? Hatte er sie wirklich geliebt? War diese Liebe immer noch da?

»Gestern Abend habt ihr euch also geküsst, dann seid ihr zu Leo gefahren und dort in seinem Bett gelandet?«, fasste Melody zusammen.

»Das war, um mich zu trösten, das wussten wir beide. Ich war ziemlich durch den Wind.«

»Es ist also nichts passiert?«

»Wir haben uns noch mal geküsst. Das war's. Ich weiß nicht, wo ich in dieser Sache mit ihm stehe. Dass er die Nacht vor vier Jahren gerne wiederholen würde, ist kein Geheimnis, aber ich weiß nicht, ob noch mehr dahintersteckt. Ich habe das Gefühl, dass er sich irgendwie zurückhält. Daher muss ich mit ihm reden, vorzugsweise ohne kleine Ohren in der Nähe, die alles mitkriegen, was dann wieder ausgeplappert wird. Wisst ihr, was Leo gestern Abend noch zu mir gesagt hat? Dass er sich schuldig fühlt, wenn er mit mir zusammen ist, weil er damit irgendwie von Matthews Tod profitiert. Was für eine verdrehte Logik ist das denn?«

»Er gibt sich selbst die Schuld an Matthews Tod«, erklärte Jamie.

Einige Minuten lang herrschte Schweigen.

»Was?«, fragte Isla schockiert.

Jamie zuckte zusammen. »Es steht mir nicht zu, dir das zu erzählen. Lass dir von ihm selbst erklären, warum er diese Schuldgefühle mit sich herumträgt, aber es bricht mir das Herz, dass er sich deshalb ein Leben mit dir versagt. Als unser Dad starb, waren wir noch Kinder, aber es hat ihn so schwer getroffen, dass er eine Zeit lang einen falschen Pfad eingeschlagen hat. Ich habe mir Sorgen gemacht, dass es nach Matthews Tod genauso kommt. Zum Glück hatte er dich und Elliot – du hast ihn vermutlich mehr gerettet, als du ahnst. Aber ich schlage vor, dass du mit ihm selbst darüber sprichst. Er sollte das nicht in sich hineinfressen.«

»Das werde ich.«

Schweigend gingen sie weiter. Es gab eine Menge Dinge, über die sie mit Leo Jackson sprechen wollte.

KAPITEL 13

Die Eicheljagd hatte deutlich länger gedauert, als Isla lieb war. Einige waren ums Dorf herum genauso schwer zu finden gewesen wie die sprichwörtliche Nadel im Heuhaufen. Daher war sie erst eine Viertelstunde vor ihrer Verabredung mit Karie Matthews wieder zurück.

Sie betrat Leos Haus und fand ihn in der Küche vor, wo er Essen machte und zu den Klängen des Radios vor sich hin sang.

Luke rannte an ihr vorbei, um draußen Elliot zu begrüßen, und lächelnd sah sie zu, wie die beiden trotz des kalten Wetters im Garten herumtollten.

Sie wandte sich wieder Leo zu, der ihre Ankunft bisher gar nicht bemerkt hatte.

Erschrocken drehte er sich um, und bei ihrem Anblick legte sich ein breites Lächeln über sein Gesicht. Er kam zu ihr, umfasste ihr Gesicht und gab ihr einen kurzen Kuss auf die Lippen.

Sie runzelte die Stirn, denn sie hatte immer noch nicht die geringste Ahnung, wo sie bei diesem Mann stand. Er lächelte über ihre Miene. »Zu früh?«

»Keine Ahnung. Vermutlich nicht, wenn man bedenkt, dass wir die ganze Nacht küssend im Bett verbracht haben. Ich weiß nur einfach nicht, was das hier ist.«

»Das ist ein Schön-dass-du-wieder-zu-Hause-bist-Kuss.«

Zu Hause?

»Es fühlt sich an, als wäre unsere Beziehung sehr schnell vorangeschritten«, gab Isla zu.

»Das kommt darauf an, wie man es betrachtet. Wir kennen einander seit fünf oder sechs Jahren.«

Sie lächelte. Damit hatte er recht.

Isla warf einen Blick hinüber zu Elliot. Jetzt war nicht der richtige Zeitpunkt für dieses Gespräch, erst recht nicht, weil Karie gleich kommen würde.

»Du wirkst glücklich«, stellte sie fest.

»Ich habe letzte Nacht die wunderbarste Frau in meinem Bett geküsst, das ist eine Menge, worüber ich glücklich sein kann. Aber tatsächlich habe ich auch im Hinblick auf dieses ganze Sadie-Debakel inzwischen ein besseres Gefühl.«

»Das ist schön. Ich hingegen mache mir große Sorgen, was Karie wohl heute Nachmittag dazu sagen wird. Was hat denn deine gute Laune ausgelöst?«

»Ich habe mit meiner Anwältin Kim gesprochen. Sie ist nicht nur fest davon überzeugt, dass Sadie vor Gericht niemals die Hälfte des Hauses zugesprochen wird, sondern sie würde uns auch bei einem Sorgerechtsstreit wegen Elliot vertreten. Sie hält es für unmöglich, dass ein Richter einer Frau das Sorgerecht zuspricht, die ihren Sohn verlassen hat. Wir haben lange darüber geredet und sie war wirklich sehr zuversichtlich. Kim ist eine tolle Anwältin, eine von der Art, die den Stier bei den Hörnern packt. Und Sadie wird ... von meinem Patenonkel Thomas vertreten.«

»Was? Warum?« Isla konnte es nicht fassen. Sie war ihm einige Male begegnet und hatte ihn auf seine großväterliche Art nett gefunden. Ganz sicher brauchte er nicht so dringend Geld, dass er einfach jeden Fall annehmen musste.

»Okay, du darfst es niemandem erzählen, aber er kämpft für uns und glaubt, dass er es von ihrer Seite aus besser tun kann.«

Das überraschte Isla – damit ging Thomas ein großes Risiko ein. »Wow. Das wird sicher eine Gratwanderung für ihn, er praktiziert schließlich seit vielen Jahren als Anwalt, nicht wahr?«

»Mehr oder weniger seit dem Studium. Er geht in Rente und betrachtete diesen Fall als seinen Schwanengesang.«

Isla lächelte. Jetzt fühlte sie sich auch ein wenig besser. Obwohl ihre Nervosität mit voller Wucht zurückkehrte, als sie Karie die Einfahrt heraufkommen sah.

Leo drückte ihre Schultern. »Alles wird gut.«

Isla nickte und öffnete die Tür. Karie begrüßte sie mit einer Umarmung.

»Schon gut, mach dir keine Sorgen«, sagte Karie und Isla konnte nichts gegen die Tränen tun, die sich bei diesen Worten in ihren Augen sammelten. Karie wusste, wie viel Elliot ihr bedeutete. Und sie besaß kraft ihres Amtes die Macht, ihr Elliot wegzunehmen. Dass sie auf ihrer Seite stand, erleichterte Isla ein wenig.

»Möchtest du einen Tee, Karie?«, fragte Leo und Isla war froh, dass auch er jetzt ein wenig nervös wirkte. Sie übertrieb also nicht mit ihren Sorgen.

»Ja, danke.«

Leo schaltete den Wasserkocher ein und Karie bedeutete Isla, dass sie sich an den Esstisch setzen sollte.

Isla blickte zum Fenster hinaus zu Elliot, doch der war damit beschäftigt, mit Luke zu spielen.

»Dann berichte mir mal, was sie gestern Abend gesagt hat«, begann Karie. »Hat sie Elliot überhaupt erwähnt?«

Isla schüttelte den Kopf. »Soweit ich sehen kann, interessiert sie sich nur für das Haus. Man sollte glauben, dass sie sich wenigstens nach ihm erkundigen würde, nachdem sie ihn vier Jahre lang nicht gesehen hat, und sei es nur aus Höflichkeit.«

Leo schnaubte, vermutlich weil sie Sadie und Höflichkeit im selben Satz erwähnt hatte.

»Okay, dann liegt die Sache vielleicht viel einfacher, als wir dachten. Möglicherweise ist sie durchaus bereit, das Sorgerecht abzutreten, erst recht, wenn ich erwähne, dass sie dann nicht für den Kindesunterhalt herangezogen werden kann. Wenn sie zustimmt, kann das Adoptionsverfahren weiterlaufen wie geplant.«

Isla gefiel, dass Karie glaubte, es könnte so einfach werden. Doch ihr Bauchgefühl verriet ihr, dass es wohl nicht so sein würde.

Leo brachte die Teetassen zum Tisch und setzte sich dann zu ihnen. »Was, wenn sie sich weigert? Ihr Anwalt, ich meine, meine Anwältin ...«, verbesserte er sich rasch, »glaubt, dass sie eine finanzielle Entschädigung für das Sorgerecht will.«

Karie schnaubte abfällig. »Der Verkauf von Kindern widerspricht dem Gesetz und sie darf kein Geld im Tausch gegen die Adoption erhalten. Allerdings kann ich mir vorstellen, dass sie diese Summe einfach auf legale Weise in den Betrag einflicht, den sie für das Haus verlangt.«

»Was, wenn sie das Sorgerecht haben will?«, fragte Isla und ärgerte sich über das Zittern in ihrer Stimme. Leo legte einen Arm um sie und küsste sie auf den Kopf.

Karie zuckte angesichts dieser Zuneigungsbekundung nicht mal mit der Wimper.

»Dann haben wir ein Problem. Aber das ist auch nur eine kleine Hürde, mehr nicht. Ich bin Elliots Sozialarbeiterin und meine Meinung würde alles übertrumpfen, was sie vorbringt. Der Richter wird entscheiden, was am besten für das Kind ist, und dass Elliot glücklich, geliebt und umsorgt wird, so wie es jetzt der Fall ist, wird seine oberste Priorität sein. Bei ihr zu leben, nachdem er schon seinen Vater verloren hat und sich an sie überhaupt nicht mehr erinnern kann, würde sein ganzes

Leben durcheinanderbringen. Ich würde dafür plädieren, dass er bei dir bleibt, und der Richter würde das beachten. Es würde allerdings das Adoptionsverfahren zum Stillstand bringen, und schlimmstenfalls würde er Sadie ein regelmäßiges Besuchsrecht einräumen. Anfangs nur unter Aufsicht, aber wenn sie beweist, dass sie sich verantwortungsvoll verhält, dann auch ohne, es sei denn, du kannst beweisen, dass sie sich ihm gegenüber ausfällig verhält oder Alkohol oder Drogen im Spiel sind.«

»Was ist mit Vernachlässigung? Dass sie ihn verlassen hat, spielt doch sicher auch eine Rolle?«, wollte Isla wissen.

»Ja, aber sie könnte argumentieren, dass sie damals mental nicht in der Lage war, sich um Elliot zu kümmern, es jetzt aber ist. Sie könnte behaupten, dass Matthew sie fortgejagt hat, und er ist nicht mehr hier, um das zu widerlegen. Ihr Anwalt könnte ihr dazu raten, wilde Räuberpistolen zu erfinden, um den Richter auf ihre Seite zu ziehen.«

Isla war erleichtert, dass es sich bei Sadies Anwalt um Thomas handelte. Er würde ihr das niemals vorschlagen.

»Das ist allerdings reine Spekulation«, warf Leo ein. »Sie hat kein Interesse an Elliot, sie will nur das Geld. Wenn ich nach vier Jahren zurückkäme, um für mein Kind zu kämpfen, dann wären das die ersten Worte aus meinem Mund, aber sie hat nicht mal nach ihm gefragt.«

»Nein, da stimme ich dir zu. Elliot spielt für sie keine Rolle. Ich muss dringend mit ihr sprechen«, erwiderte Karie.

»Muss das wirklich sein?« Isla wusste natürlich, dass ihr Protest sinnlos war. »Am liebsten möchte ich ihr gegenüber das Gespräch überhaupt nicht auf Elliot bringen, dann können wir uns auf das Haus konzentrieren.«

»Jetzt, wo sie zurück ist, ist es für uns am allerbesten, ihre Zustimmung zur Adoption einzuholen«, erklärte Karie. »Und darum wird sich unser Gespräch ausschließlich drehen, ich werde mit ihr gar nicht über das Sorgerecht reden. Wisst ihr, wo sie wohnt?«

»Ja, im Clover Hill Hotel«, antwortete Leo. »Ihr Anwalt hat heute Morgen meine Anwältin kontaktiert, als ich gerade bei ihr war. Ihr Anwalt ist Thomas Kent, seine Kanzlei liegt unmittelbar hinter der Grünfläche.«

Karie nickte. »Es wäre vielleicht gut, wenn er bei dem Treffen anwesend ist. Habt ihr Elliot schon irgendetwas gesagt?«

Isla schüttelte den Kopf. Sie hatte schon genug Angst, dass Sadie Elliot womöglich sehen wollte. Ihr Herz würde es vermutlich nicht aushalten, sollte Elliot auch Sadie treffen wollen.

»Ich wusste nicht, was ich am besten sagen sollte. Ich möchte ihn nicht unnötig verwirren oder aufregen. Keine Ahnung, was Matthew ihm über sie erzählt hat. Mir gegenüber hat Elliot sie nie erwähnt.«

»Das macht das Thema nur noch schwieriger«, pflichtete Karie ihr bei. »Ich finde, Elliot sollte Bescheid wissen, wenigstens über einiges davon.«

»Worüber Bescheid wissen?«, fragte Elliot, der in der Hintertür erschienen war. »Etwas Cooles?«

»Hey, Elliot, schön dich zu sehen. Wie wär's, wenn du herkommst und mir ein Bild zeichnest?«, fragte Karie und zog in perfektem Timing Papier und Buntstifte aus ihrer Tasche.

Elliot kam herübergerannt, Luke dicht auf den Fersen. Falls es etwas gab, was er über alles liebte, dann war das Zeichnen.

»Was soll ich zeichnen?«, fragte er und griff nach einem blauen Stift.

»Wie wär's mit einem Bild von deiner Mum und deinem Dad?«

Isla wartete und fragte sich, was er tun würde.

Elliot dachte einen Moment lang nach und machte sich dann an die Arbeit.

»Freust du dich auf Halloween?«, wollte Karie wissen.

»Ja, besonders auf das Trickle Treat.«

Isla lächelte und beschloss, ihn nicht zu korrigieren.

»Und verkleidest du dich auch?«

»Ja, aber mein Kostüm ist ein Geheimnis«, erwiderte Elliot und streckte vor Konzentration die Zunge heraus, als er nach einem gelben Stift griff und damit Haare auf eins der Strichmännchen zeichnete.

»Ach ja?«, fragte Leo. »Ich dachte, wir gehen als Batman und Robin?«

Elliot schüttelte den Kopf. »Ich habe eine bessere Idee. Da, fertig!«

Er reichte schwungvoll sein Blatt über den Tisch und Isla lächelte angesichts der blonden Strichfrau und der beiden Strichmännchen.

»Wer ist das?«, fragte Karie.

Er deutete auf die blonde Frau. »Das ist Isla. Und das ist Leo.« Damit zeigte er auf den Mann, der die Hand der Frau hielt. »Und das ist mein richtiger Daddy«, erklärte er und deutete auf das andere Strichmännchen.

Isla schwoll das Herz vor Liebe zu ihrem kleinen Mann. Sie versuchte, Leos Reaktion auf die Bezeichnung »Daddy« einzuschätzen. Er wirkte sehr gerührt.

»Und was ist mit deiner richtigen Mummy?«, hakte Karie sanft nach.

Elliot verzog das Gesicht, als ob er die Frage nicht verstünde. »Isla ist meine Mummy.«

»Hast du auch noch andere Mummys?«, versuchte es Karie erneut.

»Meinst du die Frau, die mich in ihrem Bauch hatte?«

»Ja.«

»Daddy hat mir erzählt, dass sie fortgegangen ist, als ich noch sehr klein war. Sie konnte nicht mehr meine Mummy sein und ist sehr weit weggezogen, hat er gesagt.«

»Weißt du sonst noch etwas über sie? Hast du schon mal Fotos von ihr gesehen?«

»Nein, aber Marigold sagt, sie ist nicht besonders nett, und dass Emily findet, Daddy und ich sind noch mal glimpflich davongekommen, als sie fortgegangen ist. So hat mir das Marigold erzählt. Was bedeutet das?«

Karie grinste und Isla fragte sich, wie sie das professionell erklären würde.

»Es bedeutet, dass dein Daddy und du sehr froh sein konntet, einander zu haben. Würdest du sie vielleicht gern eines Tages kennenlernen?«

»Nein, wenn sie nicht nett ist, würde ich sie wahrscheinlich nicht besonders mögen.«

»Das verstehe ich«, erwiderte Karie. »Vielleicht möchte deine Mum dich eines Tages wiedersehen, aber in diesem Fall wären ich und wahrscheinlich auch Isla und Leo dabei. Wäre das für dich in Ordnung?«

Elliot zuckte mit den Schultern. »Ich denke schon. Kann ich jetzt in meinem Zimmer spielen?«

»Klar«, erlaubte ihm Isla.

»Tschüss, Karie, das Bild kannst du behalten«, verabschiedete sich Elliot und flitzte aus dem Zimmer.

»Danke, aber ich glaube, ich hänge es an Leos Kühlschrank neben das sehr interessante Bild, das dort schon hängt.«

Isla betrachtete die Zeichnung von ihr und Leo im Bett, die Leo am Morgen gemalt hatte, und spürte, wie sie feuerrot wurde. »Das ...«

»Das geht mich absolut nichts an«, unterbrach Karie sie. Grinsend zwinkerte sie Isla zu. »Ich spreche mit Sadie und gebe dir anschließend Bescheid.«

Isla stand auf und umarmte Karie zum Abschied. Nachdem diese fort war, wandte Isla sich an Leo.

»Das klang doch ziemlich positiv, oder nicht?«, fragte sie und überlegte, ob sie womöglich nur versuchte, sich selbst zu überzeugen.

»Sie glaubt auch nicht, dass Sadie das Sorgerecht erhalten würde, das ist definitiv positiv«, bestätigte Leo. »Falls Sadie überhaupt an dem Sorgerecht interessiert wäre, was ganz offensichtlich nicht der Fall ist. Aber wenn du darüber nachdenkst, warum sollte ein Richter Elliot zu jemandem schicken, den er gar nicht kennt? Sie werden ihn dir nicht einfach wegnehmen und ihr geben. Hier ist er zu Hause und glücklich, sogar Karie kann das sehen.«

»Ja, du hast recht«, pflichtete Isla ihm bei. Nach ihrem Treffen fühlte sie sich jetzt ein wenig besser. »Obwohl mir immer noch nicht gefällt, dass sie womöglich ein Besuchsrecht erhält.«

»Hätte sie irgendein Interesse an Elliot und daran, ein Teil seines Lebens zu sein, egal wie klein, dann wäre sie in Kontakt geblieben. Langfristig wird sie nicht hier in Sandcastle Bay bleiben. Ich würde wetten, dass sie mit dem Geld aus dem Hausverkauf nach Australien zurückgeht, oder aus welchem Loch sie auch immer gekrochen ist. Damals ist sie fortgegangen, weil ihr das Leben in einem kleinen Dorf nicht genug war. Das wird sich nicht geändert haben.«

Isla nickte, obwohl sie immer noch nicht völlig davon überzeugt war, dass alles so glattgehen würde, wie Leo und Karie dachten.

»Wie wär's, wenn ich mal ganz inoffiziell mit Sadie spreche? Ohne Anwälte und Sozialarbeiter. Ich kenne sie ganz gut aus ihrer Zeit mit Matthew«, bot Leo an.

Um Himmels willen, das war das Letzte, was sie wollte. Leos Beschützerinstinkt war unheimlich stark, sobald es um sie und Elliot ging. Sie konnte sich nicht vorstellen, dass ein Gespräch zwischen ihm und Sadie höflich ablaufen würde. Vermutlich würde er sich aufführen wie ein Elefant im Porzellanladen, und was, wenn seine feindselige Haltung Sadie in die Ecke trieb und wütend machte? Das würde kaum in einem positiven Ergebnis enden.

»Das halte ich für keine gute Idee«, erwiderte Isla diplomatisch. »Du warst derjenige, der ihr empfohlen hat, sich einen Anwalt zu nehmen und die Angelegenheit auf dem korrekten Wege zu klären, daher kann ich mir nicht vorstellen, dass es uns weiterhilft, wenn du sie jetzt hinter dem Rücken der Anwälte zur Rede stellst.«

»Von Zur-Rede-Stellen habe ich gar nichts gesagt, ich wollte nur mit ihr reden. Früher haben wir uns gut verstanden. Vielleicht brauchen wir gar nicht diese juristischen Wege einzuschlagen, vielleicht reicht ein vernünftiges Gespräch …« Als er den Zweifel in ihrer Miene erkannte, verstummte er. »Okay, möglicherweise auch nicht.«

»Ich möchte einfach nichts falsch machen. Was, wenn die Sache vor Gericht kommt und sie dann angibt, dass wir sie behelligt haben? Momentan möchte ich alles genau nach Vorschrift abwickeln, und falls dann alles schiefgeht, können wir noch mal ernsthaft über diese Hütte in Kanada nachdenken.«

Er nickte. »Okay.«

Sie konnte sehen, dass er mit ihrer Entscheidung nicht besonders glücklich war, daher suchte sie nach einem passenden Themenwechsel. Ihr Blick fiel auf das Bild von ihnen beiden im Bett. »Ich kann nicht fassen, dass sie das gesehen hat.«

Leo grinste. »Hier gibt es keine Geheimnisse.«

»Nein, und wir müssen wirklich reden … über uns, ohne kleine Zuhörer.« Dann betrachtete sie das Bild, das Elliot von seiner Familie gezeichnet hatte. »Obwohl für Elliot bereits alles klar ist. Wie fühlst du dich bei dem Gedanken, Daddy genannt zu werden?«

Leos Lächeln war die einzige Antwort, die sie brauchte. »Ich finde es toll. Und ich bin froh, dass er Matthew und mich gezeichnet hat. Ich könnte Matthew niemals ersetzen, aber hoffentlich bin ich eine halbwegs anständige Vertretung.«

»In seinen Augen bist du mehr als nur halbwegs anständig«, entgegnete Isla. »Und in meinen auch.«

Er runzelte die Stirn, als ob er ihr nicht glaubte. »Das stimmt nicht, aber ich bemühe mich trotzdem.«

»Du brauchst dich nicht zu bemühen, du bist längst ein wunderbarer Mann«, widersprach Isla und legte ihm die Hände an die Brust. Er schlang ihr die Arme um die Taille und lehnte seine Stirn an ihre.

»Isla …«

»Essen wir bald Mittag, mein Magen knurrt«, meldete sich Elliot, der mit Luke zurück in die Küche gerannt kam. »Luke sagt, er hat auch Hunger.«

»Das können wir auf keinen Fall zulassen.« Mit einem Zwinkern löste sich Leo aus Islas Umarmung und widmete seine Aufmerksamkeit wieder dem Essen, das er vor Karies Ankunft zubereitet hatte. »Dann wollen wir mal sehen, was wir im Angebot haben.«

Isla sah zu, wie Elliot neben Leo stand und ihm dabei half, das Essen auf die Teller zu bugsieren. Irgendwann mussten sie dieses Gespräch führen, allerdings war vielleicht momentan bei all dem Chaos mit Sadie nicht der richtige Zeitpunkt dafür.

Kapitel 14

Während Isla und Elliot den Nachmittag damit verbracht hatten, Elliots Zimmer für Halloween zu dekorieren, war Leo in die Firma gefahren. Isla hatte ein schlechtes Gewissen, dass sie es an ihrem zweiten Arbeitstag nicht mal ins Büro geschafft hatte, aber Leo hatte darauf bestanden, dass sie bei Elliot blieb. Sie hatte einen kleinen Kompromiss gefunden und wenigstens einige der E-Mails beantwortet, die bei The Big Bang eingetroffen waren, während sie Elliot beim Basteln half.

Melody rief genau in dem Moment an, als Luke versuchte, die Kastanienspinnen anzugreifen, die sie für das Fußende von Elliots Bett gemacht hatten.

»Hallo«, sagte Isla, während Elliot ihr eine der Spinnen den Arm hinaufkrabbeln ließ.

»Hast du heute Abend Zeit?«, wollte Melody wissen. Sie klang ein wenig gehetzt und nervös, oder war sie einfach aufgeregt? »Bitte sag Ja.«

»Äh, ja, willst du vorbeikommen?«

»Nein, Jamie und ich essen heute im Golden Bridge, und wir laden alle unsere Freunde und Familienmitglieder dazu ein.«

Das Golden Bridge war ein sehr nobles Restaurant auf den Klippen unmittelbar hinter dem Dorf. Isla war einige Male auf einen Kaffee dort gewesen, aber noch nie zum Essen. Für sie war es die Art von Restaurant, in die man nur zu speziellen Anlässen ging. Ihr Herz machte einen Satz. »Handelt es sich … um einen besonderen Anlass?«

»Das darf ich nicht sagen. Kommst du?«

Du liebe Zeit, ihre kleine Schwester hatte sich verlobt. Garantiert ging es darum.

»Natürlich.«

»Emily hat gesagt, Elliot kann gern heute Nacht bei Marigold schlafen, und Luke auch. Du musst dir also keine Gedanken darum machen, wieder rechtzeitig zu Hause zu sein.«

»Oh, toll, da wird sich Elliot freuen. Aber geht Emily denn nicht auch mit ins Golden Bridge?«

»Ja, aber Stanley passt auf die Kinder auf. Wie es aussieht, hat Marigold bereits festgelegt, dass sie ›Die Schöne und das Biest‹ schauen werden.«

»Elliot, möchtest du heute bei Marigold übernachten?«

»Hurra!«, rief Elliot, sprang aufs Bett und reckte die Faust in die Luft.

Isla lachte. »Ich halte das für ein Ja.«

»Kann Luke mitkommen?«

»Du nimmst ihn doch normalerweise immer mit, wenn du bei Marigold schläfst«, erwiderte Isla. Elliot war damit offensichtlich zufriedengestellt und widmete sich wieder seiner Halloweendekoration, während Isla weiter mit Melody sprach. »Okay, um wie viel Uhr?«

»Neunzehn Uhr dreißig im Restaurant. Der Tisch ist auf meinen Namen reserviert. Stanley holt Elliot so gegen Viertel nach sieben ab.«

»Okay, prima, ich freue mich darauf.« Isla schaffte es kaum, die Aufregung aus ihrer Stimme herauszuhalten. Sie musste sich beherrschen, vielleicht wollten die beiden gar nicht ihre Verlobung verkünden. Aber worum sollte es sonst gehen? Ihr fiel kein anderer Grund ein, warum Jamie und Melody sonst mit ihren Familien und allen Freunden im Golden Bridge essen wollten. Und wenn es einen Tag gab, an dem sie dringend gute Neuigkeiten gebrauchen konnte, dann heute.

Sie verabschiedeten sich und Isla legte auf.

»Warum bist du so glücklich?«, wollte Elliot wissen.

»Ich bin nur … froh darüber, wie dein Zimmer aussieht«, log Isla und fühlte sich sofort schuldig deswegen. Doch sie konnte Elliot nicht verraten, dass sie glaubte, Melody wolle sich verloben, denn dann hätte er es Marigold erzählt und am nächsten Tag hätte es das halbe Dorf gewusst. Und dann stimmte es womöglich nicht einmal.

Sie hörte, wie im Erdgeschoss die Tür geöffnet wurde und Leo zu ihr heraufrief.

»Hurra, Leo ist zu Hause!«, rief Elliot, rannte aus dem Zimmer und die Treppe hinab, bevor sich Isla überhaupt aus ihrer knienden Haltung hochgehievt hatte.

Als sie unten ankam, fand sie Elliot wie ein Äffchen um Leo gewickelt vor, der ihn wiederum eng an sich drückte.

»Schaust du dir mein Zimmer an?«, bat Elliot. »Es ist sehr gruselig.«

»In ein paar Minuten«, versprach Leo. »Isla und ich müssen zuerst einen sehr wichtigen Anruf erledigen und dann komme ich hoch, um mir deine Gruseleien anzuschauen.«

Er stellte Elliot auf die Füße und warf Isla einen bedeutungsvollen Blick zu.

»Elliot, wie wär's, wenn du die Spinnennetze fertig aufhängst, und wir kommen in einer Minute nach.«

»Okay, aber macht euch darauf gefasst, große Angst zu kriegen«, empfahl ihnen Elliot mit schauriger Stimme, bevor er aus dem Raum flitzte.

»Was ist los? Hat sich Jamie wegen heute Abend bei dir gemeldet?«, erkundigte sich Isla.

»Ja, glaubst du, sie haben sich verlobt?«

»Genau das habe ich auch gedacht. Melody wollte mir ebenfalls nichts verraten.«

»Okay, aber lass uns das Thema mal einen Moment zur Seite schieben. Thomas hat mich vorhin angerufen und wird sich in einigen Minuten noch einmal melden. Er hat gleich ein Treffen mit Sadie und Karie und will uns heimlich per FaceTime daran teilnehmen lassen.«

»Wie will er denn das anstellen, ohne dass Sadie oder Karie etwas davon merken?«

»Er wird uns FaceTimen, dann auf die hintere Kamera wechseln und sein Handy in die Brusttasche stecken, sodass sie uns nicht sehen. Ich habe ihm auch geraten, die Lautstärke herunterzudrehen, damit sie uns nicht hören, aber vermutlich ist es am besten, wenn wir gar nicht reden, beziehungsweise nur so leise wie möglich sprechen, um ganz sicher zu gehen.«

Isla biss sich auf die Lippe. »Ist das nicht sehr riskant? Ich mache mir Sorgen, dass wir erwischt werden.«

»Ich weiß, aber es wäre sehr gut, wenn wir wüssten, was Sadie zu Elliot zu sagen hat.«

»Aber das wird Karie uns doch sicher im Anschluss berichten.«

»Bestimmt. Hör zu, falls du das nicht machen willst ...«

Leos Handy klingelte in seiner Hand.

»Soll ich den Anruf ignorieren?«, fragte er.

Isla betrachtete einen Augenblick lang das Telefon. »Geh ran.«

Leo rückte näher zu ihr und nahm den Videoanruf an. Thomas' Gesicht erschien auf dem Display.

»Hallo«, flüsterte er. Wie es aussah, befand er sich im Waschraum einer Toilette.

Leo winkte zur Begrüßung.

»Thomas, bist du dir sicher, dass das hier eine gute Idee ist?«, wisperte Isla, die sich vorkam wie bei einer großen Spionagemission.

»Sie werden es gar nicht merken«, behauptete Thomas.

»Bist du auf der Toilette?«, wollte Leo wissen.

»Ja, aber keine Angst, außer mir ist niemand hier. Sadie wartet draußen und ich bin hier hereingegangen, während wir auf Karie warten. Ich wechsle jetzt die Kamera.«

Isla fragte sich, ob sie ihn aufhalten sollte, aber sie tat es nicht.

Jetzt sahen sie Thomas im Spiegel über den Waschbecken, wie er sein Handy hochhielt.

»Geht das so, könnt ihr etwas sehen?«

»Ja«, bestätigte Leo. »Und jetzt dreh die Lautstärke herunter und steck das Handy in deine Tasche.«

Thomas tat, worum Leo ihn gebeten hatte, und steckte das Handy so in seine Brusttasche, dass die Kamera gerade noch hervorlugte. Er streckte einen Daumen hoch und verließ dann die Toilette.

Von der Kameraführung her ähnelte es dem »Blair Witch Project«, als Thomas zu Sadie zurückkehrte. Ganz offensichtlich befanden sie sich im Barbereich des Hotels, in dem sie wohnte. Isla sah, dass Sadie an einem Tisch auf Thomas wartete. Er setzte sich ihr gegenüber. Sadie wirkte nervös, ungeduldig und aufgewühlt.

»Danke, dass du dich heute mit mir und Karie triffst«, sagte Thomas und auch in seiner Stimme schwang leichte Nervosität mit. Er wusste, was auf dem Spiel stand, falls man ihn erwischte.

»Ich weiß nicht genau, warum ich mich überhaupt mit einer Sozialarbeiterin treffen muss«, erklärte Sadie. »Was hat das mit meiner Hälfte des Hauses zu tun?«

»Du trägst Verantwortung für Elliot, ob du willst oder nicht. Als sein einziges noch lebender Elternteil gibt es einige

Dinge, die du erledigen musst, wenn du künftig von allen Pflichten frei sein willst, einschließlich aller finanziellen für den Kindesunterhalt zum Beispiel. Wenn diese … Formsachen geklärt sind, wird der Rechtsstreit um das Haus viel einfacher«, behauptete Thomas.

»Ich brauche keine Belehrung von einer hochnäsigen Sozialarbeiterin, die mir erklärt, was für eine pflichtvergessene Mutter ich bin, das weiß ich selbst. Das muss man mir nicht auch noch unter die Nase reiben«, entgegnete Sadie und fummelte nervös an einer Zigarettenpackung herum.

»Darum geht es hier nicht, das versichere ich dir. Karie will nur das Beste für Elliot, wie wir alle, da bin ich mir sicher.«

»Ich hätte gar nicht erst zurückkommen sollen«, murmelte Sadie.

Thomas schwieg einen Moment. »Warum bist du zurückgekommen?«, fragte er anschließend. Sadie warf ihm einen abwehrenden Blick zu, und Isla beobachtete, wie Thomas entschuldigend die Hände hob. »Ich meine das nicht respektlos. Aber du warst vier Jahre lang weg und das Gericht hat seit Matthews Tod vor mehr als einem Jahr erfolglos versucht, dich aufzuspüren. Warum bist du gerade jetzt zurückgekommen?«

Isla war froh, dass er diese Frage stellte, denn sie wollte selbst gern die Antwort darauf wissen.

Sadie hörte kurz auf, mit der Zigarettenschachtel auf den Tisch zu klopfen. »Ich brauche das Geld«, erklärte sie dann freimütig.

»Wusstest du von Matthews Tod?«

Sadie schüttelte den Kopf und Isla erkannte einen Funken Bedauern. »Das weiß ich erst seit Kurzem. Ich hatte keine Ahnung, dass man nach mir suchte, warum auch? Als ich mit achtzehn meine Pflegefamilie verlassen habe, waren alle froh, mich nicht mehr sehen zu müssen. Während der kommenden Jahre bin ich im Land herumgezogen, habe nie irgendwo

Wurzeln geschlagen oder Freunde gefunden. Ich wette, Matthew war genauso froh, als ich endlich fort war. Ich war eine lausige Freundin und eine noch schlechtere Mutter. Dafür hatte er sich die falsche Frau ausgesucht.«

»Wo bist du hingegangen?«, fragte Thomas.

»Australien, Neuseeland, Thailand, Indien. Ich bin überall herumgezogen und habe von der Hand in den Mund gelebt. Manchmal habe ich ein paar Nächte in einer Bar gearbeitet, bevor ich weitergereist bin und dann irgendwo als Putzfrau gearbeitet habe. Ich bin per Anhalter mitgefahren und habe am Strand oder auf Parkbänken geschlafen. Manchmal habe ich in schmuddeligen Hostels übernachtet und manchmal hatte ich genügend Geld für eine Nacht in einer Strandhütte. Aber das ist keine Art zu leben, oder, wenn man nicht weiß, ob man abends etwas essen kann oder nicht?«

»Vermutlich nicht«, bestätigte Thomas.

»Ich habe jemanden kennengelernt. Jim. Wir haben darüber gesprochen, uns ein Haus zu kaufen. Er scheint nett zu sein, meistens jedenfalls, und ich würde gern eine Weile lang irgendwo zur Ruhe kommen. Und dann habe ich tatsächlich jemanden aus Sandcastle Bay getroffen, ausgerechnet in einer Bar in Goa. Sally Fitzpatrick. Ich glaube, sie hat eine Zeitlang mit Leo Jackson geschlafen, zumindest, als ich noch hier war …«

Isla blickte hinüber zu Leo. »Ex-Freundin?«, flüsterte sie.

»Wohl kaum«, lautete seine gemurmelte Antwort.

»Sie hat mir jedenfalls von Matthews Unfall erzählt. Das war ein Schock. Es hat mir sehr leidgetan für ihn.«

»Und für die Menschen, die er zurückgelassen hat?«, fragte Thomas bedeutungsvoll nach. Hatte Sadie auch nur eine Sekunde lang darüber nachgedacht, was es für Elliot bedeutete, den einzigen Elternteil zu verlieren, den er kannte?

»Ja, ich nehme an, dass ihn viele vermisst haben«, erwiderte Sadie mit einer Spur Verbitterung in der Stimme. Vermutlich, weil niemand sie nach ihrem Fortgang vermisst hatte, zumindest ihrer Meinung nach.

»Ja, es war für alle sehr schwer«, stimmte Thomas ihr zu. »Besonders für Isla, die gleichzeitig mit ihrer eigenen Trauer und der von Elliot zurechtkommen musste.«

Sadie blickte auf. »Bist du mit Isla befreundet?«

Mist. Isla wollte nicht, dass sich Sadie Gedanken über eine mögliche Verbindung zwischen Thomas, Leo und ihr machte.

»Nein, ich sage dir nur, was dir auch jeder andere im Dorf erzählen könnte. Es war nicht einfach. Ich kenne die Frau kaum. Wir verkehren nicht gerade in denselben gesellschaftlichen Kreisen, dafür bin ich ein bisschen zu alt«, erklärte Thomas.

»Die Nachricht hat mich zum Nachdenken gebracht«, fuhr Sadie fort. »Ausgerechnet Sally spaziert in die Bar, in der ich arbeitete. Vielleicht war es Schicksal. Wir brauchten Geld, und da Matthew tot war, fiel mir das Cottage hier wieder ein. Möglicherweise war es genau das, was wir brauchten. Wir haben ein Haus in Goa entdeckt, nicht weit vom Strand, und es hat einen Pool. In Pfund umgerechnet würde es nur ungefähr einhundertfünfzigtausend kosten. Wenn wir Matthews Haus verkaufen, wäre damit alles bezahlt, und auch Jims Schulden. Er möchte seine eigene Tauchschule eröffnen, und auch das wäre dann möglich. Eigentlich wollte ich überhaupt nicht zurückkommen, ich habe keine guten Erinnerungen an dieses Land, keinen Ort, den ich hier als Heimat betrachte, aber Jim hat mich überredet, dass es so am besten wäre, für einen Neuanfang. Wir haben das Geld für ein Flugticket zusammengekratzt, und hier bin ich nun.«

Isla fand, dass sich Jim nach einem ziemlichen Mistkerl anhörte, der seine Freundin zu etwas zwang, was sie gar nicht wollte. Und warum hatte sie so eine Ahnung, dass sich Jim vermutlich aus dem Staub machen würde, sobald seine Freundin mit dem Geld zurückkehrte?

»Und wo passt Elliot in das Ganze hinein?«, wollte Thomas wissen.

Sadie warf ihm einen bösen Blick zu.

»Ich frage lediglich, was der Richter auch fragen wird. Wenn die Sache vor Gericht geht, wird der Richter alles in Erwägung ziehen. Auch die Tatsache, dass der Verkauf von Islas Haus im Prinzip sie und Elliot obdachlos machen würde.«

»Die haben Freunde, Familie, Menschen, die sie lieben. Ich bin sicher, es wird ihnen trotzdem gut gehen«, antwortete Sadie verbittert.

»Du lieber Himmel, sie will alles«, flüsterte Isla.

»Aber Elliot nicht«, antwortete Leo leise. »Für das Haus und das Geld finden wir eine Lösung, aber am wichtigsten ist, dass sie Elliot nicht bekommt.«

Isla nickte zustimmend, allerdings machte sie sich trotzdem Sorgen. Sadie würde sich nicht mit ein paar tausend Pfund zufriedengeben, und wenn Isla das Haus verkaufte, um sie auszubezahlen, wo würden dann sie und Elliot wohnen?

Sadie klopfte wieder mit ihrer Zigarettenschachtel auf den Tisch und sah auf die Uhr, als wäre sie am liebsten woanders.

»Was ist die Mindestsumme, mit der du dich zufriedengeben würdest?«, wollte Thomas wissen.

»So viel wie möglich.«

»Und realistisch?«

Sadie seufzte. »Momentan würden mir schon ein paar tausend Pfund reichen, damit ich zurück nach Goa kann. Hierherzukommen war ein Fehler.«

Thomas schwieg eine Weile, dann stand er auf. »Ich hole uns etwas zu trinken. Ist Kaffee in Ordnung?«

»Ja, und falls du etwas Stärkeres reintun möchtest, hätte ich nichts dagegen.«

Isla sah zu, wie Thomas zur Bar ging und zwei Kaffee bestellte, einen davon als Irish Coffee.

Der Barkeeper ging, um das Gewünschte zu holen.

»Nun, ich halte das für positiv«, flüsterte Thomas in Richtung seines Handys. »Es klingt so, als wäre sie offen für eine außergerichtliche Einigung.«

Der Barkeeper sah zu ihm herüber. »Entschuldigung, Sir, haben Sie etwas gesagt?«

»Nein, nur … laut gedacht.«

Der Mann wandte sich wieder der zischenden Kaffeemaschine zu, von der Dampf aufstieg.

»Findet außer mir noch jemand, dass Jim nach einem Mistkerl klingt?«, fragte Thomas.

Der Barmann sah wieder zu ihm herüber und Isla kicherte.

Als Thomas mit den Getränken an den Tisch zurückkehrte, sah Isla auch Karie hinzukommen. Thomas schüttelte ihr die Hand, stellte die beiden Frauen einander vor, bot Karie einen Kaffee an, was sie ablehnte, und dann setzte sie sich Sadie gegenüber. Das war offensichtlich nicht das, was er sich vorgestellt hatte, denn Isla sah ihn zögern, bevor er sich neben Sadie setzte. Jetzt hatten sie einen ausgezeichneten Blick auf Karie, aber Sadie sahen sie nicht mehr. Thomas drehte seinen Oberkörper ein wenig, um auch sie mit der Kamera einzufangen, aber damit erreichte er lediglich, dass Isla und Leo jetzt ungehinderte Sicht auf eine Pflanze in der Nähe hatten.

Isla unterdrückte ein Kichern. Zumindest würden sie alle Beteiligten hören können. Allerdings war das Handy ein wenig verrutscht und stieß nun gegen einen Kugelschreiber oder etwas Ähnliches in Thomas' Tasche. Jedes Mal, wenn Thomas sich bewegte, egal wie minimal, klapperte der Stift gegen das Handy und außerdem schien sein Herz so laut zu schlagen, dass Isla nur ein paar einzelne Worte von Karie über den Grund ihres Treffens aufschnappen konnte.

Leo schüttelte liebevoll den Kopf. Der arme Thomas, so hatte er sich das garantiert nicht vorgestellt.

In diesem Moment rutschte Thomas auf seinem Stuhl herum, und das Handy fiel seitlich in seine Tasche. Einige Momente lang sahen sie die Pflanze in einem spitzen Winkel, doch dann war es komplett in der Tasche verschwunden. Ihnen blieb somit nur noch die Nahansicht von blauen Nähten, dem Anzugstoff und dem Unterteil des Stiftes.

Leo grinste.

»Diese Überwachung läuft hervorragend«, flüsterte Isla.

»Ich glaube nicht, dass Thomas fürs Geheimagentendasein gemacht ist«, erwiderte Leo.

Der Ton war jetzt sogar noch gedämpfter. In Kombination mit Thomas' Herzschlag, dem Stoff, der gegen das Mikrofon rieb, den Geräuschen des Stifts und den leisen Stimmen außerhalb des Hemdes konnten sie kaum noch etwas verstehen.

Isla vernahm deutlich den Namen Elliot, und es klang, als hätte Karie ihn ausgesprochen. Sie griff nach Leos Hand – aller Humor war jetzt verschwunden, doch egal, wie sehr sie sich anstrengte, sie konnte nicht verstehen, was Karie oder Sadie sagten. Abgesehen von einem einzelnen Wort hier und da war es unmöglich, das Gespräch zu verfolgen.

»Hast du überhaupt ein Interesse an dem Jungen?«, wollte Thomas wissen, in viel lauterer Stimme als gewöhnlich.

Isla hielt den Atem an.

»Nein«, erwiderte Sadie deutlich, und Isla sackte vor Erleichterung beinahe zusammen.

Dann sagte Karie etwas anderes, was Isla nicht hören konnte.

»Das sehe ich genauso«, stimmte Thomas ihr zu. »Wenn der Junge keine Rolle spielt, dann solltest du das Formular zum Sorgerechtsverzicht unterschreiben, damit wir uns auf das Haus konzentrieren können, ohne uns um andere Belästigungen kümmern zu müssen.«

Isla gefiel nicht, dass Thomas Elliot gerade als Belästigung bezeichnet hatte, aber sie wusste, dass er das nur gesagt hatte, um Sadie davon zu überzeugen, dass sie ihren Sohn loswerden sollte. Falls es funktionierte, konnte er Elliot nennen, wie auch immer er wollte.

Es folgte Schweigen. Vermutlich dachte Sadie gerade über seine Worte nach.

»Ich denke, wenn die Angelegenheit über den Besitz des Hauses vor Gericht kommt, wird ein Richter dir eher zugetan sein, wenn du Elliots Adoption nicht im Weg stehst. Außerdem macht es den Fall deutlich weniger kompliziert«, fügte er hinzu.

Daraufhin hörte man Gemurmel von Sadie und Karie.

»Okay, lasst mich rasch in meinem Terminkalender nachsehen«, sagte Thomas und plötzlich wurde das Handy wieder aus der Tasche genommen. Einige Sekunden lang sahen sie Karie, dann musste er die Taste gedrückt haben, mit der die Kamera wechselte. Als Nächstes erkannten sie Thomas' verwirrtes Gesicht, wie er versuchte, gleichzeitig mit dem Anruf weiterzumachen und seinen Kalender aufzurufen, dann wurde der Anruf abrupt beendet. Vermutlich hatte er versehentlich auf die falsche Taste gedrückt.

Isla wandte sich an Leo. »Das lief ja gut.«

»Nun ja, zumindest wissen wir jetzt, dass Sadie kein Interesse an Elliot hat.«

Islas Lächeln war vorsichtig. »Ich weiß, das ist wunderbar. Ich meine, es tut mir für Elliot natürlich leid, dass seine Mum nichts mit ihm zu tun haben will, aber ich bin auch erleichtert und glücklich. Ich möchte nicht, dass sie ein Teil seines Lebens ist.«

»Deswegen brauchst du kein schlechtes Gewissen zu haben. Elliot hat dich. Er kann sich absolut glücklich schätzen, dass du für ihn da bist, da braucht er nicht die Verwirrung und den Schmerz durch Sadies Anwesenheit. Falls er sie nie wiedersieht, ist mir das auch recht«, erklärte Leo.

»Da stimme ich dir zu. Meinst du, sie unterschreibt die Papiere?«

»Wenn Karie und Thomas sie dahingehend beraten, dann hoffentlich. Aber ich glaube, wir können uns heute Abend ein kleines Glas Wein gönnen, um das zu feiern.«

Da fiel es Isla wieder ein. »Ach ja, im Golden Bridge. Was hat Jamie dir deswegen gesagt?«

»Nur, dass sie sich heute Abend mit Freunden und Familienmitgliedern zum Abendessen treffen, und er möchte, dass ich dabei bin. Dann sollte ich wohl lieber meinen Anzug und eine Krawatte hervorkramen, das Golden Bridge ist ziemlich nobel.«

Isla lachte. »Als Mutter eines Fünfjährigen habe ich meistens keinen Grund für schicke Kleider und vornehme Anlässe, aber ich finde sicher etwas halbwegs Passendes in meiner Garderobe.« Ihr Lächeln verblasste. »Bei mir zu Hause.«

»Ich gehe und hole dir etwas«, bot Leo an, der instinktiv wusste, dass Isla nicht in ihr Cottage zurückkehren wollte, aus Angst, dort noch einmal Sadie über den Weg zu laufen. »Ich gehe nur rasch hoch und grusele mich angemessen vor Elliots Zimmer, und dann fahre ich los.«

»Danke.«

Leo nahm das Walkie-Talkie, drückte die Sprechtaste und verkündete in gruseliger Stimme: »Elliot, ich komme jetzt.«

Oben quiekte Elliot vor Freude und sie hörte, wie Luke begeistert bellend einstimmte.

Leo verließ die Küche und einige Augenblicke später hörte sie seinen hohen und übertriebenen Schrei, als er Elliot zuliebe Angst spielte, dicht gefolgt von donnernden Schritten auf der Treppe nach unten.

Grinsend kam er in die Küche zurück und sie konnte Elliot oben lachen hören. »Ich bin gleich wieder da.«

Er gab ihr einen schnellen Kuss auf den Mund und verschwand.

Lächelnd sah sie ihm hinterher. Elliot hatte großes Glück, Leo in seinem Leben zu haben. Und sie wusste, das galt genauso für sie.

Kapitel 15

Isla hatte sich zu einem Schaumbad als Vorbereitung auf ihren glamourösen Abend entschlossen. Leo besaß eine große Badewanne mit Whirlpool-Düsen, und sie hatte sich schon lange danach gesehnt, die einmal auszuprobieren. Heute Abend war sie für diese Ablenkung dankbar – das Bad, das Ausgehen, die Feier mit Melody. Wenn sie zu Hause saß, hatte sie viel zu viel Zeit, um nachzudenken und sich Sorgen zu machen. Natürlich war das Bad nicht ganz so entspannend geworden, wie Isla gehofft hatte, denn Elliot hatte darauf bestanden, ihr Gesellschaft zu leisten, und auch ein Tyrannosaurus Rex, eine Gummirakete, eine Wasserpistole und einige Legosteine hatten ihren Weg in die Wanne gefunden. Der Großteil davon schwamm an ihrem Fußende im warmen Wasser herum.

»Diese Badewanne ist viel lustiger als unsere«, fand Elliot und drückte zum x-ten Mal auf den Knopf für die Düsen. »Wenn ihr heiratet und wir hier wohnen, können wir jeden Tag hier baden.«

»Das wäre cool, aber manchmal wird etwas, wenn man es jeden Tag tut, nicht mehr so toll«, wandte Isla ein.

Elliot zog die Nase kraus, als glaube er das nicht.

»Hör nicht auf sie, Kumpel«, empfahl ihm Leo, der gerade das Bad betrat. »Es gibt Einiges, was ich jeden Tag tun könnte, ohne mich je dabei zu langweilen.«

»Was denn zum Beispiel?«, wollte Elliot wissen.

Leo nahm den kleinen Bademantel vom Haken an der Tür und hielt ihn für Elliot auf. Elliot trat an den Rand der Badewanne und streckte die Arme aus, wie ein König, der darauf wartete, angekleidet zu werden.

Leo warf Isla einen dunklen, verheißungsvollen Blick zu. »Isla umarmen zum Beispiel. Das könnte ich den ganzen Tag lang tun, jeden Tag, und trotzdem wäre es nie genug.«

Isla grinste, denn sie wusste nur zu gut, dass er nicht übers Umarmen redete.

Leo wickelte Elliot in den Bademantel, dann hob er ihn hoch und warf ihn sich über die Schulter.

»Ich umarme Isla auch gern«, verkündete Elliot aus seiner Position kopfüber.

»Komm, wir ziehen dich an und dann kannst du Isla noch eine dicke Umarmung geben, bevor du zu Marigold gehst«, schlug Leo vor. Bevor er den Raum verließ, wandte er sich noch einmal an Isla. »Dein Kleid liegt auf dem Bett und uns bleibt noch ungefähr eine halbe Stunde, bevor wir losmüssen.«

»Ich werde pünktlich fertig sein.«

Leo ließ sie allein im Bad zurück und sie genoss die wenigen Momente der Stille. Die Schaumblasen kitzelten zwischen ihren Zehen, dann verließ sie die Wanne, trocknete sich ab und zog ihren Bademantel über.

Vor dem Bad blieb sie kurz stehen und fragte sich, welches Bett Leo wohl gemeint hatte. Sie spähte um die Tür zu seinem Zimmer herum und ihr Herz machte einen Satz, als sie ein goldfarbenes Kleid auf dem Bett entdeckte. Vor allem, da es ihr gar nicht gehörte. Bei näherer Betrachtung entpuppte es sich als ein Kleid im Fünfziger-Jahre-Stil mit einem ausgestellten

Rock. Schultern und Mieder waren beinahe komplett mit gold-farbenen Pailletten bestickt, die zum Rockteil hin ausliefen. Es war wunderschön und ganz anders als alles, was sie sonst besaß. Sogar passende Schuhe lagen dabei. Leo hatte ihr das gekauft. Wie sie diesen Mann liebte.

Rasch trocknete sie sich ab und zog sich gerade an, als er den Raum betrat.

Er trug einen Anzug und ihr blieben die Worte im Hals stecken. Er sah geradezu göttlich aus; die Anzugjacke schmiegte sich an seine breiten Schultern. Zweifellos war er der aufre-gendste Mann, den sie je gesehen hatte.

»Passt es?«, wollte er wissen.

»Ich … Ich habe den Reißverschluss noch nicht zugemacht.«

»Lass mich dir helfen«, bat er und stellte sich hinter sie. Seine Finger streiften über ihren nackten Rücken, während er langsam den Reißverschluss hochzog. Seine Berührung erzeugte eine Gänsehaut auf ihrem gesamten Körper.

Er legte ihr die Hände auf die Schultern und betrachtete sie im Spiegel. »Du siehst wunderschön aus.«

»Danke«, sagte Isla und betrachtete ihr Spiegelbild. »Du hättest mir nicht extra ein Kleid kaufen müssen, ich habe eine Menge bürotaugliche Sachen, die ich hätte tragen können.«

»Du hast gesagt, dass du nie einen Grund findest oder einen glamourösen Anlass hast, ein aufregendes Kleid zu tragen. Daher dachte ich mir, wir sollten das Beste aus dem heutigen Abend machen.«

»Danke.«

Er küsste ihre Schulter und flüsterte ihr dann ins Ohr: »Vielleicht lässt du mich es dir eines Tages ausziehen.«

Sie sah im Spiegel, wie ihr Röte in die Wangen stieg. Nichts wollte sie lieber. Momentan wusste sie nicht einmal, warum sie sich überhaupt zurückhielt.

»Marigold ist hier!«, rief Elliot die Treppe herauf.

Sie drehte sich um und küsste Leo auf die Lippen. »Vielleicht lasse ich dich es mir heute Abend ausziehen.«

Mit diesen Worten löste sie sich aus seiner Umarmung und ging nach unten, um sich von Elliot zu verabschieden.

»Wow, Isla, du siehst echt hübsch aus«, kommentierte er ihren Anblick.

Sie drückte ihn fest. »Danke, mein Schatz. Ich wünsche dir einen schönen Abend mit Marigold.«

Es klopfte an der Tür, und Isla nahm Elliots Rucksack und öffnete. Auf der Schwelle standen Stanley und Marigold.

»Hi, Isla, du siehst sehr hübsch aus«, begrüßte sie Stanley.

»Wie eine Prinzessin«, bestätigte Marigold, machte einen Schritt nach vorn und befühlte das Kleid.

»Danke. Wisst ihr beiden vielleicht, worum es heute Abend geht?«, erkundigte sie sich in der Hoffnung, dass Stanley womöglich mehr wusste.

»Ich habe nicht die geringste Ahnung. Emily hat mir lediglich gesagt, dass Elliot heute bei uns übernachtet. Das freut mich, denn dann ist Marigold beschäftigt«, setzte er hinzu.

»Emily hat gesagt, Leo hat eine aufregende Nacht vor sich«, berichtete Marigold.

Isla lachte. »Ach ja?«

Stanley räusperte sich verlegen. »Wollen wir los?«

»Was hat Leo denn Aufregendes vor?«, wollte Elliot wissen.

»Er, äh …«, begann Stanley, doch ihm fiel offensichtlich keine gute Antwort ein.

»Ich bin ganz aufregt, weil ich den Abend mit einer solch wunderschönen Frau verbringen darf«, kam ihm Leo zur Hilfe, als er hinter Isla auftauchte. Er zog Elliot in die Arme und drückte ihn fest. »Wir sehen uns morgen, Kumpel. Ich hab dich lieb.«

»Gute Nacht, Leo, ich hab dich auch lieb.«

Isla betrachtete die beiden und hatte das Gefühl, das Herz quelle ihr über.

Leo reichte Elliot an sie weiter und auch sie drückte ihn noch einmal fest.

»Ich hab dich lieb«, sagte Isla und lächelte, als Elliot sie daraufhin noch ein wenig fester drückte.

Sie stellte ihn wieder hin. Sofort nahm er Marigolds Hand und die beiden rannten hinaus zum Auto, dicht gefolgt von Luke.

Stanley räusperte sich verlegen. »Äh, einen schönen Abend euch beiden.«

Grinsend sah ihm Isla nach.

»Wollen wir los?«, fragte Leo, als das Auto abfuhr.

Sie nickte.

Er hielt ihr den Mantel auf und sie genoss die kurze, sanfte Berührung seiner Finger an ihrem Hals, bevor er sie zum Wagen hinausbegleitete.

Zwischen ihnen knisterte es. Genau genommen flogen schon seit Jahren zwischen ihnen die Funken, aber inzwischen schien daraus ein explosives Feuerwerk geworden zu sein. Auf der kurzen Fahrt zum Restaurant sprachen sie nicht, doch als sie an der Küstenstraße entlangfuhren, wo der Mondschein auf den Wellen glitzerte, legte ihr Leo eine Hand an die Innenseite des Knies und streichelte sie dort bis zur Kniekehle.

Isla stockte der Atem. Die Küsse am Vorabend waren himmlisch gewesen, aber das hier fühlte sich so viel intimer und aufreizender an. Und obwohl seine Hand nie über Kniehöhe hinauswanderte, war es wie ein wunderbares Vorspiel auf mehr.

Sie erreichten das Golden Bridge; der Himmel war herrlich tintenblau und schien sich unendlich weit über das Meer zu erstrecken.

Leo stieg aus und Isla wartete noch einen Moment lang im Auto, um wieder zu Atem zu kommen. Als er ihr die Tür öffnete, lächelte sie. Zu ihrer Überraschung nahm er auf dem Weg zum Eingang des Restaurants ihre Hand.

Sie sah zu ihm auf und er lächelte sie an. »Ich bin wirklich der glücklichste Mann der Welt, dich heute Abend an meiner Seite zu haben.«

Isla wusste zwar immer noch nicht genau, wo sie mit ihm stand, aber inzwischen machte ihr das immer weniger aus. Vielleicht würde sie abwarten, wohin der Abend sie bringen würde, ohne sich Gedanken darüber zu machen, eine Definition dafür finden zu müssen.

Er hielt ihr die Eingangstür auf und sie wurden von einer Frau in einem schicken schwarzen Hosenanzug begrüßt.

»Hallo, wir haben eine Reservierung unter dem Namen Melody Rosewood«, sagte Isla und blickte sich um, ob sie ihre Schwester entdecken konnte.

Die Frau überprüfte ihr Buch und nickte.

»Hier entlang, bitte.« Sie nahm zwei Speisekarten und ging in Richtung der äußersten Ecke des Restaurants. Der Saal hatte eine glamouröse Einrichtung, schwarz glänzende Tapeten, goldfarbene Wasserfallwände und Marmorböden. Es war ganz anders als jedes andere Restaurant, das Isla je besucht hatte.

Die Frau blieb an einem kleinen, von Kerzenlicht erhellten Tisch mit Blick auf die Bucht stehen. Der Ausblick auf Sandcastle Bay war unglaublich. Die Häuser funkelten in der Dunkelheit, der Mond erleuchtete das Meer unter ihnen und legte einen schimmernden Pfad bis zum Horizont. Als die Frau jedoch die Speisekarten auf den Tisch legte und darauf wartete, dass sie sich setzten, erkannte Isla, dass hier ein Fehler vorliegen musste. Es handelte sich gar nicht um ihren Tisch.

»Oh nein, wir gehören zu der Gruppe von Melody Rosewood und Jamie Jackson. Wir sind eine Menge Personen«, erklärte sie.

Das Lächeln der Frau erlosch.

»Ich bin ziemlich sicher, dass Melody genau diesen Tisch hier reserviert hat. Ich habe selbst mit ihr gesprochen.«

Isla war verwirrt. Vielleicht war der Tisch unter einem anderen Namen reserviert? »Ist für heute Abend keine große Gruppe angemeldet?«

»Ich glaube nicht, aber lassen Sie mich nachsehen.«

Die Frau verschwand und Isla wandte sich an Leo.

»Was ist hier los? Wieso haben sie keine Reservierung für eine große Gruppe? Wir müssen doch mindestens sieben Personen sein, plus einige Freunde, zum Beispiel Jamies Freund Klaus, Agatha und auch Carolyn. Melody hat gesagt, alle ihre Freunde und Familienmitglieder sind eingeladen. Was, wenn das Restaurant da was verwechselt hat?« Sie sah sich um – konnten sie sich an einen Tisch für acht oder neun Personen quetschen? Es war ziemlich viel los. Aber wo blieben die anderen? Ein Blick auf ihre Uhr verriet ihr, dass sie einige Minuten zu früh dran waren. Vielleicht waren die anderen noch unterwegs.

»Am besten rufst du Melody an«, schlug Leo vor.

Im Restaurant ging es sehr leise zu, die Leute unterhielten sich mit gedämpften Stimmen an ihren Tischen, daher entschloss sich Isla stattdessen zu einer SMS.

Wir sind im Restaurant und sie haben uns einen Tisch für zwei gegeben, wie viele Personen kommen denn?

Die Antwort kam sofort.

Nur ihr beiden. Ich dachte, du könntest einen Abend außer Haus und die Gelegenheit für ein Gespräch vertragen. Amüsiert euch.

Gefolgt von einem Zwinkersmiley.

Isla betrachtete immer noch verwirrt die Nachricht, als die Frau zurückkehrte. »Ich habe die Reservierung überprüft, und es ging definitiv um einen Tisch für zwei. Außerdem sollte ich den romantischsten Tisch im Restaurant reservieren.«

Leo musterte die Frau, dann den Tisch und den unglaublich romantischen Ausblick. »Wir wurden reingelegt.«

Isla reichte ihm ihr Handy, damit er Melodys Nachricht lesen konnte. »Sieht so aus.«

Die Frau zögerte einen Moment. »Geht der Tisch in Ordnung?«

»Ja, vielen Dank«, bestätigte Leo und die Frau ließ sie allein zurück. »Wie es aussieht, haben wir ein Date.«

Grinsend schüttelte Isla den Kopf. Sie konnte über Melodys Timing nicht sauer sein. Melody hatte sich denken können, dass Isla nur zu Hause gesessen, sich Sorgen gemacht und alles im Hinblick auf Sadie überanalysiert hätte. Ihr Blick fiel auf Leo. Sie konnte sich keinen besseren Weg vorstellen, sich abzulenken. Außerdem hatte Isla sich selbst Zeit gewünscht, um richtig mit Leo sprechen zu können. Melody hatte ihr die gegeben.

»Wow, wie es aussieht, strengen sich unsere Familien sehr an, uns zusammenzubringen.«

Leo bot ihr den Stuhl an und sie zog eine Braue hoch. In ihrem gesamten Leben hatte das noch niemand für sie getan.

»Nun ja, wenn wir schon eine Verabredung haben, sollte ich auch verabredungstypische Dinge tun«, erklärte er.

Sie setzte sich, schüttelte liebevoll den Kopf, und er nahm ihr gegenüber Platz. Zu ihrer Überraschung nahm er auch wieder ihre Hand.

»Tut mir leid, das ist irgendwie alles meine Schuld«, begann Isla.

»Du liebe Zeit, kein Grund, sich zu entschuldigen. Ich darf ein Date mit der unglaublichsten Frau der Welt haben.«

Mit wild klopfendem Herzen erkannte sie, dass er sie voller Bewunderung anblickte.

»Und nein, das sage ich nicht zu allen Frauen«, fügte Leo hinzu.

Lächelnd blickte sie zum Fenster hinaus und spielte damit auf Zeit. Sie hatte keine Ahnung, wie sie auf das wunderbare Kompliment reagieren sollte.

»Warum ist es deine Schuld?«, wollte Leo wissen und strich ihr sanft über den Handrücken. Dabei wandte er genau denselben Druck auf wie zuvor bei ihrem Bein im Auto, und sie wünschte sich plötzlich, er würde sie am ganzen Körper so streicheln.

Isla schluckte und begann, mit dem Daumen seine Handfläche zu streicheln. »Weil ich gesagt habe, dass ich Zeit möchte, um mit dir zu reden.«

Er blickte auf ihre Hände und nickte. »Reden ist sehr wichtig«, bestätigte er mit gepresster Stimme. »Aber im Moment fallen mir einige Dinge ein, die ich gern später bei unserer Verabredung mit dir tun würde, und reden ist nicht dabei. Aber jetzt sind wir hier, in diesem schönen Restaurant an diesem romantischen Tisch mit der wunderschönen Aussicht. Also, worüber möchtest du gern reden?«

Er hob ihre Hand an seinen Mund und küsste ihre Finger. Sein heißer Atem fühlte sich himmlisch auf ihrer Haut an.

»Ich habe nicht die geringste Ahnung«, erwiderte Isla schwer atmend. »Aber ich würde gern mehr über die Dinge hören, die du später bei unserem Date tun willst.«

Er verzog den Mund zu einem Lächeln. »Die würde ich dir lieber zeigen.«

Sie konnte den Blick nicht von ihm nehmen. Ihr Herz pochte laut in ihrer Brust und das Blut rauschte ihr in den Ohren.

Kurz entschlossen legte sie ihre Speisekarte auf den Tisch, stand auf und streckte ihm die Hand entgegen. »Dann lass uns gehen.«

Er runzelte die Stirn. »Warte, ich hab dich nur aufgezogen. Das heißt, natürlich will ich das, aber das muss nicht sofort sein. Wäre es dir nicht lieber, wir hätten erst unser glamouröses Date, hier, mit Blick aufs Meer?«

»Momentan würde ich nichts lieber als noch einmal so mit dir zusammen zu sein wie damals vor vier Jahren.«

Diesmal zögerte er nicht. Er stand auf und nahm ihre Hand. »Gehen wir nach Hause.«

Leo marschierte aus dem Restaurant und Isla folgte ihm. Er verlangsamte seine Schritte nicht mal, als er auf die Frau zuging, die sie zu ihrem Tisch geführt hatte.

»Tut mir leid, wir hatten eine kleine Planänderung«, erklärte er ihr und Isla kicherte, als er sie hinaus auf den Parkplatz zog.

An ihrem Auto angekommen, blieb Leo stehen, zog sie in die Arme und küsste sie leidenschaftlich. Er legte ihr seine großen Hände auf den Rücken und hielt sie fest an sich gedrückt. Seine Berührung war sanft, beinahe ehrfürchtig, aber der Kuss sprach eine andere Sprache. Er war sinnlich, dunkel und verdammt sexy und nahm ihr den Atem. Sein Haus schien plötzlich viel zu weit entfernt. Wenn er versucht hätte, sie an Ort und Stelle an sein Auto gelehnt zu nehmen, hätte sie ihn nicht aufgehalten.

Abrupt zog er sich zurück. »Wir müssen los. Sofort.«

Sie nickte und er riss ihre Tür auf, vermutlich ein wenig zu fest. Rasch stieg sie ein, während er um das Auto herum auf die Fahrerseite sprintete. Seine Eile brachte sie zum Lachen.

Er ließ den Motor an, legte den Gang ein und fuhr mit quietschenden Reifen davon. Hinter ihnen stoben Kieselsteine und Staub auf. Allerdings drosselte Leo das Tempo, sobald sie die Straße erreichten. Isla hatte schon festgestellt, dass er ein sehr sicherer Fahrer war, obwohl das womöglich auch eine Auswirkung von Matthews Unfall sein konnte.

Diesmal legte sie ihm eine Hand aufs Bein, drückte ein wenig und grinste, als das Auto daraufhin einen kleinen Schlenker machte.

Als sie die Hand einen Zentimeter höher schob, legte er seine darauf, führte ihre Hand an seinen Mund für einen Kuss und legte sie dann auf ihrem eigenen Bein wieder ab. »Lass uns das fürs Schlafzimmer aufheben, sonst kommen wir womöglich nicht in einem Stück dort an.«

Sie bogen in die abgeschottete Einfahrt vor seinem Haus ein. Das aus den Fenstern fallende Licht begrüßte sie zu Hause. Rasch löste er seinen Sitzgurt und sie lachte, als er auch ihren aufschnappen ließ. Als er gerade aussteigen wollte, hielt sie ihn an der Schulter fest. Sie war plötzlich nervös geworden.

Besorgt sah er sie an.

Sie streichelte sein Gesicht, um ihre Worte abzumildern. »Versprich mir etwas.«

»Alles, was du willst.«

»Versprich mir, egal, was zwischen uns auch passieren wird, es wird keine Auswirkungen auf deine Beziehung zu Elliot haben. Er braucht dich mehr als ich, und ich will nichts tun, um eure wunderbare Bindung zu zerstören.«

Lächelnd schüttelte er den Kopf.

»Ich liebe ihn. Eigentlich wollte ich keine eigenen Kinder und ich hatte große Angst vor der Verantwortung als sein Patenonkel, aber ich liebe ihn so sehr, und das wird sich auch nie ändern. Ich gehe nirgendwo hin.«

»Auch nicht, falls wir einander hassen und nicht mehr miteinander reden wollen?«

»Das wird nicht geschehen. Wir werden immer beste Freunde bleiben. Dass ich nirgendwo hingehe, gilt auch für dich. Ich werde immer für dich da sein.«

Seine Worte ließen ihre Zweifel und Ängste verschwinden, zumindest für den heutigen Abend.

Sie beugte sich vor und küsste ihn, und er streichelte ihr Gesicht, dann an ihrem Hals entlang und schob schließlich einen Träger ihres Kleids von ihrer Schulter. Sie spürte, wie das Oberteil ein wenig nach unten rutschte, und er glitt mit der Hand in ihren BH, wo er mit einer hauchzarten Berührung ihren Nippel streifte.

Es war, als erkenne ihr Körper seine Berührung und erwache nach vierjährigem Winterschlaf plötzlich zum Leben. Der Sex mit Daniel, ihrem Ex, war immer gut gewesen, aber niemals so.

Isla stieß einen verlangenden Seufzer aus und drückte Leo in seinen Sitz. Rasch hatte sie ihren Slip abgestreift und kletterte über die Handbremse, um sich rittlings auf seinen Schoß zu setzen. Dann suchte sie erneut seinen Mund, während er ihr Kleid bis zur Taille nach unten schob und ihren Körper erkundete. Anschließend nahm er beide Brüste in die Hände und strich mit den Daumen über die Nippel. Er wusste ganz genau, wie er sie berühren musste, um ihr ein Keuchen zu entlocken.

Sie riss ihm die Krawatte vom Hals und knöpfte sein Hemd auf, bevor sie seine festen Brustmuskeln streichelte.

Er senkte die Lippen auf ihre Brust, sog sie in seinen heißen Mund, und stöhnend schlang sie ihm die Hände um den Nacken und küsste ihn auf den Kopf.

Als er seine Hand zwischen ihre Beine schob, dauerte es nur noch wenige Sekunden, bis Wellen des Verlangens sie durchzuckten. Heftig und schnell atmend klammerte sie sich an ihn.

Nur vage bekam sie mit, dass er seine Hose öffnete und ein Kondom überstreifte. Sie schob sich auf die Knie, um ihm Platz zu verschaffen, doch ihre Beine waren weich wie Pudding.

Er beugte sich vor, küsste sie und nahm sich viel Zeit, als hätte er es alles andere als eilig. Langsam ließ sie sich auf ihn hinabsinken, und er legte ihr die Hände an die Hüften, um sie zu führen, während sie ihn in sich aufnahm. Dann zog er sie fester an sich heran, um noch tiefer in sie einzudringen, und sie keuchte an seinen Lippen. Es war, als hätte sehr lange Zeit etwas in ihrem Leben gefehlt, und es war nicht der Sex gewesen, sondern Leo.

Langsam begannen sie sich zu bewegen. Anfangs vorsichtig, als wollten sie sich die Zeit nehmen, einander neu zu entdecken, doch schon bald wurden daraus schnelle, dringliche und feste Bewegungen, während sie einander streichelten, küssten, kosteten und erkundeten. Es war heiß und schweißtreibend und ihre aneinander gleitenden Körper waren so erotisch, dass sie schon bald darauf seinen Namen rief, als der Orgasmus sie mit voller Wucht überrollte. Er stieß einen Laut aus, der an ein Aufbäumen erinnerte und küsste sie leidenschaftlich. Sie ließ sich gegen ihn sacken und legte ihren Kopf an seine Schulter, während sie versuchte, wieder zu Atem zu kommen.

Beruhigend streichelte er ihr über den feuchten Rücken und Isla setzte sich auf. Sie zitterte am ganzen Körper. Er strich ihr die Haare aus dem Gesicht und gab ihr einen schnellen Kuss auf den Mund.

»So, wollen wir jetzt reingehen?«, fragte er.

Sie lachte und nickte.

Er streichelte ihr über die Beine bis zu dem empfindlichen Bereich ganz oben. »Wir haben noch viel mehr, worüber wir *reden* müssen.«

Daraufhin gab sie ihm einen Kuss. »Das sehe ich genauso. Ich hoffe, du hast noch mehr Kondome, denn ich habe so ein Gefühl, dass wir die ganze Nacht lang *reden* werden.«

Er grinste. »Darauf bin ich bestens vorbereitet.«

»Da bin ich froh.«

KAPITEL 16

Leo beobachtete, wie der Schein des brennenden Holzes im Kamin über Islas Gesicht flackerte. Sie saß auf seinem Schoß, nur mit ihrem Bademantel bekleidet, und wickelte sich die feuchten Haarsträhnen um die Finger, während sie in die Flammen starrte. Dann lehnte sie sich zurück, legte den Kopf an seine Schulter und schlang ihm den Arm um die Taille. Er legte seinen Arm um ihre Schulter und drückte sie fest an sich, bevor er ihr einen Kuss auf die Stirn gab. Ihre Miene war entspannt und zufrieden. Er konnte kaum glauben, dass er für diesen Ausdruck verantwortlich war. Bisher hatten ihn die Frauen nach einer gemeinsam verbrachten Nacht immer so angesehen, als warteten sie darauf, dass er wieder verschwand. Da hatte es keine Kuscheleien gegeben, es war immer nur um Sex gegangen. Im Gegenteil, wenn sich eine von ihnen so an ihn geschmiegt hätte, wäre er schreiend davongelaufen. Aber mit Isla war es anders – mit ihr war es schon immer anders gewesen.

»Wir hätten das schon vor langer Zeit tun sollen«, sagte Isla leise.

»Was, Sex in der Dusche?«, neckte er sie. »Ja, das haben wir beim letzten Mal nicht auf unserer Liste abgehakt. Da haben wir mehr oder weniger die ganze Nacht im Bett verbracht.«

Sie kicherte. »Nicht das. Uns.«

Er legte seinen Kopf auf ihren und seufzte.

»Vielleicht war bisher nicht der richtige Zeitpunkt dafür«, mutmaßte Leo. Wann genau war der richtige Zeitpunkt, um die Schwester seines besten Freundes anzubaggern, während sie noch um ihren Bruder trauerte und gleichzeitig ihren Neffen aufzog? Erst recht, wo er es zum Teil als seine Schuld empfand, dass ihr Leben auf den Kopf gestellt worden war. Eine Welle von Schuldgefühlen spülte über ihn hinweg, doch er verdrängte sie. Obwohl er wusste, dass jetzt nicht der richtige Augenblick war, um ihr zu gestehen, was er getan, oder genauer gesagt, unterlassen hatte, verfluchte er sich trotzdem innerlich für seine Feigheit.

Sie blickte zu ihm auf. »Ist denn jetzt der richtige Zeitpunkt?«

»Das will ich doch sehr hoffen.«

Lächelnd gab sie ihm einen Kuss, bevor sie sich wieder an ihn schmiegte.

Bisher war die Nacht einfach herrlich gewesen. Nachdem sie ins Haus gekommen waren, hatten sie sich eine Ewigkeit lang geküsst – an der Wand, auf dem Sofa und dann in der Dusche, wo es anschließend zu dem besten Sex seines Lebens gekommen war. Er lächelte – eigentlich war jedes Mal mit Isla der beste Sex seines Lebens. Genau genommen war die vergangene Nacht vermutlich die schönste seines Lebens gewesen, und obwohl er das auch über ihre allererste Nacht zusammen gesagt hatte, war es diesmal unendlich besser gewesen. Wahrscheinlich, weil er sie aus ganzem Herzen liebte und es nie für möglich gehalten hätte, dass sie zusammenkamen. Sie hatte seine Heiratsanträge öfter abgelehnt, als er zählen konnte. Bisher hatte er immer angenommen, dass sie einfach nicht genug für ihm empfand. Bis vor Kurzem hatte er nicht mal geahnt, dass sie ebenfalls Gefühle für ihn hegte.

Und an dem Tag, als die Wahrheit darüber ans Licht gekommen war, hätte er beinahe alles verdorben. Er hatte sie stehen lassen und war fortgegangen. Doch jetzt war sie bei ihm und er würde sie niemals wieder ziehen lassen.

»Worüber wolltest du heute Abend mit mir reden?«, fragte er und fuhr mit den Fingern über ihren Rücken.

Lächelnd setzte sie sich auf. »Wir hatten gar keine Gelegenheit, unser gestriges Gespräch zu beenden. Du hast mir gestanden, dass du etwas für mich empfindest, aber ich weiß nicht, ob du damit Sex oder Lust meinst, oder … mehr.«

»Ah, da habe ich mich wohl nicht besonders deutlich ausgedrückt.«

»Genau. Aber es ist nicht so schlimm, inzwischen weiß ich es«, erklärte Isla.

»Ach ja?« Sie konnte unmöglich wissen, wie tief seine Gefühle für sie gingen.

»Du empfindest genauso wie ich.« Er grinste. Sie drückten sich beide darum, es auszusprechen.

»Das tue ich, von ganzem Herzen.«

Sie schob seinen Bademantel auseinander und drückte ihm einen Kuss auf die Brust, über sein Herz. »Das hier gefällt mir am besten.«

»Meine Brustmuskeln?«

Sie lachte. »Die auch.«

»War das das Einzige, was du mit mir bereden wolltest?«

Sie runzelte die Stirn, als ringe sie innerlich mit sich, ob sie ein Thema anschneiden sollte oder nicht. »Jamie sagt, du gibst dir die Schuld an Matthews Tod.«

Leo fluchte leise. So konnte man die Stimmung natürlich auch ruinieren. Er brachte es nicht über sich, darüber zu sprechen. Er könnte es nicht ertragen, ihre Liebe zu ihm, die ihr ins Gesicht geschrieben stand, verblassen zu sehen. Natürlich würde er ihr irgendwann alles sagen müssen, aber er wollte nicht das zerstören, was sie miteinander hatten, erst recht jetzt nicht, wo er sie nach all der Zeit endlich zurückbekommen hatte.

»Das ist nicht … Ich … Lass uns heute Abend nicht darüber reden.«

Sie streichelte ihm übers Gesicht, den Blick voller Sorge. »Wir müssen nicht jetzt darüber reden, aber wenn es das ist, was dich zurückhält, dann musst du es irgendwann loslassen. Und es könnte dir helfen, wenn du mit mir darüber sprichst.«

»Du wirst mich hassen«, gestand Leo leise.

»Das ist unmöglich. Du weißt doch, wir bleiben für immer beste Freunde.«

»Ich bin kein guter Mann.«

»Doch, das bist du. Du bist wunderbar und großzügig und loyal. Es gibt niemanden auf der Welt, mit dem ich Elliot lieber großziehen würde. Mir ist egal, wer du früher warst. Ich habe mich in den Mann verliebt, der du jetzt bist.«

Er blickte sie an. Sie sah etwas Tolles in ihm, und womöglich war es an der Zeit, dass er ebenfalls anfing, an diesen Menschen zu glauben.

Er umfasste ihren Hinterkopf und gab ihr einen innigen Kuss. Sie schmeckte göttlich. Isla ließ die Hände unter seinen Bademantel gleiten und streichelte ihm über Schultern und Brust. Während er den Kuss vertiefte, schob er eine Hand zwischen ihre Beine und liebkoste die Stelle, die sie an seinen Lippen zum Stöhnen brachte. Das Geräusch sandte einen Schauer des Verlangens direkt in seinen Unterleib. Er wollte sie, jetzt sofort.

Es dauerte nicht lange, bis sie unter seinen Händen kam. Während sie noch versuchte, wieder zu Atem zu kommen, zog er schon ein Kondom aus der Tasche seines Bademantels, doch zu seiner grenzenlosen Enttäuschung rutschte sie plötzlich von seinem Schoß und stand auf.

Gebannt beobachtete er, wie sie ihren Bademantel zu Boden fallen ließ. Sie sah wunderschön aus – ihre feuchten Haare fielen ihr über den Rücken und ihre Haut war gerötet von dem Orgasmus, den er ihr gerade geschenkt hatte.

Sie streckte ihm eine Hand entgegen. »Komm mit.«

Schneller als er es für möglich gehalten hätte, sprang er auf. Er nahm ihre Hand, sie legte sich auf den Teppich und zog ihn zu sich hinab. Schnell entledigte er sich seines Bademantels, küsste sie und rollte sich auf sie. Eine Sekunde lang unterbrach er den Kuss, um mit den Zähnen die Kondompackung aufzureißen, dann streifte er es sich schnell über und küsste sie erneut, während er vorsichtig in sie glitt. Ihre Küsse wurden drängend und ihre Hände auf seinem Rücken trieben ihn an. Er zog sich leicht zurück, um sie dabei zu beobachten, wie sie die Kontrolle verlor, nahm dann ihre Hände und hielt sie ihr über den Kopf, die Finger fest mit seinen verschränkt. Sie schlang ihm die Beine um die Hüften, zog ihn noch näher zu sich heran, aber es war die unendliche Liebe in ihrem Blick, die ihn um den Verstand brachte.

Ab jetzt würde er an den Mann glauben, den sie in ihm sah. Er würde seine Vergangenheit abschütteln und sich auf die Zukunft konzentrieren. Sie war jetzt seine Zukunft, und er würde sie mit beiden Händen festhalten.

»Heirate mich«, bat er.

Tränen stiegen ihr in die Augen, doch sie lächelte. »Hör nicht auf, mich zu fragen, Leo Jackson. Eines Tages, und zwar sehr bald schon, werde ich Ja sagen.«

Das reichte ihm.

Er gab ihr einen Kuss, bewegte sich schneller und fester und spürte, wie sie unter ihm erschauerte und seinen Namen rief. Und dann überrollte auch ihn sein Orgasmus.

Er brach auf ihr zusammen und lächelte an ihrem Hals. Eines Tages in naher Zukunft würde sie seine Frau sein.

* * *

Als Isla am nächsten Morgen erwachte, hatte Leo die Arme fest um sie geschlungen und strich ihr durch die Haare.

»Was für eine schöne Art, aufzuwachen«, murmelte sie.

»Warst du gestern Abend wieder traurig, Isla?«, wollte Elliot wissen.

Isla riss die Augen auf. Sie sah Elliot neben dem Bett stehen und bemerkte, dass er derjenige war, der ihr durch die Haare strich.

Mist.

Sie würden den armen Jungen noch traumatisieren. Schlimmer noch, sie und Leo waren beide splitterfasernackt und wurden lediglich von einer dünnen Decke, die kaum ihren Hintern zu bedecken schien, vor neugierigen Blicken geschützt.

»Guten Morgen, mein Schatz«, begrüßte sie ihn. »Nein, ich war gestern Abend nicht traurig.«

»Aber warum liegst du dann wieder bei Leo im Bett?«

»Weil es mich glücklich macht, mit Leo zu kuscheln«, erklärte sie.

»Mich auch«, bestätigte Leo, der gerade aufwachte. »Hey, Kumpel.«

»Warum seid ihr beide nackt?«, wollte Elliot wissen.

»Äh, weil wir gestern Abend geschwitzt haben«, antwortete Isla. Es war die Wahrheit, allerdings musste Elliot nicht wissen, was genau sie am Vorabend so ins Schwitzen gebracht hatte. Sie konnte sehen, dass Leo ein Lächeln unterdrückte.

»Was ist das hier?« Elliot nahm eine volle Kondompackung vom Nachttisch. »Es ist irgendwie schwammig.«

Oh Gott.

»Das ist, äh …«, begann Isla, aber ihr fiel buchstäblich nichts ein.

»Elliot!«, hörten sie Emilys Stimme aus dem Flur. »Ich glaube nicht, dass sie hier sind.«

Oh Mist, das wurde ja immer schlimmer. Isla fummelte nach der Decke, doch die war zwischen ihren Beinen eingeklemmt, und eine Sekunde später stand Emily in der Tür, gefolgt von Luke.

»Oh Shit, sorry.« Emily hielt sich rasch die Hand vor die Augen und drehte sich weg.

Elliot kicherte. »Emily hat geflucht.«

»Tut mir leid«, sagte Emily. »Wir wollten euch heute Morgen ein bisschen Zeit zum Ausschlafen geben. Ich hätte nicht gedacht, dass ihr noch im Bett liegt.«

Verwundert blickte Isla auf den Wecker. Es war bereits halb elf. So lange hatte sie noch nie geschlafen, jedenfalls nicht mehr, seit sie sich um Elliot kümmerte. Offenbar war der Abend zuvor doch ziemlich … kräftezehrend gewesen.

»Elliot, wie wär's, wenn du mir dein Zimmer zeigst. Ich möchte gern sehen, wie du es für Halloween geschmückt hast. Dann haben Isla und Leo Zeit, das fertig zu machen … Ich meine, sich fertig zu machen.«

Elliot ließ sich immer gut ablenken und auch jetzt rannte er aus dem Zimmer, um Emily seine Halloweendekoration zu zeigen, wobei er freilich zu Islas Entsetzen das Kondomtütchen mitnahm.

»Was ist das, Emily?«, fragte er und hielt seinen Schatz in die Höhe.

Isla kicherte über Emilys entsetzte Miene, als sie Elliot und Luke aus dem Zimmer scheuchte.

»Das ist … äh … Eigentlich weiß ich das gar nicht genau. Am besten ist es wohl, wenn du Isla später danach fragst. Na los, wo ist dein Zimmer?«

Elliots Stimme wurde leiser, während er mit ihr den Flur entlangging. Isla stützte sich auf und wandte sich an Leo.

»Das werden sie uns nie vergessen lassen.«

188

»Das ist mir so was von egal«, erwiderte Leo, ein wunderbar entspanntes Lächeln im Gesicht. »Ich hatte die beste Nacht meines Lebens und nichts kann mir heute Morgen die gute Laune verderben.«

Isla lächelte. Doch egal, wie wundervoll die Nacht gewesen war, eine Liebeserklärung hatte es nicht gegeben. Zwar hatte sie sich vorgemacht, dass sie die eigentlichen Worte gar nicht hören musste, dass sie genau wusste, was Leo fühlte, aber in Wahrheit brauchte sie diese Bestätigung seiner Emotionen. Allerdings konnte sie kaum sauer auf ihn sein, dass er nicht laut geäußert hatte, was sie von ihm hören wollte, wenn sie selbst die Worte bisher nicht über die Lippen gebracht hatte.

Ihre Beziehung zu Daniel hatte deutlich mehr Wunden hinterlassen, als sie sich hatte eingestehen wollen. Er hatte sie auf spektakuläre Weise im Stich gelassen, dabei hatte er ihr oft versichert, sie zu lieben. Aber was war das für eine Liebe, wenn man sich so abrupt von jemandem abwenden konnte? Sie hatten sich nicht auseinandergelebt gehabt. Am Abend vor Matthews Unfall hatten sie miteinander geschlafen und es war genauso schön wie immer gewesen. Es hatte keine Affären oder Streitereien gegeben. Aber ein Leben mit einem Kind, das nicht sein leibliches war, hatte nicht zu seinen Vorstellungen gehört. Daniel hatte ganz offensichtlich nicht viel von »in guten wie in schlechten Tagen« gehalten, und noch lange nach ihrer Trennung hatte sie nicht gewusst, was sie davon zu halten hatte.

Wenn er sie wirklich einfach so verlassen konnte, hatte er sie vielleicht nie wirklich geliebt. Sie hatte Angst, jemandem noch mal ihr Herz anzubieten. Womöglich bekäme sie es zerbrochen wieder zurück.

Tief im Inneren vertraute sie Leo und liebte ihn, aber alles passierte so schnell. Sie brauchte irgendwie Bestätigung, dass sie das Richtige tat.

Er streichelte ihr über den Rücken. Seine Miene drückte jetzt Sorge aus. »Gestern Abend habe ich eine Nachricht von Thomas bekommen. Sadie hat das Formular nicht unterschrieben, mit dem sie dir das Sorgerecht überträgt.«

Islas Herz machte einen Satz. »Nicht? Aber sie hat doch selbst gesagt, dass sie kein Interesse an Elliot hat. Warum hat sie es dann nicht unterschrieben?«

»Sie hat ihm gesagt, sie möchte darüber nachdenken.«

»Was gibt es da zu überlegen?«

»Vermutlich, wie viel Geld sie bei der Sache herausschlagen kann.«

Isla seufzte und verließ das Bett. Hastig schaute sie sich nach Kleidungsstücken um. Die Panik, die sie am Vorabend so erfolgreich bewältigt hatte, war jetzt mit voller Wucht zurück. Sadie war wie eine Figur aus einem Horrorfilm – sie tauchte ständig mit neuen Forderungen wieder auf. Und wo zum Teufel waren Islas Klamotten?

Da stand plötzlich Leo vor ihr, in Jeans, und hielt ihr eins seiner Hemden hin, das es wirklich verdammt auffällig machte, dass sie die Nacht miteinander verbracht hatten. Aber da Emily sie bereits nackt zusammen im Bett erwischt hatte, hatte es vermutlich wenig Sinn, jetzt schüchtern zu tun.

Isla zog es sich über und verknöpfte sich vor lauter Eile.

Gut, sie würde einfach zur Bank gehen, eine zweite Hypothek aufnehmen und Sadie die Hälfte des Hauses auszahlen, im Tausch gegen das Sorgerecht und das Versprechen, für immer zu verschwinden. Wie genau sie die monatlichen Hypothekenzahlungen dann aufbringen sollte, wusste sie nicht, aber inzwischen hatte sie zumindest Arbeit. Ein regelmäßiges Gehalt, auch wenn die Teilzeitanstellung nicht viel Einkommen bringen würde. Bisher hatte sie mit Leo noch gar nicht über das Gehalt gesprochen. Herrje, was, wenn die Bank ihre Finanzunterlagen prüfte und beschloss, dass sie für eine zweite

Hypothek nicht genügend verdiente? Vielleicht sollte sie stattdessen das Haus lieber verkaufen.

Aber konnte sie wirklich hier einziehen? Würde Leo das wollen? Ein Vater in Vollzeit zu werden war eine große Verantwortung. Leo kam mit Elliot zwar wunderbar zurecht, aber es war ein großer Unterschied, ob der für ein paar Tage oder einmal pro Woche bei ihm übernachtete, oder ob er ihn die ganze Zeit über um sich hatte. Ihr Neffe besaß so viele Sachen, so viele Spielzeuge, und die schienen sich aus seinem Zimmer über das gesamte Haus auszubreiten. Wenn Daniel nach zweieinhalb gemeinsamen Jahren die Verantwortung abgelehnt hatte, mit ihr gemeinsam ein Kind aufzuziehen, würde Leo das wirklich nach nur einer gemeinsamen Nacht wollen? War das nicht zu viel verlangt? Allerdings hatte Leo viele Male mit genau dieser Aussicht um ihre Hand angehalten. Vielleicht hatte er sich ja längst überlegt, wie so ein Leben aussehen würde. Am Vorabend hatte er noch einmal bestätigt, wie sehr er Elliot liebte. Möglicherweise wünschte er sich tatsächlich dieses Leben mit ihr. Sie schüttelte den Kopf. In Wirklichkeit brauchte sie Leo nicht. Ihre Hälfte des Geldes würde für eine winzige Einraumwohnung am Ende des Dorfes ausreichen. Wenn sie Sandcastle Bay verließ und ein wenig weiter ins Landesinnere zog, konnte sie sich vermutlich sogar etwas Größeres leisten. Es wäre ein kleiner Preis dafür, Elliot behalten zu können.

»Hör auf, in Panik zu verfallen«, bat Leo sanft.

»Hier geht es um Elliot, verdammt noch mal!«, blaffte Isla ihn an. »Das Haus ist mir egal, ich will nur ihn.« Sie wusste, dass sie Leo unfair behandelte, aber vor lauter Angst war sie zu keinem vernünftigen Gedanken fähig.

»Du brauchst mir nicht zu erklären, was hier auf dem Spiel steht«, entgegnete Leo. »Es gibt nichts, was ich nicht tun würde, um ihn zu beschützen.«

»Seit wann weißt du, dass Sadie das Formular nicht unterschrieben hat?«

Leo seufzte. »Seit gestern Abend, bevor wir ins Restaurant gefahren sind.«

»Und du bist nicht auf den Gedanken gekommen, mir das zu sagen?«, protestierte Isla.

»Ich habe darüber nachgedacht, aber es war ja nicht so, als hätten wir gestern Abend etwas dagegen unternehmen können. Und ich war der Meinung, dass es dir guttun würde, dir mal einige Stunden lang keine Sorgen zu machen.«

»Damit ich mit dir schlafe«, behauptete Isla und bereute sofort ihre Worte.

Leos Miene verdunkelte sich.

»Nein, damit du in Ruhe mit Freunden essen gehen kannst. Dass wir zusammen im Bett landen würden, war nicht geplant.«

»Es tut mir leid«, sagte Isla leise.

»Ich muss zur Arbeit. Falls ich noch was von Thomas höre, sage ich dir Bescheid.« Mit diesen Worten verließ Leo den Raum, ohne einen Abschiedskuss.

Du liebe Zeit, was war sie für eine dumme Kuh. Die Sache mit Sadie raubte ihr den letzten Nerv, und jetzt ging sie schon auf die Menschen los, die sie liebte.

Sie würde sich später bei ihm entschuldigen, wenn sie ins Büro fuhr. Sie hatte ihre Mum bereits gebeten, sich am Nachmittag um Elliot zu kümmern.

Rasch zog sie sich Shorts von Leo über und machte sich auf die Suche nach Elliot, um Emily vor weiteren unangenehmen Fragen zu bewahren.

Sie fand die beiden in Elliots Zimmer.

»Und diese Spinne hüpft, schau mal«, erklärte Elliot, zog daran und sah dann zu, wie sie an der Feder wieder nach oben sprang. Peinlicherweise hielt er immer noch das Kondom in der anderen Hand. Um dieses Gespräch würde sie wohl nicht herumkommen.

»Hey, Emily, danke, dass du gestern auf Elliot aufgepasst hast«, sagte Isla so nonchalant wie möglich, wenn man bedachte, dass ihre Freundin nur wenige Minuten zuvor sie und Leo nackt zusammen im Bett vorgefunden hatte.

Emily drehte sich zu ihr herum. »Oh, kein Problem. Wir hatten eine Menge Spaß, allerdings wohl nicht ganz so viel wie ihr beiden.«

Isla räusperte sich. »Der Abend war … sehr angenehm.«

»Darauf würde ich wetten. Ich muss los, ich muss bald im Café sein. Komm einfach später vorbei, falls du ein paar Einzelheiten loswerden willst.«

»Ich glaube, ich habe heute Morgen genug für ein ganzes Leben preisgegeben.«

Emily grinste, umarmte sie und ging.

Isla wandte sich an Elliot. »Wollen wir wieder im Whirlpool baden?«

»Hurra!«, jubelte Elliot, und sie hoffte, dass er damit abgelenkt sein würde. »Isla, was ist das?« Er streckte ihr wieder das Kondom entgegen.

»Das ist ein Kondom«, erklärte sie und beobachtete, wie er die Nase kraus zog, als versuchte er, sich zu erinnern, ob er das Wort schon mal irgendwo gehört hatte.

Seufzend hob sie ihn hoch und setzte sich mit ihm auf dem Schoß auf sein Bett.

»Du weißt doch, dass in Emilys Bauch ein Baby wächst.«

»Ja, das hat Stanley ihr geschenkt.«

»Genau. Nun, manchmal, wenn ein Mann und eine Frau zusammen im Bett kuscheln, trägt ein Mann so was hier, damit er der Frau nicht versehentlich Babys schenkt, wenn sie gar keine will.«

Elliot verzog das Gesicht. Isla wusste nicht, ob das zu viel Information für ihn war, aber da er gefragt hatte, wollte sie ihm auch ehrlich antworten.

»Möchtest du denn nicht, dass Leo dir ein Baby schenkt?«, wollte Elliot wissen.

Du lieber Himmel, das wurde ja immer schlimmer. Was sollte sie darauf antworten? Tatsächlich wünschte sie sich das mit Leo – mit ihm verheiratet zu sein, eine richtige Familie zu haben, mit Elliot und vielleicht eines Tages auch mit eigenen Kindern.

»Vielleicht bekomme ich irgendwann mal ein Baby. Aber momentan ist nicht der richtige Zeitpunkt dafür.«

»Wann ist denn der richtige Zeitpunkt?«

»Falls Leo und ich eines Tages heiraten, dann bekommen wir eventuell ein Baby.«

»Und wann heiratet ihr?«

»Das weiß ich nicht genau, wir haben beide momentan viel zu tun«, wiegelte Isla ab.

»Ich hätte gern eine kleine Schwester«, verkündete Elliot.

»Ich weiß«, bestätigte Isla. Das hatte er früher schon einmal erwähnt.

»Also musst du dich beeilen und Leo heiraten«, stellte Elliot fest.

Sie lächelte. »Ich werde mein Bestes tun.«

Mit dieser Antwort war Elliot offensichtlich zufrieden, denn er warf das Kondom aufs Bett, rannte aus dem Zimmer und riss sich schon auf dem Weg ins Bad die Kleidung herunter.

KAPITEL 17

Isla stieß die Tür zum Cherry on Top auf und ließ Elliot vorausgehen. Ihre Mum, Carolyn, wartete an einem der Tische auf sie. Sie las ein Buch und wirkte … zufrieden. Es war schon lange her, seit Isla ihre Mum so entspannt gesehen hatte, und es gefiel ihr. Trevor hatte wohl einen sehr guten Einfluss auf sie.

Zu ihrer Verwirrung rannte Elliot jedoch nicht hinüber zu Carolyn, sondern geradewegs auf die Theke zu, obwohl von Marigold weit und breit nichts zu sehen war.

»Elliot, wo willst du hin? Deine Großmutter ist hier«, erklärte ihm Isla.

»Ich will nur rasch Emily berichten, was ein Kondom ist. Sie wusste es ja nicht, als ich sie vorhin gefragt habe.«

Isla blinzelte.

»Oh, ich glaube, das ist nicht nötig. Emily ist sehr beschäftigt …« Sie verstummte, als Elliot hinter der Theke verschwand.

Emily bereitete gerade einen Milkshake für Mary Nightingale zu. Sie warf einen Blick auf den Neuankömmling. »Oh, hey Elliot.«

»Hey. Ich habe herausgefunden, was ein Kondom ist, das schwammige Ding aus Leos Zimmer. Das benutzen Männer, damit sie Frauen keine Babys schenken«, verkündete Elliot laut.

Einige Leute, die vor der Theke warteten, kicherten. Isla sah sich nicht imstande, die Lawine aufzuhalten.

Emily wurde rot. »Oh, danke Elliot, das ist gut zu wissen.«

»Oh, das ist wirklich interessant«, fand Mary Nightingale und blickte bedeutungsvoll in Islas Richtung. Isla seufzte. Mary war eine von Agathas engsten Freundinnen – zweifellos würde diese Information bei ihr und vermutlich auch dem Rest des Dorfes landen. »Und du hast dieses *Kondom* in Leos Zimmer gefunden?«

»Ja«, bestätigte Elliot eifrig.

»War Isla bei ihm, als du das Kondom entdeckt hast?«, hakte Mary Nightingale nach.

»Ja, sie lagen nackt zusammen im Bett«, erklärte Elliot. »Isla hat gesagt, sie sind nackt, weil sie am Abend davor sehr geschwitzt haben.«

»Oh, da bin ich mir sicher«, gluckste Mary.

Es wurde mit jedem Wort schlimmer.

»Isla sagt, sie möchte, dass Leo ihr ein Baby schenkt, aber sie können keins haben, solange sie nicht verheiratet sind, und Leo heiratet sie noch nicht, weil er sie nicht genug liebt, er liebt sie nur so sehr wie Schokolade, was schon viel ist, aber nicht genug zum Heiraten, daher muss Leo das Kondom benutzen, damit er ihr nicht versehentlich ein Baby schenkt, wenn sie zusammen im Bett kuscheln«, sprudelte es aus Elliot heraus.

Wow, die Nachricht war also unwiederbringlich in der Welt.

»Nein, Schatz, so ist das nicht …« Isla verstummte. Inzwischen starrten alle Gäste sie an, manche sogar mitleidig. Elliot hatte Leo nicht unbedingt im besten Licht dargestellt, dabei wiederholte er lediglich, was sie und Leo ihm während der vergangenen Tage erklärt hatten. Auch wenn sich die Dinge eindeutig ein wenig verändert hatten, seit sie Elliot gesagt hatte, Leo liebe sie so wie Schokolade. »Da hast du wohl einiges falsch verstanden …«, versuchte Isla es noch einmal, wobei sie nicht wirklich die Einzelheiten ihrer Beziehung mit dem ganzen Dorf diskutieren wollte.

»Ich sage schnell Hallo zu Frankie«, verkündete Elliot, dem überhaupt nicht klar war, welche Auswirkungen seine Plapperei hatte. »Oh, und Emily, wenn du keine Babys mehr willst, dann muss Stanley *immer* ein Kondom tragen.«

Emily unterdrückte ein Lächeln. »Ich werde es ihm ausrichten.«

Elliot öffnete die Tür zur Küche und verschwand dahinter.

»Nun, das war auf jeden Fall sehr erhellend«, fasste Mary Nightingale zusammen und wackelte immer noch vielsagend mit den Augenbrauen.

»Ich glaube, Elliot hat da was missverstanden«, startete Isla einen lahmen Versuch.

»Ach wo, er scheint sehr genau verstanden zu haben, wofür Kondome da sind«, widersprach Mary.

Isla blickte in all die Gesichter, die sie beobachteten – einige mit Belustigung, einige mitleidig.

»Mit Leo und mir läuft es gut, aber es ist noch sehr frisch«, erklärte sie und ging zur Theke. »Ich nehme eine heiße Schokolade, Emily, wenn du fertig bist, und auch eine für Elliot.« Dann wandte sie sich an ihre Mum. »Hättest du auch gern etwas?« Ihre Mum schüttelte den Kopf und Isla war dankbar, dass die Gäste scheinbar ihre Gespräche fortsetzten, auch wenn sie sich ziemlich sicher war, dass sich einige dieser Gespräche jetzt um sie drehten.

Mary nahm ihren Milkshake und setzte sich, und Isla seufzte erleichtert auf, dass die Aufmerksamkeit nicht mehr auf ihr lastete, zumindest für den Augenblick nicht.

Emily hatte ganz offensichtlich beschlossen, sie nach diesem peinlichen Debakel ebenfalls nicht nach weiteren Details auszufragen, und reichte ihr ohne weiteren Kommentar die heißen Kakaos.

Isla setzte sich zu ihrer Mutter.

»Dein kleiner Mann bringt mich zum Lachen«, sagte Carolyn, als Isla sich vorbeugte und sie auf die Wange küsste.

»Er hat keinen Filter und wiederholt einfach alles, was er aufgeschnappt hat. Allerdings nicht unbedingt in der richtigen Reihenfolge oder im richtigen Kontext.« Liebevoll schüttelte Isla den Kopf, legte ihre Jacke über die Stuhllehne und nahm einen großen Schluck von der cremigen heißen Schokolade.

»Wie stehen die Dinge mit Sadie, dem Haus und der Adoption?«, wollte Carolyn wissen, legte ein Lesezeichen in ihr Buch und steckte Letzteres in ihre Tasche.

»Gut und schlecht, könnte man sagen. Sie hat kein Interesse an Elliot, was mich erleichtert. Ich könnte es nicht ertragen, wenn ich einen kompletten Sorgerechtskrieg ausfechten müsste, aber bisher hat sie auch noch nicht die Papiere unterschrieben, mit denen sie mir das volle Sorgerecht überträgt. Leo glaubt, dass sie auf mehr Geld aus ist.«

»Diese dumme Kuh.«

Isla grinste bei der Wortwahl ihrer Mutter, dann seufzte sie. »Allmählich tut sie mir sogar ein bisschen leid.«

»Wirklich?« Ungläubig starrte Carolyn sie an.

Isla nickte und nahm einen weiteren Schluck. »Klar, sie ruiniert meinen Versuch, Elliot zu adoptieren, und womöglich muss ich das Haus verkaufen, um sie zu bezahlen, was uns mehr oder weniger obdachlos machen würde, aber … sie hat niemanden. Sie ist in einer Pflegefamilie aufgewachsen, in mehreren sogar. Sie hat keine Freunde, keine Familie und war während der vergangenen Jahre praktisch obdachlos. Sie hat immer nur gerade so viel Geld aufgebracht, um sich etwas zu essen zu kaufen oder sich ab und zu ein Bett für die Nacht zu sichern. Nach allem, was ich gehört habe, hat sie jetzt einen Freund, der sie gedrängt hat, hierherzukommen und das Geld zu verlangen. Ich glaube, es geht ihr nicht besonders gut.«

»Vielleicht hätte sie darüber nachdenken sollen, bevor sie Matthew, ihren gemeinsamen Sohn und das Haus, das sie zusammen gekauft haben, zurückgelassen hat. Wer verlässt sein einziges Kind?«

Isla zuckte mit den Schultern. »Nicht jeder eignet sich als Elternteil. Ich behaupte ja nicht, dass wir Freundinnen werden oder dass ich die Frau überhaupt mag. Sie tut mir nur leid, und ich verstehe, dass verzweifelte Situationen verzweifelte Maßnahmen erfordern.«

»Was wirst du jetzt tun?«, wollte Carolyn wissen.

»Ich weiß, dass ihr Anwalt sie zu einer außergerichtlichen Einigung bewegen will, aber wir warten immer noch ab, wofür sich Sadie entscheidet. Mir wäre es lieb, wenn die ganze Sache so schnell wie möglich vorbei wäre. Ich kann nicht herumsitzen und darauf warten, dass die Angelegenheit vor Gericht kommt. Elliots Adoptionsanhörung ist in zwei Wochen und ich möchte, dass vorher alles geklärt ist, zumindest, was ihn betrifft, auch wenn sich die Sache mit dem Haus noch hinzieht. Die Anhörung zu verschieben ist das Allerletzte, was ich will. Da sie nur auf Geld aus ist, werde ich heute Vormittag zur Bank gehen und eine zweite Hypothek beantragen, um ihr die Hälfte des Wertes auszubezahlen. Hoffentlich reicht das aus, damit sie die Papiere für Elliots Adoption unterschreibt und dahin zurückgeht, wo sie hergekommen ist. Ich habe jetzt eine Stelle, wenn auch nur in Teilzeit, daher sollte ich in der Lage sein, die Raten abzuzahlen. Das heißt, falls die Bank der Hypothek zustimmt.«

»Und falls nicht?«

Isla seufzte. »Dann werden wir das Haus wohl verkaufen müssen. Aber mit meiner Hälfte vom Erlös sollte ich mir eine kleine Wohnung leisten können. Es ist nicht ideal, aber zumindest hätte ich dann Elliot, und das ist das Wichtigste.«

Carolyn schüttelte verärgert den Kopf. »Das ist nicht fair.«

»Das stimmt.«

Schweigend saßen sie einen Moment da und dachten über das Chaos nach, das Sadie angerichtet hatte.

»Und zwischen dir und Leo passiert endlich etwas?«, wollte Carolyn schließlich leise wissen.

Isla konnte nicht verhindern, dass ein breites Grinsen ihr Gesicht überzog.

»Ja, es ist verrückt. Ich bin bis über beide Ohren in ihn verliebt, und das schon seit einiger Zeit, wenn ich ehrlich sein soll. Außerdem bin ich mir ziemlich sicher, dass es ihm genauso geht. Er fühlt sich schuldig, weil er sich in den Kopf gesetzt hat, dass er irgendwie von Matthews Tod profitiert, wenn wir zusammenkommen, aber ich glaube, er kommt allmählich darüber hinweg.«

»Ich freue mich für dich – er ist ein guter Mann«, erwiderte Carolyn.

»Ja, das ist er. Auch wenn er sich selbst gar nicht so einschätzt, er ist es wirklich. Und wie läuft es zwischen dir und Trevor?«

Ihre Mum lächelte. »Wirklich gut. Ich hätte nie gedacht, dass ich mich noch einmal verliebe, und jetzt das.«

Isla erwiderte das Lächeln. »Wenn man sich den neuen Möglichkeiten öffnet, können gute Dinge geschehen.«

Ihre Mum nickte.

Isla leerte ihre Tasse. »Ich muss los. Ich will noch zur Bank und außerdem habe ich Leo versprochen, heute Nachmittag ins Büro zu kommen. Ich hole Elliot nach der Arbeit bei dir ab.«

»Nur zu, aber es hat keine Eile.«

»Danke, Mum. Wir sehen uns nachher.« Sie gab Carolyn einen Kuss auf die Wange und stand auf. Genau in diesem Moment spazierte Sadie in das Café.

Innerhalb von Sekunden verstummte jedes Gespräch und alle starrten den neuen Gast neugierig an. Isla war sich ziemlich sicher, dass inzwischen jeder im Dorf erfahren hatte, dass Sadie zurückgekommen war und versuchte, Isla und Elliot aus ihrem Zuhause zu vertreiben. Man würde sie definitiv nicht mit offenen Armen willkommen heißen.

Sadie blieb auf halbem Weg zur Theke stehen, als ihr bewusst wurde, dass alle sie anstarrten.

Als sie Isla bemerkte, trat sie unangenehm berührt von einem Fuß auf den anderen.

»Ich möchte lediglich ein Schinkensandwich«, verkündete Sadie den Cafébesuchern im Allgemeinen.

»Aber nicht von hier«, entgegnete Emily. »Dich bediene ich nicht.«

Schockiert starrte Sadie sie an. Selbst Isla war ein bisschen verblüfft. Sie wusste, dass die Dorfbewohner loyal waren, aber das hatte sie nicht erwartet.

Sadie blickte sich noch einmal im Café um, erkannte ganz offensichtlich, dass ihr überall nur Ablehnung entgegenschlug, und verließ es schnell wieder.

Isla zögerte einen Moment, während die Dorfbewohner ihre Gespräche wieder aufnahmen. Dann ging sie zur Theke. »Ein Schinkensandwich zum Mitnehmen, bitte.«

Emily kniff die Augen zusammen. »Ist das für sie?«

»Sagen wir mal so, ich versuche es auf die Guter-Bulle-böser-Bulle-Art.«

Emily seufzte. »Na schön.«

Sie nahm eins aus dem Kühlschrank und kassierte Isla ab. »Das ist von gestern, daher ist es hoffentlich schon trocken und alt.«

Isla grinste, weil sie wusste, dass die Wahrscheinlichkeit dafür sehr gering war.

Sie verabschiedete sich mit einem Winken von ihrer Mum und ging nach draußen. Sadie saß auf der Strandmauer, blickte auf ihr Handy und sprach mit jemandem.

»Ich will einfach nur nach Hause kommen, Jim«, sagte sie traurig.

Isla konnte seine Antwort hören – Sadie hatte offenbar den Lautsprecher eingeschaltet.

»Ohne das Geld kommst du nicht zurück«, blaffte Jim.

»Alle hassen mich, und allmählich fange ich auch an, mich zu hassen. Das hier war ein Fehler.«

»Wenn du einhundertundfünfzigtausend Pfund aus der Sache rausholst, können sie dich hassen, so viel sie wollen. Du bist dort bald wieder weg, wer gibt schon etwas drauf, was die Leute von dir denken?«, fuhr Jim fort.

»Wenn wir vor Gericht gehen müssen, könnte sich das über Monate hinziehen. Du bist nicht derjenige, der sich hier damit auseinandersetzen muss. Ich bin ziemlich sicher, dass eine der Kellnerinnen im Hotel gestern auf mein Essen gespuckt hat. Und heute Morgen hat mich ein verdammter Truthahn die Straße entlanggejagt.«

Isla grinste bei der Vorstellung, wie Dobby Sadie hinterhergestoben war. Es war sein üblicher Trick, sobald jemand an Jamies Haus vorbeiging, aber Isla schloss auch nicht aus, dass Jamie Dobby auf sie angesetzt hatte, wie er es am Tag zuvor verkündet hatte.

»Mir geht allmählich das Geld für das Hotel aus und auch fürs Essen, und jetzt werde ich nicht mal mehr bedient, wenn ich ein blödes Schinkensandwich bestelle«, berichtete Sadie.

»Wenn du ohne das Geld zurückkommst, ist es aus zwischen uns. Genauer gesagt, mach dir nicht mal die Mühe, ohne Geld nach Goa zurückzukehren.«

Das Gespräch wurde beendet und Isla betrachtete Sadie einen Moment lang. Sie wirkte absolut am Boden zerstört, als hätte sie seit Jahren nicht mehr richtig geschlafen. Isla holte tief Luft und ging zu ihr hinüber.

Sadie sprang auf, als sich Isla ihr näherte. Sie wirkte, als mache sie sich auf einen Kampf gefasst. Isla hielt ihr das Sandwich hin und Sadie blickte misstrauisch darauf hinunter.

»Hast du es vergiftet?«

Isla zuckte mit den Schultern. »Wenn du es nicht willst, musst du es nicht essen. Du kannst es an die Vögel verfüttern, ich bin sicher, die würden sich freuen.«

Sadie seufzte und ließ die Schultern sinken. Dann nahm sie das Sandwich. »Danke.«

Sie setzte sich zurück auf die Strandmauer, wickelte die Frischhaltefolie ab und biss hinein.

»Warum bist du nett zu mir?«

Isla zögerte und wusste nicht, ob sie etwas sagen sollte, aber dann entschied sie, dass es die Sache kaum verschlimmern würde.

»Hör mal, ich verstehe, dass du dringend Geld brauchst. Mir geht es nur um Elliots Adoption. Bitte unterschreib das Formular, in dem du dich damit einverstanden erklärst. Du spielst hier mit dem Leben eines Kindes, *deines* Kindes.«

Sadie blickte sie an und biss dann in das Sandwich. Auch wenn sie nicht antwortete, konnte Isla sehen, dass sie über ihre Worte nachdachte. Sie beschloss, das Thema für den Augenblick ruhen zu lassen. Schließlich wollte sie sich nicht nachsagen lassen, dass sie Sadie bedrängte.

»Du bist während der vergangenen Jahre also ziemlich viel herumgereist?«, fragte sie stattdessen.

Sadie nickte, während sie aß. Ganz offensichtlich war Small Talk nicht ihre Stärke. So war sie nicht immer gewesen. Isla hatte sie nach Elliots Geburt nur wenige Male getroffen, und da hatte sie zwar still, aber nett gewirkt. Inzwischen schien sie dauernd auf der Hut zu sein und betrachtete die Welt wie ein Hund, der nur auf den nächsten Schlag wartete.

»Wo hat es dir am besten gefallen?«, fuhr Isla fort.

»Neuseeland … Dort ist es so friedlich und wunderschön.«

»Vielleicht könntest du dorthin zurückgehen statt nach Goa, wenn du das Geld aus dem Haus hast, egal, wie viel es sein wird«, schlug Isla bedeutungsvoll vor.

Sadies Kopf schoss ruckartig in die Höhe, als ihr klar wurde, was Isla damit andeuten wollte. Es sah nicht so aus, als ob dieser Ratschlag willkommen war.

Isla zuckte mit den Schultern. »War nur so ein Gedanke.«

Sie ging fort und hoffte, dass sie nicht noch mehr Schaden angerichtet hatte.

* * *

Leo ging aufs Cherry on Top zu, um sich etwas zum Mittagessen und einen Kuchen für Isla zu kaufen. Sie hatte recht, er hätte ihr am Vorabend sagen sollen, dass Sadie die Papiere nicht unterschrieben hatte, statt es ihr zu verheimlichen. Und er hätte heute Morgen bei ihr bleiben sollen, als sie deswegen ausflippte, selbst wenn er ihr nichts weiter hätte anbieten können als eine tröstliche Umarmung. Er musste ihr versichern, dass sie mit der Sache mit Sadie nicht allein dastand. In diesen Beziehungsdingen war er nicht gerade versiert, aber das würde er lernen müssen. Mehr als alles andere wollte er, dass es zwischen ihm und Isla gut lief.

Am Strand entdeckte er Carolyn, die mit Elliot Sandburgen baute, obwohl es ziemlich kühl war. Carolyn unterhielt sich mit zwei Frauen, die er aus dem Dorf kannte. Frances Cook hatte früher neben seinen Eltern gewohnt und Betty Lucas war ihre Schwester und wohnte die Straße hinunter. Frances hatte in seiner Kindheit nicht besonders viel für ihn übrig gehabt und sich immer bei seiner Mutter über sein Verhalten beschwert. Meistens hatte die sich geduldig Frances' Klagen angehört und dann darüber gelacht, sobald sie fort war.

Er ging näher heran, um Carolyn zu begrüßen und einige Minuten lang mit Elliot zu spielen, als er ihr Gespräch aufschnappte.

»Du musst dir ja große Sorgen um deine Isla machen«, sagte Frances.

»Oh ja, diese ganze Situation mit Sadie Norton ist der reinste Albtraum«, bestätigte Carolyn.

»Ja, natürlich«, pflichtete Betty ihr bei. »Aber wir meinten ihre Beziehung zu diesem Leo Jackson.«

Er blieb stehen. *Dieser* Leo Jackson?

»Was stimmt denn nicht mit Leo?«, erwiderte Carolyn in verteidigendem Ton. »Ich finde, er geht wundervoll mit Isla und Elliot um.«

»Der Mann ist durch und durch schlecht«, behauptete Frances.

»Und hast du nicht gehört, was Elliot dort drin gesagt hat? Dass er sie nur für Sex benutzt?«, sprach Betty weiter. »Er hat nicht die geringste Absicht, sie zu heiraten.«

»Das ist nicht wahr, er hat ihr schon viele Male einen Antrag gemacht«, hielt Carolyn dagegen.

»Ach ja, dann solltest du dich vielleicht mal fragen, warum Isla ihn so oft abgelehnt hat. Offensichtlich weiß sie, dass man Männer wie ihn nicht heiratet. Weißt du überhaupt, mit wie vielen Frauen er geschlafen hat?«, wollte Betty wissen.

»Weißt du es?«, gab Carolyn spitz zurück.

»Ich wette, nicht mal Leo Jackson weiß genau, mit wie vielen Frauen er geschlafen hat«, behauptete Frances.

Leo schob die Hände in die Taschen. Das stimmte vermutlich.

»Du weißt, dass er Schwierigkeiten mit der Polizei hatte, als er noch jünger war«, berichtete Betty.

»Hat sich auch viel geprügelt«, ergänzte Frances.

»Jeder weiß, dass die Katze das Mausen nicht lässt.«

»Er ist total selbstsüchtig, interessiert sich nur für sich.«

»Isla wird das schon noch früh genug erkennen und ihn dann fortjagen.«

»Willst du wirklich, dass so ein Mann dein Enkelkind aufzieht?«

»Ein Mann, der freundlich und großzügig ist?«, blaffte Carolyn. »Ein Mann, der eins seiner Zimmer mit Planeten und Sternen dekoriert hat, damit Elliot sein eigenes Zimmer bei ihm hat, wenn er dort übernachtet? Ein Mann, der seit Matthews Tod jeden einzelnen Tag für Isla und Elliot da gewesen ist? Ich glaube, das riskiere ich.«

Elliot sprang mit einem Mal von seiner Sandburg auf. »Leo ist keine Katze und er prügelt sich mit niemandem und er ist der beste Dad auf der ganzen Welt und ich liebe ihn und ihr seid alle total gemein und das gefällt mir überhaupt nicht.«

Er rannte vom Strand weg, direkt auf die Straße zu. Glücklicherweise kamen gerade keine Autos, doch Leo schnappte ihn, bevor er überhaupt einen Schritt auf den Asphalt gesetzt hatte. Er schlang ihm die Arme um die Taille und hob ihn hoch, hielt seinen Patensohn fest, während der ihm die Arme um den Hals schlang und weinte.

»Hey, ist schon gut«, flüsterte Leo beruhigend und streichelte ihm den Rücken. Er entfernte sich ein wenig vom Café und von Frances und Betty, für den Fall, dass die beiden noch mehr Gemeinheiten absonderten, von denen er nicht wollte, dass Elliot sie mit anhörte.

»Die sind gemein«, schniefte Elliot.

»Ich weiß.«

Carolyn kam zu ihnen herübergeeilt. »Es tut mir so leid, Leo, ich hatte keine Ahnung, dass du hier bist.«

»Ich finde, du bist mir ziemlich gut beigesprungen«, kommentierte Leo.

»Es tut mir so leid, Elliot«, fuhr Carolyn fort. »Ich hätte nicht zulassen dürfen, dass sie vor dir hässliche Dinge über Leo sagen.«

»Carolyn, es ist nicht deine Schuld, wenn Leute engstirnig sind«, beruhigte sie Leo. »Oder dass sie sich nichts daraus machen, so etwas vor Elliot zu sagen. Elliot geht es gut, nicht wahr, Kumpel?«

Elliot hob den Kopf, und Leo wischte ihm die Tränen von den Wangen. Er schniefte ein bisschen, doch als Leo ihm in die Nase kniff, kicherte er.

»Du bist nicht traurig?«, fragte Elliot.

»Kein bisschen«, behauptete Leo, obwohl ihn das Ziehen in seinem Herzen Lügen strafte. Dachten alle Dorfbewohner so von ihm? Schüttelten alle mitleidig den Kopf über Isla, weil sie sich mit ihm eingelassen hatte? Würde er wirklich Isla und Elliot eines Tages verlieren, wenn sie wieder zu Verstand kam und erkannte, was für eine Art Mann er in Wirklichkeit war? So ichbezogen, dass er nichts getan hatte, um den Tod seines besten Freundes zu verhindern.

»Ich hab dich lieb«, sagte Elliot und streckte dann die Arme ganz weit auseinander. »So sehr.«

Leo schluckte den Kloß in seiner Kehle hinunter und streckte einen Arm aus, der deutlich weiter reichte als Elliots. »Ich habe dich so sehr lieb.«

Kichernd versuchte Elliot, nach Leos Hand zu greifen, doch die war zu weit entfernt.

»Und Isla liebt dich auch sehr«, fuhr Elliot fort.

»Und das ist alles, was zählt«, warf Carolyn bedeutungsvoll ein.

Leo blickte sie an und nickte. Es war egal, was die anderen dachten. Seine Familie war ihm gegenüber loyal, das wusste er, und darüber hinaus waren Elliot und Isla für ihn die beiden wichtigsten Menschen. Isla sah etwas Wundervolles in ihm, also würde er auf ihr Urteil vertrauen, dass er gut genug für sie war. Alle anderen konnten sich zum Teufel scheren.

Er küsste Elliot auf den Kopf und versuchte, den Schmerz in seinem Inneren zu ignorieren, der einfach nicht verschwinden wollte.

Kapitel 18

Als Isla gegen Mittag das Büro betrat, war von Leo nichts zu sehen. Da sie das Gespräch keine Minute länger hinauszögern wollte, ging sie ins Lager, um ihn zu suchen. Er überprüfte dort Feuerwerkskörper auf einer großen Palette und hakte sie in einer Liste auf einem Klemmbrett ab. Laute Musik dröhnte durch den Raum, und er hatte sie offensichtlich nicht hereinkommen hören.

Sie ging zu ihm, schlang ihm die Arme um die Taille und drückte ihm einen Kuss auf den Rücken. Er zuckte bei ihrer Berührung ein wenig zusammen und legte dann seine Hände über ihre. Erleichtert seufzte sie auf.

Leo drehte sich um, und sie öffnete den Mund, um sich zu entschuldigen, doch er fing die Worte an ihren Lippen mit einem Kuss auf.

»Es tut mir leid«, kicherte sie an seinem Mund, während er weiterhin kleine Küsse auf ihre Lippen presste.

»Mir auch«, gab er zu. »Ich hätte es dir gestern Abend sagen sollen, statt es vor dir geheim zu halten. Ich wollte einfach nicht, dass du dir Sorgen machst. Aber es war falsch von mir.«

Sie lehnte sich ein Stück zurück und schlang ihm die Arme um den Hals. »Mir tut es leid, dass ich dich so angefahren habe. Diese Sache mit Sadie stresst mich einfach so fürchterlich und ...«

»Ist schon gut.«

Isla seufzte. »Ich habe heute Morgen mit der Bank über eine zweite Hypothek gesprochen, damit ich ein wenig Kapital für Sadie aufbringen kann, und ...«

»Überstürze nichts, die Sache ist noch lange nicht vorbei«, bat Leo.

»Ich weiß, aber was auch immer passiert, ob wir uns nun außergerichtlich einigen oder es die Anwälte vor einem Richter austragen lassen, Sadie wird Sandcastle Bay mit Bargeld in der Tasche verlassen. Trotz der Umstände wird kein Richter der Welt mir das Haus komplett zusprechen. Ihr Name steht im Grundbuch und wenn es so einfach wäre, ihn dort zu streichen, hätten wir das längst getan. Ich habe keine Ahnung, wie viel das Hot Chocolate Cottage wert ist, aber wenn sie auch nur zehn Prozent bekommt, sind das mindestens zwanzig- bis dreißigtausend Pfund. So viel Geld habe ich nicht. Meine Reserven schmelzen schnell. Und ich will nicht vor Gericht gehen, ich will nicht, dass sich diese Angelegenheit über Monate hinzieht, während Sadie ständig in der Nähe ist. Wenn ich sie jetzt auszahlen kann, werde ich das tun. Leider hat mir die Bank keine zweite Hypothek gewährt. Dass ich seit mehr als einem Jahr keinen Job hatte, war ein Problem.«

Leo streichelte ihr den Rücken. »Okay, wir finden einen Weg. Wir können ...«

»Ich werde das Haus verkaufen. Es gibt doch bestimmte Immobilienmakler, die zwar weniger als den Marktwert zahlen, aber dafür geht der Verkauf schnell über die Bühne.«

Er stieß laut den Atem aus. »Ich will nicht, dass du das tun musst. Das ist dein Zuhause.«

»Mir bleibt kaum eine andere Wahl.«

»Okay. Dann ziehst du zu mir ins Maple Cottage. Elliot hat dort sowieso bereits ein Zimmer …«

Isla schüttelte den Kopf. »Nein. Ich habe überlegt, mir etwas zu mieten, aber die Kosten hier sind unerschwinglich und es kommt mir wie Geldverschwendung vor. Daher werde ich mir eine kleine Wohnung am anderen Ende des Dorfes kaufen.«

Er runzelte die Stirn. »Warum willst du nicht bei mir einziehen? Elliot ist dort glücklich und wir beide kommen gut zurecht.«

Sie grinste. »Mehr als nur gut. Aber du und ich, wir sind noch nicht soweit. Es ist ein großer Schritt vom Leben eines freien Singles bis zum Leben unter demselben Dach und der gemeinsamen Erziehung eines Kindes. Ich will nichts tun, womit wir unsere Beziehung riskieren oder was uns unter Druck setzt.«

»Du glaubst nicht, dass ich mit dem Leben als Dad zurechtkäme?«

»Doch, du bist ein wunderbarer Dad für Elliot und er liebt dich. Aber ich würde gern uns als Paar für eine Weile in den Vordergrund stellen, nicht uns als Eltern. Wenn ich jemand anderes wäre, würdest du diese Frau auch nicht bitten, nach nur einer tollen Nacht bei dir einzuziehen.«

»Aber hier geht es nicht um eine andere Frau, sondern um dich«, widersprach Leo sanft.

»Wenn ich bei dir einziehe, dann, weil es für uns der richtige Zeitpunkt ist, nicht weil ich dazu gezwungen bin.«

Er schüttelte den Kopf, lächelte sie aber liebevoll an. »Du bist eine starrsinnige Frau. Warum kannst du nicht einfach Hilfe annehmen, wenn du sie brauchst? Du musst das nicht allein bewältigen.«

»Ich weiß, und du bist toll. Du hast schon so viel für mich getan, aber ich möchte, dass es zwischen uns funktioniert. Du hast ja keine Ahnung, wie sehr, aber lass es uns langsam angehen und nichts übereilen.«

Mit dieser Entscheidung war er ganz offensichtlich nicht glücklich.

»Und auch wenn ich unsere Beziehung nicht noch mehr unter Druck setzen will, aber Elliot möchte, dass wir uns beeilen und heiraten, damit du mir ein Baby schenken kannst.«

Leo zog die Brauen in die Höhe. »Also überhaupt kein Druck.«

Sie lachte. »Genau, überhaupt keinen.«

Er küsste sie und drängte sie behutsam an eine Wand. »Ich glaube, wir brauchen ein bisschen Übung im Babymachen.«

»Ich muss arbeiten«, protestierte Isla halbherzig.

»Ich beeile mich«, versprach Leo und knöpfte ihre Bluse auf.

Sie lachte. »Das ist nicht gerade ein besonders überzeugendes Argument.«

Was er daraufhin mit seiner Zunge tat, war es allerdings.

* * *

Isla fuhr gerade den Computer herunter, um nach Hause zu fahren, als Leo aus dem Lager kam.

»Thomas möchte sich mit uns treffen«, sagte er, nahm ihre Tasche und hielt ihr die Jacke auf.

»Jetzt?«

»Ja, und wir sollen ihn in Clover Woods treffen, damit uns niemand zusammen sieht.« Ein Lächeln umspielte Leos Lippen. Ganz offensichtlich ging Thomas in diesen Heimlichkeiten so richtig auf.

»Müssen wir eine Rose im Knopfloch tragen, damit er uns erkennt, oder einen Alibiaktenkoffer mitnehmen?«, erkundigte sich Isla.

Leo grinste. »Ich glaube nicht.«

»Dann los.«

»Lass uns in meinem Auto fahren«, schlug Leo vor. »Ich bringe dich anschließend wieder her, damit du deins abholen kannst.«

Sie folgte ihm nach draußen, schloss die Bürotür ab und stieg in sein Auto.

»Hat Thomas gesagt, worum es geht?«, fragte sie, während Leo die lange Einfahrt hinabfuhr.

Er schüttelte den Kopf. »Nur, dass er sich mit Sadie getroffen hat und jetzt mit uns die Ergebnisse besprechen möchte.«

Isla seufzte. Was auch immer es war, es würde nichts Gutes sein, und sie hoffte, dass sie die Lage am Vormittag nicht noch verschlimmert hatte. Doch solange Sadie ihre Meinung über Elliot nicht geändert hatte, kam sie mit allem anderen zurecht.

Leo legte ihr eine Hand aufs Knie, doch diesmal war die Geste nicht sexueller Natur, sondern ausschließlich tröstlich. »Alles wird gut, das verspreche ich dir.«

Sie nickte, obwohl sie seinen Worten nicht wirklich glaubte.

Er fuhr auf einen kleinen Parkplatz neben einem Weg, der durch den Wald führte. Thomas' Auto war bereits da, was ein wenig verdächtig hätte wirken können, wenn sie jemand beobachtet hätte. Glücklicherweise befanden sie sich nicht in einem Hollywoodfilm und das FBI sah nicht zu, weil Thomas nämlich wirklich nicht für diesen Spionagekram gemacht war.

Als sie sich auf den Weg durch den Wald machten, nahm Leo ihre Hand. Es war immer noch ziemlich hell, obwohl sich allmählich die Nacht ankündigte und die Dämmerung verlieh allem eine gespenstische Atmosphäre. Als die Bäume sich lichteten, erkannten sie eine Bank auf einer kleinen Lichtung, und darauf saß Thomas, tatsächlich verkleidet. Er trug einen langen Trenchcoat, einen falschen Schnurrbart, einen Filzhut und eine große dunkle Sonnenbrille. Um den Look zu vervollständigen, las er sogar eine Zeitung. Er wirkte so lächerlich fehl am Platz, dass jeder, der vorbeiging, garantiert denken würde, dass er etwas Verbotenes vorhatte. Die ganze Sache war eine solche Farce, dass Isla am liebsten lauthals gelacht hätte, aber der Grund ihrer Zusammenkunft hielt sie davon ab.

Leo setzte sich neben Thomas und Isla tat es ihm gleich. Thomas hielt die Zeitung hoch, damit niemand sehen konnte, dass er mit ihnen sprach.

»Danke, dass ihr euch hier mit mir trefft. Ich hatte heute eine Besprechung mit meiner Mandantin. Leider muss ich euch mitteilen, dass sie fünfundsiebzigtausend Pfund verlangt, aber dann wird sie dir ihre Hälfte des Hauses überschreiben und dir das volle Sorgerecht übertragen.«

Isla rutschte das Herz in die Hose. Das war deutlich mehr Geld, als sie gehofft hatte. Sie hatte sich tagsüber einige kleine Häuser und Wohnungen in der Nähe des Dorfes angesehen und festgestellt, dass die deutlich teurer waren, als sie angenommen hatte. Wenn sie Sadie fünfundsiebzigtausend Pfund gab, bliebe nicht mal annähernd genug für selbst die billigste Wohnung übrig. Sie würde weiter weg von der Küste ziehen müssen, aber das würde Elliots Schulweg jeden Tag sehr schwierig machen. Außerdem wäre sie dann weiter weg von all ihren Freunden und ihrer Familie.

»Das ist lächerlich«, meldete sich Leo zu Wort. »Sag ihr, das kann sie sich abschminken.«

Thomas gab die Scharade auf und senkte die Zeitung. »Ich habe ihr erklärt, dass sie vor Gericht vermutlich nicht mal die Hälfte dieses Betrags zugesprochen bekommt, aber sie scheint sich über den Wert der Häuser hier in der Gegend informiert zu haben. Sie weiß, dass fünfundsiebzigtausend Pfund nicht der Hälfte des Wertes entspricht, daher hält sie das für ein faires Angebot. Außerdem weiß sie, wie viel dir an Elliot liegt, und damit setzt sie uns zusätzlich unter Druck.«

Isla stöhnte. Sie hatte am Vormittag Sadie gegenüber die Karten auf den Tisch gelegt, und jetzt hatte Sadie das gegen sie benutzt.

»Ich würde sagen, wir lassen es darauf ankommen, ziehen vor Gericht und schauen mal, wie viel der Richter ihr zuspricht«, schlug Leo vor.

»Das will ich nicht, ich will, dass sie verschwindet. Wenn wir vor Gericht gehen, zieht sich das über Monate hin«, widersprach Isla.

»Das wird sie genauso wenig wollen, weil sie dann monatelang hier festsäße, in einem Hotel oder so. Vermutlich will sie so schnell wie möglich wieder zurück nach Goa«, gab Leo zu bedenken. »Sie spielt mit uns. Sie weiß, dass wir eine schnelle Lösung wollen und auch vermeiden möchten, vor Gericht zu ziehen. Sie zählt darauf, dass wir die Sache so schnell wie möglich erledigt sehen möchten.«

»Aber wenn sie glaubt, dass sie am Ende fünfundsiebzigtausend Euro bekommt, ist eine Wartezeit von ein paar Monaten auch keine besonders große Belastung für sie«, widersprach Isla.

»Vielleicht könnt ihr ein Gegenangebot machen«, schlug Thomas vor. »Natürlich über eure Anwältin.«

»Fünftausend Pfund und das Versprechen, dass wir nicht zur Polizei gehen, weil sie versucht, ihr Kind zu verkaufen«, verkündete Leo.

Thomas neigte den Kopf, als ob er dieser Einschätzung zustimmte. »Das kannst du auf jeden Fall versuchen. Meiner Meinung nach musst du dein Angebot noch deutlich nach oben korrigieren, aber du hast recht, ihr Vorschlag, das Sorgerecht gegen Geld zu überschreiben ist eigentlich illegal. Ich habe sie darauf hingewiesen, dass es die Dinge deutlich verkompliziert, wenn sie Elliot in ihr Angebot einschließt. Falls die Sache vor Gericht kommt, würde der Richter diesen Teil der Vereinbarung sofort verwerfen, aber das hätte negative Auswirkungen für euch.

Sie bekäme das Geld, das der Richter ihr zuspricht, und hätte trotzdem noch das Sorgerecht für Elliot, ohne einen Anlass, es dir zu übertragen.«

Isla stöhnte. Es war alles so kompliziert. »Was schlägst du vor, Thomas?«

»Ich denke, ihr müsst euch überlegen, was ihr euch als Zahlung leisten könnt, und dann ein Gegenangebot machen. Ich würde mit ungefähr fünfundzwanzigtausend anfangen, dann könnt ihr sie hoffentlich auf vierzig- oder fünfzigtausend herunterhandeln. Rechtlich gesehen wird Elliot kein Teil der formellen Vereinbarung sein, aber ich werde definitiv dafür sorgen, dass sie die Sorgerechtsverzichtserklärung unterschreibt, bevor sie auch nur einen verdammten Penny sieht. Ich habe ihr auch deutlich gemacht, dass du sie andernfalls auf mehrere Jahre Kindesunterhalt verklagen könntest, was sie teuer zu stehen kommen würde.«

»Okay, aber was, wenn sie nicht von den fünfundsiebzigtausend abrücken will?«, fragte Isla.

»Dann pflichte ich Leo bei. Geht vor Gericht und lasst es den Richter entscheiden. Ich würde ihr ganz sicher keine fünfundsiebzigtausend Pfund geben. Wenn ihr ihren Bluff auffliegen lasst, denkt sie vielleicht wenigstens über eine Alternative nach. Aber sie ist auf so viel Geld wie möglich erpicht, daher ist letztendlich vielleicht doch eine Gerichtsverhandlung die einzige Option.«

Isla seufzte.

Thomas stand auf und faltete seine Zeitung zusammen. »Und natürlich habt ihr nichts davon von mir erfahren. Ich spreche morgen mit Kim und informiere sie über das Ergebnis meiner Besprechung, also reagiert bitte überrascht, wenn Kim euch das erzählt. Ich melde mich, falls ich noch etwas Neues erfahre.«

Er wandte sich zum Gehen, legte Isla dann aber noch die Hand auf die Schulter. »Wir kriegen das schon hin, Liebes.«

Sie lächelte schwach und nickte, und er ließ die beiden allein im dunkler werdenden Wald zurück.

Isla lehnte sich zurück und betrachtete die Sterne, die am Himmel über ihnen erschienen.

»Matthew, ich muss dir sagen, du hast ein ganz schönes Chaos zurückgelassen. Wenn du ein göttliches Einschreiten arrangieren könntest, wäre ich dir auf ewig dankbar.«

Leo legte ihr den Arm um die Schultern und sie schmiegte sich an ihn. Dann sah sie zu ihm auf, und er küsste sie. Lächelnd blickte sie wieder zum Himmel hinauf, während sie sich an Leos Seite kuschelte.

»Obwohl ich dir sehr dankbar bin, dass du mir dieses Geschenk geschickt hast«, erklärte sie und legte Leo eine Hand übers Herz.

Lächelnd küsste er ihre Stirn. »Na los, gehen wir nach Hause.«

* * *

Leo bog in seine Einfahrt ein. Er wusste, dass Isla nicht lange auf sich warten lassen würde. Er hatte sie bei ihrem Auto abgesetzt und sie war Elliot abholen gefahren, während er noch einen Moment lang im Büro geblieben war.

Er war alle seine Konten durchgegangen, um zu sehen, wie viel Geld er abheben und Isla geben konnte. Das Problem war nur, dass er sich im vergangenen Jahr ein wenig aus dem Geschäft zurückgezogen hatte, um mehr Zeit für Isla und Elliot zu haben. Daraufhin hatte er mehr Personal einstellen müssen, um seine verkürzten Arbeitszeiten zu kompensieren. Inzwischen arbeiteten drei Teams für ihn, die sich um alle Feuerwerke kümmerten. Jedes Team bestand aus vier Pyrotechnikern. Sie alle mussten bezahlt werden, genau wie bislang Annie, seine Büromanagerin, deren Job jetzt Isla übernommen hatte, und dazu kam noch sein eigenes Gehalt. Das Unternehmen verdiente gut mit den Feuerwerken, aber sobald man vierzehn Leute auf der Gehaltsliste hatte und die laufenden Kosten für neue Feuerwerke und Ausrüstungsgegenstände berücksichtigte, blieb nicht mehr viel übrig.

Weil er vor Kurzem seine Hypothek abbezahlt hatte, hatte er seither monatlich relativ viel sparen können. Inzwischen hatte er zehntausend Pfund zur Seite gelegt, die er Isla ohne mit der Wimper zu zucken überlassen hätte, aber es war nicht genug. So wie er Sadie kannte, würde sie von ihrer Forderung nicht abrücken. Und falls Isla glaubte, nach dem Verkauf des Cottages bliebe ihr noch genug Geld für eine kleine Wohnung in Sandcastle Bay, würde sie sich wundern. Er wusste nicht, was der richtige Weg aus dieser Situation war. Am einfachsten wäre es, sie zöge bei ihm ein, aber er verstand auch ihre Gründe, warum sie das noch nicht tun wollte.

Die Einfahrt machte eine scharfe Kurve und er war überrascht, vor seinem Haus so viele Autos zu sehen.

Als ihm klar wurde, dass es sich um Jamie, Melody, Aidan, Tori, Emily und Marigold handelte, lächelte er in sich hinein. In Krisenzeiten waren in seiner Familie immer alle füreinander da, und das hier war eine Krise. Zweifellos hatten sie inzwischen erfahren, wie der Stand der Dinge mit Sadie war, und jetzt waren alle hier, um ihm wenigstens moralische Unterstützung anzubieten.

Als er ausstieg, kam ihm Marigold entgegengerannt. Er hob sie hoch und sie drückte sich fest an ihn.

»Was für eine schöne Begrüßung«, freute sich Leo, erwiderte die Umarmung und kitzelte sie dann, was sie zum Kichern brachte.

»Wir sind hier, um zu mischen«, erklärte Marigold.

Leo unterdrückte ein Lächeln. »Um zu mischen? Das klingt nett. Was mischen wir denn?«

»Etwas, was Hexen verschwinden lässt«, antwortete Emily, kam herüber und umarmte ihn ebenfalls.

»Davon könnten wir auf jeden Fall etwas gebrauchen«, stimmte Leo ihr zu.

»Hast du hier eine Hexe?« Marigolds Augen funkelten vor Aufregung beim Gedanken an eine echte Hexe. Dieses Mädchen hatte vor gar nichts Angst.

»Wie es aussieht, befindet sich eine in der Nähe«, erwiderte Leo theatralisch. »Sie hat ein grünes Gesicht und eine Warze auf der Nase.«

»Und sie heißt Sadie«, fügte Emily hinzu.

Leo grinste. »Lasst uns reingehen und uns aufwärmen, und wenn Elliot kommt, könnt ihr beiden einen Zaubertrank gegen Hexen brauen.«

»Hurra!«, jubelte Marigold.

Er setzte sie ab und ging zur Haustür. Luke begrüßte ihn mit einem Bellen. Marigold hob den Welpen hoch und trug ihn in die Küche, wobei sie ihm mitteilte, dass er ihr Assistent sein werde.

»Na, hattest du gestern einen schönen Abend?«, fragte Aidan und schlug Leo auf den Rücken.

»Ja, danke, dass ihr euch so spektakulär in mein Leben einmischt«, beschwerte sich Leo trocken.

»Aber hallo, unsere Einmischung hat doch fabelhaft funktioniert«, erwiderte Melody.

»Wir haben im Bett gekuschelt, nichts weiter«, erklärte Leo wahrheitsgemäß, denn als Emily sie erwischt hatte, hatten sie tatsächlich genau das getan.

»Klar, deshalb wart ihr auch beide splitterfasernackt und Elliot hat ein Kondom auf dem Nachttisch gefunden«, kommentierte Emily, die ihm ins Haus gefolgt war und jetzt die Hände zusammenschlug, um sie warm zu halten.

Da konnte er schlecht widersprechen. Jeder hier wusste, was er mit Isla am Vorabend getan hatte, und inzwischen wussten es mit ziemlicher Sicherheit auch Agatha und der Rest des Dorfes.

»Nun, da unsere letzte Einmischung so gut funktioniert hat, hast du bestimmt nichts dagegen, wenn wir uns jetzt noch einmal einmischen«, begann Tori, die ihre Jacke und ihren Schal ablegte.

»Ich bin sicher, Isla hätte etwas dagegen«, entgegnete Leo und deutete auf die Scheinwerfer des Autos, das gerade die Einfahrt hochfuhr.

Einige Sekunden später platzte Elliot ins Haus und rannte schnurstracks in die Küche, um mit Marigold zu spielen.

Isla erschien im Türrahmen und blickte sich um. »Veranstalten wir eine Party?«

»Sieht so aus«, antwortete Leo.

»Das erklärt, warum Mum mit mir herkommen wollte.« Isla deutete mit dem Kopf nach draußen, und einige Sekunden später kam Carolyn herein, wobei sie wegen der Kälte laut mit den Füßen stampfte.

»Wir wollen wissen, wie es mit Sadie und Elliot steht«, erklärte Emily.

»Und wichtiger noch, was wir tun können, um dir zu helfen?«, warf Melody ein.

Isla lachte resigniert. »Habt ihr fünfundsiebzigtausend Pfund übrig?«

»Ist das der Betrag, den sie verlangt?«, wollte Jamie wissen.

Isla schloss die Tür hinter sich und bedeutete den anderen, ihr ins Wohnzimmer zu folgen, damit ihre Worte nicht bis in die Küche drangen.

»Ich schau nur schnell mal nach den Kindern«, entschuldigte sich Emily. »Erzähl nichts, bevor ich wieder da bin.«

Alle suchten sich einen Platz auf Sesseln und dem Sofa. Leo hatte sich gerade gesetzt und Isla auf seinen Schoß gezogen, als Emily zurück ins Zimmer gewatschelt kam.

»Sie brauen einen Zaubertrank aus Wasser, Mehl und Glitzer. Damit sind sie erst mal eine Weile beschäftigt, allerdings wird deine Küche danach wohl nicht gerade blitzsauber sein«, erklärte sie und ließ sich auf einen Sessel nieder. »Also, erzählt uns alles.«

Isla holte tief Luft und berichtete, was bisher geschehen war: wie Sadie auf ihrer Schwelle aufgetaucht war und sie sich daher bei Leo versteckten, damit Sadie Elliot nicht zu Gesicht bekäme. Doch Sadie hatte wohl überhaupt kein Interesse an Elliot, stattdessen verlangte sie jetzt lachhafte fünfundsiebzigtausend Pfund im Austausch gegen das Sorgerecht und ihre Hälfte des Hauses.

»Ich kann nicht fassen, dass sie sich nicht für ihren eigenen Sohn interessiert«, kommentierte Tori und rieb sich beschützend über den Bauch, als ob sie den Gedanken, das eigene Kind zu verlassen, nicht mal annähernd nachvollziehen könnte. Glücklicherweise ging es den meisten Müttern ähnlich.

»Ich weiß, mir blutet das Herz, wenn ich nur daran denke, und auch bei der Vorstellung, wie Elliot darauf reagieren wird, wenn er einmal älter ist und alle Zusammenhänge versteht«, pflichtete Isla ihr bei. »Ich liebe den kleinen Mann aus ganzem Herzen, und ich kann einfach nicht verstehen, wie sie ihn im Stich lassen konnte. Aber andererseits bin ich sehr froh, dass sie ihn nicht haben will. Mit dem Verlust von Geld werde ich fertig – seinen Verlust könnte ich nicht verkraften.«

»Und was willst du jetzt tun?«, erkundigte sich Melody.

»Eine zweite Hypothek kommt nicht infrage. Dass ich während des vergangenen Jahres nicht gearbeitet habe, hat der Bank nicht besonders gefallen. Ich werde das Hot Chocolate Cottage verkaufen müssen, aber ich glaube nicht, dass anschließend genügend übrig bleibt, um mir etwas in Sandcastle Bay zu kaufen. Ich werde wohl weiter weg von der Küste ziehen müssen. Elliot wird am Boden zerstört sein.«

Sechs verwirrte Augenpaare richteten sich auf sie.

»Aber warum ziehst du denn nicht einfach hier ein?«, fragte Melody, als wäre es das Natürlichste der Welt.

Isla stieß einen kleinen Seufzer aus. »Weil ... das Leo gegenüber nicht fair wäre.«

Die anderen wirkten immer noch verwirrt. Leo versuchte, die richtigen Worte zu finden, um ihre Entscheidung zu verteidigen, aber ihm gefiel sie eigentlich genauso wenig. Isla gehörte zu ihm ins Maple Cottage.

»Wir hatten gerade mal ein Date. Würde einer von euch nach nur einem Date mit jemandem zusammenziehen?«, versuchte sich Isla an einer Erklärung.

»Aber ihr kennt euch seit Jahren«, warf Melody ein.

»Wobei man sagen muss, dass wir uns auch seit Jahren kennen«, wandte sich Jamie an Melody. »Wir sind seit drei Monaten zusammen und sind auch noch nicht zusammengezogen.«

»Hm, okay«, gab Melody zu.

»Ich bin erst nach zwei Jahren mit Stanley zusammengezogen«, warf Emily ein. »Wenn er mich schon nach einem Date darum gebeten hätte, wäre ich schreiend davongelaufen.«

»Ich will einfach nicht bei Leo einziehen, nur weil ich das muss. Es soll passieren, weil der Zeitpunkt für uns richtig ist, weil wir einander lieben und eine gemeinsame Zukunft für uns sehen. Nicht, weil ich ansonsten obdachlos werde.«

Ging es wirklich darum? Wartete sie nur darauf, dass er ihr sagte, wie sehr er sie liebte? Sollte das reichen? Zum Teufel, er hätte ihr auf der Stelle seine Liebe gestanden, hätte sie dafür diesen Blödsinn gelassen und wäre bei ihm eingezogen.

»Du wirst nicht obdachlos, du kannst bei mir einziehen«, bot Melody an.

»Oder bei mir«, ergänzte Carolyn.

»Ich habe Elliot, und der besitzt Unmengen an Spielzeug und ihr beide habt jeweils nur ein Schlafzimmer. Aber danke. Und nein, ich werde nicht obdachlos sein, aber ich muss Zugeständnisse machen. Sandcastle Bay zu verlassen wird vermutlich eins davon sein.«

»Lässt du ihn die Schule wechseln? Marigold wäre am Boden zerstört, wenn sie Elliot nicht mehr jeden Tag sehen könnte«, gab Emily zu bedenken.

»Ich will nicht, dass du fortgehst«, beharrte Melody.

»Ich will das auch nicht, aber ich muss auch praktisch denken. Außerdem wäre ich ja nicht weit weg, vielleicht nur eine halbe Stunde Fahrt. Wir würden uns immer noch sehen«, beruhigte Isla sie.

»Es muss doch eine andere Möglichkeit geben«, behauptete Tori und blickte hilfesuchend zu Aidan.

»Wir müssen zuerst ein Gegenangebot unterbreiten«, erklärte Leo. »Wir bieten ihr fünfundzwanzigtausend an und warten ab, ob sie das annimmt. Ich habe zehntausend Pfund gespart, die kannst du haben, und ich bin sicher, wir treiben irgendwo noch fünfzehntausend auf. Dann würdest du dein Haus gar nicht erst verkaufen müssen.«

»Ich habe dreitausend auf dem Sparkonto«, erwiderte Melody sofort. »Die kannst du haben.«

»Ich habe gerade eine meiner großen Skulpturen an eins dieser Nobelhotels im Nachbarort verkauft. Dafür haben sie mir fünftausend gegeben, die überlasse ich dir«, warf Jamie ohne zu zögern ein.

»Ich könnte vermutlich viertausend zuschießen«, meldete sich Carolyn zu Wort. »Ich habe Geld von meiner Rente, das liegt auf meinem Konto. Ich hatte eventuell vor, damit ein Gewächshaus bauen zu lassen, aber das brauche ich nicht unbedingt.«

»Wir haben nicht besonders viel Geld übrig, weil wir für das Baby und die Hochzeit sparen, aber ein paar Tausend kriegen wir sicher zusammen«, fügte Aidan hinzu.

»Wir sparen auch für das Baby, aber ich könnte dir fünfhundert Pfund geben. Das ist nicht viel, aber wenn es dir hilft, gebe ich es dir gern«, ergänzte Emily.

»Nein, wartet, ich kann euer Geld nicht annehmen«, protestierte Isla. »Danke, das ist sehr lieb von euch, aber ihr habt alle sehr hart für dieses Geld gearbeitet und deshalb kann ich es nicht nehmen.«

»Warum nicht?«, wollte Melody wissen. »Du würdest für uns genau dasselbe tun, wenn wir in Schwierigkeiten wären.«

»Ja, aber das hier ist nicht fair.«

»Nichts davon ist fair«, stimmte Tori ihr zu. »Wenn es danach ginge, wäre Sadie nie zurückgekommen und würde ganz sicher nicht die Zukunft eines Kindes als Druckmittel einsetzen. Wer tut so was? Aber es ist ziemlich offensichtlich, dass sie keinerlei Skrupel hat, und wir haben dich alle gern und wollen dir helfen, also nimm das Geld an.«

Isla seufzte und ließ die Schultern sinken. Sie wirkte vollkommen am Boden zerstört, und das nicht nur durch dieses Gespräch, sondern von der ganzen Situation. Leo hätte ihr am liebsten alle Sorgen abgenommen.

Er streichelte ihr über den Rücken. »Na komm, machen wir uns was zum Abendessen. Das heißt, falls meine Küche nicht voller Glitzer ist.«

»Viel Glück«, wünschte ihm Emily.

Lächelnd stand er auf. Er würde allen Glitzer der Welt akzeptieren, wenn er dafür Isla und Elliot in sein Zuhause bekäme, wo sie hingehörten.

KAPITEL 19

Isla betrachtete die Geldumschläge auf dem Tisch. Sie hatte sich geweigert, ihren Freunden und Familienmitgliedern ihre Bankdaten zu verraten, da es ihr immer noch falsch vorkam, Geld von ihnen anzunehmen. Also waren heute Morgen Umschläge mit Bargeld von Aidan, Tori, Jamie, Melody, Emily, Carolyn und sogar Agatha eingetrudelt, die zweifellos über die Situation ins Bild gesetzt worden war.

Isla fühlte sich schrecklich, dass so viele Menschen ihr bereitwillig ihr schwer erarbeitetes Geld überließen, wenn die ganze Sache einfach damit geklärt werden konnte, dass sie bei Leo einzog.

Sie dachte an die vorherige Nacht zurück, und wie er sie geliebt hatte. Es war nicht drängend und leidenschaftlich gewesen wie zuvor, sondern langsam, sanft und träge. Er hatte sie gestreichelt und liebkost, als wäre sie jemand, den man schätzen und bewundern musste. Und sein Blick hatte ihr verraten, dass er sie genauso liebte wie sie ihn. Sie fragte sich, warum sie sich zurückhielt. Er war eindeutig der Mann, mit dem sie alt werden wollte, warum packte sie nicht einfach die Gelegenheit beim Schopfe?

Tief in ihrem Herzen wusste sie jedoch, dass die Entscheidung, nicht sofort bei ihm einzuziehen, richtig war.

Mehr als alles andere wollte sie, dass es mit Leo funktionierte, und mit all ihren Habseligkeiten und fünf Tonnen Spielzeug für Elliot auf seiner Schwelle aufzutauchen, erschien ihr zu viel und zu früh. Sie wollte ihn nicht abschrecken.

Doch nichts schien ihn aus der Ruhe zu bringen. Elliot hatte in der Nacht Albträume gehabt und sie beide mit seinen Schreien aufgeweckt. Leo war schon zur Tür hinaus gewesen, bevor es Isla überhaupt aus dem Bett geschafft hatte. Er hatte einen weinenden Elliot zu ihnen ins Bett gebracht, und sie hatten sich beide an ihn gekuschelt, bis Elliot wieder eingeschlafen war. Isla hatte angenommen, dass Leo ihn anschließend wieder zurück in sein Zimmer bringen würde, aber das hatte er nicht getan. Den Rest der Nacht hatte er einen Arm um Isla gelegt, den schlafenden Elliot auf der Brust, wie eine richtige Familie. Und sogar heute Morgen, als er durch eine Faust im Gesicht und einen Fußtritt in den Magen aufgeweckt wurde, weil Elliot sich im Bett ausbreitete, schien ihm das nichts auszumachen.

Leo betrat die Küche in Jeans und einem dicken Pullover. Seine dunklen Locken waren noch leicht feucht von der Dusche, bei der ihm Isla Gesellschaft geleistet hatte, und er sah aus wie einem Modemagazin entsprungen.

Er küsste sie auf den Kopf und stahl sich dann ein Stück Banane von Elliots Teller.

»Hey!«, rief Elliot empört.

»Schicker Smiley.« Leo deutete auf den French Toast, den Isla auf Elliots Teller mit zwei ausgeschnittenen Augen, Schokoladensoße als hochstehenden Haaren und den Bananenstücken als breit lächelnden Mund angerichtet hatte.

»Du hast seine Nase gemopst«, stellte Elliot kichernd fest. »Die schmeckt immer am besten.«

Leo legte ein Stück Banane aus dem Lächeln auf die Nasenposition und damit schien Elliot zufrieden zu sein.

»Sind wir bereit für den großen Kürbisschnitzwettbewerb?«, wollte Leo wissen.

»Ja!«, jubelte Elliot. Die Albträume vom Vorabend waren offenbar vollkommen vergessen.

Leo setzte sich zu ihm. »Wollen wir als Team antreten oder möchtest du es allein versuchen? Isla und ich können dir beim Schneiden helfen.«

»Können wir gemeinsam als Familie teilnehmen?«, fragte Elliot.

»Natürlich, Kumpel.«

Elliot nahm einen Bissen von seinem French Toast und strampelte glücklich mit den Beinen. »Marigold sagt, dass wir bald heiraten.«

Das brachte Isla zum Schmunzeln. *Wir* heiraten. Als wäre es eine Gruppenaktivität, was allerdings auch irgendwie stimmte.

»Ach ja?«, erwiderte Leo wieder völlig ungerührt, während er ein Stück Toast nahm und Butter daraufstrich.

»Weil wir jetzt bei dir wohnen«, bestätigte Elliot.

»Wir wohnen nicht bei Leo«, korrigierte ihn Isla rasch. »Wir sind nur vorübergehend für ein paar Tage hier.«

»Aber ihr heiratet doch«, hakte Elliot nach.

»Vielleicht«, antwortete Isla vorsichtig.

»Ja«, kam es gleichzeitig von Leo.

Isla hätte sich vermutlich darüber ärgern sollen, dass Leo gegenüber Elliot wieder leere Versprechungen machte, aber inzwischen war ihr auch klar, dass das immer mal wieder passieren konnte. Sie und Leo würden früher oder später Klarheit erlangen und vermutlich würde das gar nicht mehr so lange dauern. Er liebte sie, und obwohl er es ihr noch nicht gesagt hatte, lagen sie bei diesem Thema inzwischen eindeutig auf derselben Wellenlänge.

»Ich glaube … es ist sehr wahrscheinlich, aber momentan ist nicht der richtige Zeitpunkt dafür.«

»Aber wenn ihr heiratet, ziehen wir hier ein?« Elliot ließ sich nicht von dem Thema abbringen.

»Genau, Kumpel«, bestätigte Leo. »Wir werden dann eine richtige Familie sein, und eins der leeren Zimmer oben wird dein Spielzimmer.«

»Welches?«

»Das große.«

»Aber das ist doch Islas Zimmer«, wunderte sich Elliot.

»Wenn wir heiraten, werden Isla und ich uns ein Schlafzimmer teilen«, erklärte Leo geduldig.

»Oh. Behalte ich mein eigenes Zimmer?«

»Natürlich.«

»Und Luke wohnt dann auch hier?«

»Ja, wir können ihn schließlich nicht zurücklassen.«

Elliot steckte sich ein weiteres Stück Banane in den Mund.

»Und bekomme ich dann eine kleine Schwester?«

Leo grinste. »Wir werden unser Bestes geben.«

Isla wollte wütend darüber sein, dass er ihr Leben so verplante, aber eigentlich wünschte sie sich genau dieses Leben: zu heiraten, hier mit Elliot als Familie zu leben, vielleicht eines Tages eigene Kinder zu haben. Und es klang so, als ob Leo sich das auch wünschte.

Warum zum Teufel ließ sie es dann nicht einfach zu? Beziehungen folgten keinem genauen Zeitplan, es gab keine Vorschriften, wann der richtige Zeitpunkt war, um mit jemandem zusammenzuziehen. Sie kannte Leo seit Jahren, sie waren beste Freunde gewesen, sie hatten sich während des vergangenen Jahres jeden Tag gesehen, und sie war schon viele Monate lang in ihn verliebt. Er hatte ihr wieder und wieder bewiesen, dass er für sie da war und Elliot liebte. Worauf wartete sie also noch? Vielleicht hatte das Eintreffen von Sadie die Sache zu einer Entscheidung getrieben, aber dass es irgendwann so weit kommen würde, war abzusehen gewesen. Sie wusste, dass momentan, wo noch so vieles in der Luft hing, vermutlich nicht der richtige Zeitpunkt für Entscheidungen bezüglich ihrer Zukunft war, aber womöglich war genau jetzt tatsächlich der perfekte Moment dafür. Vielleicht war jetzt, wo sie mit dem Rücken zur Wand stand und Leo immer noch für sie da war und ihre Hand hielt, der richtige Augenblick, einen Schritt in Richtung jener Zukunft zu machen, die sie sich wünschte. Vielleicht hätte die ganze Krise dann zumindest ein positives Ergebnis.

Sie betrachtete das Geld auf dem Tisch. »Ich kann das nicht annehmen.«

Das Lächeln verschwand aus Leos Gesicht. »Doch, das kannst du. Sie wollen helfen und wir brauchen momentan alle Hilfe, die wir kriegen können.«

Sie schüttelte den Kopf. »Nein, du verstehst mich nicht, ich brauche es nicht …«

»Doch, ich habe heute Morgen schon mit Kim gesprochen. Sie hat mich offiziell über die Forderung über fünfundsiebzigtausend informiert und ich habe ein Gegenangebot von fünfundzwanzigtausend gemacht. Mit diesem Geld und meinen zehntausend haben wir fünfundzwanzigtausend Pfund zusammen. Falls sie das annimmt, brauchst du das Haus nicht zu verkaufen.«

Elliot blickte mit großen Augen zwischen ihnen hin und her. »Wir verkaufen unser Haus?«

»Ja«, bestätigte Isla. Plötzlich war sie sich einer Sache noch nie so sicher gewesen.

»Nein, das wirst du nicht«, widersprach Leo entschlossen. »Du gehörst hierher nach Sandcastle Bay, deine Familie ist hier. Hör auf, so verdammt stur und unabhängig zu sein, und lass dir ausnahmsweise mal von deinen Freunden und deiner Familie helfen.«

Elliot kicherte. »Du hast verdammt gesagt.«

»Sorry, Kumpel, aber deine Mum macht mich verrückt.«
Elliot schüttelte den Kopf in Islas Richtung. »Böse *Mummy*.«
Ihr Herz machte einen Satz. So hatte er sie bisher noch
nie bezeichnet. Er hatte zwar immer gesagt »Isla ist wie meine
Mummy«, und wenn er Familienbilder zeichnete, dann war Isla
immer die Mutter, aber so genannt hatte er sie bisher noch nie,
sondern immer Isla zu ihr gesagt. Ihr war bisher gar nicht klar
gewesen, wie sehr ihr die Bezeichnung *Mummy* gefallen würde.

»Genau, oder? Sie ...« Leo verstummte, als ihm ebenfalls
klar wurde, was Elliot gerade gesagt hatte. Er blickte hinüber zu
Isla und seine Miene wurde weich.

Sie räusperte sich. »Und *dein Dad* hört einfach nicht auf
mich.«

Leo zog eine Braue hoch.

»Böser *Daddy*«, sagte Elliot und wackelte mit dem Finger.
Und dann kicherte er, als ob ihm diese neuen Titel gefielen.

Leo strahlte. Er räusperte sich, doch als er sprach, war seine
Stimme vor lauter Emotion belegt. »Wir müssen uns beeilen, in
einer halben Stunde beginnt der Schnitzwettbewerb.«

Er stand auf und küsste Elliot auf den Kopf. »Ich hab dich
lieb«, sagte er und verließ das Zimmer.

Elliot blickte ihm nach. »Habe ich ihn traurig gemacht?«

»Nein, ich denke, du hast ihn gerade sehr glücklich
gemacht«, antwortete Isla.

* * *

Die Regeln für den Kürbisschnitzwettbewerb waren ziemlich
streng und es gab eine Menge davon. Alle mussten ihre eigenen
Kürbisse mitbringen, die eine gewisse Größe haben mussten,
damit alle Beiträge gleich beurteilt werden konnten. Jeder
durfte sein eigenes Werkzeug mitbringen, aber Dekozubehör
und Vorlagen waren streng verboten. Alle Kürbisse wurden

vorab inspiziert, um sicherzustellen, dass darauf nichts vorgezeichnet und keine Löcher hineingebohrt worden waren, damit alle die gleichen Ausgangsbedingungen hatten.

Leo fand das für eine Familienveranstaltung ein wenig übertrieben, aber das hielt die Familien und Teams nicht davon ab, sich in Scharen einzutragen und ihre Kürbisse herbeizuschleppen, während sie geduldig darauf warteten, dass sie gemessen und geprüft wurden. Tori und Aidan standen einige Tische weiter, genau wie Jamie und Melody. Emily und Stanley befanden sich auf der anderen Seite des Festsaals mit Marigold, die unbedingt gewinnen wollte und ihren Eltern genaue Anweisungen zu geben schien.

Auch Agatha war anwesend und schien überraschenderweise ein Team mit Stefano aus dem italienischen Restaurant zu bilden. Monatelang hatte sie versucht, ihn zu einer Verabredung zu überreden – hatte er schließlich nachgegeben? Wobei Stefano über sein neues Teammitglied nicht besonders begeistert schien; die beiden stritten offenkundig darüber, was sie schnitzen wollten. Doch sie waren gemeinsam hier, das war schon mal ein guter Anfang.

Für Leo war es das erste Jahr, da es sich eher um eine Veranstaltung für Familien und Paare handelte. Zum ersten Mal hatte er eine eigene Familie. Bei diesem Gedanken musste er einen Kloß in der Kehle hinunterschlucken – sein Leben war jetzt komplett.

»Die nehmen das aber sehr ernst, oder?«, flüsterte Isla, als einer der Preisrichter mit einem Klemmbrett vorbeiging und ein wachsames Auge auf sie warf, um sicherzugehen, dass sie noch nicht anfingen.

»Du kennst doch Sandcastle Bay, wir nehmen alle unsere Wettbewerbe und Festivals sehr ernst«, erwiderte Leo und betrachtete ihren Kürbis. »Also, was wollen wir schnitzen?«

»Batman«, schlug Elliot aufgeregt vor.

Leo musterte den Kürbis und überlegte, wie er das anstellen sollte.

»Wir könnten Batmans Kopf oder Batmans Logo machen«, meinte er dann. Normalerweise blieb ihm bei solchen Wettbewerben deutlich mehr Zeit, um seinen Beitrag zu planen, und in der Regel konnte er alle Vorbereitungen schon Wochen im Voraus zu Hause erledigen. Bei all den Ereignissen während der vergangenen Tage war ihm jedoch keine Zeit geblieben, sich gedanklich schon damit zu befassen, daher begannen sie hier tatsächlich bei null.

Isla nahm den Zettel mit den vielen Regeln in die Hand und überflog sie.

Leo betrachtete den zweiten Kürbis, den sie mitgebracht hatten, falls Elliot seine Meinung änderte und doch lieber einen eigenen schnitzen wollte. Viele Kinder machten ihre eigenen und Isla nahm an, sobald Elliot das bemerkte, würde er es ihnen gleichtun wollen.

»Bist du dir sicher, dass du mit uns gemeinsam an dem Kürbis arbeiten willst?«, fragte Leo. »Denn in diesem Fall habe ich eine Idee für unseren Ersatzkürbis.«

»Ich möchte, dass wir als Familie zusammenarbeiten«, bekräftigte Elliot.

Leo lächelte. Ihm hatte es sehr gefallen, dass Elliot ihn am Vormittag Daddy genannt hatte. Es war zwar nur eine beiläufige Bemerkung gewesen, aber es hatte ihn sehr berührt.

»Okay, Isla, steht irgendwo in den Regeln, dass wir nicht mehr als einen Kürbis verwenden dürfen?«

Isla überflog die Liste und drehte das Blatt um, um auch die Regeln auf der Rückseite zu prüfen. »Überraschenderweise nicht.«

»Gut, dann können wir den etwas kleineren als Batmans Kopf verwenden und den größeren als den Körper mit dem Umhang und dem Gürtel«, schlug Leo vor.

Elliot sprang begeistert auf und ab. »Das wird toll!«

Leo setzte ihn sich auf die Hüfte und Elliot umarmte ihn und gab ihm einen Kuss auf die Wange.

Leo blickte hinüber zu Isla, um zu sehen, ob sie dem Batman-Plan zustimmte, und stellte fest, dass sie ihn und Elliot anstarrte. Er legte ihr einen Arm um die Schultern, um sie einzuschließen, und sie schlang ihm einen Arm um die Taille und lehnte sich an ihn.

»Ist alles in Ordnung?«, fragte er leise.

Sie nickte, sagte jedoch nichts.

»Kann ich rüber zu Marigold?«, wollte Elliot wissen.

Leo stellte ihn ab und er flitzte los.

Anschließend zog er sofort Isla wieder in eine Umarmung und küsste sie auf den Kopf.

»Was ist los?«

Sie klammerte sich einige Sekunden lang an ihn, als wollte sie ihn festhalten, dann lehnte sie sich leicht zurück, um ihm ins Gesicht zu sehen. Er sah, wie sie tief Luft holte, als wollte sie etwas Fürchterliches sagen, doch dann schien sie ihre Meinung zu ändern. Er merkte, dass sie leicht zitterte. Dann setzte sie eine entschlossene Miene auf und holte noch einmal tief Luft. Was zum Teufel wollte sie ihm sagen? Es sah nicht aus, als wäre es etwas Gutes.

»Ich liebe dich«, gestand Isla und sein Herz blühte auf. »Ich weiß, dass es nicht gerade der ideale Zeitpunkt ist, dir das zu sagen, in einem Saal voller Menschen und mit der ganzen Sadie-Sache, aber ich wollte, dass du es weißt. Ich liebe dich. Ehrlich gesagt liebe ich dich schon eine ganze Weile. Du bist der tollste Mann, den ich kenne, und ich bin bis über beide Ohren in dich verliebt.«

Leo starrte sie an. Ihm war der Mund trocken geworden und sein Kopf war wie leergefegt.

Sie liebte ihn.

Er hatte gewusst, dass sie etwas für ihn empfand, und er hatte geglaubt und gehofft, dass sie ihn liebte, aber es war etwas völlig anderes, sie das auch tatsächlich sagen zu hören. Als Elliot ihn heute Morgen Daddy genannt hatte, hatte sich sein Leben komplett angefühlt, aber jetzt erlebte er noch einmal eine ganz neue Dimension des Glücks.

Du lieber Himmel, warum musste sie ihm das hier sagen, vor all diesen Menschen? Er wollte sie küssen, auf die nächste verfügbare Oberfläche legen und sie lieben.

Ihm wurde bewusst, dass er selbst noch gar nichts gesagt hatte. Er musste ihr erklären, dass er genauso fühlte und wie viel Freude sie in sein Leben brachte. Welche Worte sollte er verwenden? Er musste es richtig anstellen. Einfach nur »Ich liebe dich auch« kam ihm plötzlich völlig unzureichend vor.

»Ich ...«

Sie legte ihm die Finger auf die Lippen. »Du brauchst es nicht zu erwidern, darum geht es hier nicht. Ich wollte nur, dass du meine Gefühle kennst.«

»Meine Damen und Herren, vielen Dank, dass Sie so zahlreich erschienen sind, und herzlich willkommen zum fünften jährlichen Großen Kürbisschnitzwettbewerb!« Die Stimme des Bürgermeisters drang aus den Lautsprechern und unterbrach diesen wunderbaren Moment. Alle jubelten und klatschten.

Verdammt. Wie sollte er sich jetzt auf einen blöden Kürbisschnitzwettbewerb konzentrieren? Er wollte Isla an einen Ort bringen, wo es ruhig war, und ihr sein Herz ausschütten. Allerdings kam sein Patensohn gerade quer durch den Saal zurück zu ihnen gerannt, ein breites Grinsen im Gesicht. Wenn sie jetzt gingen, wäre Elliot am Boden zerstört.

Isla machte sich von ihm los und fing Elliot auf. Dann drückte sie ihm viele kleine Küsse aufs Gesicht.

»Ich hoffe, Sie haben alle die Regeln studiert«, fuhr der Bürgermeister fort und alle brachen in gespieltes Stöhnen aus.

Leo konnte den Blick nicht von Isla abwenden. Sie hatte ihm gesagt, dass sie ihn liebte, und er hatte nichts geantwortet. Kein einziges Wort. So hatte er sich diesen Moment nicht vorgestellt, ganz und gar nicht.

»Bist du bereit, mein Schatz?«, fragte Isla, und Elliot jubelte.

»So, wie Sie alle wissen, weil sie die Regeln gelesen haben«, witzelte der Bürgermeister, »haben sie dreißig Minuten für ihr Kürbis-Meisterstück. Es gibt einen Preis für den besten Kinderkürbis und einen Preis für den besten Teamkürbis. Möge der beste Schnitzer gewinnen. Alle an ihre Kürbisse! Wir beginnen den Wettbewerb in zehn, neun, acht …«

Elliot fasste nach Leos Hand und lenkte ihn damit von seinen Gedanken ab.

»Werden wir gewinnen, Daddy?«, wollte er wissen.

Du liebe Zeit, Leo hatte das Gefühl, als würde ihm gleich das Herz platzen. Er verdiente das alles nicht. Was machte ein Mann wie er mit dieser perfekten, schon fertigen Familie, die ihn liebte?

»Darauf kannst du wetten«, versicherte ihm Leo mit belegter Stimme.

»… drei, zwei, eins, los!«, rief der Bürgermeister übers Mikrofon.

Eine Hupe ertönte und plötzlich wurden ringsum alle aktiv.

»Okay, ich schneide von dem Kürbis hier den Deckel ab. Isla, kannst du das bei dem anderen dort machen? Elliot, du kannst uns dann dabei helfen, die ganzen Kerne und den Schleim rauszuholen.«

»Ja, ich liebe Schleim!«, freute sich Elliot.

Leo war sich sehr genau bewusst, dass dies die ersten Worte waren, die er seit ihrer Liebeserklärung an Isla richtete, doch das schien ihr nichts auszumachen. Sie begann, rings um den Stiel in den Kürbis einzuschneiden, um einen Deckel zu erhalten. Er machte es bei seinem Kürbis genauso und dann höhlten Elliot und er ihn aus. Elliot kicherte über die schleimige Konsistenz.

»Okay, du machst hier weiter, Kumpel. Ich helfe rasch Isla.« Elliot begann jetzt, mit einem Eisportionier die Ränder sauber zu kratzen, und Leo ging hinüber zu Isla.

»Wir müssen nachher reden«, erklärte er und streifte ihre Hand, als er in den Kürbis griff.

Sie lächelte ihn an. »Nicht nötig. Du musst dir deswegen keine Gedanken machen. Ich wollte nur, dass du Bescheid weißt. Es ändert nichts zwischen uns.«

»Es ändert alles«, widersprach Leo schroff.

Sie runzelte die Stirn. »Eigentlich nicht. Ich liebe dich und du machst dir sehr viel aus mir. Du hast mir alles geschenkt. Mehr brauche ich nicht.«

Er öffnete den Mund, doch bevor er etwas sagen konnte, streichelte sie ihm mit ihrer schleimbedeckten Hand übers Gesicht. Die war kalt, daher zuckte er zusammen. Sie kicherte, als ihr bewusst wurde, was sie da getan hatte. »Du brauchst keine große Sache daraus zu machen. Dreh nicht durch.«

»Ich drehe nicht durch.«

»Doch, ein bisschen«, widersprach Isla und wandte ihre Aufmerksamkeit wieder dem Kürbis zu.

»Wirklich nicht. Ich bin nur ... Ich habe ja gar keine Gelegenheit, dir zu sagen, dass ...«

»Du brauchst mir gar nichts zu sagen«, versicherte ihm Isla sanft.

Frustriert stöhnte Leo auf. »Wer gesteht denn jemand anderem zum ersten Mal seine Liebe bei einem Kürbisschnitzwettbewerb? Hättest du mir das nicht heute Morgen zu Hause sagen können, oder gestern Abend im Bett?«

»Tut mir leid, dass dir mein Timing nicht passt«, entgegnete Isla.

»Es passt mir überhaupt nicht. Denn momentan will ich nichts lieber, als mit dir den Rest des Tages im Bett zu verbringen, und stattdessen muss ich den besten Kürbis aller Zeiten schnitzen.«

Sie grinste. »Dann wirst du wohl einfach bis später warten müssen.«

»Und davor lässt du mich reden, ob es dir nun gefällt oder nicht«, verkündete Leo.

»Okay.« Isla nickte.

»Gut.«

Isla reichte ihm ein Messer. »Und jetzt wird weniger geredet und dafür mehr geschnitzt. Du willst doch schließlich nicht deinen *Sohn* enttäuschen.«

Du liebe Zeit. Sein *Sohn*.

Er blickte hinüber zu Elliot, der die Zunge herausgestreckt hatte und die letzten Fruchtfleischstücke aus dem Kürbis kratzte.

»Nein, ganz bestimmt nicht.«

Er drehte den Kürbis zu sich um, um nach dem besten Anfangspunkt zu suchen, und begann dann damit, die Umrisse von Batmans Maske auszuschneiden. Isla sah ihm eine Weile zu und während seine Hände beschäftigt waren, beugte sie sich vor und küsste ihn auf die Wange.

»Ich liebe dich«, flüsterte sie ihm ins Ohr.

Er grummelte, weil er wusste, dass sie das tat, um ihn zu necken, aber bevor er etwas erwidern konnte, war sie zu Elliot weitergegangen.

Die nächsten dreißig Minuten würden die längsten seines Lebens werden, und dann musste er sich mit Isla an einen stillen Ort zurückziehen. Er fragte sich, ob Melody oder Aidan wohl für ihn ein paar Stunden lang auf Elliot aufpassen würden, damit er in Ruhe mit Isla sprechen konnte. Dann konnten sie den Rest des Nachmittags ihre Liebe füreinander gemeinsam im Bett feiern.

Er rutschte mit dem Messer ab und stach sich in den Finger. Schnell steckte er die Wunde in den Mund. Glücklicherweise war sie nur klein. Verdammt, er musste sich wirklich auf die vor ihm liegende Aufgabe konzentrieren und nicht darauf, wie der Rest des Tages verlaufen könnte.

»Ihnen bleiben noch fünfzehn Minuten«, verkündete der Bürgermeister über den Lautsprecher.

»Was soll mit diesem Kürbis hier passieren, können wir irgendwas tun?«, fragte Isla bedeutungsvoll und Leo sah, dass Elliot ungeduldig auf und ab sprang.

»Ja, ihr könnt in der Mitte einen Gürtel ausschneiden, ungefähr so breit.« Er zeigte ihnen die Maße mit den Händen. »Macht euch keine Sorgen um die Details, einfach nur einen Gürtel ringsherum. Versucht, nicht ganz durchzuschneiden, sondern nur die Schale einzuritzen.«

Er sah zu, wie Isla Elliot zeigte, wie er vorsichtig in der Mitte des Kürbisses entlangschneiden musste, und wandte seine Aufmerksamkeit dann wieder seinem eigenen Kürbis zu, aus dem er die dreieckigen Augen und dann die untere Gesichtshälfte ausschnitt. Zufrieden mit dem Kopf ging er hinüber zu Isla und Elliot, um ihnen zu helfen. Er zeichnete das Batman-Logo für die Brust auf dem Kürbis vor und half Elliot dann dabei, entlang der Linien zu schneiden, damit die Fledermaus freigelegt wurde. Elliot begann, damit zu spielen, und ließ sie um Isla und Leo herumfliegen, während die beiden weiter den Kürbis in Form schnitzten. Leo schnitt aus der Rückseite dreieckige Stücke für den Umhang aus und Isla fügte dem Gürtel Details hinzu.

»Noch eine Minute!«, rief der Bürgermeister.

Alle Teams verfielen in Hektik, um ihre Kürbisarbeiten zu beenden, ihres eingeschlossen, obwohl Elliot immer noch mit seiner Kürbisfledermaus spielte, und dann ertönte die Hupe.

»Meine Damen und Herren, die Zeit ist um. Wir werden jetzt die Lampen dimmen und Sie können die Kerzen hineinstellen. Die Preisrichter kommen vorbei und werden dann aus allen Kürbissen die Gewinner auswählen.«

Die Vorhänge wurden zugezogen und die Lampen ausgeschaltet, was den Raum in ein Halbdunkel tauchte. Viele Leute hauchten »Oh«, und die Dunkelheit schien zu verlangen, dass nur noch geflüstert wurde. Kerzen wurden angezündet und in die Kürbisse gestellt, und goldfarbene Lichtkegel erfüllten den Raum. Leo und Isla stellten ihre Teelichter in die beiden Kürbisse und Leo hob vorsichtig den Kopf auf den Körper. Dann traten sie einen Schritt zurück, um ihre Arbeit zu bewundern.

Leo blickte hinab auf Elliot. Der Junge strahlte übers ganze Gesicht.

»Ich finde, unser Kürbis-Batman ist der beste Kürbis im ganzen Dorf!«, verkündete er laut.

Leo lächelte. Sie hatten noch keines der anderen Motive gesehen, und Leo ging davon aus, dass einige hervorragend sein würden. Doch wenn Elliot fand, dass ihrer der beste war, dann reichte ihm das.

»Zwei Kürbisse«, stellte Tori fest, als sie mit Aidan herüberkam, um Leos Kreation zu bewundern. »Das ist doch bestimmt gegen die Regeln.«

»Nein, ist es nicht«, erwiderte Leo. »Wir haben das überprüft. Im Regelwerk steht nichts über die Verwendung von mehreren Kürbissen.«

»Vermutlich nehmen sie das dann für nächstes Jahr mit auf«, kommentierte Aidan. »Diese Regelliste scheint von Jahr zu Jahr länger zu werden.«

Leo bemerkte, dass die Preisrichter näher kamen und sich zu jedem Kunstwerk Notizen machten.

»Ich finde euren Batman super«, sagte Jamie, der mit Melody herüberkam.

»Auch wenn er für einen Superhelden ein bisschen moppelig ist«, ergänzte Melody. Sie hatte recht – durch die runde Kürbisform sah es aus, als hätte ihr Batman jede Menge Kuchen vertilgt.

»Wollen wir uns ansehen, was die anderen gemacht haben?«, schlug Leo vor und Elliot nickte eifrig.

Zuerst betrachteten sie den Kürbis von Tori und Aidan, eine wirklich coole Spinne in ihrem Netz. Leo wusste nicht, ob er Jamies überhaupt sehen wollte – sein Bruder war ein begnadeter Bildhauer und würde ihren Kürbis garantiert blass aussehen lassen. Und tatsächlich, Jamie hatte einen wunderschönen Drachen geschnitzt. Als Nächstes gingen sie hinüber zu Emily. Ihre Familie hatte sich für einen Geist entschieden.

Agatha und Stefano hatten das Pizzalogo von Stefanos Restaurant gewählt. Es geht doch nichts über Gratiswerbung, dachte Leo, und war ein wenig enttäuscht, dass Agatha etwas so Normales produziert hatte. Aber als die Kinder zum nächsten Tisch weitergelaufen waren, drehte Agatha ihren Kürbis um. Er zeigte ein Pärchen beim Sex. Auch wenn es eine Art Strichmännchenzeichnung war, gab es doch keinen Zweifel daran, was die beiden da taten. Agatha zwinkerte Leo zu und er lachte schallend. Wie es aussah, hatten sich Agatha und Stefano nicht einigen können und deshalb jeder sein eigenes Design geschnitzt. Stefano drehte den Kürbis schnell wieder herum, sodass das Pizzalogo nach vorne zeigte, als die Preisrichter vorbeigingen. Ihm war es offensichtlich ziemlich peinlich, was Agatha gemacht hatte. Falls er wirklich nachgegeben und endlich einer Verabredung mit ihr zugestimmt hatte, würde er bald herausfinden, dass diese Art von Anzüglichkeit nur die Spitze des Eisbergs war.

Sie gingen weiter und entdeckten Kürbisse mit Hexen, Katzen, Spukhäusern, Eulen und einer Vielzahl an gruseligen Gesichtern.

An der Bühne wurde eifrig beraten und jeder Preisrichter gab seine Stimme ab. Anschließend erwachte das Mikrofon krachend zum Leben.

»Wir haben dieses Jahr einige sehr beeindruckende Beiträge dabei, und alle sind auf einem viel höheren Niveau als im vergangenen Jahr. Zuerst einmal werden wir den Zweitplatzierten und den Sieger des Teamwettbewerbs verkünden. Dieser Kürbis hat eine hitzige Diskussion unter den Preisrichtern ausgelöst, aber nach einstimmiger Meinung der Jury geht der zweite Platz an die Familie Jackson und ihren fabelhaften Batman.«

Alle klatschten, aber es ertönten auch einige Buhrufe. Leo hatte den starken Verdacht, dass die von seiner eigenen Familie kamen.

Er umarmte Elliot und Isla und dann kam einer der Veranstalter herüber und überreichte Elliot eine kleine Trophäe. Sie war so winzig, dass Leo sich fragte, ob er ein Vergrößerungsglas dafür brauchen würde. Dazu gab es noch eine Schachtel Pralinen.

Elliot rannte los, um Marigold seine Trophäe zu zeigen. In diesem Moment piepte Leos Handy in seiner Tasche. Er zog es heraus – es war eine Nachricht von Thomas. Nur im Hintergrund bekam er noch mit, dass der Bürgermeister den anderen Gewinner verkündete.

Sadie hat zugestimmt, auf fünfundsechzigtausend Pfund herunterzugehen, aber alles darunter lehnt sie ab.

Leo seufzte. Das war immer noch zu viel.

Jetzt piepte auch Islas Handy in ihrer Tasche und sie holte es ebenfalls hervor.

»Ich habe gerade eine Nachricht von Thomas bekommen«, berichtete Leo. »Er sagt, Sadie geht auf fünfundsechzigtausend herunter, aber definitiv nicht tiefer.«

Isla verzog das Gesicht und entsperrte ihr Display. »Dass sie die fünfundzwanzig nicht akzeptiert, war klar. Ich bin schon überrascht, dass sie sich überhaupt von den fünfundsiebzigtausend abbringen lässt.«

»Ich finde immer noch, wir sollten mit der Sache vor Gericht gehen«, fand Leo, während Isla ihre eigene Nachricht aufrief.

Plötzlich füllten sich ihre Augen mit Tränen.

»Mist, was ist denn los?«, wollte Leo wissen.

Sie reichte ihm das Handy, und als er die Nachricht von Karie las, sank ihm der Mut.

Ich habe versucht, dich anzurufen, konnte dich aber nicht erreichen. Ich glaube, wir müssen die Adoptionsanhörung verschieben. Jetzt, wo Sadie zurück ist, können wir leider nicht ohne ihre Zustimmung die Adoption einleiten. Ich werde am Montag mit meinem Chef darüber reden. Nach dem Gespräch mit Sadie bin ich mir sicher, dass sie bald zustimmen wird, also mach dir bitte keine Sorgen. Es wird so kommen, eben nur einfach nicht zu dem erhofften Zeitpunkt. Ruf mich an, falls du darüber sprechen möchtest, wenn nicht, melde ich mich am Montag nach dem Gespräch mit meinem Chef bei dir.

Leo schlang einen Arm um Isla und drückte sie fest an sich. »Die Anhörung wird doch nicht abgesagt, nur verschoben. Das ist nur eine kleine Hürde, nichts weiter.«

Isla wischte sich die Tränen ab. »Du lieber Himmel, das ist alles ein einziges Chaos. Ich habe das Gefühl, für jeden Schritt, den wir nach vorne machen, machen wir drei zurück. Ich will einfach nur Elliot haben und nicht ständig fürchten müssen, ihn zu verlieren. Ich würde ihr das ganze verdammte Haus überlassen, wenn das bedeutet, dass sie der Adoption zustimmt. Er soll bei uns sein, wo er hingehört.«

»Das wird er auch bald, darauf gebe ich dir mein Wort«, versprach Leo und verstärkte seine Umarmung.

Genug war genug. Er würde die Sache ein für alle Mal regeln.

KAPITEL 20

Leo betrat das Hotel, in dem Sadie wohnte, und ging schnurstracks auf die Rezeption zu. Er kannte den Portier, Steve, weil er einige Jahre zuvor gemeinsam mit ihm Fußball gespielt hatte.

»Hey, Kumpel, wie geht's dir?«, fragte Leo und zwang sich zu einem strahlenden Lächeln.

»Schön, dich zu sehen, Leo. Ist ja schon ewig her.«

»Ich weiß, ich hatte viel zu tun. Wie geht's deiner Frau?«

»Die ist schwanger mit unserem dritten Kind«, berichtete Steve.

»Wow, da habt ihr keine Zeit verschwendet. Ihr habt doch gerade erst geheiratet ...«

»Vor zwei Jahren. Ich weiß, sie ist eine Babyproduktionsmaschine. Wie läuft's mit Isla?«

»Gut, sehr gut sogar«, antwortete Leo, der kein bisschen überrascht war, dass Steve über seine Beziehung zu Isla Bescheid wusste. Hier blieb nichts geheim, nicht mal vor denjenigen, die nicht mehr im Dorf wohnten.

Steve nickte. »Was kann ich für dich tun?«

»Kannst du mir die Zimmernummer von Sadie Norton geben?«, fragte Leo und bemühte sich um einen lockeren und unverbindlichen Tonfall.

Steve kniff ein wenig die Augen zusammen. »Ich habe gehört, was sie dir und Isla antut, und ich finde es widerlich. Genau wie alle anderen.« Er sah im Computer nach, schrieb eine Zimmernummer auf einen Zettel und schob ihn über den Tresen. Als Leo danach griff, hielt er ihn jedoch fest. »Leo, ich brauche diesen Job, jetzt mit dem Baby unterwegs noch dringender als zuvor. Bitte versprich mir, dass ich es nicht bereuen werde, dir ihre Nummer gegeben zu haben.«

Du liebe Zeit, für was für ein Monster hielt Steve ihn denn? In seinen Teenagerjahren hatte er zwar einen Ruf als Tunichtgut gehabt und sich einige Male geprügelt, aber Steve nahm doch sicher nicht an, dass er Sadie etwas antun würde?

»Ich will nur mit ihr sprechen, sonst nichts«, versicherte ihm Leo.

Steve zögerte einen Moment und gab dann die Nummer frei. »Die hast du aber nicht von mir. Fahr mit dem Fahrstuhl in die dritte Etage und folge dann dem Korridor nach links.«

Leo nickte und nahm den Zettel, bevor Steve seine Meinung ändern konnte.

Im Fahrstuhl schlug ihm das Herz bis zum Hals. Er musste das erledigen. Kurz darauf hatte er ihr Zimmer gefunden und klopfte. Einige Sekunden später öffnete Sadie ihm die Tür.

Sein Anblick schien sie zu überraschen.

»Verdammt noch mal, bist du hergekommen, um mich umzubringen, Leo?«, fragte sie trocken.

»Ich würde lügen, wenn ich behaupte, dass mir der Gedanke nicht schon mal gekommen ist«, konterte er.

Sie zögerte, machte dann jedoch einen Schritt nach hinten. »Dann komm lieber rein.«

Er betrat das Zimmer und sie schloss die Tür hinter ihm.

»Möchtest du einen Drink?«

»Nein, danke«, lehnte Leo kühl ab. »Dazu ist es für mich noch ein wenig früh.«

Er sah zu, wie sie zur Minibar ging und sich selbst einen Gin einschenkte, pur und ohne Eis. Sie wirkte … ausgezehrt, es gab kein anderes Wort, um ihr Aussehen zu beschreiben. Ihr Gesicht hatte deutlich mehr Falten als in seiner Erinnerung, es war an manchen Stellen aufgequollen und er fragte sich, ob das wohl daran lag, dass sie einige Jahre lang zu viel gefeiert hatte. Sie hatte schon immer gern getrunken, allerdings traf das auch auf ihn zu. Früher hatte er Sadie gemocht und immer mit ihr gelacht, wenn sie mit ihm und Matthew in den Pub gegangen war. Als Mum war sie eine totale Versagerin gewesen, aber deshalb hatte er sie nie verachtet. Einige Menschen waren einfach nicht fürs Elternsein gemacht, und er hatte damals oft gedacht, dass er genauso mies darin wäre wie sie, wenn er plötzlich Vater geworden wäre. Und obwohl man nicht direkt sagen konnte, dass sie dazu gezwungen worden war, hatte es doch ein deutliches … Drängen gegeben, als sie herausfand, dass sie schwanger war. Sie selbst hatte nie ein Kind gewollt, doch Matthew war völlig aus dem Häuschen gewesen. Trotzdem war Leo völlig überrascht gewesen, als sie Elliot und Matthew kurz nach Elliots erstem Geburtstag verließ, doch tief im Herzen hatte er gewusst, dass es so besser war. Er fragte sich, ob Sadie das genauso sah. Obwohl seine Meinung von ihr deshalb deutlich gesunken war, hatte er sie bisher trotzdem nie für einen bösen Menschen gehalten. Bis sie zurückgekommen war und alles ruiniert hatte. Im Lauf der Jahre hatte sie sich verändert, sie war härter geworden, das konnte er sehen. Sie war nicht mehr derselbe Mensch, der vor mehr als vier Jahren Sandcastle Bay verlassen hatte.

»Ich dachte, wir könnten uns unterhalten, ohne Anwälte. Kein Hickhack mehr.«

»Okay«, antwortete Sadie zögerlich. Sie nahm einen großen Schluck von ihrem Gin.

»Du musst Elliot außen vor lassen.«

Sie neigte den Kopf, die Miene hart und entschlossen. »Warum sollte ich das tun?«

»Weil du nicht deshalb hier bist. Du willst Geld, das ist alles. Und das verstehe ich, wirklich, aber dabei ruinierst du das Leben eines kleinen Jungen, deines Sohnes.«

»Isla muss nichts weiter tun, als mir fünfundsechzigtausend Pfund auszuzahlen, und dann bin ich fort, das Haus gehört ihr und der Junge gehört ihr. Ich finde das mehr als nur fair, fünfundsechzigtausend ist nicht annähernd die Hälfte des Hauswertes. Wenn sie ihn wirklich liebt, ist das doch ein kleiner Preis.«

»Sie muss das Haus verkaufen, um an das Geld zu kommen, und dann kann sie nirgendwohin. Du machst deinen Sohn obdachlos.«

Sie zuckte mit den Schultern. »Das ist nicht wirklich mein Problem. Ich bin sicher, jemand wird ihr zu Hilfe eilen. Du bist ein großer, starker Mann, Leo. Ganz bestimmt wirst du sie retten.«

»Wow. Ich habe dich für vieles gehalten, aber bisher nicht für eine so herzlose alte Hexe. Da habe ich mich offensichtlich geirrt«, gab Leo zurück und fluchte dann innerlich. Er war nicht hergekommen, um sie zu beleidigen, das würde ihm bei ihr keine Pluspunkte einbringen. Genau deshalb hatte Isla nicht gewollt, dass er mit Sadie sprach. Sie hätte ihn umgebracht, hätte sie gewusst, dass er hier war, daher musste er zumindest etwas erreichen.

Sadie stellte ihr Glas ab und verschränkte die Arme vor der Brust. »Ich möchte, dass du jetzt gehst.«

»Warte, es tut mir leid. Ich finde das alles nur so schwierig. Ich bin Elliots Patenonkel und soll für ihn da sein, aber vor dieser Sache hier kann ich ihn nicht schützen. Hast du überhaupt mal an Elliot gedacht? Hast du dir auch nur eine Sekunde lang ausgemalt, wie sein Leben ausgesehen hat, nachdem du fortgegangen warst?«

»Tausendmal besser als zu der Zeit, als ich noch da war, vermute ich«, erwiderte Sadie verbittert.

Darauf würde er zurückkommen, das war sein Einstiegspunkt.

»Ich nehme nicht an, dass er sich an dich erinnert, er war noch ein Baby, als du aus seinem Leben verschwunden bist. Drei Jahre lang gab es nur ihn und Matthew. Die beiden standen sich sehr nah. Jeder konnte sehen, dass Elliot seinen Dad vergöttert hat«, fuhr Leo fort, wobei ihm unerwarteterweise die Kehle eng wurde. »Und dann war Matthew eines Tages plötzlich nicht mehr da und wir mussten Elliot sagen, dass Daddy niemals mehr nach Hause kommen würde. Kannst du dir vorstellen, wie schwierig das für ihn war? Er war erst vier Jahre alt und musste akzeptieren, dass er seinen Vater niemals wiedersehen würde, niemals mehr mit ihm spielen oder eine Gutenachtgeschichte von ihm vorgelesen bekommen würde. Er war am Boden zerstört.«

Er musste einen Moment lang zum Fenster hinaussehen, um sich zu sammeln.

»Isla hat ihr ganzes Leben auf den Kopf gestellt, um herzukommen und sich um ihn zu kümmern. Sie hat ihr Zuhause in London zurückgelassen, wo sie bis dahin immer gewohnt hat, sie hat ihre Stelle gekündigt und sogar ihren Freund verlassen, um für Elliot da zu sein und ihn aufzuziehen. Elliot ist inzwischen wieder zufrieden. Natürlich vermisst er seinen Dad, aber er ist selbstbewusst, mutig, freundlich, und vor allem ist er glücklich, und das verdankt er alles Isla. Sie war die Mum, die er nie hatte.«

Sie kniff die Augen zusammen, und Leo fragte sich, ob er mit dieser Bemerkung zu weit gegangen war.

»Alles, was Isla seit Matthews Tod wollte, war, Elliot offiziell zu adoptieren, ihm Sicherheit zu geben, ein Zuhause bei ihr, damit sie ihn nicht an das Fürsorgesystem verliert und er zu jemandem kommt, der ihn nicht so sehr liebt wie sie. Diese Adoption konnte nicht voranschreiten, weil niemand dich finden konnte. Um ihn zu adoptieren, brauchen wir deine Zustimmung. Und endlich, *endlich*, haben wir letzte Woche grünes Licht für die Adoption bekommen. Das Gericht hat alles Mögliche versucht, um dich zu finden, und schließlich entschieden, die Adoption in die Wege zu leiten. In einigen Wochen hätten wir zum letzten Mal vor Gericht erscheinen sollen, um die Angelegenheit offiziell zu machen. Aber jetzt bist du zurückgekommen und all das ist ruiniert. Weil du deine Zustimmung verweigerst, wurde die Adoptionsanhörung gestrichen und … Es hat Isla das Herz gebrochen. Sie hat Angst, Elliot zu verlieren, und ich habe sie noch nie zuvor so verzweifelt gesehen. Ihr Bruder ist gestorben, ihr Freund hat sie sitzengelassen, als sie sich entschloss, sich um Elliot zu kümmern, und nichts davon hat sie aufgehalten, aber das hier … Sie darf Elliot nicht verlieren, und ich möchte mir gar nicht vorstellen, was der arme Junge durchmachen muss, wenn er ihr weggenommen wird.«

Er wusste, dass das gar nicht zur Debatte stand, aber er wollte so dick wie möglich auftragen. Er musste an Sadies Mitgefühl appellieren und er würde alles tun, was dafür nötig war, einschließlich lügen und betteln.

Und es schien zu funktionieren – ihre Miene war weicher geworden. Es schlug also doch ein Herz in ihrer Brust.

»Das Haus ist Isla egal«, fuhr Leo fort. »Ich meine, natürlich hat es einen emotionalen Wert für sie und Elliot. Es war Matthews Zuhause, dort liegen Elliots einzige Erinnerungen an seinen Dad. Aber Isla will Elliot in Sicherheit wissen, das Geld ist ihr egal. Wenn du Geld willst, dann lass uns vor Gericht gehen und die Sache gerecht regeln. Lass einen Richter entscheiden, wie viel dir zusteht, und wir werden dir zahlen, was auch immer er festlegt. Aber ich flehe dich an, lass Elliot aus der Sache raus.«

Sie seufzte und setzte sich aufs Bett. Eine lange Zeit schwieg sie.

»Ich war eine furchtbare Mutter für Elliot. Ich habe mich oft gefragt, ob es daran lag, dass ich selbst in meiner Kindheit keine guten Vorbilder hatte. Auch ich habe als Kind im Fürsorgesystem festgesteckt. Ich war in dreiundzwanzig verschiedenen Pflegefamilien. Man kann mit Recht behaupten, dass ich ein schwieriges Kind war. Nach Elliots Geburt hatte ich nicht die geringste Ahnung, was ich mit ihm anfangen sollte. All die anderen Mums, die ungefähr zur selben Zeit Kinder bekamen, schienen absolute Naturtalente zu sein. Ich konnte gar nichts. Ich fühlte auch nicht diese große Liebe für ihn, wie die anderen Mums sie für ihre Kinder beschrieben. Wusstest du, dass ich ihn fallengelassen habe?«

Leo wusste es. »Das war nicht deine Schuld, das war ein Unfall.«

»Natürlich habe ich es nicht absichtlich getan, aber ich habe mich deswegen schrecklich gefühlt. Welche Mum lässt denn versehentlich ihr Baby fallen?«

»Vermutlich mehr Mums, als du denkst«, erwiderte Leo.

Sadie nahm einen weiteren Schluck Gin. »Als ich damals fortging, war ich wirklich davon überzeugt, es wäre das Beste für Elliot. Er brauchte keine Mutter, die ihm das Leben versaut.«

»Ich bin mir da nicht so sicher, er hat ohne Mutter vermutlich eine Menge verpasst. Aber du kannst jetzt das Beste für ihn tun. Inzwischen hat er eine Mum, eine wunderbare, die ihn sehr liebt. Nimm ihm das nicht fort. Unterschreib die Einwilligung und gib Isla die Erlaubnis, deinen Sohn zu adoptieren, und gib Elliot die Familie, die er verdient.«

Sadie dachte einen Moment lang darüber nach. »Mein Leben im Fürsorgesystem war schrecklich, das will ich meinem

Sohn nicht zumuten. Ich werde das Formular unterschreiben. Ich rufe Karie gleich an und gebe ihr Bescheid.«

Leo seufzte erleichtert auf. »Danke.«

»Mein Geld will ich trotzdem noch«, beharrte Sadie, deren Miene jetzt wieder hart wurde.

Er schenkte ihr ein kleines Lächeln. »Dann sehen wir uns vor Gericht.«

Sie nickte.

Er ging zur Tür und sie folgte ihm.

»Danke. Du tust das Richtige.«

Sie nickte. »Ich weiß.«

Er verließ das Zimmer und schloss die Tür hinter sich. Im Flur lehnte er sich an die Wand und sackte erleichtert zusammen. Es war vorbei.

* * *

Lächelnd sah Isla zu, wie Elliot versuchte, mit dem Spritzbeutel vorsichtig ein gruseliges Gesicht auf den letzten Kürbis-Cupcake auf dem Blech zu spritzen. Er hatte mehr Glasur im Gesicht, als sich auf den Küchlein befand, und irgendwie hatte Luke auch eine Menge abbekommen, aber es war egal, solange es Elliot Spaß machte.

Sie hatte dringend eine Ablenkung von der Sache mit Sadie gebraucht und das Kuchenbacken schien dafür genau das Richtige zu sein. Karie hatte schon drei Mal angerufen, aber Isla hatte sich nicht in der Lage gesehen, mit ihr zu sprechen. Außerdem wollte sie das nicht vor Elliot tun, weil sie sehr wahrscheinlich weinen würde und ihn nicht verstören wollte.

»Was machen wir morgen?« Gähnend legte Elliot den Spritzbeutel weg.

Es war ein bisschen später als seine normale Bettgehzeit, aber da er Ferien hatte, war das nicht so schlimm. Er hatte aufbleiben wollen, bis Leo nach Hause kam, um ihm Gute Nacht zu sagen. Liebevoll schüttelte Isla den Kopf. Sie war sich nicht sicher, wie sie dazu gekommen waren, glückliche Familie zu spielen, aber es gefiel ihr. Sie sah auf ihre Uhr: Leo hatte ihr gesagt, dass er nach dem Kürbisschnitzwettbewerb geradewegs zur Arbeit gehen wollte, aber er war jetzt schon eine ganze Weile weg. Nachdem er ihr eine Nachricht geschickt hatte, mit dem Essen nicht auf ihn zu warten, hatte sie mit Elliot auch schon gegessen.

»Morgen bist du bei Leo, zumindest vormittags. Ich muss mir mein Brautjungfernkleid für Toris Hochzeit anmessen lassen«, erklärte Isla.

»Hurra, ich darf den Tag mit Leo verbringen! Ich liebe Leo.«

»Ich weiß, und er liebt dich auch sehr«, versicherte ihm Isla.

»Das stimmt«, bestätigte Leo, der wie aufs Stichwort in der Küchentür erschien.

»Leo!« Elliot sprang von seinem Hocker und rannte auf ihn zu, als hätten sie einander Tage nicht gesehen statt nur wenige Stunden.

Leo setzte ihn sich auf die Hüfte und drückte ihn fest. Dann ging er mit Elliot im Arm hinüber zu Isla und küsste sie auf die Wange.

»Soll ich dich ins Bett bringen?«, fragte Leo.

»Liest du mir eine Geschichte vor?«, wollte Elliot wissen.

»Natürlich, welche denn?«

»Die mit dem Grüffelokind«, wünschte sich Elliot.

»Das ist eine meiner Lieblingsgeschichten.« Er zwinkerte Isla zu. »In ein paar Minuten bin ich wieder da, und dann können wir reden«, sagte er bedeutungsvoll.

Ihr Herz machte einen Satz. Sie hatte keine Ahnung, was Leo ihr sagen wollte, aber nach diesem Tag war es hoffentlich nur etwas Gutes.

Leo reichte ihr Elliot, damit sie ihm Gute Nacht sagen konnte, und sie drückte ihn fest. »Ich habe dich lieb, mein Schatz.«

»Ich dich auch.«

Lächelnd gab sie ihn an Leo zurück.

»Wir müssen eventuell dein Gesicht waschen, bevor wir den Schlafanzug anziehen. Du hast ein winziges bisschen Zuckerguss auf den Wangen«, stellte Leo fest und trug Elliot aus dem Zimmer.

»Das liegt daran, dass ich immer daran geleckt habe«, flüsterte Elliot.

»Luke müsst ihr vermutlich auch sauber machen!«, rief Isla ihnen hinterher, als der Welpe ihnen aus dem Raum folgte.

Bei Lukes Anblick keuchte Leo gespielt schockiert auf. »Wieso ist Luke denn so voller Glasur?«

»Weil er auch dauernd welche gegessen hat«, erwiderte Elliot lachend und ihre Stimmen wurden leiser, als sie nach oben gingen.

Lächelnd räumte Isla die Teigschüsseln in den Geschirrspüler. Dann stellte sie die Cupcakes in eine Kuchenform. Ihr Lächeln verstärkte sich – in Leos Küche gab es Kuchenformen und anderes Backzubehör. Der Leo Jackson, den sie vor fünf Jahren kennengelernt hatte, hätte garantiert keine Backutensilien zu Hause gehabt. Er hätte auch nicht eins seiner Zimmer in ein Jungenzimmer umgewandelt und die Wände mit Planeten und Sternen bemalt. Während der vergangenen fünf Jahre hatte sich viel geändert. Sie konnte sich ihr Leben ohne Leo darin gar nicht mehr vorstellen.

Als alles aufgeräumt war, setzte sich Isla an den Küchentisch, um Karie zurückzurufen. Aber was gab es da eigentlich noch zu besprechen? Karie hatte in ihrer Nachricht bereits alles geschrieben.

Karie ging schon beim ersten Klingeln ran. »Du liebe Zeit, Isla, ich versuche schon den ganzen Abend, dich zu erwischen.«

»Ich weiß, tut mir leid, ich war beschäftigt«, entschuldigte sich Isla leise, weil sie nicht zugeben wollte, dass sie dem Gespräch mit Karie aus dem Weg hatte gehen wollen.

»Hör zu, ich habe Neuigkeiten, verdammt gute sogar«, begann Karie. »Sadie hat mich heute Nachmittag angerufen und mir gesagt, dass sie in die Adoption einwilligt. Sie war hier und hat alle Formulare unterschrieben.«

Isla sagte einen Moment lang gar nichts – ihr Herz machte einen Satz.

»Isla, hast du mich gehört? Elliot ist jetzt offiziell dein Sohn. Das heißt, sobald die Adoptionsanhörung erledigt ist. Aber jetzt, wo Sadie eingewilligt hat, lassen wir uns die Sache im Prinzip nur noch offiziell vom Richter bestätigten. Es ist geschafft.«

»Oh mein Gott«, hauchte Isla. »Ich kann es kaum glauben.«

»Das ging mir auch erst so. Immerhin hat sie bei unserem ersten Treffen deutlich gemacht, dass sie keinerlei Interesse an Elliot hat, aber sie hat trotzdem die Formulare nicht unterschrieben, und ich wusste nicht, warum.«

»Sie wollte mehr Geld«, erklärte Isla.

»Ja, das habe ich mir schon gedacht. Aber der Sinneswandel kam jetzt sehr plötzlich.«

»Wie kam es dazu?«, wollte Isla wissen.

»Ich habe nicht die geringste Ahnung. Sie meinte nur, sie tue damit das Richtige.«

»Aber das war's jetzt endgültig, oder? Sie kann ihre Meinung nicht mehr ändern?« Isla konnte kaum glauben, dass die Sache wirklich vorbei war.

»Nein, das war's. Die Anhörung vor Gericht wird stattfinden wie geplant, und dann gehört Elliot dir, aber du kannst definitiv heute Abend schon feiern.«

»Gott sei Dank.« Isla spürte Tränen aufsteigen.

Karie versprach, sich wegen des Gerichtstermins noch einmal mit ihr in Verbindung zu setzen, dann verabschiedete sich Isla und beendete das Gespräch mit zittrigen Fingern.

Tränen liefen ihr über die Wangen. Elliot gehörte jetzt zu ihr.

Das musste sie Leo erzählen.

Sie schob den Stuhl zurück, rannte nach oben und konnte sich gerade noch davon abhalten, laut nach ihm zu rufen. Keinesfalls wollte sie Elliot aufwecken, falls er schon im Bett lag.

Leo kam aus seinem Zimmer und blieb abrupt stehen, als er sie weinen sah. Rasch kam er auf sie zu und legte ihr die Hände auf die Schultern.

»Was ist los, was ist passiert?«

Vor lauter Tränen brachte sie kaum ein Wort heraus. »Es ist vorbei.«

»Was ist vorbei?«, hakte Leo nach.

»Sadie war heute Nachmittag bei Karie und hat die Einwilligung für die Adoption unterschrieben. Elliot gehört jetzt zu uns.«

Leo zögerte, offenbar musste er das Gehörte erst verarbeiten. »Ist das dein Ernst?«

Isla nickte. Noch nie war sie so erleichtert gewesen.

Leo drückte sie fest und sie spürte, wie er erleichtert auflachte. »Oh Gott, das sind wunderbare Neuigkeiten! Ich kann es kaum glauben.«

»Die Adoptionsanhörung findet immer noch statt, aber es handelt sich nur noch um eine Formalität. Karie hat nichts über das Haus oder das Geld gesagt, aber ich gehe davon aus, dass Sadie immer noch ihr Geld will. Doch das ist mir egal. Elliot ist das Einzige, was für mich zählt.«

Leo zog sich ein Stück zurück und wischte ihr die Tränen vom Gesicht. »Du hast ja keine Ahnung, wie glücklich mich das macht.«

Er küsste sie und sie lachte und weinte an seinem Mund.

Dann ließ er sie los. »Hör mal, wir müssen reden.«

Sie nickte, denn was auch immer er ihr zu sagen hatte, nichts konnte ihr jetzt noch das Lächeln aus dem Gesicht wischen.

Er nahm ihre Hand und zog sie ins Schlafzimmer. Überrascht bemerkte sie dort überall brennende Kerzen.

»Ich wünschte, ich hätte mehr Zeit gehabt, um das ordentlich zu planen, aber du hast mich heute Morgen mit deiner Erklärung ein wenig überrascht. Ich hätte nie geglaubt, dass jemand wie du sich in einen Mann wie mich verlieben könnte. Du siehst etwas in mir, das ich selbst nie gesehen habe. Heute Morgen, als du mir deine Liebe gestanden hast, wollte ich unbedingt die richtigen Worte finden, um dir zu sagen, was ich empfinde. Dabei muss ich eigentlich nur das sagen, was ich bisher noch zu niemandem gesagt habe, die Worte, die seit vier Jahren in meinem Herzen stehen. Ich liebe dich, Isla Rosewood. Du wirst niemals wirklich wissen, wie absolut glücklich du und Elliot mich gemacht habt, aber ich werde mich den Rest unseres Lebens anstrengen, dich jeden Tag genauso glücklich zu machen wie du mich.«

Schockiert starrte Isla ihn an – ihr Herz pochte wie wild.

»Ich frage dich jetzt noch einmal, und es hat nichts mit Sadie zu tun oder dass ich für dich sorgen will. Du und Elliot, ihr gehört hierher zu mir, weil ich euch beide sehr liebe. Ihr erfüllt mein Herz.« Er sank auf ein Knie und hielt ihr eine Ringschachtel entgegen, die er aufspringen ließ. Sie betrachtete den gelben Stein, der im Kerzenschein glitzerte. »Es ist ein gelber Saphir, sehr selten und ungewöhnlich, genau wie du. Ich habe ihn gesehen und musste sofort an den Sonnenschein und das Licht denken, das du in mein Leben gebracht hast. Willst du mich heiraten?«

Isla sank ebenfalls auf die Knie und jetzt strömten frische Tränen über ihre Wangen. Der Kloß in ihrem Hals war so groß, dass sie kaum atmen konnte. Sie nickte, denn sprechen konnte sie nicht, und nahm den Ring aus der Schachtel. Dann streifte sie ihn sich über den Finger. Oh Gott, sie war so glücklich, sie hatte Angst, ihr werde das Herz platzen.

Sie gab Leo einen langen Kuss.

»Ich liebe dich«, wisperte sie an seinen Lippen. »Ich liebe dich so sehr.«

Er küsste sie, als bekäme er nicht genug von ihr, umfasste ihren Rücken, und ohne seinen Mund von ihrem zu nehmen, legte er sie sanft auf den Boden.

Er streichelte sie überall, sie spürte seine Zunge in ihrem Mund und seinen Körper an ihrem. Sie rissen sich die Kleider vom Leib, bis sie beide nackt waren und sie unter seinem wunderbaren, warmen Körper zu liegen kam. Er küsste ihren Hals, ihre Schultern, und liebkoste ihre Brust, bis sie sich verzweifelt nach Erlösung suchend auf dem Boden unter ihm wand.

Er hielt gerade lange genug inne, um ein Kondom aufzureißen, und dann war er in ihr. Als sie ihre Beine um ihn schlang, seine Schultern und den Rücken streichelte, hielt er inne und sah sie einfach nur an.

»Du wirst meine Ehefrau sein«, flüsterte er bewundernd.

Lächelnd nickte sie.

Er küsste sie, bewegte sich an ihr und sie spürte, wie sich ihr Orgasmus in ihr aufbaute.

»Ich verspreche, dich zu lieben und zu ehren.« Er küsste sie. »Ich werde in guten wie in schlechten Zeiten für dich da sein, ich werde dich lieben, ehren und respektieren.« Er küsste sie erneut und sie fuhr mit den Fingern in die Haare in seinem Nacken. »Ich verspreche, gemeinsam mit dir unsere Kinder zu erziehen und für den Rest unseres Lebens dein bester Freund zu sein.«

Sie küsste ihn und es war der Gedanke an ein gemeinsames Leben mit diesem wunderbaren Mann, das sie schließlich über die Klippe stürzen ließ.

KAPITEL 21

Isla erwachte von Gelächter und geflüsterten Worten, und als sie ein Auge aufschlug, sah sie Elliot auf Leos Schoß sitzen. Die beiden unterhielten sich eifrig und Elliot erklärte Leo ein Spielzeug. Luke saß ebenfalls auf dem Bett und kaute zufrieden an einem seiner Hundespielzeuge.

Ihr Herz war so voller Liebe für ihre Jungs, und jetzt würden sie bald eine richtige Familie sein.

»Hey, Schatz«, sagte Isla und streichelte mit einem Finger Elliots Arm entlang.

Als er bemerkte, dass sie wach war, grinste er. Leo beugte sich sofort vor und küsste sie auf die Lippen. Nur ganz flüchtig, aber sie fragte sich trotzdem, was Elliot wohl dabei dachte. Doch Elliot zuckte nicht mal mit der Wimper und spielte einfach weiter, als wäre es das Normalste der Welt.

»Guten Morgen«, begrüßte er Isla. »Das ist aber ein hübscher Ring.«

Sie lächelte über seine gute Beobachtungsgabe.

Als sie sich aufsetzte, krabbelte Elliot herüber auf ihren Schoß.

»Das ist ein Verlobungsring«, erklärte Isla und drehte ihre Hand so, dass der Ring glitzerte. Sie versicherte sich durch einen

Blick bei Leo, dass es in Ordnung war, Elliot einzuweihen, doch Leo lächelte. »Er bedeutet, dass Leo und ich heiraten werden.«

»Hurra!«, rief Elliot und wackelte aufgeregt auf ihrem Schoß hin und her. »Wann heiraten wir denn?«

»Bald«, versicherte ihm Leo, bevor Isla etwas sagen konnte. »Wahrscheinlich noch vor Weihnachten.«

Isla schüttelte leicht tadelnd den Kopf, doch sie lächelte.

Er grinste. »Es gibt keinen Grund, noch länger zu warten.«

»Nein, ich glaube, das haben wir während der vergangenen Jahre zur Genüge getan«, stimmte sie ihm zu. Dann blickte sie auf ihre Uhr. »Ich muss mich fertig machen. Was habt ihr heute vor?«

»Ich dachte, wir können das alte Gokart hervorholen und nachschauen, ob es noch funktioniert, und ja, Elliot wird seinen Helm aufsetzen«, versprach Leo.

Isla lächelte. »Ich weiß, dass er bei dir in sicheren Händen ist.«

Sie beugte sich vor, küsste Leo und zog dann Elliot wieder auf ihren Schoß. Einen Moment lang beobachtete sie die beiden bei ihrem Gespräch. Sosehr sie sich auch darauf freute, den Tag mit Tori und Melody zu verbringen, sich auf Toris Hochzeit zu freuen und den anderen von ihren eigenen aufregenden Neuigkeiten zu berichten, sie wäre lieber hier bei ihrer kleinen Familie geblieben. Sie gab Leo noch einen Kuss auf die Schulter, Elliot einen auf den Kopf und dann ging sie ins Bad. Sie war sich sicher, dass sie den ganzen Tag über ein breites Lächeln im Gesicht haben würde. Nichts würde ihr heute die Laune verderben können. Momentan war sie glücklicher als je zuvor.

* * *

»Okay, sind wir bereit?«, fragte Leo.

»Ja!« Elliot sprang auf der Stelle auf und ab.

260

»Gut, dann gehen wir unsere Checkliste durch. Ist das Gokart bereit?«

»Ja!«

Da war sich Leo sicher. Sie hatten es am Vormittag geputzt und Leo hatte sorgfältig die Reifen, die Bremsen und das Lenkrad überprüft. Obwohl es einige Monate lang nicht benutzt worden war, befand es sich in einem einwandfreien Zustand.

»Hast du den Helm sicher auf?« Leo überprüfte die Gurte und konnte das bestätigen.

»Ja!« Elliot klopfte einmal kurz darauf.

»Die rutschfesten Rennhandschuhe?«, fragte Leo weiter.

Kichernd wackelte Elliot mit den Fingern, um zu beweisen, dass er die Handschuhe trug.

»Dann sind wir bereit.«

Schnell kletterte Elliot auf den Fahrersitz und legte die Hände auf das Lenkrad.

»Sitzgurt«, erinnerte Leo ihn. Rasch schnallte Elliot sich an.

Leo ging nach hinten und begann, das Fahrzeug vor- und zurückzuschieben. »Drei, zwei, eins …« Er schob das Kart die kurvige Einfahrt hinunter und Elliot lenkte. Leo hatte die Rückenlehne des Sitzes fest im Griff und nutzte sein Gewicht, um ein wenig auf die Fahrtrichtung einzuwirken. Elliot jubelte und lachte bis nach unten, wo Leo das Kart zum Halten brachte.

»Das war super!«, rief Elliot. »Wir waren ganz schön schnell.«

Leo grinste, denn in Wahrheit waren sie kaum richtig in Schwung gekommen.

»Möchtest du noch mal?«

»Ja!«

»Dann steig aus.«

Elliot löste seinen Sitzgurt und kletterte heraus, und Leo nahm das Gokart und trug es den Hügel hinauf.

»Ist es für dich in Ordnung, dass Isla und ich heiraten?«, fragte Leo.

»Ja, das ist total aufregend. Ich habe mit Marigold schon geübt.«

»Ihr habt heiraten geübt?«

»Ja, wir waren abwechselnd Braut und Bräutigam. Die Braut darf schöne Blumen tragen, das gefällt mir, und ein schönes Kleid. Das hat mir nicht so gut gefallen, aber Marigold hat behauptet, ich müsste es anziehen. Und der Priester, das war bei unserem letzten Mal Stanley, sagt dann, nimmst du, Marigold, hiermit Elliot als deinen echtmäßig angetrauten Ehemann, und dann sagt sie ja und dann fragt er mich, ob ich Marigold als meine echtmäßig angetraute Ehefrau nehmen will, und dann sagt Stanley, dass wir uns küssen können, aber das hat Marigold mir nicht erlaubt. Wirst du Isla bei eurer Hochzeit küssen?«

»Ja.«

»Und was muss ich sagen?«

Leo lächelte. »Ich bin sicher, dass du bei der Trauung etwas sagen kannst. Wir werden mit dem Standesbeamten reden und der wird uns erklären, was wir sagen müssen.«

»Und darf ich auch schöne Blumen tragen?«

»Wenn du das möchtest.«

»Ja, das fände ich schön.«

»Okay.«

»Aber ich glaube nicht, dass ich ein Kleid anziehen werde.«

»Du kannst anziehen, was auch immer du willst.«

»Mein Batman-Kostüm?«

Leo räusperte sich, als er sich die Hochzeitsfotos vorstellte und was Isla davon halten würde, wenn Batman an ihrem besonderen Tag dabei wäre.

»Warum besprechen wir nicht mit Isla, was du anziehen kannst? Vielleicht einfach deine besten Sachen.«

Elliot verzog das Gesicht.

»Ich bin sicher, wir finden etwas, womit ihr beide zufrieden seid, Isla und du. Ist es in Ordnung für dich, dass ihr im Hot Chocolate Cottage auszieht und dann hier wohnt?«

»Ich freue mich darauf, ein Spielzimmer zu haben. Und wenn ich eine kleine Schwester bekomme, wird die auch ihr eigenes Zimmer brauchen.«

»Das stimmt«, pflichtete Leo ihm bei.

»Und dafür haben wir im Hot Chocolate Cottage keinen Platz.«

»Nein.«

Elliot schwieg einen Moment lang. »Ich glaube, ich werde trotzdem ein bisschen traurig sein. Daddy und ich haben mein Zimmer zusammen gestrichen.«

Leo wusste, was er sagen wollte, wofür er vermutlich aber nicht die richtigen Worte fand. Mit dem Haus waren viele Erinnerungen an Matthew verbunden, und er würde traurig sein, wenn er die zurückließ.

»Und das Marshmallow Cottage«, fuhr Elliot fort.

»Dein Baumhaus?«

»Ja, Daddy hat mir das gebaut.«

»Wir könnten es mit hierherbringen. Wenn wir es vorsichtig auseinanderbauen, könnten wir es hier wieder zusammensetzen.«

»Geht das?«

»Ja, natürlich.« Leo stellte das Gokart oben am Hügel ab und hockte sich vor Elliot hin. »Nur weil wir aus Daddys Haus ausziehen, bedeutet das nicht, dass wir ihn vergessen. Wir haben Fotos und Videos von ihm, die wir uns jederzeit ansehen können.«

»Manchmal fehlt er mir«, gestand Elliot.

»Mir auch, sehr sogar. Und ich weiß, dass das Leben mit mir niemals dasselbe sein wird wie mit deinem Daddy, aber ich werde mein Bestes versuchen, dich glücklich zu machen.«

Elliot lächelte. »Du machst mich doch sehr glücklich. Ich hab dich lieb. So sehr.«

Er hielt seine Arme sehr weit auseinander.

Leo tat es ihm gleich. »Und ich habe dich so sehr lieb.«

Elliot lachte und setzte sich wieder in das Gokart. Er legte den Gurt an und Leo begann zum zweiten Mal, das Kart nach vorne und hinten zu ruckeln.

»Drei, zwei, eins«, zählte Leo und rannte dann los, während er das Gokart anschob.

Elliot drehte am Lenkrad, als sie auf eine Kurve zufuhren, doch dann stolperte Leo über einen kleinen Ast, der in der Einfahrt lag, und fiel zu Boden. Da er immer noch das Gokart festhielt, kippte es mit ihm um. Zu seinem Entsetzen flog es ihm aus der Hand und rollte seitlich den Hügel hinunter. Leo rappelte sich auf und sah, wie es auf der Seite liegend im Gras und in den Büschen zum Stehen kam.

Als er darauf zurannte, war nur ein einziger Gedanke in seinem Kopf: Von Elliot war kein Mucks zu hören.

KAPITEL 22

»Du bist verlobt!«, rief Melody, die den Ring beinahe schon in dem Moment entdeckt hatte, als Isla aus dem Auto stieg.

Isla lachte und nickte.

»Was?« Toris Kopf schoss nach oben. Sie hatte gerade eine Liste in ihrem Notizbuch geschrieben, während sie vor dem Brautmodenladen auf Isla gewartet hatten. »Zeig mir den Ring.«

Isla streckte die Hand aus und die Frauen bewunderten ihn mit »Ooohs« und »Ahhhs«.

»Wann ist das passiert?«

»Gestern Abend. Ich habe euch ja so viel zu erzählen«, sagte Isla.

»Aber ich dachte, ihr wollt es langsam angehen lassen. Ihr seid erst seit ein paar Tagen zusammen«, erinnerte sie Tori.

»Ich weiß, aber Melody hatte recht. Wir kennen uns schon seit Jahren. Ich liebe ihn schon seit Langem und er liebt mich auch. Es ergibt einfach nicht viel Sinn, noch länger zu warten. Wir sind füreinander bestimmt, das wisst ihr.«

Melody quiekte vor Freude. »Ich kann es kaum glauben. Ich freue mich so für euch beide.«

Sie stand auf und zog Isla in eine feste Umarmung.

»Erzähl uns alles«, bat sie.

»Sollten wir nicht für die Anprobe in den Laden gehen?«, fragte Isla.

»Wir haben noch Zeit«, erwiderte Tori. »Außerdem ist das hier wichtiger. Wie ist es passiert? Er hat dir doch schon so oft einen Antrag gemacht.«

»Ich habe Neuigkeiten, die genauso wichtig sind. Sadie hat unterschrieben und jetzt kann die Adoption wie geplant stattfinden.«

Die beiden starrten sie an.

»Was?«, rief Melody und schien darüber sogar noch erfreuter.

»Das war gestern Nachmittag. Karie hat mich angerufen. Ich habe nicht die geringste Ahnung, was Sadie jetzt doch noch dazu bewogen hat. Wer weiß, vielleicht hatten Karie oder sogar Thomas etwas damit zu tun, aber wie es aussieht, hat sie gesagt, es wäre das Richtige. Wir haben jetzt also die Anhörung in einigen Wochen, wie geplant, aber inzwischen ist das nur noch eine Formalität.«

»Das ist wunderbar, dann gehört er also offiziell zu dir?«, hakte Tori nach.

Isla nickte. »Ich kann euch gar nicht sagen, wie erleichtert ich bin. Während wir das gestern Abend also gefeiert haben, hat Leo mir gesagt, dass er mich liebt und mich heiraten will. In diesem Moment gab es für mich nicht mehr den geringsten Zweifel, dass der Zeitpunkt richtig war.«

Tori umarmte sie. »Ah, ich freue mich so für dich.«

»Ja, das sind wunderbare Neuigkeiten«, pflichtete Melody ihr bei. »Wir müssen anschließend zusammen essen gehen und das feiern.«

Isla lächelte. »Lasst mich das nur schnell mit Leo besprechen, er passt auf Elliot auf und muss vielleicht zur Arbeit. Obwohl ich ihm keine genaue Uhrzeit genannt habe, zu der ich wieder zurück sein wollte.«

Sie holte ihr Handy aus der Tasche.

»Ah, kein Empfang.«

»Hier nicht, nein, wir befinden uns hier in dieser kleinen, komischen Ecke der Welt, wo keine Handys existieren«, kommentierte Tori.

»Dann versuche ich, ihn anschließend anzurufen«, beschloss Isla und steckte das Handy zurück in die Tasche. »Na los, Tori, probieren wir unsere Kleider an. Ich kann es kaum erwarten, deins noch mal zu sehen.«

»Du musst dich schon mal für dich selbst umschauen, während wir hier sind«, empfahl ihr Melody. »Damit du zumindest schon mal eine Vorstellung davon hast, welchen Stil du dir für deine eigene Hochzeit vorstellst.«

Bei diesem Gedanken musste Isla grinsen. Noch vor wenigen Tagen hatte sie geglaubt, ihre Träume seien unmöglich. Jetzt hatte sie Elliot und würde Leo heiraten, und alle ihre Träume hatten sich erfüllt.

* * *

Leo rannte auf das Gokart zu. Beim Näherkommen hörte er Elliot heulen und war ein winziges bisschen erleichtert, denn wenn er noch schreien konnte, war er nicht tot. Als er das Kart erreicht hatte, ließ er sich auf die Knie fallen und ignorierte den Schmerz, der ihm in die Seite fuhr.

»Geht es dir gut, Kumpel?«, fragte er, umfasste vorsichtig Kopf und Körper des Jungen und stellte das Kart wieder aufrecht hin, bevor ihn ein fürchterlicher Gedanke durchzuckte. Falls Elliot sich einen Rücken- oder Halswirbel gebrochen hatte, durfte er ihn überhaupt nicht bewegen. Verdammt, eigentlich wusste er das, schließlich hatte er vor vielen Jahren sechs Monate lang als Feuerwehrmann gearbeitet. Er war in Erster Hilfe ausgebildet und bei einem Unfall musste man als

Allererstes an eine Wirbelverletzung denken. Doch wenn das Unfallopfer jemand war, den man liebte, dann waren Ruhe und Ausbildung vergessen.

Er versuchte, sich an das Gelernte zu erinnern, aber so wie Elliot schrie, schien er keine Atemprobleme zu haben. Er hielt auch den Kopf nicht so, als würde es auf eine Rücken- oder Halswirbelverletzung hindeuten. Leo ging um das Kart herum und weinte beinahe, als er sah, wie zerschunden das kleine Gesicht war. Um Elliots Mund herum war überall Blut, aber als er es wegwischte, merkte er, dass sich Elliot auf die Lippe gebissen haben musste.

»Okay, Elliot, wo tut es weh?«

Elliots Geschrei steigerte sich noch um eine Oktave, als er vage überallhin auf seinen Körper zeigte. So wie er seinen linken Arm hielt, war der vermutlich gebrochen.

Aus seiner Lippe quoll immer noch Blut, daher riss Leo ein Stück von seinem T-Shirt ab und tupfte damit vorsichtig um die Wunde herum. Dann löste er den Sitzgurt.

»Okay, bleib einen Augenblick sitzen und beweg dich nicht ...«, hatte er gerade gesagt, doch da stand Elliot auch schon auf, schlang Leo die Arme um den Nacken und schluchzte unkontrolliert.

Leo hielt ihn fest und seufzte noch einmal erleichtert auf. Wenn er sich so bewegen konnte, dann war mit ihm auch alles in Ordnung.

Er ließ das Gokart stehen und trug den Jungen die Einfahrt hinauf bis in die Küche. Luke sah aus seinem Hundekörbchen auf und wedelte sofort um sie herum. Da er spürte, dass etwas nicht stimmte, wimmerte er. Leo setzte Elliot auf die Arbeitsplatte, holte eine Schüssel mit Wasser und ein Handtuch und begann, einige der Schnitte zu säubern, doch der an der Lippe sah aus, als bräuchte er Stiche oder müsste zumindest geklebt werden. Elliot hielt seinen Arm immer noch merkwürdig fest und schrie, daher schnappte sich Leo seinen Autoschlüssel, setzte Elliot in den Kindersitz und fuhr ins Krankenhaus.

Mit seiner freien Hand wählte er Islas Nummer, doch der Anruf ging geradewegs auf die Mailbox.

Mist.

Als das Auto durch ein Schlagloch fuhr, schrie Elliot nur noch lauter.

Shit, Shit, Shit!

KAPITEL 23

Sie saßen in einem Sprechzimmer und warteten auf einen Arzt oder eine Krankenschwester. Elliot hatte zumindest aufgehört zu weinen, obwohl er immer noch schniefte und Leo mit dem Blick eines verwundeten Welpen ansah, als hätte der es absichtlich getan.

»Es tut mir so leid, Kumpel, ich wollte dir nicht wehtun«, entschuldigte sich Leo zum gefühlt hundertsten Mal.

Durch einen Spalt im Vorhang konnte er die Krankenschwester sehen, die sie empfangen hatte. Sie sprach mit einer anderen, deutete auf Elliots Sprechzimmer und wirkte völlig angewidert. Glaubten die beiden wirklich, er habe das seinem Patensohn absichtlich angetan?

Er musterte die Schwester genauer und erkannte sie dann. Momentan trug sie die Haare hochgesteckt. Als er sie das letzte Mal gesehen hatte, waren die Haare über ihr Kissen ausgebreitet gewesen. Eva. Er hatte vor vielen Jahren einmal mit ihr geschlafen und sie nie wieder angerufen. So ein Mistkerl war er damals gewesen. Die meisten Frauen hatten gewusst, worauf sie sich bei ihm einließen: eine, höchstens zwei Nächte, nichts Ernstes, keine Komplikationen. Doch obwohl er den Frauen in seinem Bett niemals falsche Versprechen gemacht und immer betont hatte, dass es sich lediglich um etwas Unverbindliches

270

handelte, waren doch einige mit gebrochenem Herzen zurückgeblieben. Eva gehörte dazu. Sie hatte ihn mehrere Male angerufen und war sogar bei ihm zu Hause aufgetaucht, wo sie ihm angeboten hatte, ihm das Abendessen zu kochen. Freundlich, aber bestimmt, hatte er abgelehnt – er war einfach nicht an einer festen Beziehung interessiert gewesen. Niemals hätte er abgestritten, dass er Frauen in der Vergangenheit nicht immer gut behandelt hatte. Er hatte ihre Anrufe ignoriert, war in der Morgendämmerung aus ihren Schlafzimmern geschlichen und hatte jegliche Art von Beziehung vermieden. Doch er hätte niemals eine von ihnen geschlagen, und dass Eva es für möglich hielt, dass er Elliot etwas antat, traf ihn hart.

In diesem Moment kam eine Ärztin herein. Lächelnd wandte sie sich an Elliot, vermutlich, um ihn zu beruhigen.

»Hallo, Elliot, ich bin Doktor Hunter. Wie ich sehe, bist du ein wenig gestürzt. Ich werde dich untersuchen und dann machen wir vielleicht noch ein paar Röntgenaufnahmen.«

Elliot nickte ernsthaft.

Zuerst leuchtete sie ihm in die Augen, was Elliot zum Blinzeln brachte, und dann betastete sie vorsichtig seinen Kopf und Nacken.

»Wer begleitet dich denn heute?«, fragte sie.

»Das ist Leo«, erklärte Elliot.

»Und ist Leo dein Daddy?«

»Ja. Aber nicht mein richtiger Daddy.«

»Ich bin sein … Stiefvater«, erklärte Leo. »Oder so was in der Art.«

»Was ist ein Stiefvater?«, wollte Leo wissen.

»Wenn ein Mann, der nicht dein Dad ist, deine Mummy heiratet, dann wird er dein Stiefvater«, erläuterte Doktor Hunter, während sie vorsichtig seinen Hals und die Schultern abtastete. »Ist Leo mit deiner Mummy verheiratet?«

Elliot schüttelte den Kopf. »Nein, aber er wird Isla heiraten.«

»Wer ist Isla?«

»Meine Tante«, erwiderte Elliot.

Doktor Hunter wirkte verwirrt.

»Isla ist sein gesetzlicher Vormund«, warf Leo ein. »Sie ist gerade dabei, ihn zu adoptieren. Wir sind verlobt.«

»Ah, ich vermute, dass Sie deshalb beim Sozialen Dienst gelistet sind. Elliots Name wurde bei seiner Aufnahme im System markiert.«

»Ja, wir arbeiten gemeinsam mit dem Sozialen Dienst an der formellen Adoption, da seine Eltern … nicht mehr hier sind«, antwortete Leo.

Elliot zuckte zusammen, als die Ärztin eine offensichtlich schmerzhafte Stelle an seiner Schulter berührte.

»Da hast du ja ganz schön was abbekommen. Wie ist das denn passiert?«, erkundigte sich Doktor Hunter.

»Leo war's«, behauptete Elliot mürrisch.

Du liebe Zeit, der Junge brachte ihn ja in Teufels Küche.

»Es war ein Unfall, nicht wahr, Kumpel?«, warf Leo ein.

»Ich würde das gern von Elliot selbst hören, wenn Sie nichts dagegen haben.« Die Ärztin lächelte ihn an, doch ihr Blick besagte, dass sie schon zu viele Fälle wie diesen hier gesehen hatte und Elliots Verletzungen nicht auf die leichte Schulter nehmen würde. Sie wandte sich wieder an den Jungen. »Erzählst du mir, was passiert ist?«

»Er hat mich angeschoben«, berichtete Elliot, die wunde Lippe schmollend vorgeschoben. »Wir haben mit dem Gokart gespielt und Leo hat mich richtig schnell angeschoben, aber dann ist er gestürzt und hat losgelassen und das Gokart ist umgefallen.«

Leo sah, wie sich die Ärztin sichtbar entspannte. »Das klingt wirklich ganz schön beängstigend.«

»Es hat sehr wehgetan.«

»Das kann ich mir vorstellen. Du warst schon mal hier, vor ungefähr anderthalb Jahren. Kannst du dich daran erinnern? In deiner Akte steht, du bist … gegen einen Schrank gelaufen.«

Sie musterte Leo, als ob sie dieser Schilderung nicht so recht glaubte. Leo erinnerte sich zurück an Elliots vierten Geburtstag, wo er ihn bei der Feier mit einer Wasserpistole gejagt hatte. Als Elliot aus dem Haus rennen wollte, war er mit den nassen Füßen auf dem Küchenboden ausgerutscht und kopfüber gegen einen Schrank geknallt. Die Beule auf seinem Kopf war innerhalb von Sekunden so dick wie eine Kartoffel angeschwollen. Leo hatte sich deshalb schrecklich gefühlt, aber Matthew hatte damals noch gelebt und sie hatten Elliot vorsichtshalber ins Krankenhaus gebracht. Hinterher hatte Matthew gelacht und gesagt, dass solche Dinge Kindern eben manchmal passierten.

Elliot nickte. »Da bin ich vor Leo geflüchtet.«

Der Junge machte es immer schlimmer.

»Und warum bist du vor Leo geflüchtet?«

»Weil ich nicht wollte, dass er mich fängt.«

Sie fuhr ihm mit den Fingern den Arm hinunter. »Verfolgt dich Leo oft?«

Elliot nickte. »Manchmal vor dem Schlafengehen, dann jagt er mich ins Bett und dann legt er sich zu mir und das mag ich.«

Die Ärztin sah Leo mit hochgezogener Braue an. Du liebe Zeit, er legte sich immer neben Elliot ins Bett, wenn er ihm eine Geschichte vorlas. Bisher hatte er sich darüber noch nie Gedanken gemacht.

»Was gefällt dir denn daran, mit Leo im Bett zu liegen?«

Du lieber Himmel, das klang einfach nicht richtig so.

»Weil …« Elliot suchte nach den richtigen Worten. »Dann fühle ich mich in mir drin ganz sehr gut, als wäre ich gleichzeitig glücklich und aufgeregt.«

Leo hatte einen Kloß im Hals, so sehr berührte ihn die liebevolle Art, wie Elliot seine Gefühle für ihn beschrieb. Er hoffte nur, die Ärztin werde da nicht etwas anderes hineininterpretieren.

»Okay, ich denke, wir schicken dich zum Röntgen. Ich vermute, du hast dir das Handgelenk gebrochen oder zumindest schwer verstaucht. Möchtest du, dass Leo mit dir mitkommt?«

Elliot nickte.

Leo stand auf.

»Und eine der Krankenschwestern hat Ihre Sozialarbeiterin angerufen. Karie Matthews, nicht wahr?«

Leo nickte, auch wenn ihm das Herz schwer wurde. Er mochte Karie, aber was würde sie von der Situation halten?

»Ist das wirklich nötig?«, fragte er und merkte, dass er dadurch klang, als hätte er etwas zu verbergen.

»Das ist nur eine Formalität«, erklärte Doktor Hunter. »Bei Patienten, die von einem Sozialarbeiter betreut werden, müssen wir den Sozialen Dienst auf dem Laufenden halten. Elliot, kannst du bis zur Röntgenabteilung laufen? Es ist nur den Flur hinunter.«

»Leo kann mich tragen«, verkündete Elliot und Leo lächelte leicht über den Tonfall. Wie ein König, der seinen Untergebenen einen Befehl erteilte.

Leo gehorchte und hob ihn vorsichtig hoch. Dabei schoss ihm wieder ein Schmerz in die Seite, doch er versuchte, ihn zu ignorieren. Elliot lehnte den Kopf an seine Schulter. Wie es aussah, hatte er ihm vergeben. Sie folgten Doktor Hunter den Korridor entlang.

»Ist Elliot gegen irgendwelche Medikamente allergisch?«, fragte sie.

»Ich … glaube nicht«, antwortete Leo. Er hatte nicht die geringste Ahnung. Verzweifelt kramte er in seinen Erinnerungen, ob Matthew oder Isla mal etwas in dieser Hinsicht erwähnt hatten, doch ihm fiel nichts ein. Solche Dinge hätte er eigentlich wissen sollen.

»Okay«, reagierte Doktor Hunter. Dass er es ihr nicht mit Bestimmtheit sagen konnte, machte keinen guten Eindruck auf sie. »Dann müssen wir wirklich dringend Isla erreichen.«

Leo beschloss, ihr nicht zu erzählen, dass er bereits zwanzig Mal versucht hatte, sie telefonisch zu erreichen. Er wusste, dass das auch nicht gut aussah. »Ich rufe sie an.«

* * *

Elliots Arm war gerade mit einem festen Verband umwickelt worden, als Isla eintraf. Vor lauter Sorge war sie ganz blass.

Leo versuchte, Elliot mit ihren Augen zu sehen. Er wusste, es sah übel aus.

»Oh Gott, Schatz, geht es dir gut?« Isla eilte zu ihm an die Liege und drückte ihn vorsichtig.

»Ja, es tut gar nicht mehr so weh«, verkündete Elliot tapfer.

Leo war erleichtert, dass Isla jetzt erst kam und nicht schon früher, als Elliot noch geweint und geblutet hatte.

»Sie haben ihm Paracetamol gegeben«, erklärte er. »Er hat ein verstauchtes Handgelenk und eine Haarfraktur am Schlüsselbein.«

»Leo hat eine gebrochene Rippe«, warf Elliot ein.

Die Röntgenschwester hatte einen Blick auf Leo geworfen, der Elliot steif auf die Liege gelegt hatte, und darauf bestanden, ihn ebenfalls zu röntgen. Leider konnte man bei einer gebrochenen Rippe nichts weiter tun.

Isla sah zu ihm hinüber. »Oh nein, meine Männer sind beide angeschlagen. Dann muss ich mich heute Abend gut um euch kümmern.«

Er beobachtete sie, während sie sich wieder Elliot widmete. War sie wütend? Machte sie ihn verantwortlich?

»Ist alles in Ordnung?«, fragte sie nach einer Weile.

»Ja. Es tut mir leid.«

Sie runzelte die Stirn. »Warum tut es dir leid?«

»Es hätte nicht passieren dürfen. Ich war für ihn verantwortlich.«

»Es war nur ein Unfall, mach dir deswegen keine Vorwürfe.«

Leo schüttelte den Kopf.

»Mein Magen knurrt«, meldete sich Elliot zu Wort. »Können wir bald nach Hause?«

»Gleich, Kumpel. Soll ich dir etwas zu essen besorgen?«, fragte Leo.

Elliot nickte.

»Möchtest du auch irgendwas?«, fragte er Isla.

»Nein, danke, ich habe mit Tori und Melody Kuchen gegessen.«

»Hat Tori in ihrem Brautkleid hübsch ausgesehen?«, wollte Elliot wissen, als Leo ging.

Draußen ging Leo bis zum Ende der Sprechzimmer, um nach dem Ausgang der Station und dem Weg zur Cafeteria zu suchen.

»Hast du den Mann in Sprechzimmer drei gesehen?«, hörte er eine Schwester aus dem letzten Raum sagen. Das ließ ihn innehalten – er und Elliot waren in Sprechzimmer drei gewesen. Er fragte sich, was sie jetzt wieder Abfälliges über ihn sagen würden. Als er durch den Vorhang spähte, erkannte er eine junge Krankenschwester, die gemeinsam mit Eva die Bettwäsche wechselte. »Er ist heiß!«, verkündete die junge Schwester und fächelte sich Luft zu. Leo grinste und wandte sich zum Gehen.

»Leo Jackson«, meinte Eva verächtlich. »Hast du gesehen, was er dem armen Jungen angetan hat? Falls du auf solche Grobiane stehst, Maisie, dann stimmt was nicht mit dir.«

Ihm wurde übel.

»Doktor Hunter hat gesagt, es war ein Gokart-Unfall«, widersprach Maisie.

Eva schnaubte. »Du kennst Leo Jackson nicht so gut wie ich. Keine Ahnung, was Isla mit einem Kerl wie ihm will. Ich kenne sie nicht besonders gut, aber sie scheint nicht auf den Kopf gefallen zu sein. Und dann lässt sie so einen Mann in ihr Haus und mit Elliot allein. Es ist nicht das erste Mal, dass Leo jemanden ins Krankenhaus gebracht hat, und es wird ganz sicher nicht das letzte Mal sein.«

»Was meinst du damit?«

»Er hat meinem Bruder die Nase gebrochen«, erklärte Eva.

»Absichtlich?«

»Ja, mit einem Faustschlag ins Gesicht.«

Er seufzte. In seiner Jugend war er in eine Menge Raufereien verwickelt gewesen. Nichts Ernstes, und tatsächlich hatte Oliver O'Mara, Evas Bruder, den Streit mit ihm angefangen, weil Leo unwissentlich Olivers Freundin geküsst hatte. In den Jahren nach der Schule und dem College waren Oliver und er ziemlich gut befreundet gewesen, bevor Oliver wegzog, daher ging er nicht davon aus, dass er ihm deswegen immer noch böse war. Und es hatte Eva auch nicht davon abgehalten, viele Jahre später mit Leo ins Bett zu gehen, daher war sie deswegen wohl auch nicht besonders nachtragend.

»Jeder in Sandcastle Bay und den Dörfern in der Umgebung weiß, dass er nichts taugt. Er hat öfter Ärger mit der Polizei gehabt, als ich zählen kann«, fuhr sie mit ihren Lügen fort. Leo war genau zweimal verhaftet worden, beide Male vor seinem achtzehnten Geburtstag. Das galt wohl kaum als langes Strafregister. »Er hat einen ganz üblen Ruf bei Frauen.«

»Weil er sie schlägt?«, fragte Maisie schockiert.

»Nun ja, in dieser Richtung habe ich noch nichts gehört, aber ... Die meisten Frauen schlafen nur einmal mit ihm, was sagt dir das?«

»Dass er sich nicht binden will.«

»Oder dass die Frauen zu viel Angst haben, zu ihm zurückzugehen.«

Leo verdrehte die Augen und wollte gerade gehen, als Eva mit ihrer Tirade fortfuhr.

»Elliot ist bereits beim Sozialen Dienst auf dem Radar. Ganz offensichtlich gibt es also Probleme mit dem Schutz seiner Kinderrechte.«

»Isla versucht, ihn zu adoptieren, das weißt du genau«, erwiderte Maisie. »Er wird lediglich vom Sozialen Dienst betreut, weil sein Dad gestorben ist und seine Mum nicht da war.«

»Nun ja, ich habe sicherheitshalber dort angerufen. Ich finde, die sollten wissen, was passiert ist«, murrte Eva.

»Das könnte Islas Chance auf die Adoption schmälern«, empörte sich Maisie. »Warum hast du das getan?«

»Sie hat ihre Chancen auf die Adoption des Jungen längst verspielt, als sie mit Leo Jackson zusammengekommen ist. Was glaubst du denn, warum die Adoption so lange dauert? Warum der Soziale Dienst es so lange hinausgezögert hat? Der Richter wird einen Blick auf Leo Jackson und seinen schlechten Ruf werfen und Elliot vermutlich in eine Pflegefamilie stecken, statt die Adoption zu bewilligen. Mal im Ernst, würdest du dein Kind mit ihm allein lassen? Was hat sich Isla nur dabei gedacht? Wenn sie Elliot offiziell adoptieren will, ist die einzige Möglichkeit, dass sie Leo Jackson zum Teufel jagt und sich so weit wie möglich von ihm fernhält. Vertrau mir, eine Freundin von mir ist Richterin in solchen Familienangelegenheiten, sie hat schon viel zu viel Schlimmes gesehen, als dass sie einfach unüberlegt eine solche Adoption bewilligen würde. Sie wird alle Faktoren in Erwägung ziehen und Leo Jackson wird als ein dickes, fettes Minus zu Buche schlagen.«

Leo gefror das Blut in den Adern und er wandte sich ab.

Hatte Eva recht? Konnte er womöglich Islas Chancen auf Elliots Adoption ruinieren? Er wusste, was die Menschen in Sandcastle Bay von ihm hielten, und es war nichts Gutes. In seiner Jugend hatte er sich einen schlechten Ruf zugelegt und niemand hatte es vergessen. Es würde Isla das Herz brechen, wenn sie Elliot nicht adoptieren konnte, und das würde er keinesfalls zulassen.

KAPITEL 24

Isla kam zurück nach unten, nachdem sie Elliot für einen Mittagsschlaf hingelegt hatte. Nach dem anstrengenden Vormittag war er völlig erschöpft gewesen. Von der Küchentür aus beobachtete sie Leo, der am Tisch saß und ins Leere starrte, eine Tasse Kaffee in der Hand, an der er offenbar noch nicht einmal genippt hatte.

Auf dem Rückweg hatte er kaum ein Wort gesagt, und seit sie zurück zu Hause waren, verhielt er sich distanziert. Irgendetwas stimmte nicht, doch sie hatte keine Ahnung, was es war.

Karie war kurz nach Isla im Krankenhaus aufgetaucht. Sie hatte Elliot ein Spielzeug mitgebracht, um ihn nach seinem Sturz aufzuheitern. Sie war freundlich und heiter gewesen und ein wenig verwundert, warum man sie wegen etwas dorthin bestellt hatte, was eindeutig ein Unfall gewesen war. Sie hatte den Vorfall nicht besonders ernst genommen, daher fragte sich Isla, warum Leo es tat.

Sie setzte sich zu ihm und sein Blick flog zu ihr. Seine Miene drückte Schmerz und Kummer aus.

»Was ist los?«, erkundigte sich Isla und nahm seine Hand.

Er schüttelte den Kopf und entzog sie ihr.

»Ich ... kann das nicht.«

»Was kannst du nicht?«

»Ein Vater für Elliot sein und ein Ehemann für dich. Ich kann es nicht. Ich dachte, ich könnte es, aber ich bin nicht gut für dich.«

»Sei nicht albern. Es war nur ein dummer Unfall.«

»Im Krankenhaus dachten alle, ich hätte ihn geschlagen.«

Sie runzelte die Stirn. War das wahr? Hatte man deshalb Karie angerufen?

»Jeder im Dorf weiß, dass ich nichts tauge, und sie haben recht.«

»Dann sind die Leute wohl sehr engstirnig, wenn sie dich nach dem beurteilen, was du vor zwanzig Jahren warst, und nicht den wunderbaren Mann sehen, zu dem du geworden bist. Sie kennen dich nicht so gut wie ich.«

»Ich bin Abschaum, egoistisch. Matthew ist meinetwegen tot.«

Sie starrte ihn an. »Wie kannst du das glauben? Du bist das Auto nicht gefahren, das ihn getötet hat.«

»Aber ich war im Pub, mit Alan. Ich habe zugesehen, wie er sich stärker betrunken hat als je zuvor. Ich habe nichts getan, um sein Besäufnis aufzuhalten, ich habe ihn nicht gefragt, ob es ihm gut geht, ich habe zugesehen, wie er den Pub verlassen hat, ohne mir Gedanken darüber zu machen, wie er nach Hause kommen sollte. Wenn ich ihn aufgehalten, mit ihm gesprochen hätte, dann wäre Matthew immer noch am Leben. Ich bin egoistisch und ich verdiene es nicht, dich und seinen Sohn als Belohnung für mein gedankenloses Handeln in meinem Leben zu haben.«

Isla versuchte, all das zu verarbeiten. Sie dachte darüber nach, wie anders ihr Leben verlaufen wäre, wenn Leo an diesem schicksalsschweren Abend mit Alan gesprochen hätte, und sie spürte in sich nicht den geringsten Anflug von Wut gegenüber Leo. Nichts davon war seine Schuld. Doch diese Schuldgefühle lasteten seit anderthalb Jahren schwer auf ihm, und es brach ihr das Herz, dass er so empfand.

»Es gab hundert verschiedene Faktoren, die dazu geführt haben, dass Matthew an diesem Abend getötet wurde, winzig kleine, unbedeutende Entscheidungen. Du bist nicht verantwortlich für seinen Tod. Du musst aufhören, das zu glauben.« Sie griff erneut nach seiner Hand, doch er zog sie weg.

Verzweiflung und Wut stiegen in ihr auf. So schrecklich es sein musste, mit dieser Schuld zu leben, jetzt stieß er sie deswegen fort. Die glückliche Zukunft mit ihrer perfekten kleinen Familie glitt ihr durch die Finger und all das wegen seiner Schuldgefühle. Und dann schoss ihr ein anderer Gedanke durch den Kopf.

»Hast du dich deswegen so sehr um Elliot und mich gekümmert? Aus lauter Schuldgefühl?«

»Natürlich!«, blaffte Leo sie an.

Isla hatte das Gefühl, gerade geohrfeigt worden zu sein. »Was war dann all das?« Sie deutete zwischen ihnen hin und her. »Eine moralische Verpflichtung? Du hast mir aus lauter Schuldgefühlen ein Jahr lang jede Woche einen Heiratsantrag gemacht. Hast du auch wegen deiner Schuldgefühle mit mir geschlafen?«

»Sei nicht lächerlich.«

»Und ich habe geglaubt, du warst für uns da, weil du uns liebst.«

»Das tue ich auch, Himmel, das tue ich doch! Ich bin seit vier Jahren in dich verliebt und Elliot habe ich sehr schnell ins Herz geschlossen, nachdem ich so viel Zeit mit ihm verbracht habe. Aber ja, anfangs hatten meine Besuche etwas mit meinen Schuldgefühlen zu tun. Ich fühlte mich schuldig daran, dass Elliot keinen Vater mehr hatte, und du keinen Bruder mehr. Meinetwegen.«

»Es war nicht deine Schuld. Du darfst dir davon nicht das Leben zerstören lassen. Glaubst du, Matthew hätte das gewollt? Elliot braucht dich …«

»Er braucht mich nicht. Meinetwegen liegt er dort oben mit einem gebrochenen Handgelenk.«

»Das war ein Unfall«, erwiderte Isla entnervt.

»Sie haben mich gefragt, ob er allergisch gegen irgendwelche Medikamente ist, und ich wusste es nicht. Sie haben mich gefragt, welche Blutgruppe er hat, falls sie den Arm operieren müssen, und das wusste ich auch nicht. Was für ein Vater wäre ich wohl für ihn?«

»Ich wusste auch nichts davon, als ich damals herkam, um mich um Elliot zu kümmern. Sogar heute kenne ich seine Blutgruppe nicht. Glaubst du denn, dass ich immer genau weiß, was ich tue? Dass irgendwelche Eltern das wissen? Ich weiß nie, ob ich zu streng bin oder zu weich. Wenn er mir Fragen stellt, was ein Kondom ist oder wo Babys herkommen, dann weiß ich nie, wie ich ihm antworten soll. Der Großteil des Elternseins besteht aus Improvisation, und dabei hoffen wir nur, dass wir unsere Kinder nicht lebenslang traumatisieren oder versehentlich noch vor ihrem achtzehnten Geburtstag umbringen«, sagte Isla.

»Ich hätte ihn heute beinahe umgebracht.«

»Es war ein Unfall«, wiederholte sie und überlegte, ob sie es ihm auf den Handrücken tätowieren lassen sollte, damit sie es nicht ständig wiederholen musste.

»Und was wäre, wenn ich ihn getötet hätte? Wärst du dann auch so nachsichtig? ›Macht doch nichts, Schatz, es war schließlich nur ein Unfall.‹«

Isla versuchte, sich vorzustellen, wie sie reagiert hätte, wenn Elliot auf tragische Weise an diesem Tag ums Leben gekommen wäre. Schon beim Gedanken daran tat ihr das Herz weh. Aber hätte sie Leo die Schuld daran gegeben? Der ruhige und vernünftige Teil von ihr versicherte ihr, dass sie das nicht getan hätte, weil man ihn für einen furchtbaren Unfall nicht verantwortlich machen konnte, aber wenn man trauerte, war leider nichts ruhig und vernünftig.

»Du würdest mich hassen«, stellte Leo leise fest.

»Und, was willst du jetzt tun? Machst du mit mir Schluss? Du hast dein Bestes als Vater versucht, gemerkt, dass es nichts für dich ist und jetzt verlässt du uns. So funktioniert Elternsein nicht. So funktionieren Ehen nicht. Du hast mir diesen Ring geschenkt und versprochen, in guten wie in schlechten Zeiten für mich da zu sein.«

»Was ich tue, ist nur zu deinem Besten.«

»Sollte ich das nicht selbst entscheiden dürfen?«

Er stand auf und küsste sie auf den Kopf. »Es tut mir leid.«

Mit diesen Worten ging er zur Tür hinaus.

Schockiert und mit Tränen in den Augen blickte sie ihm nach. Was zum Teufel war gerade passiert?

* * *

Der Sonnenuntergang hatte orangefarbene, kupferfarbene und goldfarbene Spuren am Himmel hinterlassen, als Elliot die Küche betrat.

Seit Leo gegangen war, hatte sich Isla nicht vom Tisch fortbewegt und wechselte ständig zwischen unkontrolliertem Weinen und betäubter Schockstarre. Momentan spürte sie gerade ein Taubheitsgefühl, worüber sie froh war – sie wollte nicht, dass Elliot sie weinen sah. Allerdings wusste sie auch, dass dies hier nicht die letzten Tränen bleiben würden.

»Wie geht es dir, mein Schatz?«, fragte sie, die Stimme ganz heiser vom Weinen.

»Mir geht's gut«, erwiderte Elliot. »Es tut nur ein bisschen weh. Wo ist Leo?«

Die Tränen drohten erneut zu fließen. Wie zum Teufel sollte sie Elliot das erklären? Es würde ihm das Herz brechen. Zorn stieg in ihr auf. Dieser verdammte Leo! Er hatte kein Recht, so etwas zu tun. Und wenn er nicht länger ein Teil des Lebens seines Patensohns sein wollte, dann sollte er verdammt noch mal zurückkommen und es ihm selbst erklären.

»Er musste zur Arbeit, er hat heute Abend eine Feuerwerksshow.«

Elliot nickte und akzeptierte diese Erklärung, und Isla schwor sich, dass sie zum letzten Mal gelogen hatte, um Leo zu decken.

»Aber für die Halloweenparade morgen kommt er doch zurück, oder?«, fragte Elliot.

Isla zögerte. »Das weiß ich nicht genau, er hat viel zu tun. Du weißt doch, dass in dieser Jahreszeit viele Feuerwerke stattfinden.«

Elliot setzte eine traurige Miene auf. »Aber er hat mir versprochen, mit mir zur Parade zu gehen.«

»Dann … wird er sicher sein Bestes geben, um da zu sein.« Jetzt trat sie für ihn ein und das hatte er genauso wenig verdient.

»Wollen wir uns einen Film ansehen?«, fragte sie, in der Hoffnung, Elliot damit ablenken zu können. »Wir können ihn uns in Leos Bett anschauen und dabei Popcorn essen. Du darfst den Film aussuchen.«

»›Die Eiskönigin‹!«, rief Elliot sofort. Alle Enttäuschung war vergessen.

»Einverstanden. Und zum Abendessen können wir Pizza machen.«

»Können wir die auch in Leos Bett essen?«, wollte Elliot wissen.

»Klar, warum nicht.« Isla war es egal, ob Krümel, Pizzasoße und Käse auf seiner Bettwäsche landen würden.

* * *

Isla klappte das Buch zu, aus dem sie Elliot gerade eine Gutenachtgeschichte vorgelesen hatte, und gab ihm einen Kuss auf den Kopf.

»Gute Nacht, mein Schatz.«

»Gute Nacht, ich hab dich lieb«, antwortete Elliot. »Oh, warte, ich muss noch Leo Gute Nacht sagen.«

Er nahm das Walkie-Talkie vom Nachttisch.

»Schatz, er arbeitet, vielleicht hat er es gar nicht eingeschaltet«, sagte Isla. Es gefiel ihr überhaupt nicht, dass sie schon wieder lügen musste.

Elliot drückte den Sendeknopf.

»Hier spricht Batman für Robin, bitte kommen, Robin.«

Am anderen Ende war jedoch nur Schweigen. Isla wusste nicht, ob Leo Elliot ignorierte oder sich einfach nicht in der Nähe seines Walkie-Talkies befand. Sie hoffte auf Letzteres.

Elliot versuchte es noch einmal. »Hier spricht Batman für Robin, bitte kommen, Robin.«

Stille.

Doch dann erwachte das Gerät plötzlich zum Leben. »Hier spricht Robin, was gibt's, Batman?«

Isla spürte einen Kloß im Hals. Am liebsten hätte sie Leo angebrüllt, aber das ging nicht vor Elliot.

»Ich wollte dir nur gute Nacht sagen, und dass ich dich lieb habe«, sagte Elliot.

»Ich hab dich auch lieb«, erwiderte Leo mit heiserer Stimme.

Elliot lächelte. »Hier spricht Batman, over and out.«

Er legte das Walkie-Talkie auf den Nachttisch und kuschelte sich ein.

Isla betrachtete es einen Moment lang. »Elliot, ich leihe mir das mal ein paar Minuten aus. Ich muss mal rasch mit Leo reden.«

»Okay, Isla, gute Nacht.«

»Nacht, Schatz.« Sie gab ihm einen Kuss und tätschelte Luke den Kopf.

Dann nahm sie das Walkie-Talkie mit nach unten, wo Elliot sie nicht hören konnte. Eine Weile lang überlegte sie, was sie sagen sollte. Sie drückte den Sendeknopf.

»Hier spricht Isla für Blödmann, bitte kommen, Blödmann.«

Schweigen. Gut, sie hatte nicht wirklich erwartet, dass er darauf reagieren würde.

»Ich weiß, dass du mich hören kannst, und du wirst dir jetzt anhören, was ich zu sagen habe. Morgen ist die Halloweenparade und du wirst dabei sein. Elliot freut sich seit Wochen darauf, und du wirst ihn nicht enttäuschen, hast du mich verstanden? Du hast ihm versprochen, dabei zu sein, und du hast mir versprochen, dass du immer für ihn da sein wirst, egal, was zwischen uns passiert. Und deshalb wirst du verdammt noch mal mit ihm zu der Parade gehen. Nicht für mich, sondern für ihn.«

Isla unterdrückte ein Schluchzen. Tränen strömten ihr über die Wangen. »Dass du für die Parade zurückkommst, bedeutet nicht, dass wir wieder zusammen sind, denn das ist aktuell für uns gar keine Option. Es bedeutet lediglich, dass du dein Versprechen gegenüber einem kleinen Jungen hältst, der es nicht verdient hat, so schäbig behandelt zu werden, der nichts falsch gemacht hat und dessen einziges Verbrechen darin besteht, dass er dich lieb gewonnen und geglaubt hat, er könnte dir vertrauen. Du wirst bei dieser Parade sein und du wirst dein verdammtes Robin-Kostüm anhaben und du wirst ihm beweisen, dass du kein Mistkerl bist. Und anschließend wirst du dich mit ihm hinsetzen und ihm erklären, warum du nicht mehr Teil seines Lebens sein wirst. Ich habe heute Abend für dich gelogen und dich gedeckt, als er gefragt hat, wo du bist, aber das mache ich nicht noch einmal. Wenn du ihn im Stich lassen und ihm das Herz brechen willst, dann mach es selbst.« Ihr gefiel überhaupt nicht, dass Leo ihre Tränen hören konnte, daher ließ sie den Sendeknopf schnell los.

Es blieb still in dem Gerät. Er hatte keine Antwort für sie.

Sie drückte erneut auf den Knopf.

»Momentan hasse ich dich, Leo Jackson. Ich hasse dich dafür, dass du mich an dich hast glauben lassen und mich dann so schmählich im Stich gelassen hast. Ich hasse dich dafür, dass du mir all diese wunderbaren Versprechungen über unsere Zukunft gemacht und sie mir dann wieder weggenommen hast. Ich hasse dich dafür, was du für Elliot getan hast. Und ich hasse dich dafür, dass du dafür gesorgt hast, dass ich mich in dich verliebe. Ich kann das nicht einfach abstellen so wie du, und dafür hasse ich dich.«

Schweigen.

Sie warf das Walkie-Talkie auf den Tisch, wischte sich die Tränen ab und ging ins Bett.

KAPITEL 25

Leo starrte von seiner Position auf dem Sofa in Jamies Wohnzimmer an die Decke. Am Nachmittag war er ziellos herumgewandert, unsicher, wo er hingehen oder was er tun sollte. Bei Anbruch der Dämmerung fand er sich plötzlich vor Jamies Haus wieder, obwohl sein kleiner Bruder offenkundig nicht da war. Vermutlich verbrachte er die Nacht bei Melody. Also hatte er sich mit dem Ersatzschlüssel selbst ins Haus gelassen und die Nacht auf dem Sofa verbracht, auch wenn er kein Auge zugemacht hatte.

Er hatte den größten Fehler seines Lebens begangen. Isla und Elliot zu verlassen bedeutete, das Beste zu verschmähen, was ihm im Leben je passiert war. Dass Isla am Vorabend so mitgenommen geklungen hatte, hatte ihm das Herz gebrochen.

Auf Elliots Unfall hatte er schlimm reagiert. Jetzt, im Nachhinein, war ihm das bewusst. Er hatte sich so schuldig gefühlt, dass es unter seiner Aufsicht passiert und er dafür verantwortlich gewesen war. Doch noch schlimmer waren die Reaktionen der Leute im Krankenhaus gewesen. Er hatte sich daran erinnert, wie ihn sein Freund Steve nach seinen Absichten gefragt hatte, als er Sadie auf ihrem Zimmer besuchen wollte. Vermutlich hatte er sich gefragt, ob Leo ihr etwas antun werde. Wenn sogar seine alten Freunde so wenig von ihm hielten, war es wenig überraschend, dass ihn die Ärzte und Krankenschwestern, die ihn nicht oder nur aus seiner Kindheit kannten, für fähig hielten, Elliot wehzutun. Doch was ihm am meisten Sorgen gemacht hatte, waren Evas Worte darüber gewesen, dass die für die Adoption zuständige Richterin Isla womöglich das Sorgerecht verweigern würde, wenn sie erfuhr, dass Leo Jackson etwas mit dem Fall zu tun hatte. Wenn Betty und Frances nach all diesen Jahren immer noch so schlecht von ihm dachten und die Richterin ihn womöglich auch noch aus dieser Zeit kannte, dann würde sie vielleicht auch zu einer negativen Einschätzung gelangen. Und diese drohende Gefahr hatte ihn letztendlich zum Gehen bewogen. Auf keinen Fall wollte er zwischen Isla und der Adoption stehen.

Er wusste natürlich, dass die Gefahr dafür eigentlich gering war. Wenn es ein Problem gewesen wäre, dass Isla und Elliot mit ihm in Verbindung standen, hätte Karie das Thema längst angesprochen. Und merkwürdigerweise schien Karie ihn trotz seines schlechten Rufs zu mögen.

Seufzend setzte er sich auf. Isla hatte recht, er war ein Idiot.

Die Haustür wurde geöffnet und einige Sekunden später erschien Jamie im Türrahmen. Als er seinen Bruder erblickte, erschrak er ein wenig.

»Hallo, was für eine unwillkommene Überraschung«, begrüßte er ihn trocken. Dann fragte er, als er Leos zerknautschte Kleidung näher in Augenschein nahm: »Hast du hier geschlafen?«

Leo nickte.

»Moment mal, Melody kam gestern von ihrer Brautkleidanprobe mit Tori und Isla nach Hause und war ganz begeistert darüber, wie glücklich du und Isla zusammen seid, dass ihr euch verlobt habt und dass Sadie der Adoption zugestimmt hat. Alles schien sich für euch endlich zum Guten zu wenden. Was zum Teufel ist passiert?«

Jamie wusste offensichtlich nichts von dem Unfall. Leo hatte Isla erst erreicht, nachdem sie sich von Melody und Tori verabschiedet hatte und auf dem Nachhauseweg war, daher konnte sein Bruder nichts von Elliots Unfall und den darauffolgenden Ereignissen wissen.

»Ja, es war endlich alles perfekt«, stimmte Leo ihm zu. »Und dann habe ich alles vermasselt.«

Jamie setzte sich dem Sofa gegenüber in einen Sessel. »Sie hat dich rausgeworfen?«

»Schlimmer. Weniger als vierundzwanzig Stunden, nachdem ich ihr einen Antrag gemacht und ihr gesagt habe, dass ich sie liebe und mich immer um sie und Elliot kümmern werde, habe ich sie verlassen.«

Jamie starrte ihn an. »Du bist ein noch viel größerer Blödmann, als ich dachte.«

»Wem sagst du das.« Leo seufzte.

»Was ist passiert?«

Leo erzählte ihm von dem Unfall und was im Krankenhaus geschehen war, dann alles aus dem belauschten Gespräch zwischen Eva und ihrer Kollegin und wie all das in ihm immer weiter gegärt hatte, bis er schließlich nach ihrer Rückkehr nach Hause mit Isla Schluss gemacht hatte.

Jamie hatte nichts zu erwidern, keinen weisen Rat. Was gab es da schon zu sagen? Leo hatte alles verdorben.

»Ganz ehrlich, glaubst du, die beiden sind ohne mich besser dran?«, wollte Leo wissen.

»Kommt darauf an. Entscheidend ist, werden sie sich ständig mit diesem Blödsinn auseinandersetzen müssen, dass du davonläufst, sobald die Dinge ein bisschen komplizierter werden? Denn falls ja, dann würde ich sagen, sie sind ohne dich besser dran. Elliot braucht jemanden, auf den er sich verlassen kann, der immer für ihn da ist, und wenn du dieser Mensch nicht sein kannst, dann wäre es besser für dich, wenn du komplett aus seinem Leben verschwindest, als nur hier und da mal aufzutauchen, wenn dir danach ist.«

Leo stützte den Kopf in die Hände. Das waren harte Worte, aber Jamie hatte recht. Hier stand mehr auf dem Spiel als nur seine Beziehung zu Isla, er musste auch an den kleinen Jungen denken.

»Ich wollte das Richtige für ihn tun, für sie beide«, erklärte Leo.

»Ich weiß, und deshalb passt ihr unter normalen Umständen auch perfekt zusammen. Du hast das Leben dieses kleinen Jungen besser gemacht. Du warst für Isla in ihren schwersten Momenten da, doch die beiden haben auch dir geholfen. Nach Matthews Tod habe ich befürchtet, auch dich zu verlieren. Du warst komplett am Boden, hast dir all diese Schuldgefühle aufgeladen und die beiden haben wieder Freude in dein Leben gebracht, dir etwas gegeben, wofür es sich zu leben lohnt. Ihr braucht einander, ihr seid miteinander verbunden und so etwas lässt man nicht einfach hinter sich.«

»Aber was ist damit, dass der Richter Isla das Sorgerecht für Elliot verwehren könnte, weil sie mit mir zusammen ist? Mir ist egal, wer glaubt, dass ich ein Taugenichts bin oder dass ich Elliot wehtun könnte. Ich kenne die Wahrheit und Isla auch, die anderen sind mir egal. Aber ich kann ihr bei Elliots Adoption nicht im Weg stehen. Das würde ihr das Herz brechen.«

»Du weißt, dass das kompletter Blödsinn ist. Das sind die Worte von jemandem, der sauer auf dich ist, nicht von jemandem, der auch nur das Geringste über euren Fall weiß oder sonst wie fachlich qualifiziert ist. Karie wird in den Augen des Richters die wichtigste Stimme in eurem Fall haben. Er wird sich ihre Einschätzung anhören, er wird sehen, wie glücklich Elliot bei euch ist, und darauf wird das Gericht seine Entscheidung fußen. Nicht auf die Person, die du vor zwanzig

Jahren warst, oder dass du mit mehr Frauen geschlafen hast, als du zählen kannst. Das wird den Richter nicht interessieren.«

Leo fluchte. Jamie hatte recht. Was zum Teufel hatte er getan?

»Isla wird mir niemals verzeihen. Du hättest sie gestern Abend hören sollen, sie war fix und fertig.«

»Es wird Zeit brauchen«, entgegnete Jamie ehrlich. »Aber du kannst damit anfangen, dass du heute Abend zur Halloweenparade auftauchst. Sprich mit ihr, erzähl ihr von deiner Angst um die Adoption, sag ihr ehrlich, warum du sie verlassen hast.«

»Und wenn das nicht funktioniert?«

»Ihr zwei seid füreinander bestimmt, das weiß sie.«

Leo seufzte. Er hatte eine Menge wiedergutzumachen, und anfangen würde er mit einem Robin-Kostüm.

* * *

Isla wartete nervös auf den Beginn der Parade, während Freunde und Familienmitglieder gegenseitig ihre Kostüme bewunderten. Bis zum offiziellen Beginn waren es noch zehn Minuten, doch die schienen wie im Schneckentempo zu vergehen. Leo musste kommen, er musste einfach. Sie konnte Elliot nicht schon wieder anlügen.

»Er wird kommen«, sagte Melody leise. Sie stand als Wonder Woman verkleidet in der Nähe. Isla hatte bereits Jamie in einem Pilotenoutfit aus dem Zweiten Weltkrieg entdeckt – er sollte wohl Steve Trevor, Wonder Womans Begleiter, darstellen.

»Er wird weder dich noch Elliot enttäuschen«, meinte auch Tori, die als Merida verkleidet war, komplett mit Pfeil und Bogen.

»Das hat er längst«, murmelte Isla.

Tatsächlich brauchte sie ihn hier für mehr als nur für Elliot. Sie wollte wissen, dass ihre Beziehung real war, dass seine Versprechen aus der Nacht, als er ihr den Antrag gemacht hatte, etwas bedeuteten. Sie wusste nicht, ob eine gemeinsame Zukunft vor ihnen lag, aber wenn er heute hier auftauchte, bewies er damit, dass ihm das zwischen ihnen mindestens genauso wichtig war wie ihr.

»Du siehst toll aus.« Emily kam mit Marigold herüber, die in einem pinkfarbenen Spiderman-Kostüm steckte, oder besser gesagt, einem Spiderwoman-Kostüm. Emily hatte sich für einen einfachen Hermine-Granger-Look entschieden: langer schwarzer Umhang, buschige Haare und ausgerüstet mit einem Zauberstab und einem Stapel Bücher unter dem Arm. Es war bestimmt schwierig, ein passendes Kostüm zu finden, wenn man im achten Monat schwanger war.

Marigold betrachtete Islas Kostüm. »Was stellst du denn dar?«, fragte sie frei heraus.

»She-Ra«, erklärte Isla. »Sie ist eine Figur aus einer Fernsehsendung in meiner Kindheit.«

»Das Kleid ist aber sehr kurz«, fand Marigold.

Das wusste Isla. Eigentlich hatte sie nicht vorgehabt, auszusehen wie die Heldin in der Pornoversion dieses Trickfilms, aber als sie es angezogen hatte, war es ihr so vorgekommen, als streife sie damit auch etwas von She-Ras Kraft über. Sie war mutig und stark und würde auch ohne Leo wunderbar zurechtkommen. Es half auch, dass sie mit ihren hohen goldfarbenen Stiefeln sehr sexy aussah, und es würde sehr befriedigend sein, Leo vorzuführen, was ihm entging.

Falls er überhaupt auftauchte.

Marigold schien bereits das Interesse an ihr verloren zu haben und nahm Elliots Hand. »Komm und sieh dir dieses Kostüm an, das ist total lustig.«

Sie rannten fort, um sich einen Mann anzusehen, der als ein großes grünes pelziges Monster verkleidet war.

»Hallo«, ertönte da Leos Stimme hinter ihr.

Sie wirbelte herum und einen Moment lang sah er sie einfach nur an. Nicht ihr Kostüm oder ihre autoupierten Haare, nur sie. In seinem Blick erkannte sie Kummer und Bedauern.

Sie hatte ihm nichts zu sagen. Sie wollte ihn schütteln und ihm genauso wehtun, wie er ihr wehgetan hatte, aber gleichzeitig wollte sie ihn auch küssen und an sich pressen und ihn niemals wieder gehen lassen. Doch sie war wegen Elliot hier und momentan war das alles, was zählte.

Als sein Blick über ihr Kostüm glitt, weiteten sich seine Augen ein wenig.

»Du siehst ... toll aus«, sagte er.

Sie betrachtete sein Kostüm. Leider konnte sie das Kompliment nicht erwidern. In den winzigen grünen Shorts, der roten Weste, dem goldfarbenen Umhang und den grünen, spitzen, elfenhaften Schuhen, sah er ziemlich lächerlich aus, und das brachte ihr Herz ein wenig zum Schmelzen. Er hatte sich wie einen Kasper gekleidet, nur um Elliot eine Freude zu machen.

»Danke, dass du gekommen bist.«

Verlegen fuhr er sich durchs Haar. »Hör mal, es tut mir leid wegen gestern Abend ...«

»Leo!« Elliot kam herübergerannt und warf sich in Leos Arme. Der hob ihn hoch und drückte ihn fest an sich.

»Hey, Kumpel, wie geht's dir?« Verwirrt betrachtete Leo Elliots Outfit. »Wo ist dein Kostüm?«

»Ich habe es doch an«, erwiderte Elliot. »Kannst du erraten, wer ich bin?«

Lächelnd sah Isla zu, wie Leo Elliots Aufzug erneut musterte. Ursprünglich hatte sie gedacht, dass Elliot einfach etwas aus Leos Schrank anziehen könnte, aber der Mann war so groß, dass sogar sein Hemd über den Boden streifte. Stattdessen war sie mit Elliot einkaufen gewesen und sie hatten ein hellblaues Hemd gefunden, das dem ähnelte, welches Leo häufig trug, und er hatte sogar seine Ärmel bis zum Ellbogen aufgerollt, so wie sein Patenonkel es immer tat. Er trug es über einer Jeans mit einer kleinen Lederjacke aus dem Secondhandshop, die wie eine von Leos aussah.

»Bist du Bruce Wayne?«, riet Leo.

»Ich bin du!«, verriet Elliot, der es nicht länger für sich behalten konnte.

Schockiert starrte Leo ihn an.

»Ja, als ich Elliot erklärt habe, was ein Held ist, jemand, der immer da ist, wenn man ihn braucht, jemand, der stark und mutig und furchtlos ist, da dachte er automatisch an dich. Keine Ahnung, warum. Er hält dich für seinen Helden«, erklärte Isla.

Leo schluckte schwer, und als er sprach, klang seine Stimme rau. »Danke, Kumpel, das ist eine tolle Überraschung.«

»Für nächstes Jahr sollte er die Messlatte wohl ein wenig höher legen«, kommentierte Isla kalt, weil sie wusste, dass Elliot die Spitze nicht verstehen würde.

Als Leo sie ansah, wandte sie sich ab. Sie konnte es nicht ertragen, die beiden zusammen zu sehen, es tat ihr zu sehr weh. Als sich die Menge um sie herum auf den Beginn der Parade vorbereitete, ließ sie es zu, dass sich andere Menschen zwischen sie schoben. Sie wusste, dass Elliot bei Leo in guten Händen war, und falls es wirklich das letzte Beisammensein für die beiden sein sollte, dann wollte sie, dass Elliot so viel wie möglich davon hatte.

Sie gesellte sich zu Melody und Jamie, und gemeinsam gingen sie die Hauptstraße entlang in Richtung Strand. Jeder trug seine Kürbislaterne.

Überrascht blickte Jamie sie an. »Habt ihr euch ausgesprochen?«

Isla schüttelte den Kopf. »Was gibt es da noch zu sagen? Er will nicht länger ein Teil meiner Familie sein.«

»Das stimmt nicht. Gestern Abend hat er überreagiert, er möchte sich entschuldigen.«

Ihr angeschlagenes Herz füllte sich einige Sekunden lang mit Hoffnung, doch dann machte es wieder dicht.

»Ich kann nicht ...«, begann Isla. »Dafür ist es zu spät.«

Melody drückte ihre Hand. »Er ist nicht Daniel.«

»Ich weiß.«

»Findest du nicht, dass er eine zweite Chance verdient hat?«

»Es läuft am Ende auf dasselbe hinaus. Beide haben mir eine gemeinsame Zukunft versprochen, und beide haben mich verlassen. Der einzige Unterschied ist, dass Leo mir zuvor noch einen Ring geschenkt hat. Nachdem Daniel mich auf so spektakuläre Weise fallengelassen hat, hatte ich große Bedenken, mich wieder auf jemanden einzulassen. Ich wusste, wenn ich mich wieder mit einem Mann treffe, dann muss ich ihm vollkommen vertrauen. Nicht nur meinetwegen, sondern auch wegen Elliot. Ich habe Leo vertraut, und das hat sich gerächt.«

»Ich weiß, dass er sich letzte Nacht wie ein Idiot aufgeführt hat«, mischte sich Jamie ein. »Das weiß er selbst. Aber findest du nicht, du solltest dir wenigstens anhören, was er zu sagen hat, damit er sich entschuldigen kann? Das bist du ihm schuldig.«

Warum war sie plötzlich die Böse? »Er hat mich verlassen, ich schulde ihm überhaupt nichts.«

»Das sehe ich nicht so«, widersprach Jamie. »Wie wäre es damit, dass er im Lauf des vergangenen Jahres bei The Big Bang mehr Personal eingestellt hat, damit er öfter freinehmen und für dich und Elliot da sein konnte?«

»Was?« Das hatte Isla nicht gewusst.

»Wie wäre es damit, dass er für diesen kleinen Jungen die Vaterrolle übernommen hat? Leo hat ihn in sein Leben aufgenommen und er liebt ihn. Nichts davon hätte er tun müssen.

Und was ist damit, dass er Sadie aufgesucht und sie angefleht hat, die Adoptionspapiere zu unterschreiben, um Elliot aus der ganzen Sache herauszuhalten, was sie letztendlich auch getan hat?«

»Er ... ist zu Sadie gegangen?«

»Ja, er wollte nicht, dass du es weißt, weil du ihn gebeten hattest, es nicht zu tun, aber er wusste, dass er es zumindest versuchen musste. Oder wie wäre es damit, dass der Hauptgrund dafür, dass Leo gestern Abend mit dir Schluss gemacht hat, die Tatsache ist, dass er mit angehört hat, wie eine blöde Kuh, mit der er einmal ausgegangen ist, behauptet hat, der Richter in deinem Adoptionsfall würde dir Elliot niemals zusprechen, wenn bekannt würde, dass du mit Leo zusammen bist, und dass er daraufhin Angst bekommen hat, er könnte das für dich ruinieren? Er war bereit, die einzige Frau zu verlassen, die er je geliebt hat, um sicherzugehen, dass du Elliot adoptieren kannst.« Jamie hielt inne und fuhr dann sanfter fort. »Ich würde sagen, du bist ihm sogar eine ganze Menge schuldig.«

Isla starrte ihn an. Tränen stiegen ihr in die Augen und ihre Kehle war wie zugeschnürt. »Ich ... ich habe von all dem nichts gewusst.«

Du liebe Zeit, deshalb war Leo also gegangen: Weil er geglaubt hatte, dass Elliot ihr mehr bedeutete als er, wo sie doch in Wirklichkeit beide in ihrem Leben brauchte. Er hatte wirklich geglaubt, sie sei ohne ihn besser dran, und hatte alles in seiner Macht Stehende versucht, damit die Adoption glatt über die Bühne gehen konnte, sogar sein eigenes Glück für sie geopfert.

Er war der unglaublichste, tollste, liebenswerteste, großzügigste Mann, den sie kannte. Warum konnte er das nicht selber sehen?

Er war bei Sadie gewesen. Er war der Grund dafür, dass Sadie so plötzlich ihre Meinung geändert hatte. Oh Gott, Jamie hatte recht. Leo hatte ihr so viel gegeben.

Sie blickte sich um, ob sie ihn in der Menge ausmachen konnte, vermochte ihn jedoch nirgends zu entdecken.

»Ich muss ihn suchen«, murmelte sie und Melody und Jamie begannen jetzt ebenfalls, nach ihm Ausschau zu halten. »Du liebe Zeit, er dürfte eigentlich nicht so schwer zu finden sein, er hat einen goldfarbenen Umhang um und grüne Shorts an.«

Isla blieb stehen und wartete, bis die Dorfbewohner an ihr vorbeigegangen waren. Zu Beginn der Parade war er hinter ihr gewesen, also befand er sich vermutlich auch jetzt noch dort. Einige Supermänner gingen vorbei, ein Luke Skywalker, ein Captain America, ein Thor, ein Captain Kirk. Jabba der Hutte wackelte in sie hinein, als er vorbeiwatschelte, und entschuldigte sich, doch nirgendwo war auch nur das geringste Zeichen von Robin zu sehen. Das Ende der Parade zog an ihr vorbei und panisch rannte sie zurück durch die Menge in Richtung Strand. Wo zum Teufel war er?

Sie erreichte den Sunshine Beach und blickte sich um. Hunderte Menschen aus anderen Dörfern und Städten waren zur Parade gekommen und der Strand war voller Menschen, die auf das Feuerwerk warteten. Sie entdeckte Melody, die Elliot im Arm hielt und mit ihm lachte und sprach. Isla eilte zu ihnen hinüber. »Wo ist Leo?«

»Auf der Suche nach dir«, antwortete Melody.

Frustriert stöhnte Isla auf. Warum konnte der Mann nicht einfach mal bleiben, wo er war?

»Er ist da lang gegangen.« Jamie deutete in die entsprechende Richtung und sie schlängelte sich durch die Menge dorthin, gerade als der Bürgermeister das Podium betrat und alle für ihre Kostüme lobte.

Vor sich erkannte sie einen Schimmer von Leos goldfarbenem Umhang und ging schnell dorthin, doch kurz darauf war er schon wieder verschwunden.

Der Bürgermeister begann den Countdown zum Feuerwerk und die Menge stimmte ein. Als sie bei null ankamen, explodierten Feuerwerkskörper am Nachthimmel über ihnen, in Silber, Gold, Blau und Rot, doch Isla bemerkte es kaum.

Vor ihr teilte sich die Menge ein wenig und sie sah Leo, der sich verzweifelt nach ihr umsah. Sie blieb stehen und sein Blick fiel auf sie. Einen Moment lang sahen sie einander nur an, dann bewegten sie sich gleichzeitig. Er legte ihr die Hände auf die Schultern und hielt sie fest, damit sie ihm nicht wieder entwischte. Über ihnen malte immer noch das Feuerwerk lautstark Farben in den Himmel und füllte die kalte Dunkelheit mit Wärme und Licht.

»Hör zu, gestern Abend habe ich mich wie ein Idiot benommen ...«

Sie unterbrach ihn, indem sie ihm die Finger auf die Lippen legte. Plötzlich musste sie es nicht mehr hören.

»Jamie hat es mir erzählt.« Sie schluckte den Kloß in ihrem Hals hinunter. »Er hat mir alles gesagt. Und ja, wenn du auch nur eine Sekunde lang glaubst, dass der Richter deinetwegen die Adoption aufhalten würde, dann bist du ein Idiot. Du bist der tollste Mann, den ich kenne, und eines Tages wirst du das auch sehen. Bis dahin werde ich dich daran erinnern.«

»Es tut mir so leid«, murmelte er unter ihren Fingern.

»Mir auch. Wir stecken gemeinsam in dieser Sache drin. Wenn es schwer wird, sind wir füreinander da. Ganz egal, was auf uns zukommt, wir stellen uns dem gemeinsam.«

Er nickte. »Ich wollte nur dich und Elliot schützen und habe so reagiert, wie ich es für das Beste gehalten habe, aber wie sich herausstellte, war es die schlechteste Option. Ich schwöre dir, nicht mehr wegzulaufen. Ich liebe euch beide so sehr und ich werde jeden Tag meines Lebens damit verbringen, es euch zu beweisen.«

Sie lächelte. »Du kannst damit anfangen, indem du mich küsst.«

Epilog

Isla betrachtete den Schnee, der draußen fiel. Die winzigen Flocken glitzerten in der pechschwarzen Dunkelheit, während sie im frühen Abendhimmel schwebten und wirbelten. Noch blieb der Schnee nicht wirklich liegen, aber für die Nacht war noch eine Menge mehr gemeldet. Zum ersten Mal würden sie weiße Weihnachten erleben. Elliot war darüber ganz aus dem Häuschen. Sie hatten für den morgigen Weihnachtsfeiertag geplant, Schlittenfahren zu gehen und einen Schneemann zu bauen. Leo hatte die letzten Tage damit verbracht, Elliot den besten Schlitten aller Zeiten zu bauen.

Isla lehnte sich in Leos Schoß zurück und legte den Kopf an seine Schulter. Er küsste sie auf den Kopf und fuhr mit dem Finger über ihren Verlobungsring. Sie lächelte. Bald würde sie an diesem Finger einen anderen Ring tragen.

Sie schaute hinüber zu ihrer wunderbaren Familie, die glücklich mit Elliot und Marigold sprach oder spielte. Es war ein fantastischer Tag mit den Menschen gewesen, die sie am meisten liebte.

Das Leben hätte momentan nicht perfekter sein können. Während der vergangenen Monate hatte sie einen Frieden gefunden, wie sie ihn zuvor nicht für möglich gehalten hatte.

Die Adoptionsanhörung war sehr schnell vorbei gewesen. Der Richter hatte sich gefreut, die Adoption endlich offiziell zu machen, und Leo war die ganze Zeit über nicht von ihrer Seite gewichen.

Isla war entsetzt gewesen, als sie Sadie hinten im Gerichtssaal hatte sitzen sehen. Am Vortag hatte sie tatsächlich ihr ursprüngliches Angebot über fünfundzwanzigtausend Pfund angenommen, daher war Isla davon ausgegangen, dass sie bereits das Land verlassen hatte. Sie dort zu sehen, war eine Überraschung gewesen, gelinde ausgedrückt. Als sie bemerkt hatte, dass Isla sie dort hinten im Auge behielt, war sie aufgestanden, hatte sie warmherzig angelächelt – zum allerersten Mal – und ihr zugenickt, wie um ihr zu sagen, dass sie sich für sie freute. Dann war sie gegangen und wurde nicht mehr gesehen. Es hieß, sie sei nach Neuseeland aufgebrochen, und es machte Isla ein wenig glücklicher, dass sie wahrscheinlich nicht zu Jim zurückkehren würde.

Auch sehr schön war die Tatsache, dass viele Dorfbewohner unerwarteterweise bei der Anhörung aufgetaucht waren, um den Moment mit ihnen zu feiern. Anschließend hatten die Leute nicht nur ihr, sondern auch Leo gratuliert, was ihm das Gefühl gab, dass die Leute sich das für ihn genauso sehr wünschten wie er sich selbst. Die meisten von ihnen hatten beobachtet, wie er sich während der vergangenen anderthalb Jahre um Isla und Elliot gekümmert hatte. Ganz offensichtlich hielt ihn nicht jeder im Dorf für einen Tunichtgut, und die moralische Unterstützung bedeutete Leo sehr viel.

Isla hatte das Hot Chocolate Cottage verkauft und war gemeinsam mit Elliot, Luke und zwölf Tonnen Spielzeug bei Leo eingezogen. Er war überglücklich darüber gewesen. Sie hatte einen Teil des Verkaufserlöses aus dem Haus genutzt, um ihre Schulden abzubezahlen, und jetzt feierten sie ihr erstes Weihnachten als Familie hier im Maple Cottage.

In diesem Moment ertönte der Timer am Ofen und riss sie aus ihren Gedanken. Alle im Wohnzimmer jubelten auf. Lächelnd blickte Isla hinüber zu ihrer Familie. Alle waren hier, um gemeinsam zu feiern. Es war Elliots Idee gewesen, einen Mince-Pie-Backwettbewerb zu veranstalten, und alle hatten sich mit viel Begeisterung beteiligt.

Sofort rannten alle in die Küche und Elliot nahm Islas Hand und zog sie ebenfalls hinüber. Grinsend beobachtete sie, wie Tori hereingewatschelt kam. Ihr riesiger Bauch wölbte sich unter ihrem Christmas-Pudding-Pullover. Inzwischen war sie im siebten Monat und strahlte eine wunderbare Gelassenheit aus. Dass Aidan ganz vernarrt in sie war, trug dazu noch bei. Er folgte ihr auch jetzt in die Küche, eine Hand um ihre Schulter gelegt und mit einem ähnlichen Pullover bekleidet wie sie. Ihre Hochzeit Ende November war reibungslos über die Bühne gegangen. Nun ja, beinahe reibungslos, denn die letzte Stunde des Abends war leicht unterbrochen worden, als Emily ins Krankenhaus gebracht werden musste, wo sie um Schlag Mitternacht ihre wunderschöne Tochter Belle zur Welt brachte. Belle schlief gerade, aber das hielt Stanley, Emily und sogar Marigold nicht davon ab, ständig nach ihr zu sehen. Leos Mum Ruby war aus Schottland eingeflogen, um Weihnachten mit ihren Kindern zu feiern, und hatte schon viele Stunden damit verbracht, ihre neue Enkelin zu knuddeln.

Isla nahm sich ein Paar Ofenhandschuhe mit Mistelzweigen darauf und holte das Blech mit den unförmigen Mince Pies aus dem Ofen. Die Luft war erfüllt vom Aroma der süßen und pikanten Füllungen. Sie stellte das Blech auf der Arbeitsplatte ab und alle scharten sich um sie, um die unterschiedlichen Gebäckstücke zu bewundern.

Stefano und Agatha hatten darauf bestanden, ihre Pies komplett selbst zu machen, ohne Fertigprodukte, sogar die Füllung. Stefano hatte erklärt, dass er schon sein ganzes Leben

303

lang in der Gastronomie tätig war und sein armer Papa sich im Grabe umdrehen würde, wenn Stefano Fertigware verwendet hätte. Niemand sonst hatte jedoch Vorbehalte gegen ausrollfertigen Teig gehabt und die anderen hatten sich stattdessen darauf konzentriert, eigene Füllungen zu kreieren. Agatha stupste Stefano jetzt in die Rippen, als sie über ihren klumpig aussehenden Pie lachte. Dass die beiden schließlich doch zusammengekommen waren, war vermutlich die größte Überraschung der vergangenen Monate gewesen. Nach einigen Verabredungen, die nicht wirklich wie geplant verlaufen waren, weil sie völlig unterschiedliche Meinungen vertraten, war Stefano irgendwann doch Agathas Zauber erlegen. Viele Leute im Dorf glaubten sogar, dass sie tatsächlich einen Zauber ausgesprochen haben musste, da die beiden absolut nichts gemeinsam hatten, doch Stefano war ganz offensichtlich hingerissen von Agatha, und die wiederum gab zum ersten Mal keine intimen Details ihrer Beziehung preis. Obwohl das die Dorfbewohner nicht davon abhielt, ihrerseits darüber zu spekulieren.

»So, wie entscheiden wir, welcher Pie der beste ist?«, wollte Melody wissen, während Isla ein Messer holte und von jedem ein Stückchen abschnitt.

»Ich finde, ich sollte das bewerten«, meldete sich Agatha zu Wort. An ihrer Selbstgefälligkeit hatte die neue Beziehung nichts geändert.

»Elliot sollte das übernehmen«, schlug Islas Mum Carolyn vor. »Immerhin war es seine Idee.«

»Wie soll ich das entscheiden?«, fragte Elliot und stieß mit dem Finger vorsichtig an den Pie, den er mit Leo und Isla gemacht hatte.

»Du wählst einfach den aus, der am besten schmeckt«, erklärte Isla.

»Das muss er aber mit verbundenen Augen entscheiden«, warf Aidan ein. »Sonst bekommt Leos Pie einen unfairen Vorteil.«

Isla grinste. Elliots Bewunderung hatte auch während der letzten Monate seit ihrem Einzug bei ihm kein bisschen abgenommen.

»Beschuldigst du meinen Sohn etwa, mich zu bevorzugen?«, fragte Leo gespielt empört.

»Was bedeutet bevorzugen?«, wollte Marigold wissen.

»Es bedeutet, dass Elliot Leos Pie als Sieger auswählen könnte, weil er ihn sehr gern hat«, vereinfachte Isla den Sachverhalt ein wenig.

»Ich denke aber wirklich, dass unser Pie der beste ist«, verkündete Elliot.

Leo lachte. »Okay, also ein Test mit verbundenen Augen. Wir müssen ihn erst mal probieren, Kumpel.« Er nahm die Weihnachtsmannmütze, die er zuvor aufgehabt hatte, und gab sie Elliot. »Zieh dir die über die Augen.«

Elliot gehorchte kichernd.

»Zuerst Team A«, sagte Isla und gab ihm ein winziges Stück Pie. Es war der von Carolyn und Trevor. Isla hatte sich immer noch nicht so richtig an den Gedanken gewöhnt, dass ihre Mutter inzwischen einen Freund hatte, nachdem sie so viele Jahre lang allein gewesen war. Und Trevor war ebenfalls so ernst, aber die beiden schienen einen besänftigenden Effekt aufeinander zu haben. Ihre Mutter wirkte glücklich.

Elliot verzog beim Kauen das Gesicht. »Der ist sehr klebrig.«

Trevor lachte, während Carolyn entsetzt über die Beleidigung ihres Pies aufkeuchte. Elliot kicherte über ihre Reaktion.

»Das hier ist von Team B«, sagte Isla und gab Elliot ein Stück vom Pie von Leos Mum.

Elliot nickte bedächtig, während er kaute. »Sehr süß«, sagte er schließlich.

Er ging alle Gebäckstücke durch und verkündete zu jedem sein Urteil.

»Also … wer hat gewonnen?«, wollte Tori wissen, als Elliot die Mütze abnahm.

»Team C«, sagte Elliot entschlossen. »Weil ich glaube, dass das meiner ist.«

Alle lachten.

»Eigentlich sind Melody und Jamie Team C«, klärte Isla ihn auf.

»Wir haben gewonnen?«, versicherte sich Melody überrascht. »Wirklich? Wir gewinnen nie etwas.« Sie klatschte Jamie ab und der umarmte sie.

Isla sah lächelnd zu. Melody und Jamie waren einige Wochen zuvor zusammengezogen. Seit sie im Juli ein festes Paar geworden waren, hatten sie praktisch jede Minute gemeinsam verbracht, doch nun hatte Jamie es offiziell gemacht. Er hatte ihr einen Adventskalender mit einer Überraschung hinter jedem Türchen gebastelt, und hinter dem ersten war der Schlüssel zu seinem Haus gewesen. Innerhalb von wenigen Tagen hatte Melody ihre Sachen zusammengepackt und war bei ihm eingezogen. Obwohl sie traurig war, ihr Cottage am Sunshine Beach zurückzulassen, war es nur naheliegend, dass sie sich mit ihren fünf Hunden und dem verrückten Truthahn etwas Größeres auf dem Hügel suchten. Isla wusste auch, dass hinter dem vierundzwanzigsten Türchen ein Verlobungsring steckte, aber Jamie wollte bis Mitternacht warten, wenn sie allein waren, bevor Melody es öffnete. Isla freute sich sehr für die beiden.

»Gewinnen wir auch einen Preis?«, wollte Jamie wissen.

»Das Wissen, dass ihr die Besten seid«, antwortete Leo.

Isla nahm eine Schachtel Pralinen und bot den beiden jeweils eine an. Grinsend nahmen sie sich ihre Siegerschokolade.

Anschließend kosteten alle von den Pies der anderen, mit gemischten Bewertungen.

Leo blickte auf die Uhr. »Okay, Leute, wir müssen los.«

Plötzlich erfüllte Aufregung den Raum. Alle zogen ihre Jacken und Mützen über ihre schönsten Sachen und verabschiedeten sich.

Nachdem alle Familienmitglieder fort waren, hob Leo Elliot auf seine Hüfte. »Na los, Kumpel, dann wollen wir uns mal fertig machen.«

Er trug ihn die Treppe hinauf und Isla sah ihnen hinterher, das Herz voller Liebe.

Sie folgte ihnen und ging in das Gästezimmer, das einzig verbliebene, da Elliot ihr früheres Zimmer zum Spielzimmer umfunktioniert hatte. Dort schloss sie die Tür hinter sich und zog sich ihr silberfarbenes Kleid an. Es handelte sich um ein über und über mit Pailletten besticktes, bodenlanges Abendkleid mit Nackenträgern. Anschließend schlüpfte sie in ihre funkelnden rubinroten Schuhe, die sie an jene von Dorothy aus »Der Zauberer von Oz« erinnerten. Sie nahm den silberfarbenen Samtmantel, den sie in einem Secondhandshop entdeckt hatte und der perfekt für den Anlass geeignet war, zog ihn jedoch noch nicht an.

Als sie das Zimmer verließ, wartete Leo bereits auf sie. Seinen Gesichtsausdruck beim Anblick des Kleides würde sie niemals vergessen. In seinen Augen stand nichts als Liebe.

»Du siehst … bezaubernd aus«, flüsterte er.

Leo trug einen schwarzen Anzug mit roter Krawatte, die farblich mit ihren Schuhen harmonierte. Der Anzug passte ihm wie angegossen.

»Du siehst selbst nicht übel aus.«

Grinsend küsste er sie auf die Wange.

Elliot kam aus seinem Zimmer geflitzt und kämpfte mit seiner roten Krawatte. Er hatte sich heute Abend für einen Anzug entschieden, weil auch Leo einen trug.

»Hier, Kumpel, lass mich dir helfen.« Leo hockte sich vor ihn hin. Elliot sah genau zu, wie Leo einen perfekten Knoten band und ihn dann vorsichtig bis zu seinem Hals hochzog.

»Danke, Leo.«

Er benutzte nicht immer diesen Namen, meistens wechselte er zwischen *Leo* und *Daddy* hin und her. Manchmal nannte er ihn auch *Daddy Leo*, während er noch mit dem neuen Titel experimentierte. Leo drängte ihn zu nichts. Mummy war ihm ein wenig leichter gefallen, vermutlich, weil Isla die einzige Mum war, die Elliot je gehabt hatte. Doch genau wie Leo hatte auch Isla ihn zu nichts gedrängt.

Elliot sah zu ihr auf und ein breites Lächeln stahl sich auf sein Gesicht. »Du siehst wunderschön aus.«

»Danke, genau wie du.«

Draußen ertönte eine Hupe.

»Das Taxi ist hier«, stellte Leo fest.

Er stellte sich hinter Isla und half ihr in den Mantel. Dabei streifte er mit den Fingern ihren Nacken auf eine sanfte und doch unglaublich erotische Weise, und dann gingen sie nach unten. Leo nahm Luke hoch, der bereits Halsband und Fliege trug, und dann verließen sie das Haus.

In der Einfahrt wartete nicht das erwartete Taxi, sondern ein wunderschöner weißer Silver Ghost Rolls-Royce, auf dessen Motorhaube eine große Schleife prangte.

Verwirrt blickte Isla zu Leo, während Elliot zum Auto lief, um es zu bewundern.

»Ich weiß, dass du eine kleine, einfache Hochzeit wolltest, aber trotzdem brauchst du dafür ein richtiges Hochzeitsauto«, erklärte er.

Lächelnd gab sie ihm einen Kuss. »Das ist perfekt. Vielen Dank.«

Der Chauffeur tippte sich an die Mütze und hielt ihnen die Tür auf, was Elliot zum Kichern brachte, und dann stiegen sie alle drei ein.

»Ich bin so aufregt«, verkündete Elliot, der zwischen ihnen saß, mit Luke auf dem Schoß. »Und nervös.«

Der Chauffeur fuhr durch die engen Straßen. Der Schnee hatte eine feine Puderzuckerschicht auf die Bäume gelegt und glitzerte, als sie an den strahlenden Lichterketten vorbeifuhren.

»Warum bist du denn nervös?«, wollte Isla wissen.

»Weil ... Was, wenn ich vergesse, was ich sagen muss?«

Leo grinste. »Du hast nur ein Wort Text, Kumpel, und das kennst du.«

Elliot nickte. »Aber alle werden zusehen.«

»Alle diese Menschen haben dich sehr lieb«, versicherte ihm Isla.

Sie hatten sich bewusst dafür entschieden, die Zeremonie klein zu halten. Es würden ausschließlich ihre Familienmitglieder dabei sein, die auch am Nachmittag bei ihnen zu Hause gewesen waren.

Sie hatten einen kleinen Raum im Golden Bridge für die Feier gemietet. Leo hatte darauf bestanden, dass sie dort einen besonderen Abend verbrachten, da sie beim letzten Mal nicht dazu gekommen waren, aber abgesehen von ein paar Flaschen Champagner und heißer Schokolade mit Ahornsirup hatten sie beschlossen, die große Feier nicht dort, sondern zuvor zu Hause abzuhalten, mit den Menschen, die sie am meisten liebten. Es war ein sehr ungewöhnlicher, aber sehr schöner Hochzeitstag gewesen – sie hatten Brettspiele gespielt und sich Weihnachtsfilme angeschaut. Sie hatten gemeinsam gegessen, und Elliot hatte entschieden, dass es zur Feier des Tages Pizza für alle aus Stefanos Restaurant geben sollte. Alle hatten auf

Sesseln und Sofas gesessen und die verschiedenen Sorten gekostet. Es war entspannt, locker und einfach perfekt gewesen.

Als sie am Golden Bridge ankamen, klopfte Isla das Herz wie wild vor Aufregung. Jetzt war es soweit, in einigen Minuten würde sie Leos Frau sein. Sie blickte zu ihm hinüber, um auszuloten, was er gerade empfand, und freute sich, dass er breit grinste.

Der Chauffeur hielt ihnen die Tür auf. Elliot schüttelte ihm beim Aussteigen die Hand, sehr zur Verwunderung des Mannes.

Im Inneren bewunderte Isla den riesigen Weihnachtsbaum im Empfangsbereich, an dem winzige weiße Lichter funkelten und goldfarbene, glitzernde Kugeln von den Zweigen hingen. Sie wurden nach oben geschickt und Isla hängte ihren Mantel noch rasch an einen der Haken draußen. Dann nahm sie Elliots Hand und betrat mit Leo den Wintergarten. Dort warteten ihre Familien auf sie. Der Raum erstrahlte in Kerzenlicht und war liebevoll mit Blumen dekoriert, doch es war die Aussicht, die sofort ihren Blick fesselte. Vor dem Fenster schwebten Schneeflocken über einem mondbeschienenen Meer. Der Abend war geradezu magisch.

Ihre Gäste saßen in einem Kreis und der Standesbeamte wartete in der Mitte auf sie. Nicholas war ein älterer Herr mit rosigen Wangen, goldfarbener halbrunder Brille und einem weißen Bart. Elliot war davon überzeugt, dass es sich bei ihm um den Weihnachtsmann handelte, und Isla musste grinsen, denn obwohl Nicholas kein vollständiges Weihnachtsmannkostüm trug, hatte er tatsächlich einen roten Anzug an. Er klatschte Elliot ab, als der auf ihn zuging. Sie hatten Nicholas ein paar Tage zuvor zum zweiten Mal getroffen, um die Zeremonie zu proben und zu besprechen, was sie sagen sollten. Sie hatten sich bewusst für ihn entschieden, weil er so entspannt mit der Trauung umging. Sogar Elliot hatte ihn um einige Worte gebeten, die er bei der Hochzeit sagen sollte, und Nicholas hatte ihm diesen Wunsch nur zu gern erfüllt.

Alle Gespräche verstummten. Es fühlte sich an, als hielte der Raum die Luft an.

»Danke, dass Sie heute alle gekommen sind. Es ist ein wunderschöner Abend und ich kann mir kein besseres Paar vorstellen, das ich gern heute hier trauen würde«, begann Nicholas.

Leo nahm Islas und Elliots Hand, damit sie ihren eigenen kleinen Familienkreis bildeten. Wie sehr sie diesen Mann doch liebte.

»Dann wollen wir zuerst mal die juristischen Formalitäten abhaken«, fuhr Nicholas locker fort, als wäre er nicht gerade dabei, ihrer Leben für immer zu verändern. »Bist du Isla Rosewood, vor dem Gesetz frei, die Ehe mit Leo Jackson einzugehen?«

»Ja.«

Er wiederholte die Frage für Leo und der gab dieselbe Antwort.

»Das ist gut«, fand Nicholas. »Aber ich muss ja nach den Leichen im Keller fragen. Jetzt kommen wir zum schönen Teil. Nimmst du, Leo Jackson, Isla Rosewood als deine rechtmäßig angetraute Ehefrau?«

»Ja«, antwortete Leo und drückte Islas Hand ein wenig.

»Und nimmst du, Isla Rosewood, Leo Jackson als deinen rechtmäßig angetrauten Ehemann?«

»Ja«, bestätigte Isla und nahm dabei keine Sekunde lang den Blick von Leo.

»Und nimmst du, Elliot, Leo als deinen echtmäßig angetrauten Dad?«, fragte Nicholas und zwinkerte Elliot zu.

Die Familie kicherte.

Isla und Leo hatten mit dem Standesbeamten gesprochen und ihm erklärt, wie wichtig es für sie war, ihn in die Zeremonie einzubeziehen. Nicholas war völlig entspannt damit umgegangen und hatte ihnen erklärt, solange am Anfang die juristisch erforderlichen und verbindlichen Worte gesprochen wurden, konnten sie den Rest der Zeremonie gestalten, wie sie wollten. Elliot hatte diesen Teil vorgeschlagen und Nicholas hatte ihm gern die Bitte gewährt. Er hatte sogar Elliots genauen Wortlaut verwendet und »echtmäßig« statt »rechtmäßig« gesagt.

Elliot nahm das sehr ernst. »Ja.«

»Und Leo, nimmst du Elliot als deinen echtmäßig angetrauten Sohn?«

Die Familie lachte erneut.

»Ja.« Ein Lächeln erhellte sein attraktives Gesicht.

Islas Herz quoll über vor Liebe zu ihrer kleinen Familie. Es war ein alberner, bedeutungsloser Teil der Zeremonie, und natürlich hatte er überhaupt keine rechtliche Bedeutung, aber für sie bedeutete er eine Menge, und sie wusste, dass es Elliot und Leo auch so ging.

»Haben wir die Ringe?«, erkundigte sich Nicholas.

Aidan trat mit Leos Ring nach vorne und Jamie mit Islas.

Leo nahm Islas Ring und streifte ihn ihr über den Finger. »Diesen Ring gebe ich dir als Zeichen meiner Liebe und Freundschaft. Ich verspreche, dich zu lieben und zu respektieren, immer da zu sein, wenn du ein offenes Ohr brauchst, um dich zu trösten und dich zu unterstützen. Was auch immer das Leben bringen mag, wir stellen uns dem gemeinsam. Ich verspreche dir gemeinsames Glück und Lachen, gute Zeiten und schlechte, und für alle Ewigkeit dein bester Freund zu sein.«

Isla schluckte den Kloß im Hals hinunter und nahm Leos Ring in die Hand. »Ich verspreche dir, dich jetzt und für alle Zeit zu lieben. Du hast so viel Glück in mein Leben gebracht. Du bist die Freude, von der ich nicht wusste, dass sie meinem Leben fehlt, du bist die Kraft, von der ich nicht wusste, dass ich sie brauche. Du bist alles für mich – mein Fels in der Brandung, mein sicherer Hafen, mein Leuchtturm, Sonnen- und

Mondschein. Ich verspreche, für den Rest meines Lebens zu versuchen, dir das Gleiche zu geben. Heute bekomme ich nicht nur einen Ehemann und besten Freund, sondern auch einen Vater für meine Kinder. Als Familie werden wir ein Zuhause voller Lachen, Liebe und Verständnis schaffen, und ich kann es kaum erwarten, diesen nächsten Schritt in unserem Leben mit dir zu gehen.«

Er lächelte, als sie ihm den Ring überstreifte.

»Leo und Isla«, sagte Nicholas. »Ihr habt eure Liebe zueinander durch die Ringe, die ihr getauscht habt, und eure Versprechen aneinander ausgedrückt. Ihr seid nicht mehr länger einfach nur Partner oder beste Freunde, sondern es ist mir eine Ehre, euch zu Mann und Frau zu erklären. Sie dürfen jetzt die Braut küssen.«

Leo lächelte und neigte den Kopf, um ihr einen Kuss zu geben, einen liebevollen Kuss voller Liebe und Versprechen. Alle klatschten und jubelten und Leo unterbrach den Kuss nur, um Elliot hochzuheben und ihn in die Umarmung einzubeziehen. Isla hielt Leo fest, küsste Elliot auf den Kopf und einen winzigen Moment lang legte Leo ihr die Hand auf den Bauch, als Zeichen seiner Liebe für sie, Elliot und ihr ungeborenes Kind. Niemand sonst wusste, dass sie schwanger war. Nicht mal die allwissende Agatha. Sie wollten es morgen, am ersten Weihnachtsfeiertag, Elliot sagen, bevor sie es allen anderen verrieten.

Die nächsten paar Minuten vergingen mit Umarmungen, Gratulationen, dem Unterschreiben von Dokumenten, Fotos, und dann reichte Leo Isla ihren Mantel und führte sie auf den Balkon.

»Was ist los?«, wollte Isla wissen und zitterte ein wenig in der kühlen Nachtluft.

»Was wäre ich für ein Ehemann und Pyrotechniker, wenn ich für meine Frau an unserer Hochzeit kein Feuerwerk geplant hätte?«

Eine goldfarbene Explosion erfüllte den Nachthimmel, und Isla riss den Blick von ihrem Ehemann los, um staunend ihr ganz persönliches Feuerwerk zu betrachten, das den Himmel über dem Meer mit Farben füllte. Dazwischen glitzerten die kleinen Schneeflocken, die immer noch durch die pechschwarze Nacht tanzten. Die Farben waren ganz anders als alles, was sie zuvor gesehen hatte: Lila, Silber, Rosa, Cranberryrot, Blaubeerenblau und Butterblumengelb stoben durch die Dunkelheit. Einige Herzen füllten den Nachthimmel und goldene Ströme fielen in Richtung der Wellen. Es war unglaublich und wurde sogar noch einzigartiger, weil es ausschließlich für sie gedacht war. Als das Finale den Himmel zum Glühen brachte, streckte sie sich und küsste Leo. Dunkelheit fiel über ihre kleine Gruppe und ihre Familien klatschten und jubelten über die wunderbare Vorstellung.

Leo lächelte an ihren Lippen. »Gehen wir nach Hause.«

Sie nickte. In diesem Moment wäre sie nirgendwo lieber gewesen. Sie blickte hinab auf ihre rubinroten Schuhe. Zu Hause war es wirklich am schönsten.

BRIEF DER AUTORIN

Vielen Dank, dass Sie »Winterliebe in Sandcastle Bay« gelesen haben. Ich hatte beim Schreiben der Geschichte viel Freude und hoffe, dass sie Ihnen beim Lesen genauso viel Spaß gemacht hat.

Einer der schönsten Aspekte beim Schreiben sind die Reaktionen der Leser. Hat das Buch sie zum Lächeln oder zum Lachen gebracht, oder zum Weinen? Falls ja, dann waren das hoffentlich Freudentränen! Haben Sie sich genauso in Leo, Isla und Elliot verliebt wie ich? Hat Ihnen das wunderschöne Sandcastle Bay gefallen? Falls Sie die Geschichte mochten, würde ich mich sehr freuen, wenn Sie eine kurze Rezension schreiben. Das Feedback von Lesern ist etwas Tolles und hilft auch, andere davon zu überzeugen, sich für dieses Buch zu entscheiden.

Falls Sie immer auf dem Laufenden über meine Bücher bleiben wollen, können Sie sich für meinen Newsletter registrieren. Ihre E-Mail-Adresse wird nicht weitergegeben und Sie können sich auch jederzeit wieder abmelden.

Falls Sie wissen möchten, wie die anderen Paare in dieser Geschichte zusammengekommen sind, dann lesen Sie Toris und Aidans Geschichte in »Liebeszauber in Sandcastle Bay« und Melodys und Jamies Geschichte in »Herzgeflüster in Sandcastle Bay«.

Danke fürs Lesen,

Ihre Holly

DANKSAGUNG

Für meine Familie und meine Mum, die mein größter Fan ist, und alles, was ich schreibe, hundert Mal liest und der es jedes Mal wieder gefällt. Für meinen Dad, meinen Bruder Lee und meine Schwägerin Julie – danke für eure Unterstützung, Liebe, Ermutigung und eure Begeisterung für meine Geschichten.

Für die bezaubernde Aven Ellis, weil sie eine wunderbare Freundin ist. Danke für deine unendliche Unterstützung, den Ansporn, weil du meine Geschichten liest und mir sagst, was funktioniert und was nicht. Und danke dafür, dass du mich mit wunderbaren Anekdoten und Fotos von heißen Männern bespaßt. Ich habe dich sehr gern.

Für meine Freunde Julie, Natalie, Jac, Verity, Jodie, Gareth und Mandie. Danke für eure Unterstützung.

Für Sharon Sant, weil sie eine wunderbare Freundin und immer für mich da ist.

Großer Dank gilt auch meinen ausgezeichneten Agenten Madeleine Milburn und Hayley Steed, weil sie sich immer für mich einsetzen und mit endloser Geduld für mich da sind.

Danke an alle bei Bookouture für alles während der vergangenen vier Jahre. Dabei möchte ich mich besonders bei Kim Nash und Noelle Holten bedanken, weil sie unablässig meine

Bücher bewerben, darüber twittern und mich immer anspornen. Danke, dass du immer da bist, Kim.

Ein dickes Dankeschön geht an die CASG, die beste Schreibgruppe der Welt, eine fantastische Autorengruppe mit viel Talent, die großartige Unterstützung bietet. Ich fühle mich sehr geehrt, euch zu kennen, ihr seid die Besten.

Danke an die wunderbaren Autoren bei Bookouture für eure Unterstützung und eure Ermutigung.

Mein Dank gilt auch all den wundervollen Bloggern, die kontinuierlich twittern, retweeten, auf Facebook posten. Danke für eure Unterstützung, Ermutigung und eure endlose Begeisterung. Ihr seid toll und ohne euch könnte ich es niemals schaffen.

Danke, Karie Matthews, dass ich den Namen im Buch verwenden durfte. Ich hoffe, dir hat deine Figur gefallen.

Großer Dank geht auch an Justin Parker für die sehr nützlichen Informationen zu Feuerwerken. Danke, dass du meine zahllosen Fragen beantwortet hast.

Ich möchte mich auch bei Lindsay Hill und Andi Michael für die Hinweise zu Testamenten, Testamentseröffnungen und Grundbucheinträgen bedanken.

Vielen Dank, JB Johnston, Hayley Marie, Steph Hunter und Chris Longmuir für die Hilfe bei Fragen zum Adoptionsprozess und zum Sozialen Dienst.

Danke auch an Victoria Cornwall und Kelly Rufus für die medizinischen Informationen.

Danke, Zoe Gascoigne, für die Hilfe bei meinen Fragen zu Qualifikationen beim Schaufensterdekorieren.

Für alle, die mein Buch gelesen haben und sich die Zeit nehmen, mir zu sagen, dass es ihnen gefallen hat, oder die eine Rezension geschrieben haben – vielen Dank.

Ich danke euch allen.

Zeitfracht Medien GmbH
Ferdinand-Jühlke-Straße 7
99095 Erfurt, Deutschland
produktsicherheit@kolibri360.de

Druck:
CPI Druckdienstleistungen GmbH
im Auftrag der
Zeitfracht Medien GmbH
Ein Unternehmen der Zeitfracht - Gruppe
Ferdinand-Jühlke-Str. 7
99095 Erfurt